滔滔黄河

问山

范若丁

著

河南文艺出版社
·郑州·

图书在版编目（CIP）数据

滔滔黄河.问山/范若丁著. --郑州:河南文艺出版社,
2022.10

ISBN 978-7-5559-1338-2

Ⅰ.①滔… Ⅱ.①范… Ⅲ.①长篇小说-中国-当代
Ⅳ.①I247.5

中国版本图书馆 CIP 数据核字(2022)第 164862 号

策　划　党　华
责任编辑　党　华
责任校对　殷现堂
书籍设计　吴　月

出版发行	河南文艺出版社	印　张	22.75
社　址	郑州市郑东新区祥盛街 27 号 C 座 5 楼	字　数	346 000
承印单位	河南瑞之光印刷股份有限公司	版　次	2022 年 10 月第 1 版
经销单位	新华书店	印　次	2022 年 10 月第 1 次印刷
纸张规格	700 毫米×1000 毫米　1/16	定　价	68.00 元

目录

一 刑场

　　老人讲述的这个故事，是从一个雪夜开始的。

　　这一夜极冷。雪落在中原大地无声又似有声。从黄河冰面上刮起的狂风卷起纷乱的雪花拍打着窗上的玻璃，年逾古稀的老人似乎没有听到，但窗外路灯旁狂舞的飞蛾般的雪片，却使他好像听到了夏天的遥远回响。

　　"什么时候天才暖呢?"老人用拳头砸了一下中过风的右腿，是叹息，又是询问。

　　正在厨房外边忙碌的妻侧耳听听，所答非所问地看看夜空说:"你看这鸡，卧在苹果树上不肯下来，再不下来，今晚非冻死在树上不可。"

　　"人也一样，"老人自语，"谁还要它打鸣呢?"

　　回家养病的三儿想了解父亲的过去，老人一直不开口，两人围坐在一个将熄的煤炉旁边沉默着。看看炉膛里的煤块变成暗红色，三儿起身要去夹一块蜂窝煤过来，老人摆摆手示意三儿坐下，低声嘟哝了一句:

　　"让它灭了吧。"

　　似乎传来枪声，老人的耳朵虽有点聋，但对枪声仍非常敏感。

　　突然进来一股冷风，老伴拉开风门手抱一只公鸡急急走进屋内。一面想找个地方放下公鸡，一面喃喃道又打了又打了。从外地回来的三儿听听由远而近的枪声惊疑地问，这里还在武斗? 母亲答，你听这枪声! 老人多皱的脸上滑过一缕难以觉察的微笑,看着老伴问,老太婆,你把鸡抱进来干啥?老伴不满地咕哝道,厨房的门坏了,你要它卧在树上冻死呀?

老人平日里直呼老伴小名,遇到客人介绍老伴,他也不像赶时尚的同事那样扭扭捏捏地说这是我老爱人,而是说这是我老妻。在儿子面前他既不好叫小名,也不好称老妻,只好将面前这个与他相依为命、相濡以沫、年龄比他小十多岁的女人称作老太婆了。

"冻死也罢,"透过微弱的光线,老人看了看窗外的飞雪,"这就是冻死人的天。"

"净说不吉利的话,明天是阳历年……"

老伴的话猝然被一声玻璃的碎响打断了。

"谁家的孩子这么可恶,大冷的天砸咱家的玻璃。"三儿往窗外看。

"是子弹!"老人坐在炉火旁的身子一动不动,连头也不扭一下。他凭擦过耳边的一股热风,判断出刚才飞过的是子弹。

"老天爷,"老伴惊叫一声,"你们看,墙上的照片被打坏了,这怎么得了!"

三儿扭头看看墙壁上两张亲笔题赠给父亲的领袖照,附和父亲说:"是子弹!"

沉默,屋内一时陷于久久的沉默。

"一个相框的一角被打碎了。"三儿补充一句。

沉默,老人直视将熄的炉火,身子仍然一动不动。

老伴忽然急了:"这可了不得,了不得,如果明天小将们再来抄家,说是我们破坏领袖像,那罪可大了! 是死罪!"

老人不开口也不扭转身去看留下弹痕的墙壁和相框。

老伴真动了气,盯着老人问:"你说这可咋办?"

"由他们办吧。"老人终于开口,低沉地笑了两声。

老伴走过去想把那个打坏一角的相框取下来,被老人喝住。她无奈地摇摇头长长叹息一声。

"老头子,你想等死呀? 你还讲不讲道理?"

"是,我想等死,我想明天他们就把我拉到刑场!"老人恼怒了,"死有什么了不起？现时也不需要刑场，到处可以杀人，刚才子弹从耳边飞过，带起一股热风，稍偏一点我不是白白被杀了吗？"

"你这是跟谁赌气哪？不讲理！"

"我咋就不讲理了？"老人说，"现在你将相框取下来，等小将们来了你更难说得清。"

"你这两天脾气大了，不知你是咋想的。"老伴叹口气，"今早还同来外调的人拍桌子呢。"

老人呵呵轻笑两声，抬起右手用一个手指点点头上的毡帽："给我这个头上戴啥帽子无所谓，高帽矮帽都行，大帽小帽都没啥，但是汉奸的帽子我不能戴，也戴不上。"老头看看三儿，"上午两个穿军装的人来外调，调查我过去的两个部下，非说人家是汉奸，非说我的部队是汉奸部队。我说我没当过汉奸，我的部队更不是汉奸部队……"

三儿来了兴趣，急忙问："后来呢？"

"后来那两个人就叱责我，逼我在他们写的东西上签字，我不签，他们就拍桌子，他们拍我也拍。"说到这里老人感到好玩似的又笑两声，"他们威胁我，还说我这个态度只有死路一条。死就死吧，反正我不知道已经死过多少回了。"

"拍啥桌子啊，"老伴的眼里涌起了泪花，"有道理就慢慢说嘛。"

看着这几年跟着他担惊受怕、眼噙泪水的老伴，老人的心抖动一下，软了，不再说话。一直挺直着的胸脯因气喘而起伏，紧接着是一阵剧烈的咳嗽。

三儿走过去给老人捶背，趁机又提出请老人讲讲过去，老人挥了下手：

"如今我啥也想不起来了，只记得村西边那条小河。"

老伴调侃地重复着他多少次说过的那句话："小河流入杜康河，杜康河流入伊河，伊河流入洛河，洛河流入黄河……"

"是的，是流入黄河……"老人停了许久突然问，"黄河上冻没有？"

"老傻子，"老伴怜爱地斜视老人一眼，"啥时候了，黄河还不上冻？早已经冻实了，冻死了。"

"黄河不会冻死！不论冰层有多厚！"老人吼道。

老人喘着气合起双眼，不远处的黄河在冰天雪地中、在他心中汹涌奔腾。

"我想再到黄河岸上看看。"

这是一个梦,一个很长的梦。

燃尽的炉火熄了。

是夜,1969年最后一夜。

新年早上,老人醒来笑着说:"昨晚俺没上刑场,俺梦见秋秋了。"

"你都多大岁数了?"老妻冷笑一声撇撇嘴,"还梦见你的秋秋哪。"

老人长叹口气。

老人叫樊玉龙,小名龙娃。

二　秋秋

　　家里穷,龙娃七八岁就开始上山打柴,打回的柴除了给娘烧火用,有时还背到街上换回两三文钱。没有什么进项的穷家,两三文钱也是宝贵的。日头偏西,背着柴捆,吃力地走到羊街东门口的他,往往抬头向寨墙豁口一望,就会看到一个头扎双辫、身穿彩缎衣裤的小女娃。他说不出小女孩有多么好看,只能用庙会上摆卖的小泥娃娃与她相比。豁口上的小女孩有时有大人陪,有时没有。她是谁? 这个女孩随着他不断长大,就时常出现在他的梦中,有时变成正月十五社棚彩壁上画的仙子,有时又变成戏台上不停舞动的美人。年纪很小的时候他见过这个女孩,知道这个女孩就住在寨墙那边,家里有一个后花园,里面种了许多他没有见过的花草。他很想看看那个后花园,一天黄昏,他在羊街东门口抬起头没有看到豁口上的女孩,就急急地赶回家放下柴捆,做出了一个大胆决定:过去看看!

　　翻过豁口,绕过老杨树,面前是一个宽大的能进出大车的大门,他想这就是娘口中常说的石家后门了。悄悄走进去,一座令他惊异的花园倏然出现在眼前。黄昏前的最后一缕阳光突然一亮,花园的景物像镀了层金,熠熠闪动在晚风里。花园的北墙与后门连在一起,墙边有几株杨树、几丛冬青和几株垂柳;东墙下是一丛薄荷、几棵指甲草和一大片烧饼花;靠南边与二院相连的角门下,有几畦菊花和开放得蓬蓬勃勃的月季,东南角有一个荷花池,池旁是一个灰色的六角亭,旁边长着一株腊梅和两株桑树。龙娃沿着花丛间的沙石板小路边走边看景致,看惯了大山的奇石、险沟,他被眼前新颖奇巧的花径迷了眼,无意间走到六角亭旁,猛然看到一个把脸伏在栏杆上的女孩,才惊骇地停下脚步。正想逃离,那女孩猛然抬起头问:

"你是谁? 是龙娃吧?"

"你是谁? 咋就知道俺叫龙娃呢?"

"俺就是知道。"女孩轻笑一声。

"你咋知道?"

"俺就是知道呗。"

"你是常在豁口上看俺的那个小女娃吧?"

"你才常在羊街东门口向豁口这边看俺呢!"小女孩口不饶人,笑两声。

"是秋秋吧。"龙娃有所悟。

"什么秋秋,俺的大号叫石伊秋。"

"一个小女娃子家家,还大号哪,嘿嘿。"龙娃走进亭子,趁势坐在秋秋身旁,"你怎么哭了呢?"

"你才哭了呢!"

"泪珠儿还没有抹干净哪。"龙娃望着秋秋,又问,"怎么就哭了呀?"

"俺爷不让俺再上寨墙,说俺是大闺女了,不能再到外面疯去。"

"你是大闺女了吗?"龙娃有些疑惑。

"算是吧,俺爷说是就是吧。"

"那以后俺就不能在豁口看到你了。"龙娃有点泄气。

"你以后就来花园嘛。"

"你爷不骂?"

"听俺娘说,俺应该叫你表哥,算是亲戚哩,俺爷再不讲理,也不能不叫你来亲戚家。"秋秋想了一下,又加重一句,"这后花园是俺家的,你可以常来。"

"以后你别再哭了。"

龙娃抬起手想给秋秋擦泪,秋秋猝然抓紧他的手惊呼道:"你眼里有个人儿! 从哪里飞进去一个人儿!"

"哪里会有一个人儿,别胡说!"龙娃摇着头。

"是一个人儿嘛,谁骗你?"

龙娃皮肤微黑,身板略显单薄,但线条分明的脸庞却透着几分英气。他五官端正,直鼻方口,剑眉虎目,小小年纪却自有一种刚毅的秉性。这时他想了想,想到眼里的人儿,恍然有所悟:"啊,好看吗?"

"不好看。"秋秋嘻嘻一笑,故意吓唬道,"哎哟,怎么庙里的夜叉婆婆跑进你眼里了?"

"你胡说。"

"那你说说,藏在你眼里的人儿是个啥样子?"

"是个柳叶眉、杏仁眼、圆脸盘、白白净净的小仙姑。"

"你咋知道?"

"俺看到了嘛。"

"你咋能看到你眼里面呢?"

龙娃凝视着对方:"俺就是能看到!"

"哈哈,你骗俺。"秋秋想了一想,"你说说俺眼睛里藏着的那人儿究竟啥模样。"

"啥模样?是个长眉毛、圆眼睛、嘴角向下耷拉的小伙子吧?"

"哼,"秋秋撇下嘴,"没有一粒米粒大,还小伙子呢?我看你的嘴角一点也不耷拉,你是故意拧的。想吓俺?俺不怕。"

龙娃笑起来,张开一只手在秋秋面前晃了几下。秋秋要他别动,她要映照着他的眼把刚才弄乱的头发拢一拢。龙娃问,俺成你的镜子了?秋秋说当俺的镜子还不好吗,俺可以天天见你。你的眼珠黑亮,比镜子还亮。龙娃说你的大眼珠更亮,以后俺把你也当镜子。

"你一个光头小子要镜子干啥?"

"看你!"

秋秋想了想站起身走了,龙娃站在亭子里愣了一会儿,讪讪地走出后门。

之后,龙娃常常翻过豁口到花园找秋秋,不是给秋秋包指甲,就是给秋秋摘桑葚。龙娃机灵,他不知从哪里弄来一些明矾,用从地里摘下的新麻叶将掺了明矾捣烂的指甲草包在秋秋的指甲上,第二天秋秋小小的指甲壳都变得红溜溜石榴籽似的,人见人夸。但爬树摘桑葚却闯祸了。有几天秋秋天天要吃桑葚,把嘴唇吃得乌黑乌黑,被奶奶看见,把龙娃好一顿埋怨。龙娃不只带秋秋玩玩花花草草,还弄出一些新鲜玩意儿。一次他在山上抓了两只蝈蝈,又钻进寨门楼上大半天用秫莛给蝈蝈编了一个笼子送给秋秋。秋秋很是喜欢,她将笼子挂在一棵歪脖枣树上听蝈蝈叫,摘枣叶给蝈蝈吃,高兴了好一阵子。一次,石恨铁爷爷的大孙子铁柱把一只从小养大的麻雀调理成了精,这麻雀能听他指挥,将一杆小旗噙在嘴里,飞上飞下,煞是逗人。龙娃也想给秋秋调理出这样一只小麻雀,但当他爬上梯子从墙缝里掏出一只刚睁开眼睛的雏雀时,秋秋却说这小雀离开窝真可怜,会想娘的。龙娃看着秋秋脸蛋上的泪珠,只好将雏雀又送回窝去。

龙娃家穷,只有寡母常秀灵和一个比他小两岁的弟弟麒娃。每逢冬天,龙娃喜欢跟着村上的大人去打兔子、钓鱼,居然也学了本事。冬天的饭菜太寡淡,一天他正准备独自下西河钓几条鱼给娘和麒娃添一点荤腥,秋秋来了。一听说去钓鱼,她也要去,龙娃说天气冷,她不能去,争执中秋秋不觉就哭了。正在这时,常秀灵碾红薯干回来,看到伊秋流泪,急忙把盛红薯面的簸箕搁方桌上,不由分说就骂龙娃,说你秋秋妹对你那么好,事事护着你你还惹她,你还把她惹哭?龙娃说俺没惹她,是她想哭。娘一听,抓起床上的笤帚做出要打的样子,龙娃往后退避,秋秋急忙叫声妗子,说真不是他逗我哭的。秀灵把秋秋揽在怀里,说那为啥?我的小泪人儿,打小就爱流泪,好像泪珠儿就搁在眼角里似的。龙娃笑道,是了吧,不是我把她惹哭的吧?秀灵狠狠地瞪龙娃一眼,说你是哥你要让着她一点,护着她一点。龙娃说你问她我哪点不让她不护她?秋秋白龙娃一眼,向妗子撒娇道,妗,他好几次说带我到西河抓鱼,就是不带我去。秀灵笑了,说这么冷的天河都上冻了,还到哪里去抓鱼哪。秋秋解释说不是抓,是在冰上凿洞钓鱼。秀灵问龙娃,是吗?龙娃说前几天他跟随二堂叔去钓过两次。秀灵看看秋秋乞怜的目光,说那你带秋秋去看看呗,这种天气整日憋在家里也怪闷的。有娘的话,龙娃急忙整好鱼竿钓丝,又跑到对面羊二堂家借根通条。羊二堂家一到冬天就熬糖饴做芝麻糖,烧煤,有几根粗通条。龙娃从羊二堂家拿着通条、鱼竿出来,娘还立在家门口招手,说河没有冻实,不能让秋秋往冰上去。龙娃扭头瞧瞧秋秋,龇龇白牙一笑说,你看俺娘惦记你比惦记俺还心紧。秋秋不说什么,只是用小拳头捶了下他的背。

天色阴沉沉的,西北风虽然小了点,但吹过来仍然刮脸。田野几乎无人,农闲时候,农人们不是烟熏火燎地窝在屋里烤火,就是耍钱,推牌九、打麻将、掷色子、押宝,耍的花样很多。几只觅食的麻雀从他俩身边飞过去落在河滩上,睁着圆圆的小眼睛望着他俩,一点不害怕,好像希望他俩的脚印里能留下谷子似的。龙娃沿着河边走了一段,选定位置,从河崖下撸来一堆被风卷在一起的乱草,在一块背风的大石头旁边,给秋秋铺了个软软的小窝,让她坐到窝里。龙娃又抬头看看冰封的河道,到冰面上开始用通条凿冰。秋秋走过来问为啥选在这个地方下钓钩,龙娃说这里平日水流急,鱼儿喜欢在水急的地方打旋,鱼多。秋秋要过来帮忙,龙娃赶紧制止,说怕冰破了把她掉进河里。其实河面上的冰已有三四寸厚,大可不必担心。通条不顺手,待将冰面凿通,龙娃身上已微微有层汗。下了钓钩,钓丝久久不动,风从乱石间呜呜吹过,一直注视着钓丝的秋秋感到冷了,想了想要把手暖取下来扔给龙娃,龙始摆摆手,她问:

"手不冻吗?"

龙娃又摆摆手示意她不要说话。正在这时钓丝迅速下沉,龙娃猛一提,一条约半尺长的白条鱼挂在空中,腾跃着扭动着卷曲着划出一条银光闪闪的曲线,把灰暗的天空撕开一道口子,然后,被无情的鱼丝牵扯着重重地跌落到岸上。贪嘴的鱼儿在乱石上蹦呀蹦的,龙娃扑上去抓住它放进事先用沙子筑好的小水洼里。看看自己的战利品,龙娃同秋秋开玩笑,说你可要看好它,别让它跑了。秋秋把手探进水洼摸了下鱼鳞,好久没有说话。龙娃以为她冻着了,走上来把她脖子上的围巾往上拉拉。

西边天色暗淡下来,好像又要变天,河风像小刀一般。村北口高坡上出现个人影,瘦瘦的像是石家的管家东祺,不知在喊什么,听不清楚。秋秋叫声龙娃哥,说东祺叔是在喊俺,怕是俺娘找俺了,咱回吧。看看水洼里已经有五条小鱼,龙娃就收起鱼竿走到那块大黑石头旁边去扶秋秋起身,秋秋却低头望着

水洼里的鱼儿坐着不动。龙娃催她起来,她沉默不语。龙娃笑出声说:

"咋啦? 脚冻麻啦?"

"没有。"

龙娃又笑道:"那是脑子冻木啦? 傻啦?"

"你才脑子冻木呢!"秋秋反讥一句。龙娃一时不知所措,正想再拉秋秋,秋秋低着头突然说:"龙娃哥,咱把这几条鱼儿放了吧。"

龙娃惊讶:"咱们挨半天冻才钓了这么几条鱼,怎么就放了呢?"

"龙娃哥,放了吧,它爹它娘在想它们哩。"秋秋仰起脸,一双大眼睛里闪动着莹莹泪光。不知为什么龙娃的心抖了一下,想起前年把雏雀放回窝的事,走过去把鱼儿一条一条地送回冰洞。秋秋站起身解下围巾包住龙娃的双手,脸蛋藏在龙娃的肩头后边穿过北风阵阵紧起来的河滩。走上高坡,东祺一脸怒气地呵斥龙娃,说大冷的天,龙娃不该把小姐带到河滩上玩。秋秋不高兴了,说东祺叔俺不是小姐,也不是龙娃哥要带我出来的,是俺自己要出来的。东祺态度缓和下来,对着执拗的秋秋无奈地说,好好好,你不是小姐,可你知道刚才你娘看不到你多着急,连老太太都惊动了。龙娃感到带秋秋到河上凿冰钓鱼确实有点冒失,叫声姨夫,说是俺不对,俺不该不对你说一声。东祺是个随和人,一听龙娃认错就笑了,问刚才你带秋秋到河里玩啥子? 龙娃答钓鱼。东祺又问钓了几条,龙娃龇龇白牙说没钓到。东祺拍了下龙娃的后脑勺说,看你小子的出息,冻了半天一条鱼没钓到。秋秋急忙为龙娃辩解,说不是没钓到,是我把鱼放了。东祺做出十分痛惜的样子,说你这妞怎么能把鱼放了呢,要不然这么冷的天把几条鱼炸一炸,让老叔下酒该有多好! 秋秋说才不给你下酒呢,你一喝酒就发酒疯。东祺不知想到哪里,忽然叹了一声,转身对龙娃说,今晚要下雪,要是你爹还在的话该多好,老哥儿俩又可以一起喝一杯了。

龙娃一时默然,垂下头。

三　石匠庄的外来户

　　龙娃家住在伏牛山下的石匠庄。石匠庄的历史可以上溯到大禹治水的年代。他自小听老人们反复讲过。如今的龙门山原来没有"门"，叫龙山，挡住了滔滔洪水，龙山与远处的南山相对，之间没有陆地，百里茫茫。南山里有一个小伙跟随大禹到龙山劈山治水，每天中午妹妹给他送饭。妹妹将饭罐搁到山半腰一块梅花石上向北问一声："开没有？"如果对面回答："没开！"她就得扭头往回走，这是约定，因为在未开之前她不能看到哥哥和那些治水的工匠。为什么？她也不明白。

　　一天，她又站在梅花石上高声呼问：

　　"开没有？"

　　"开啦——啦啦啦啦——"终于，从远处传过来的悠长回声，包围了山河大地，惊喜的妹妹凝立不动，紧接着一声天崩地裂般的巨响，龙山哗啦啦地现出一个口子，像刚刚推开的一道大门。化为黑熊劈山裂石的哥哥和他的伙伴们，还未来得及变回人形，还没穿齐衣服，就被妹妹看见了。惊呆的妹妹，瞬间化为石人。自此，龙山改称龙门山，洪水从龙门山口汹涌而去，露出了土地、山丘、杜康河和伊河。为了陪伴化石的妹妹，哥哥从里山搬到南山北麓，几个同他要好的石匠也搬过来，于是这里有了鸡鸣，有了炊烟，远近就把这地方称作石匠庄。

到樊玉龙出生时,石匠庄已经是个有两百多户人家的大庄子。几条主要街道按方位命名,有东南西北街和一条与南街成丁字形的南大街。庄内最热闹的地方,不在十字街口,而在这条南大街,药铺、杂货店、学堂和团练局子都在这条街上,街两旁多是青砖瓦舍。丁字口那边,一株两人合抱的老榆树下有两口古井,井口呈方形,五尺见方,不深,清可见底,水质清澈,冬暖夏凉,夏天凉得可拔西瓜,冬天可见从井底冒出的隐隐轻烟。石姓一百多户,多住在南大街周围;赵姓五十多户,多住西门里;东大街多为杂姓人家,北寨根和南寨根也是各姓杂居。紧贴着北寨墙外边还有一个三十多户的羊街。不知从哪朝哪代起,这里来了一群在南山放羊的人,以后子孙繁衍,都姓羊,形成了一条新的街道,被人称作羊街。

村人所称的南山,属伏牛山脉的一段,顾名思义在村庄南边。南山在村人眼里,主要由三座山岭组成,靠西的叫石妹子山,村人又昵称为妹子山,靠东的叫石羊山,两山峡谷后边露出一座山顶圆如磨盘的山头,叫石磨山。三座山岭都无奇特之处,但名称都有来历,都附着祖祖辈辈传下的神话。

石羊山本因巨石如角而得名,但好事者非说夜晚有石羊在山上奔跑,清晨露水濡湿的青草上还留有石羊的蹄印呢;石磨山上有座王母娘娘庙,俗称老母洞,每逢下雨发大水,浓云遮盖山头,峡谷发出轰鸣,村人就说是老母在推磨。这些神神秘秘的传说,一代一代往下传着,没人辨其真假。樊玉龙小时候没有看到过石磨山山头的"磨盘"转动,也未见过石羊山青草露水中的羊蹄印,但石妹子山的仙人脚印则确是有的。大人带他到梅花石边看过,石上有浅浅的几个凹痕,一个圆的像瓦罐的底印,两个尖尖的像女人的脚板,人们说这就是当年大禹治水时,妹妹给石匠哥哥送饭留下来的印记。

樊玉龙记事大约从四岁开始。

四岁那年,他爹死了,留下他、弟弟玉麒和只有二十三岁的寡母。这对一个贫穷而姓单力薄的家庭来说,无疑是塌了天。

樊姓人原来并不住在石匠庄,樊姓人是几十年前闹长毛之后搬来的。几辈老人口中的长毛——太平军,先攻的是石匠庄,石匠庄有寨墙有寨壕还有团练和乡勇,太平军围攻七日未能攻克,掉转头把一个只有五十来户的樊村给踢蹬了。人大半被杀,房屋被烧,村庄算是抹平了,只剩下一棵老柿子树和一间破烂的小土地庙。樊氏留下的人家,大都迁到伊河西边樊姓人聚集的地方,只有一户就近迁来石匠庄。这一户的第二代有五兄弟,樊玉龙他爹樊鹏万排行老四,人称樊老四,住在羊街旮旯儿的三间茅草房里。

樊老四是个老实疙瘩,见人说不出三句话,但这个二十岁出头、平日少言寡语、一身力气全使在地里的年轻人,几年前闹义和团的时候,却突然变了。他迷上了舞枪弄棒,拜在来村上设厂的山东巽字门大师兄吕道方门下,高喊着"神助拳,义和团,只因鬼子闹中原"的口号,跟着"扶清灭洋"的大旗上了北京,在北京城外河西务与俄国军队打了一场硬仗,哥萨克的马队一拨一拨冲过来,义和团的神兵念着咒语、听着鼓点一批一批冲过去,神符终究敌不过洋枪洋炮,死伤累累,战场逐渐沉寂下来。他从死人堆里扶起被哥萨克的洋枪射中胸脯的大师兄逃回家乡。至此,他整个儿人闷了,整天低头俯身在老柿子树下祖传的三亩薄地上,不问世事。

麦黄季节,六月熏人的热风里飘着麦子的香味,收割在望,但也是农民们最难熬的青黄不接的日子。地里有许多活计要做,樊老四天不亮喝了两碗稀粥就下了地,一直做到正晌午。他擦着被毒日头晒焦了的肩膀走进茅屋,抓下烂草帽扇了几扇,用脚拨过来一张小板凳坐下,刚摸出烟荷包,就看到媳妇常秀灵阴沉沉的脸色。

他放下手中的火镰讪讪地问:"晌午吃啥?"

常秀灵一听发了火:"吃啥,吃啥,你看看缸里面有没有水? 没有水叫俺咋做饭?"

常秀灵是个瘦小麻利、性情急躁的女人,干事一阵风,现时两个在屋内哇哇哭闹的娃子,却弄得她手忙脚乱。

樊老四看看媳妇嘟着的嘴,本想说你不会先到井边提一桶水用着吗? 但一听小儿子麒娃正在喊饥,头上长疮的大儿子龙娃正在喊痛,眼看屋里闹成一锅粥,也就没说出口;再说媳妇不是懒媳妇,只是脾气坏点罢了。

"还不快去挑水? 我等着淘麦子!"常秀灵白净的面皮泛着红晕,月蓝色的粗布小衫上被汗溻湿一片,没有一点好脸色给丈夫看。

"让我抽口烟喘口气。"

"抽啥子抽,你看看日头到哪儿了?"常秀灵催促道。

樊老四直起疲惫的身子,一声不响挑起水桶低头走出院门。扁担上的铁钩摩擦着水桶的铁錾,把一串哗啦啦的响声留在他高大的身影后面。

羊街旮儿在羊街东南角,一面紧靠石匠庄北寨墙,一面紧挨羊家祠堂后壁,是一段不能称作街的半截巷,只有几户人家,分明不是风水宝地,却有一口好井。井有三丈多深,呈瓮形,口小底宽,四季水位不变,冬暖夏凉,井底乌黑。樊老四挑着水桶疾步往前走,肚子咕咕响,桶錾儿在铁钩上哗啦哗啦,这声音不知怎的就令他想起义和团的锣鼓。他头有点晕,走上井台把桶挂上井绳,往下看看,深深的井底有一小块天,有波纹有云影也有刀光,有大师兄也有死去的兄弟们。他撒手放开辘轳,水桶迅速下垂,也许是他突然头晕,也许是他只顾往井底看,哗哗转动的辘轳把子猛地打在了他的后脑勺上。

常秀灵等水等得心急火燎,小儿哭,大儿闹,她忍不住嚷道,哭啥?是你爹死在井台上了?小儿睡着了,大儿仍在叫疼,秀灵喝令不哭!但四岁的龙娃还哭,不断吵痛。秀灵恨恨说:我叫你痛去!随手一拳打在龙娃头上,不料正打着已有半个馍大小的疱子,痛得龙娃大声嘶叫。秀灵一看大儿子满头脓血,急忙找块布给他抹拭干净,自己则随着儿子的哭声也痛哭起来。也许是因为脓血流出后疼痛减轻了些,大儿子渐渐也睡着了。听到两个儿子轻微的鼻鼾声,常秀灵忽然想起去井上挑水的男人。她丢下手中的水瓢,气冲冲走出院门。太阳直射下来,地面像烧红的錾子变成灰白色,冒出微微的轻烟。她从阴暗的房子一出来,炽烈的光线猛地堵住了她的双眼,她停下脚,用力把眼睁开,眼前一片噼啪乱跳的金星。四周无人,空巷阒寂,连狗叫声都没有。正是歇午响的时候,农人吃罢饭在屋内歇着呢。她再往前看看,井台上也无人,心想这人到哪儿去了?去隔壁羊二堂家找烟抽了?抽烟就那么当紧?连饭都顾不得吃?她不无埋怨地又向前走几步,看到了井台上的水桶和扁担,但水桶只有一只。井绳下垂,那只桶搁在扁担旁边,一副孤零零的无依无助的样子。

常秀灵心里咯噔一下,加快脚步走上井台。四周看看,还是没人。走近井口往下看,黑洞洞的井筒深处泛出一片微光,一只半浮的水桶和一个发辫样的东西在水面漂浮着。常秀灵明白出了事,头轰地一下,立即跳下井台高喊救命。

"救命啊!快来人哪!"常秀灵一声声凄厉的高叫,惊醒了附近歇晌的农人。羊街上的人跑来了,石匠庄寨墙根上的人跑来了。最早跑来的是羊街旮旯儿的几条壮汉和爱看热闹的娃子、媳妇。羊二堂抓一件小褂,一面跑一面对着常秀灵喊:

"嫂子,咋啦?咋啦?出啥事啦?"

"你鹏万哥掉井里啦!这可咋办?这可咋办?"常秀灵哭着说。

众人一听都明白了,发出一片惊恐与唏嘘声。

羊二堂和几个小伙冲上井台商量救人,有人说抓着井绳下去,有人说把几张梯子接起来顺到井底;有人说不行,井绳霉了不结实,经不起往下坠一个人,梯子顺下去也没用,谁知道井究竟有多深。七嘴八舌正嚷着,从石匠庄那边跑过来一群人,先跑到的老石匠石恨铁弯腰往井下看看,猛地把肩上的土花布褂子往旁边一甩,跳下井台从羊二堂家牛棚里拿出一把钉耙。恨铁爷快六十的人了,手脚依然敏捷,他用布满青筋的双手,灵敏地把钉耙系在井绳上,顺着井筒慢慢往下坠。钉耙在水面上荡动着,突然井绳抖一下伸直了。井口有人喊:"钩住了!"老石匠看一眼抓住辘轳把的羊二堂,要他绞动井绳。

"慢点,慢点。"老石匠吩咐着。

一个人形渐渐露出水面,"出来啦!出来了!"有人高喊,一个传一个,人群轰地一下朝井口聚来。常秀灵看到嘴唇乌青、双目紧闭、全身湿透、乌黑粗大的发辫根部被钉耙挂破的地方浸着丝丝血迹的男人,没哭出一声就晕了过去。不知什么时候龙娃牵着弟弟麒娃来到井边,一时被眼前的景象弄迷糊了,怔怔地看着,直到娘晕倒才扑上去大哭。

老石匠挥挥肌腱拧结的手臂,叫人快拉条牛过来,二堂看到他爹羊在礼给他使个眼色,就和哥哥大堂急忙到牛棚去把平日与樊老四换工的那条黄牛牵了出来。黄牛低下头用鼻子闻了闻老四身上熟悉的气味,诧异地向两边望望,抬起头"哞"地叫一声,凸出的眼睛里蒙上一层泪水。人们听从老石匠指挥,赶紧把老四抬在牛背上趴着，牵着牛慢慢走动，想把老四喝在肚子里的水控出来。牛绕着圈子慢慢走，有人要把牛赶快点，被老石匠制止了。

正当村里发生这种惨剧的时候，从石匠庄东街那边却传来一阵热闹的锣鼓点和鞭炮声。井边的人们有些诧异，有人传过话来，说是县里给新科举人报喜，首户家的大少爷石寿庭中了举。石寿庭的父亲石孝先，早年已中过举，现在是一门两举人，不知家里正喜成啥样，忙成啥样。听到这个消息，人们不禁向那边望去，不料石寿庭却突然来到羊街旮旯儿，出现在众人面前。身材魁梧的石寿庭拨开众人急急走进来，看看牛背上樊鹏万头上的血迹，又翻开樊鹏万的眼皮瞧瞧，挥手让石府当差的石东祺同羊二堂一起把老四放下来，然后走到刚醒过神来的常秀灵跟前说：

"鹏万家，人不中了，把四兄弟抬进屋吧。"

石寿庭比樊鹏万大两岁，他的妻子樊霜花是伊河西边老樊家的闺女，论辈分他是樊鹏万的姐夫。他同常秀灵一起跟随抬尸首的人走进茅草院，简单向常秀灵问了问老四的后事，转脸吩咐身后的石东祺送二十串钱过来，离开了。

石寿庭家的宅院后门和樊鹏万家只隔一道北寨墙。不久，身材瘦弱的石东祺翻过寨墙上的豁口将钱送了过来。他喘着气，平日能言善道的他面对泪眼婆娑的常秀灵和两个木呆呆的孩子，就把已到嘴边的几句安慰话咽了下去。他在石寿庭家里当差，似管家又似跑腿。他虽是私塾先生石宏儒的儿子，却读书不成，而且因体弱多病下地也不成，只好找了个这样的差事。他为人和善，爱说话，爱喷，跟随石寿庭赴考游学，走州串县，见多识广，在村上算得上是一个能言善辩的"人物"。他媳妇也是渠上的闺女，还是常秀灵的堂姐，与樊老四算是连襟，因为这层关系，两人走得近，关系最善。喝汤时候他常端一大碗东家的白面面条走出石寿庭家的宅院后门找鹏万扯闲话。石姓富人家多住南街，唯石寿庭家住东街，后院是个小花园，后门对着北寨根的一棵老杨树，树旁常有人攀爬寨墙，在寨墙上留下一串脚窝和一个豁口。豁口那边就是羊街旮旯儿，翻过去就到樊老四的院门口，两人拉话方便得很。

擦着眼泪的常秀灵急忙给石东祺让座，东祺向豁口和小院看看，不禁想起暮色中鹏万端只大碗喝汤的样子和手上那碗高粱面掺红薯叶糊涂，流出眼泪。

"鹏万的后事咋办？想过没有？有没啥主意？"石东祺问。

"我一个妇道人家，又没遇到过这种事，能有啥主意？"秀灵答，"再说，也没有这笔钱，恁知道这个穷家的家底。"

石东祺默默点着头。平日对男人没有多少好脸色的常秀灵，这时有一种抱怨与歉疚纠结着的情感，像一块大石压在她的心上。一会儿她想男人不该丢下她和孩子走这么早，一会儿又想是她害死了男人，是她逼男人空着肚子去挑水才出的祸。

"可是俺也不想办得太潦草，太不像样。"常秀灵似有主见地说，"鹏万吃了一辈子苦。"她停了一下，"再说吧，不管胜败，他也是为国家上过战场的人，最后不能太亏欠他。"

"是这样，是这样，我回去把你的想法同寿庭也说说。"石东祺站起身正要离开，忽然想起一件事，又回过头说，"我见到大师兄了。"

"哪个大师兄？"

"吕道方。"

"你啥时候见到他了？"常秀灵很惊讶。

"半个月前我陪寿庭去赶考，在开封碰见了他。他在大相国寺摆摊卖药。"石东祺声音低沉，"他还问到鹏万，还说要过来看望呢。"

"还看望个啥，鹏万走了。"常秀灵不觉又抽泣起来，"这都是命。"

"唉，他们的人死得真惨，败得也真惨。"

常秀灵想好好送男人一程，但家徒四壁，没有分文存钱，石寿庭给的二十串够买棺木，可秀灵不愿意让老四就这样躺到一口桐木薄棺里就走，她要给男人最后一点热闹。她托人到金贤街订了纸扎，请了一班响器，还到上云寺请了两个念经超度的和尚。纸扎虽只有一对童男童女，响器虽只有一镲两笙一大笛共四件，和尚念经虽不过夜，乡下葬礼的一应故事也算有了。

出殡那天，老四的兄弟家里来了十几个人，渠上亲戚来了，堂姐樊霜花来了，石东祺夫妇来了，村里好友羊二堂兄弟和老石匠一家也来了。寿庭没有来，他娘不让他来，怕冲掉新科举人的喜气。入殓、钉棺、祭拜，四个汉子将棺材绑牢在抬杠上，唱礼先生一声"起——"，唢呐声随即冲天而起，悠长而凄厉，在死寂的小院里震颤着,在茅草屋檐上震颤着,在人们心头震颤着,哭声骤起。童男童女在前面开路,常秀灵一手抱着麒娃,一手牵着龙娃走在中间,十多个送殡的亲友跟在后面。龙娃和麒娃身穿重孝,白衣白帽白鞋,麒娃尚不明白爹为啥躺在那个移动的黑黢黢的黑匣子里,龙娃抱住瓦盆茫然四顾,由于眼睛被泪水模糊,四周的房屋、树和人都变了样,一时弄不清是在哪里。经过十字街口,唱礼先生要抬棺的汉子停步,一挥手,响器班呜哇呜哇猛劲吹奏。唱礼先生跑过来同秀灵说话,秀灵示意龙娃摔瓦盆,龙娃愣了愣将瓦盆狠狠摔在街面的一块石头上。"嘭"的一声,常秀灵长长吁口气,对着棺材喃喃说了几句话,鞭炮声中谁也没有听清她说些什么。送殡队在鞭炮的烟雾中离开十字街口,出北门穿过麦田间的小路,向柏树覆盖的樊家祖坟移去。炎阳照射得眼睛发花,从远处看那支穿行在广袤天地间的送殡队,像一条黑色的毛毛虫蠕动着,没人再给它增添悲哀的分量。可是对常秀灵同她的两个孩子来说,悲哀与痛苦是无尽的。

办罢丧事,常秀灵暗自算了下账,欠了三十多串钱。这像一个磨盘压在她的心上,再想地里的活儿没人侍弄,不知今后的日子该怎么去过,眼下一摸黑。

秀灵她爹常修武最知道女儿的心思和难处,在回渠上的前一晚听闺女诉了一通苦之后,好一会儿不讲话,一连抽了三袋旱烟,把烟锅在鞋底上磕了好一阵才开口:

"熬吧。"

"咋熬呀爹!"

"有两个孩子就不要多想了。"

"我没有多想,但这日子咋过呀!"

"守着孩子慢慢过,慢慢熬。"常修武又在鞋底上磕磕烟锅,"有苗不愁长,有盼头!"

"地里的活儿可咋弄?我一个女人家。"

"俺弄!"常修武低沉坚定地说。

"渠上离这边八里地,你又是六十出头的人了,那咋行?"

"行,我说行就是行,你放心吧。"

常秀灵还想说什么,常老爹望望铁灯盏边上绿豆样的小灯头,说声别熬油了,站起身回柴屋睡了。

常修武是个四肢筋骨结实、背部微弯的老头,长年沉重的地里活计,把他青筋暴突的身子磨炼得坚韧有力。一次一头驴卡在磨盘下,他一个人竟将磨盘抬了起来。如今虽近年迈,但他说帮女儿种地,不是虚话。

修武老汉跟前就秀灵这一个闺女,年近四十才得女,视若明珠。下地回来就把女儿抱在怀里,冬天也抱,怕女儿冻着就将女儿揣在棉衣大襟里,再束上一根宽幅腰带,在胸前给女儿筑个温暖小巢。他揣起女儿四处走动,傍晚喝汤端着大碗上街找人拉闲话也把女儿揣着。秀灵生得白,村人叫她白妞,很招人喜爱,修武老汉更是爱怜有加。如今女儿遇此不幸,老汉直直弯曲的腰杆,硬是一肩挑两头,把渠上、羊街旮儿两个家的农活都扛起来。闺女性刚强,遇事不服输,丧事办罢,卖了两亩岗地还清债,按着老爹的话拉扯两个孩子,咬紧牙关饥多饱少地过下去。

四　石疯子办学

自从爹死后，家住渠上的姥爷确实把两头的农活挑了起来。但八年时间与无数次的八里路，把修武老汉拖垮了。十二岁的龙娃从衰老的姥爷手中接过了犁把子。

村人还记得，樊玉龙出生那天，平地猝然刮起一阵旋风，上大下小，摸天触地，旋转着呼啸着刮得天昏地暗、树倒屋塌，刮到羊街旮旯却停了。有人说那是一条龙，应在了樊老四家的新生儿身上。新生儿有几个玉字辈的堂兄弟，叫玉豆、玉谷、玉黍什么的，名号都与粮食有关，到这个新生儿起名时，人们却将他与那股风、那条尾巴扫着地面的"龙"联系起来，从堂兄们的庄稼地块里脱颖出来，一跃而成了"玉龙"。有人说这娃子命硬，妨爹，爹妨死了，十二岁就得扶犁把子。正是收秋大忙时节，眼看天快黑了，他还不得不带着弟弟在地里忙活。

八月中秋下午，刚收罢秋庄稼的四野一片空旷和寂静，地宽了天高了，空气清澈透明。从地头往北望一直可以望到淡淡的龙门山口，往南望，南山近了，那个被视为羊角的两块壁立的岚气缥缈的黑石，好像就要冲过来抵住石匠庄的寨门楼。西边的杜康河，也就是村人常称的西河，由于连日秋雨涨水，推着从南山滚下的山石发出隆隆的咆哮。东边渐渐暗淡下来，小树林上空归鸟盘旋着，发出各种调门的啾鸣。

"龙娃哥——"远处传来一个女孩清脆的还带几分稚气的呼唤。

正在犁地的龙娃喝住老牛扭头向那边看看,其实他听声音已经知道是谁来了。

一个穿件碎花布衫,晃着一条大辫子,圆脸、大眼、笑容如花的小姑娘踏着庄稼茬子和新翻起的犁沟一蹦一跳地向这边跑来。龙娃用衣袖抹了把汗,脸上泛起微笑。看看秋秋离得还远,喝声牛,插在地里的犁铧又缓缓推进,划开的泥土向两旁翻卷,带出来一阵阵清新的泥香。龙娃用的牛是羊二堂家的,二堂家午后从地里拉走最后一车豆秸,就把牛借给了他。收完秋马上要播种小麦,农人都在赶季节犁田耙地,他使人家的牛更是要见缝插针才能不误时节。

"龙娃哥——"秋秋一面喊一面跑。

在旁边地里割谷子的麒娃以为他哥没听见,直起腰提醒地叫了声:"哥!"

龙娃扭下头:"快割吧,你看地里还有谁家的秋没收?快割吧,这两天二堂家的牛再有空的话,好把割过的老茬子翻了。"

"哥,你看秋秋来了。"

"俺听到了。"龙娃正要转过身去,秋秋已经来到身边。

"龙娃哥! 我叫你你为啥不理!"微喘着的秋秋,小胸脯起伏着娇嗔地来回跺着脚。

"天都要黑了,你还来?"

"我就要来,我就要天快黑才来。"快乐、开朗的秋秋故意顶撞玉龙。

"来做啥?"体态壮实、个头猛过年龄的麒娃走过来问。

"你们猜猜。"秋秋神秘一笑。

玉龙扶着犁杖不语,晚霞的最后一缕余光照在他脸颊微微闪动的汗珠上。秋秋睁大一双眼睛看着他,他想躲开,不知是霞光还是一股暖流滚上心头,脸红了,憨厚地一笑。他的身材与老弟相反,偏瘦而修长。他从犁杖上直直腰,左嘴角无意中牵动了一下,露出了一种怜爱之情。霞光中他的瞳仁特别明亮,亮得像两块即将燃烧的黑炭,一碰就能冒出火花来。秋秋好像又从那瞳仁里看到了自己的影像,忙低下头,轻声重复一句:"你们猜猜。"

"来送好吃的呗。"龙娃与秋秋开玩笑。

"猜得也对也不对。"秋秋把一直藏在背后的一只手伸过来,"给,先给你们一个月饼,今晚不是中秋节吗?"

"那后一个是什么哪,月梨?"麒娃追问。

"就挂着吃,"秋秋弯腰拾块小土疙瘩掷了麒娃一下,又将红红的小脸转向龙娃,"俺爹从省城回来啦,刚到家。"

龙娃惊异地问:"三姑父不是在法政学堂当教习吗?怎么回来啦,放假啦?"因为樊霜花在家里姊妹当中排行老三,故龙娃称寿庭三姑父。

"不是放假。"秋秋说,"先吃月饼吧,下地半天,饿了吧?"

"不饿。"龙娃摇摇头。

"啥时候啦还说不饿?去年你上山砍柴,回来的路上饿得走不动,躺在石三年家豌豆地里吃豌豆苗,两个月把人家二亩地的豌豆苗都快啃光了,石三年要找你算账,全村人谁不知道!"秋秋嬉笑两声抬头看看天色,"现在啥时候啦,能不饿吗?"

提起吃豌豆苗的事,麒娃跳着唱起来:

豌豆苗就小蒜,
小伙子越吃越捣蛋。

小蒜是一种野菜,叶子像青葱,根部洁白呈球状,玲珑剔透,莹润可爱,状如小小的蒜头,略带辛辣味,故名小蒜。龙娃上南山砍柴,背负几十斤重的柴火下山,饥肠辘辘,往往半路就走不动了,山下的豌豆地成了他最好的歇脚之处。这位不速之客一点不客气,还嫌人家的豌豆苗味道寡淡呢。他起身到地边挖一把小蒜,抖抖根部的泥土,夹在一把豌豆苗里,那味道不亚于一张大饼夹着的青翠大葱。大饼夹大葱他很少吃,几乎是没有吃过,但这豌豆苗夹小蒜,他则可以尽情享用。他躺在地里,一面品味着他的"大饼夹大葱",一面看着澄澈晴空上一只孤傲的苍鹰。苍鹰展翅翱翔,时远时近,忽高忽低,任由来去。他着了迷,视线被那双舒展的翅膀牵动着,忽然听到一声凄厉的长唳,他流泪了,不禁吐出口中的豆苗和小蒜。

秋秋又捡块土疙瘩掷麒娃一下,麒娃直瞪眼说:"要不是俺哥捣蛋,你咋老站在寨墙豁口喊俺哥过去给你编瞎话呢?"

豫西人将讲故事称作编瞎话,玉龙听弟弟这么讲,笑一下叹了口气:"唉,这都不假,但说故事不顶饥,有时候饿肚子会把人饿疯。有一年麦收俺去二堂家换工,中午娘下了一铁锅红薯面面条,俺饿极了,一回来就不管不顾地一碗又一碗地往肚里猛装,弄得娘最后不得不说,你不能一个人把一个小号锅里的面条全吃了,总得给娘和你弟留一碗吧?"龙娃自嘲地笑着说,"俺也真是个吃货!"

"你俩快把这个月饼吃了吧。"秋秋催促道。龙娃把月饼递给弟弟,弟弟又将月饼递回给他,两人怔怔地互视片刻,秋秋见状问:"怎么啦? 月饼都不想吃?"

"拿回家吃。"龙娃声调缓缓地说。

"是想带给俺妗吃?"

"今天过节,家里啥也没有。"

秋天的带着凉意的夜风掠过原野,秋秋不禁打了一个寒战。又圆又大的月亮从东方升起来,一串泪珠从秋秋洁白的脸颊上渐渐溶进银色的月光里。

"回去吧。"龙娃担心久立不动的秋秋受凉,一面收拾犁杖一面招呼麒娃和秋秋。

走到村口秋秋忽然想起似的说道:"俺爹说,要你这两天到俺家去一趟。"

"啥事?"

"好像是开学堂的事。"秋秋扭头走了。明亮的月光下,秋秋娇小的身影像一只夜晚归巢的燕子,飘过了寨墙的豁口。

"开学堂?"龙娃想问清楚已来不及。他望着豁口那边的老杨树,竭力想象着那位印象十分模糊的姑父。他记得爹死时姑父的模样,后来多年未见,村人传说不一,有人说他是个好人,有人说他是个怪人;有人敬佩他,有人痛恶他。龙娃不知这位姑父究竟啥样。

体态伟岸,作风新派,虽不着洋装但剪了发辫,背后被人称作石疯子的石寿庭要在村上开办学堂的事,已在村上传开。

那年寿庭姑父中了举人,龙娃还模糊记得东祺姨父陪寿庭姑父往省城赶考一回来,就端个喝面条的大碗来找爹喷上了。

爹问:"寿庭考得咋样?能拿到个功名不能?"

"那没说的,你知道寿庭这人,硬气!再难也难不倒他!"

"真的很难吗?考场很难进吗?"

"那没说的,搁到咱身上不要说考了,一进考场——人家叫贡院——就吓蒙了。一连考九天,一人一间小房,一入闱就别想出来!"东祺姨父来了精神。

"啥叫入闱?"爹问。

"把一块白布门帘一拉,就叫入闱。"东祺站起身夸张地比画一下。

"乖乖,要考九天?都考个啥呀,不是说就写一篇文章吗?"

"现时不同啦,不光是作一篇八股文,考得可多啦,上考天文,下考地理。听寿庭说,第一天是写篇八股文,第二天是策论,第三天作诗对对子。"

"还要对对子?那第四天第五天呢?"

只见东祺姨父皱了下两道淡眉,知道的和不知道的一并乱吹起来。

爹和东祺姨父的这段对话,深深地印在龙娃的脑海里。他朦朦胧胧感到寿庭姑父是个了不起的人,而且是个好人,爹掉井里时他赶过来救过。但村里也有说寿庭姑父怪话的,说他是个疯子。

石寿庭的祖上留下四五顷地,他家在不算富裕的石匠庄被村人称为首户,并以耕读世家自誉,几代都有功名。父亲石孝先中举后,戊戌年曾进京会考,跟着康有为、梁启超们闹过公车上书,变法失败回县里当了几年训谕,后隐居乡里开馆,散于州县的学生不少,故人称石训谕。石孝先身材瘦小,性情古怪,却喜交游,平日对学生管教甚严,对儿子更不例外。他膝下三女二男,大儿寿庭从小读书有灵性,盼儿成材心切的石孝先却没少给他板子;二儿寿堂不喜读书喜经营,稍长就去了金贤街上他家的茂源绸布庄,之后又将茂源分号开到洛阳;三个女儿嫁与州县大户人家,早已成了别人家的贤妻良母。石孝先只得把光宗耀祖的希望,放在寿庭身上。

寿庭聪慧,十七岁考中秀才。似生下来就要与老爹反其道而行,他不仅身材高大，性情与老爹也迥异，豪爽仗义，特立独行，在乡人眼中往往做出些读书人的乖僻事。算卦先生说他命硬妨妻，家里为他说的两门娃娃亲都未笄先天。到年过二十，母亲早想抱孙子的时候，经人提亲说了一个山南富户家的女儿，合八字，送聘礼，未及两月已是送嫁迎娶佳期。红轿彩幡，锣鼓笙呐，鞭铳齐鸣，千人空巷，石匠庄出现一番少有的热闹。合卺之夕，宾客大多散去，只剩下一班跃跃欲试准备闹房的青头小子。喝了几杯高粱酒脸膛泛红的寿庭走进新房，看到闷坐垂泪的新人，先是一惊，错愕得不知如何是好。他定定神，再低头看，以为是自己体量粗壮不合新人心意，遂上前低声探问。新人摇头沉吟良久，说公子貌端体伟，真男子也，只是她自幼许配别人，两家相邻，二人更是两小无猜，青梅竹马，情深意真，不意长大成人，父母嫌对方家境日蹙，竟毁了婚约。寿庭心生怜惜，一问男方姓名，原是同科秀才，就不顾老父老母反对，即刻派东祺赶赴南山把那人接来，并让出洞房，使一对有情人终成眷属。此事一时轰动州县，传议甚久。父亲石孝先觉得儿子的义举仁心大悖伦常，气愤不已，要把寿庭驱出门庭，石老太太为维护儿子则大病一场。寿庭的婚事因此变故耽搁数载，深感他的这场折腾对不住母亲，待弟弟寿堂已先于他成婚并得一子名顺立，遇媒人再来提亲，说的是伊河西岸老樊家的姑娘，就欣然前去相亲。船到河当中被一个浪头打了个侧棱，年轻艄公一慌船翻了，弄得寿庭一身水。寿庭本想回转但又不想失约，硬着头皮到了姑娘家。两人一见，双双愕然，姑娘因他的湿衣泥鞋，平添了几分敬重；他则为姑娘的娴静美貌，顿生怜爱。这姑娘名叫樊霜花，婚后两年，也就是村上闹义和团那年生一女，附会当地"伊河秋声"之美意，取名伊秋，小名秋秋。

　　石寿庭中举接到喜报那天，正遇樊老四掉进井里。县太爷要他到县城骑马夸官，他虽极厌烦这套虚礼又不能不去，因此未能送一送舅子樊老四。樊老四与樊霜花本是未出五服的堂兄妹，未送老四，他总觉欠了份情。寿庭从县城回来，父亲谈起县里送来十两银子修建举人旗杆的事，要他安排工匠早早把旗杆竖起来，他说门口已经有父亲的旗杆了，这事不急。父亲说这事不能不急，眼看又要发火，他推说明天要去省城拜老师，同三姐夫约好的，石孝先知道拜老师就是拜给自己批卷的考官,这事不好耽搁,也就不再说什么。

寿庭与三姐夫柳思亭早有约定,一起在省城拜过老师之后,背着家人直接去了日本。石孝先见儿子多日不归,气得在上房蹦来蹦去,大骂忤逆。但儿子接连来信要钱,把个夫人心疼得要死,儿媳也陪着流泪,他不能不寄,狠着心接连卖了一顷多好地。寿庭在东京住了五年,办过《河南》杂志,加入同盟会,认识了孙文、黄兴,终于在帝国大学法律系毕了业。本来他在日本还有许多事要办,一次却在参观博物馆时看到陈列品中竟有中国女人的小鞋、抹胸、裹脚布之类,认为是有意侮辱我中华人,一怒之下砸了玻璃展柜,被日本政府驱逐出境。回国后留在省城,受聘为政法学堂教习,与早他回国的柳思亭联络同志进行革命活动,因与保皇派父亲的政见愈来愈相左,甚少回家,所以这几年村里人大多没见过他。这天他突然到家,父亲也没十分惊讶,只不冷不热地问:

"怎么就回来啦?怕被抓走是吧?"

寿庭答:"城里乱,想在乡下歇一歇。"

父亲说:"城里怎就乱了?还不是你们这帮人搞乱的。"

寿庭正想辩驳,母亲急忙给霜花使眼色,说:"寿庭走这一路也累了,你快带他回屋,端盆热水让他洗洗。"

寿庭跟着霜花正要走出上房,石孝先可能是想缓和下气氛,悠悠地又说:"既然回来了,就别急着回城,在家找点事情做做安安心。"

"爹说的是,"寿庭也把语气放松,"我想在乡下办个学堂。"

"办学堂?"父亲迟疑一下连说两声"好,好",不知他觉得是真好还是假好。

寿庭回到自己屋里洗罢脸,又说起办学的事。霜花看到丈夫真有心在家乡办学,很高兴,这样起码寿庭不会很快离去。寿庭问起村里和外乡亲友家的娃子们,霜花把十五六岁的娃子数了一遍。谈起课堂和宿舍的事,霜花讲这好办,把东跨院腾出来足够了。算一算会有二十来个学生,但是家里人手少,寿堂在金贤街忙生意,很少回来,这边的事靠东祺一个人照应怕是忙不过来。霜花想起樊老四家的孩子,说可让龙娃来搭把手做些杂事。

寿庭问:"龙娃是谁家的?"

霜花说:"鹏万家的,你忘了吧?"

"没忘没忘,鹏万掉井那年我在村上。"寿庭回忆着,"龙娃还小吧?"

"也不算太小了,有十二三了。"霜花答,"正经是穷人的孩子早当家,顶事了。唉,秀灵把孩子拉扯这么大也真不容易!"

寿庭点点头:"这孩子怎么样?"

"机灵,能吃苦。"

"秀灵会愿意吗?"

"秀灵是个刚强人,平白无故接济她,她不会要。要是让龙娃过来,咱们帮她一点她不能推辞。"

"她家地里的活计咋办? 她一个寡妇家。"寿庭有点犹豫。

"农忙时让龙娃来学堂少点,农闲让他来这边多点。反正这边的事不指望他一个人。"

寿庭笑了:"你想得可真仔细!"

"谁让他是俺樊家人呢。"霜花斜睨一下丈夫笑笑,"俺还想让他跟着读书呢。原来樊村留在这里的樊姓人不能都窝囊死。"

"好。"寿庭的大手往桌子上一拍,把栗木老八仙桌上的茶盘茶碗震得当当作响,"俺夫人就是有见地,不俗! 不俗!"

"还不俗呢,十足一个村妇。"霜花满面飞红。

"不但不俗而且艳如桃李。"寿庭注目看着面容姣美、身材高挑丰润的妻子佯狂起来。

"去去去,也不怕女儿听到。"

寿庭看看坐在窗前低头看书的女儿,改变语调问霜花:"龙娃认几个字不?"

"小时候跟着东祺他爹念过书,因为家境太难,念的时间不长,最多半年。"

"让谁去把这小子叫过来给我看看。"

霜花知道丈夫是个急性人,说办就办。就喊伊秋,让她去把龙娃找来。伊秋已听到母亲与父亲的谈话,不用再交代,从桌上拿起一个月饼跑了出去。先到羊街旮旯儿,听秀灵说龙娃两兄弟都在大柿子树下地里干活,又向那里跑去。

龙娃在地头，一听秋秋说她爹要他过去，还未等秋秋喘过气，就急忙扛起犁杖牵起牛叫上麒娃往家走。他早想看看这个被人说成怪人、疯子、大侠、革命党的三姑父，回到家向母亲说了一声，吩咐弟弟把牛牵回二堂家的牛棚，笑着从口袋里掏出一个月饼放在桌上，就走出院门。

　　石寿庭家的住宅是两进院，东边有个跨院，多数日子空着，有时东祺在厢房住住；靠西是车院、磨房和牲口棚，两个长工住在那边；上房后面就是那个龙娃与秋秋常去的后花园。整座宅院坐北朝南，大门临东街，后门对着北寨墙。大门外有一棵百年老榆树，枝干遒劲，浓叶蔽日。长辈说，父子双举人不出在石姓集中的南门里，而出在东街独此一户的石家，全因这棵长在风水穴位上的老榆树。榆树靠前一点是两个顶端有方斗的功名旗杆，石寿庭去东京之后，石孝先还是将这个"不肖子孙"的旗杆给竖了起来。

　　为郑重起见，龙娃没有翻越他和伊秋翻过无数次的寨墙，而是从北寨门进村，踩着凸凹不平的被岁月磨出光泽的石头路面走到十字路口转向东街，伊秋好像知道他会走这条路似的，正站在老榆树旁向西探头，看到他走过来就转身先走进大门，不说话也不回头，顺着青砖甬道庄重地向里走，紧跟在后边的玉龙，不禁心里怦怦跳个不停。

　　他见到他的大侠了。其实石寿庭是个很平易近人的人。辫子是剪了，头发披在耳后。龙娃本想见识见识洋服，但眼前石寿庭魁梧的身子上穿的却是再平常不过的蓝布大褂。石寿庭说话和善，问龙娃愿意不愿意读书，龙娃说愿意，只是家里没钱，早先上私塾一年一斗麦子，出不起。

　　石寿庭笑着问："不收钱也不收麦子呢？"

　　龙娃怔一下："那老师吃啥呢？"

　　石寿庭看下妻子大笑："这孩子心眼真好，还没拜师已怕把老师饿死了。"

　　石寿庭是性情中人，直笑得两眼出泪。他和霜花把刚才合计的事同龙娃说了一遍，本想龙娃会高兴得跳起来，想不到龙娃傻傻地站在那里不吭声。

　　"咋啦？不愿意？"石寿庭问。

　　"不是。"龙娃低低地答。

　　"那是为啥？"

"俺得回去问问俺娘。"

"这还用问吗？你娘能不同意？"石寿庭是个急性子，认为这等好事还要问娘，令他不解。

"俺得回去问问俺娘。"龙娃坚持说，"俺娘不受白来的好处。"

"这这这，你看这孩子，"石寿庭有点气了，指指樊霜花，"这不是你三姑吗？"

"俺娘说俺家太穷。"龙娃嘟哝一句。

石寿庭大笑起来："不可理喻，不可理喻，真是不可理喻！"

樊霜花怕石寿庭发脾气，急忙解释道："你还不知道秀灵好强？让孩子回家同秀灵商量商量吧。"

"真是有其母必有其子，一样的倔头。"石寿庭摇着头，"当年樊老四倒不倔。"

"不倔能去当义和团？"霜花的声音中有些感伤。

"那是另一回事。"寿庭平静下来，扭头看着龙娃，"娃子，你去吧，去同你娘商量商量。"

龙娃转身走出寿庭居住的西厢房，为了走近路向通往后花园的东角门走去。秋秋暗暗瞄了母亲一眼，提起身边的一个小竹篮急忙跟在龙娃后边走进后花园。这几年由于石寿庭长年不在，更由于石孝先染上鸦片，日夜躺在烟榻上，这座曾经闻名方圆近百里的花园衰败了不少。

秋秋在池塘旁边赶上龙娃，递过竹篮。龙娃问是啥？秋秋说是几个月饼和几个梨子，是妈妈要我交给你的。龙娃推辞，用手推了推竹篮。

秋秋假装生气说："又不是给你的，是俺妈给秀灵妗子的，你客气个啥？"

月光下龙娃看到秋秋的眼睛一闪，反问道："傍晚你不是给了俺一个月饼，怎么又给？"

秋秋调皮地说："不一样。"

龙娃问："有啥不一样？是馅儿不一样？"

"就是不一样。"

"咋就不一样呢？"

秋秋笑起来："那是俺给你的，这是俺妈给你家的。"

"怪不得麒娃常说你偏心。"龙娃笑着去拉秋秋的手。

"俺就是偏心。"秋秋甩开龙娃的手。两人默默向前走了几步，秋秋忽然转了话题："你不想上学是吧？"

"谁说的！"龙娃愠怒道。

"那俺爹问你愿意不愿意，你为啥不答？"

"俺不是不答，俺是说要问问俺娘。"

"秀灵妗子不会不答应。"

"不是她不想让俺读书，你知道俺家那一摊子事。"

"学堂这边的事，俺可帮你做一些。"

龙娃扑哧一声笑了："小姐，俺怎敢劳烦你帮俺做事！"

"谁是小姐？再这样叫俺永不理你！"秋秋一面说一面噔噔噔疾步向前走去。

龙娃急忙在后面追赶。"秋秋，秋秋，"龙娃紧赶几步，从秋秋手里夺过竹篮说，"俺想法儿说服俺娘，让她放心叫俺到学堂来行了吧？"

登上寨墙豁口，又圆又大的月亮已升上树梢，夯实的墙面明晃晃的好像能照见人影。龙娃说今晚过节，要秋秋赶快回去愿月，秋秋却说她想再站一会儿，站在寨墙上好像离嫦娥近一些。龙娃开玩笑说你站久了嫦娥就会拉你上去做伴，秋秋说那你也跑不掉，我会拉你上去当吴刚。

龙娃故作惊讶："好呀，原来你想要我帮你砍柴。"

"你不读书就得去帮嫦娥砍柴，并且永远砍下去。"

"那俺当小白兔天天捶米好了。"

"看你的出息！"

月夜里，两个孩子天真无邪的笑声搅动了寂静的夜色，搅动了老榆树的一树月光。

一个月后，石寿庭的带点洋味儿的学堂开学了。

石寿庭身为举人，又是从东洋回来的留学生，在洛阳以南方圆百里的士绅、百姓中很有名气，一说他要办学，消息很快传开，近乡邻县来了十四五个学生。父亲石孝先的三个女儿，大女儿石梅嫁到龙门吴家，二女儿石兰嫁到象庄汪家，小女儿石菊嫁得最远，婆家是灵宝大户柳家。这吴、汪、柳三家都有子侄辈来寿庭处求学。石匠庄西街赵养斋因与石孝先交情甚笃，也把第四个儿子赵定北送来学堂。不久，石东祺的老父——老秀才石宏儒，因感朝廷已废科举，再要学生读八股文有误人子弟之嫌，留下几个正在读《三字经》《增广贤文》的蒙童，其他凡读到四书五经的学生，全都转到寿庭学堂。这位老先生没有门户之见，也不像石孝先那样抱残守缺容不得一点新学，在乡间读书人当中算个开明人。开学那天他特地来这所带点洋味儿的寿庭学堂看看，看到秋秋，他高兴地拉过她来问，你成女学生啦？秋秋快活地点点头。你的几个表哥都来啦？秋秋在他怀里又点点头。你堂哥呢？秋秋一时未转过神儿来，愣了一下，石宏儒笑笑，我是问你寿堂叔家的顺立哪。秋秋答，好久没回家了，他在省城读完书还要到北京呢！听到这里，石宏儒大笑两声，是的是的，他将来会像你爹一样，要去看大世界！

寿庭学堂的学生增加到二十多人，分初班和高班，伊秋、龙娃、赵定北和灵宝来的柳子谦分在初班，其他人分在高班。班上年龄最大者为龙门吴起训，年十九，来之前已在洛阳高等小学堂毕了业，在这班人当中文化也最高，被公认为大学长。按齿序排，其次为象庄汪长星，子谦年纪最小，比伊秋还小两岁。外地来的学生都在东跨院住，子谦因是三姑娘石菊亲生，年龄又小，老太太特别怜爱，接他到上房同住。寿庭不是天天照着书本授课，也不让学生天天背书，对学生有时单独教，有时分班教，有时两个班合在一起教。他常将学生集中在一起讲地理，讲历史，讲自然。龙娃感到最有趣的是寿庭老师说地是圆的，不是方的，更不是被一只大鳌驮在背上的；月食不是月亮被天狗啃了，是地球把太阳光挡住了。龙娃最认真听的是老师讲鸦片战争，讲甲午战争，讲八国联军侵华战争，讲政府腐败，国家屈辱，签订种种不平等条约和割地赔款。每讲到这些，寿庭老师往往声泪俱下，义愤填膺，学子们则呜咽吞声，激愤不已。但最使龙娃难忘的，是听寿庭老师讲"天演论"。起初，龙娃及许多同学都不知道这"天演论"为何物，见多识广的吴起训悄悄对同学说"天演论"是一个叫严复的留过洋的人翻译的一本洋书。严复为何人？何谓翻译？龙娃与一些同学更是不解。正在此时,寿庭在前几天特意要东祺到金贤街木具铺定制的黑板上写了八个大字:"物竞天择,适者生存。"寿庭就这八个字讲出一番大道理。讲得龙娃似懂非懂,似明非明,但这八个字总在他心头盘旋,久久不肯离去。

下课后学生们常到院子里做游戏,有踢毽的有斗鸡的有打拳的,只有龙娃留在教室里抹黑板扫地。一次伊秋手提一把喷壶帮他洒水,东祺看到,走过来说,秋秋,用不着你在这里做事,快回大院去吧,让你爷爷看到该骂俺们了。伊秋不解地睁大美丽的双眼,问:

"他骂啥?"

"骂啥?"东祺瞥下龙娃,瘦长的脸颊上挤出两条深深的笑纹,"骂俺们偷懒,自己的活儿不干让小姐干。"

"是啊,你是小姐嘛。"龙娃半认真半开玩笑地插上一句。

"你说谁是小姐?"伊秋瞪了龙娃一眼,"噔"地一下放下喷壶,双颊泛红,一甩背上那条又粗又长、发梢系条红绒绳、人见人爱的大辫子,疾步走出课堂。

东祺扮个鬼脸对龙娃笑笑:"还不认是小姐咧,你看这小姐脾气!"

龙娃木木地一直目送着那个辫梢摆动的背影,似没听到东祺在说什么。爱耍爱闹的东祺见状调笑道,你真是傻了? 没看到人家已经走远了! 龙娃仍似没有听到,仍没有把头扭转过来。伊秋先在瘦高的吴起训教柳子谦打拳的地方站了站,又走到老桐树下的石桌旁看紧皱眉头的汪长星同目光游移不定的赵定北走棋,然后出了跨院门。

东祺看了看黑板唤声龙娃问:"你说这八个字是啥意思?"

"俺不甚明白。"

"你寿庭姑父没有给你们批解?"

"俺不全懂。"

东祺看着龙娃含笑的有几分狡黠的眼睛,说:"小子,有学问了不是? 敢对我藏着掖着,俺可是你亲姨父,看俺不把你这个屁娃子的屁股蛋蛋打爆!"

东祺一面说一面虚张声势地脱掉一只布鞋举在手中,龙娃急忙躲到课桌后边,东祺追过去,两个人围着一排课桌打转,东祺有哮喘病,没跑两圈就一边跑一边骂起来:"坏小子,你是存心要把姨父害死。"东祺平日虽然嘴上没有把门的,做事随便,但对龙娃却很在意,是真心的好。一听到东祺大口喘气,龙娃赶紧拉张凳子让东祺坐下。

"不闹了,不闹了,"龙娃给东祺捶捶背,"我说,我说。"

"说,快说,姨父要考考你。"东祺忽然变成了考官。

"'物竞天择,适者生存'这八个字嘛,我想——"龙娃思索着,"意思是万物都得争个活法。"

东祺歪歪细脖子想了想,猛一拍巴掌说:"对,是这个意思!"

"争个活法,是不是就是说一个人得有一个志向,一定要有个志向?"

"对,一生一世就是这个理,你小子照这个理走,将来会有出息的!"

龙娃笑了笑。

石寿庭不是长年待在学堂,往往隔十天半月就要到外边走一走。村里有流言,说他是去同革命党开会,但大家都不知道究竟。有一次柳子谦探家回来偷偷告诉龙娃,说他在他家看到寿庭老师了。龙娃问,是走亲戚吧,你妈不是他三姐吗? 柳子谦圆乎乎的脸上泛起一缕神秘的笑意,说也是也不是。龙娃看着柳子谦的圆脸问,那是什么? 柳子谦把脸凑过来,牙齿几乎咬住龙娃的耳轮说出两个字:"开会。""开会?"龙娃先是惊讶而后兴奋起来,心想怪不得同学中间传阅一本名叫邹容写的书——《革命军》,老师每次把学堂交给管事东祺和大学长吴起训,说是出外周游,原来是参加革命党开会啊!

"是开会。"柳子谦压低声音,"有从西安来的张钫,从巩县来的刘镇华,还有一个从嵩县来的姓石的,总共十多个人,其他都是第一次到我家来。"

"他们都是革命党吧?"龙娃加重语气又问。

"我想是吧。"

"那我们也是革命党了?"

"我想是吧。"

"你真没劲,到底是还是不是,不是'我想是吧'。"龙娃学着柳子谦的口吻抢白道。

"我想是吧。"年幼而又生性腼腆的柳子谦想了想,"不过,当革命党是要被杀头的,你怕不怕?"

龙娃摸摸刚剃过的光头嘿嘿一笑,没有答话。

石寿庭半个多月没回学堂了,传说他在省城。

五　刀客进庄

　　这次石寿庭出外"周游"时,庄里来了土匪。土匪中也有行侠仗义的英雄好汉,豫陕两地的人对他们存有几分敬畏心,不称其为土匪,而呼其为"刀客";将匪变为客,这是民间的语言艺术。那一日来石匠庄的土匪,架杆的姓许,人称许大锤,本是临汝镇恶霸阎家佃户,后学打铁,一个铁匠炉常年呼呼喷火,铁锤叮当响,招引了一帮三教九流,结杆拉伙,拍胸抱团,指天发誓。一天酒后,众人竟缴了清兵巡防营三棚人的枪。姓许的竖起大旗,招兵买马,一时成了气候,当了大架子。铁匠许大锤率众攻开过几个恶霸地主的坚固村寨,也干了不少杀人放火、飘叶子、滤票子的勾当。当上山大王就得有压寨夫人,他看上一个何姓姑娘,何姑娘跑来石匠庄亲戚家躲避,许大锤带着花轿赶来。许大锤的人马还在杜康河西边,地里锄麦的农人就扛起锄头往庄里跑,一面跑一面叫唤:刀客要进庄啦!刀客要进庄啦!许大锤的人一点不急,好像观景走亲戚似的慢悠悠往庄上走,有人还撂几句野腔野调的靠山簧。他们真不是来抢劫的,他们是来迎亲的,迎亲就得有个迎亲的样子,刀客们也讲这个礼。石匠庄局子头石三年知道局子里的三十多支"土装"不是许大锤的对手,一面命人紧关寨门,一面急忙派人把石东祺的老父石宏儒请了出来,因为这位脾气执拗的私塾先生正是许大锤的舅父。石宏儒听到一阵唢呐声、鞭炮声,紧走几步出北寨门,刀客外甥见到塾师老舅也不忘施礼,先是请安,再是问候,把老舅一家人问

个遍,连那条老黄狗都没落下,接着送上一份厚礼,有布料有银子。石宏儒不受,摇摇手叹口气问:

"你这是来弄啥的?"

"给您娶外甥媳妇。"许大锤的大脸上直往下掉笑渣子。"你看,花轿都抬来啦。"

"你可不要胡来。"

"俺咋会胡来,俺还想请您老人家为外甥主持喜礼呢。"

"俺没有那个福气。"石宏儒用眼角扫一下嬉皮笑脸的外甥,正色道,"你听老舅一句话,把花轿抬回去,人家不愿意哪能硬来,哪能按着牛头吃草?"

"舅,您老知道外甥的脾性,现如今俺许大锤吐个唾沫星子就是一个钉,"许大锤恼了,黑脸变得赤红,"哪有空轿抬回去的道理?"

难堪的一阵沉默过后,石宏儒又问:"咋,老舅这点面子都不给?"

"不是俺不给您老面子,是人家不给您外甥面子。"

石宏儒放缓语调,"你既然闹腾起来了,还愁找不到女人,大家都是亲戚,这样弄面子往哪儿搁!"

见许大锤不听劝告,石宏儒一生气扭头进寨叫人把寨门关上。许大锤在门外气得跺着脚高叫,不要敬酒不吃吃罚酒,走着瞧!果不其然,第二天天刚蒙蒙亮,许大锤就带着几百人的队伍浩浩荡荡地开到北寨墙根,不仅有他的人马,还加入了另外两个小股,人多势众,在外面嗷嗷乱叫,有几伙土匪似在靠梯子,放出话说要爬梯子攻寨。局子头石三年知道自己不是对手,站在寨墙上同许大锤谈判。石三年想将祸患引走,说可以将何家姑娘送出去,就不劳大架的人进寨了;许大锤却不知是听哪个算卦先生说的"明媒正娶",坚持要进寨迎亲。无奈,石三年下令打开寨门。寨门一打开,这群不请自来的"客"呼啸着一拥而进,像洪水一样冲开口子向四处灌漫,连许大锤都约束不住,进来就不单单是为大架子"迎亲"了,南大街的几家石姓大户遭到洗劫,金银财宝和粮食被拉了几十车,只有全庄首户石孝先家毫发无损。

刀客进村之后,一个姓宁的小伙子带着一小队人把石孝先家的前后大门守个结实,院内不知究竟,举家惊恐。墙外不断传来叱骂声、追赶声、枪声和哭叫声,墙内却静得死一般可怕。石孝先头皮发麻,好像枪子就擦着头皮飞过。不知过了多久,他实在受不住,抓掉头上的帽壳往空中一抛,像下大神的法师似的双脚乱跳起来,口中喃喃,一蹦一尺多高。老太太劝说不住,要东祺到外边打探一下消息,无论是死是活、是捆是绑,总比这样挨着好。东祺小心走近前大门,正向传出说话声的门房张望,突然被一个壮实的细眼笑眯眯的十字交叉挎两支盒子炮的年轻人从后面叫住了。

"喂,大哥,到哪里去?"

东祺吓了一跳,急忙扭转身弓腰答道:"哦哦,俺想到街上看看。"

"没啥看的,你还是回去吧。"那年轻人耸耸肩,拉了拉盒子炮的皮带,往后院的方向仰仰下巴,"一家人都在吧?"

"都在。"

"都好吧?"

"都好。"

"都没吓着吧?"

"都没吓、吓、吓着。"平时说话利索的东祺看看年轻人屁股后边的双枪,结巴了,"就是,就是老太爷急着想出来。"

十字挎枪的青年人面色一紧:"老太爷可不能出来!"

"是哦,要是他老走丢了,俺们可没法交代。"旁边一个年纪较大脸上有道刀疤的人插话,"他这一票可不同一般。"

"咋? 拉票?"东祺惊恐地直望着那个刀疤脸。

年轻人瞪了刀疤脸一眼,笑两声安慰东祺道:"别听他吓唬你,俺这一队人是来保护你家的。"

刀疤脸赶紧凑上来介绍:"这是俺们宁队长。"

"在下宁小满。"姓宁的接过话自我介绍。

姓宁的队长要东祺传话,全家不要怕,他们知道院主是革命党,奉命前来保护院子。东祺把话传进去,一时全家都被弄糊涂了。谁是革命党? 老太爷石孝先肯定不是,那就是儿子石寿庭了,但他们是怎么知道的? 又是谁下的命令? 是许大锤? 看他抢亲的那种德性,肯定不是他。那是谁呢? 他们这种打家劫舍的土匪怎么与革命党拉扯上了呢？道理让人想不明白，院子却躲过了一劫。土匪在村里折腾一整天，大街小巷乱烘烘的像是开大集，别有一种热闹。除了那几家倒霉的大户，杆众倒没有怎么骚扰别的人家，到午后已有大胆的村民出来看热闹。看到街上有人，龙娃和吴起训、汪长星、柳子谦、赵定北、伊秋及另外几个同学也跑出来爬上北寨墙观望。一辆辆牛车马车接连不断地向北拉，刚收完麦子的田野上一条黑蛇游动着，一会儿钻入路沟，一会儿爬过高坡，时隐时现。最后拉出北寨门的一辆马车上，坐着两个哭哭啼啼的刚被两个小股杆首选中的庄里姑娘，而跟在马车后边的则是昨天来过的那顶花轿，想必何家姑娘正坐在里面。许大锤也会玩儿，十字披红骑在马上，俨然新郎。唢呐班在轿前吹吹打打，不时被一阵撕心裂肺的哭喊声掐断。

寨墙上的伊秋听到下边的哭声不由往寨垛前靠近两步，汪长星要伊秋离远点，开玩笑地指指寨下做了一个拉人的动作。这时从寨里出来最后一队人马，好像是为整个杆队殿后。带头的宁队长回头看看，向寨墙上的柳子谦招招手，拍马向前走去。

柳子谦说："看他不像是个坏人。"

许久未开口的赵定北反驳柳子谦："哼，是好人就不会混在杆子里。"

吴起训瞥了一眼赵定北："也不能一概而论，杆子里不少人是出于无奈，不能说杆子里都是坏人，他们中有不少行侠仗义之士。"

龙娃接过话："他们也是争一种活法嘛，像《天演论》说的……"

龙娃的话被笑声打断，几个人都在笑。柳子谦走过来攀住龙娃的肩膀逗笑道："你怎么把老师讲的《天演论》都搬了出来？"

"实在是这个理嘛!"龙娃坚持说。

汪长星摇着头微笑："他叫宁小满，我认识他弟弟宁秋分，同他弟弟在一个私塾读过书。本来他家境不错，因他游手好闲，家给败了，还什么争个活法呢!"

吴起训说："他家的事我也知道一点，听说他打了一场窝囊官司，才把家境毁了。"

"是衙门断案不公吧?"龙娃问。

"好像是。"吴起训答。

"所以宁小满就出来拉杆子?"龙娃不知想到哪里,顺口念了一句戏文,"天不公道我公道!"接着叹口气,"官逼民反,民不得不反呀!"

"因此,要争一个活法嘛。"柳子谦转过身同龙娃打趣,学龙娃的语气,龙娃跳过去抓他,他笑着跑开。

汪长星暗瞄一下秋秋调笑说:"伊秋,小心让他们看见你把你抢走,你长得这么好看!"

"他们敢!"伊秋不高兴地瞪了瞪汪长星。

"他们有什么不敢的,"汪长星咬咬宽大的下颌骨,从鼻子里哼哼两声,吐口唾沫,瞧着寨下一脸不屑地骂道,"这种亡命之徒。"

龙娃瞧见伊秋窘迫的脸色,愤愤说:"他们敢抢走秋秋,我就敢把秋秋抢回来。"

"你吹吧。"汪长星冷冷一笑。

年纪最小的柳子谦眨眨圆脸上的一对大眼,说:"我看龙娃敢。"

汪长星挑挑国字脸上的淡眉,阴阳怪气地咧嘴一笑:"我看他不敢。"

吴起训巡睃着几个同学,语气缓缓地说道:"真别说,我看龙娃有这个胆。"

汪长星向沉默不语的赵定北撇撇嘴:"真遇上那事,要去救伊秋的也应该是定北你,不是吗?"

"为啥子?"柳子谦睁大眼睛问。

"他俩近嘛。"汪长星又是诡谲地一笑。

"为啥他俩近,我以为我同秋秋姐才最近。"还有几分孩子气的柳子谦用疑问的眼睛看看这个又看着那个。其他人都听出汪长星话里的意思,唯有他不明白。

秋秋对汪长星说了声"你坏",含着眼泪顺着寨墙内侧的一条小径匆匆跑了下去。龙娃握紧拳头想与汪长星打一架,强忍了。文弱的赵定北不参与这几个表兄弟之间的斗嘴,向外边走几步,悠然地吹起口哨,吹的是曲子戏里的"四进士"。他性格冷傲,轻蔑地扭头瞧一眼,心想这四表兄弟,将来还不知会弄出个啥光景呢。

正在这时,东祺紧张地从老杨树那边跑过来在寨墙下向上面问,声音听不清,吴起训要他大声点,他提高声音重复问:

"看到伊秋没有?"

"咋啦?"吴起训接话,"她才下去,咋啦。"

"坏了,那她真被土匪拉走了。"东祺双手拍着大腿。

"你听谁说的?"龙娃伸长脖子向下看。

"刚才羊二堂在豁口上看到的。她不在这里那就是真的了。"东祺像个女人一样拉长哭声,"伊秋被土匪拉走了! 哎呀,这可咋办哪!"

吴起训把几个人招过去想办法,龙娃已经跑下寨墙。宁小满的人刚出寨不久,龙娃追赶二里多地一把抓住了宁小满的马辔,马猛一跃,差点将宁小满颠下马背。身材壮硕的宁小满却长了一个和善的脸,先是一惊,看到站在马前的原是一个娃子,细眯眼里漾出一缕笑意。他用马鞭捣捣龙娃的肩窝,龙娃还不让开。他威胁地举起马鞭,龙娃死死盯住他,眼珠一动不动。嘿,奇了,不怕死吗? 宁小满一鞭打下,那娃子还是没有松手。莫非这娃子要有啥子举动? 宁小满迅速抽出枪,大声喝道:

"滚开,滚开,你真想死是不是?"

龙娃仍然拉住马辔:"石伊秋被你们拉票了! 石伊秋被你们拉票了!"龙娃不停叫唤着。

"谁? 你说的是谁?"宁小满收住脸上怒气。

"石家大院的闺女。"龙娃说,"就是你们说的革命党那家的闺女。"

宁小满用手枪指指周围的人,厉声问:"这是谁做的好事?"没人应声,又问,"快说,是谁做的好事?"

还是没人答话。马旁一个五十几岁的人慢吞吞道:"你急啥,刚才我看到大架的护兵挟着一个女娃走过。"

"崔老倌,你看清了? 那女娃啥样?"

"十二三岁的样子。"

"就是她了。"龙娃说。

宁小满指指背后要龙娃上马,崔老倌帮龙娃骑上马背,马抖抖鬃顺着一条泥路向前奔去。没走多远,在杜康河的河滩上,赶上了许大锤一帮人。

"大架,你身边人拉票了。"宁小满拦住许大锤的马头大声说。

"呵呵,宁头领,拉个票有啥惊奇的。"许大锤瞥一眼宁小满。

"拉错了,这个票不能拉。"

"咋啦? 一个小小石匠庄里还有咱们不能拉的票?"许大锤呵呵干笑两声。

"有。昨日王大侠交代过,庄里有一户不能祸害。"宁小满说。

"哦——"许大锤愣住了。宁小满说的王大侠就是人们常说的"中州大侠"王天纵。这王天纵是"杨山兄弟"的头号人物,"杨山兄弟"又可说是现时豫西地区第一大杆,威震遐迩。许大锤知道自己得罪不起,半埋在络腮胡里的鼓眼眨巴几下问,"大侠咋交代的?"

"石匠庄的石寿庭是革命党,他的家不能祸害。"

革命党起事的事,许大锤是听说过的,山大王中不少人同革命党暗中联络,他也是知道的,据说这种人比他们绿林人物还狠,说不定哪天真能成大气候,是得罪不得的,得罪了也许就断了将来的后路。许大锤虽说是个粗人,粗中有细,这点心眼是有的,一听说关乎革命党,急忙扭动身子大声向周围问,谁干的? 是谁干的? 见没人应声,眨眨鼓眼俯身向宁小满说,小满兄弟,可能是你弄错啦,俺身边的人不会私自干那事。

"没有错,有人看见的,说是你的护兵干的。"宁小满盯住一个骑在马上紧挨许大锤、一只手按住腰间手枪的二十岁出头的年轻人。这青年是许大锤的侄子,也是他的护兵。

"二球,是你干的?"许大锤问。

"俺没干。"名叫二球的护兵答。

"是你拉的就把人放了!"许大锤说。

"俺没拉。"

"有人看得清清楚楚。"宁小满劝道,"小兄弟,就把人放了吧。"

"俺没拉叫俺咋放!"二球动怒了,血冲上他宽扁的螃蟹似的脸。

龙娃看到缓缓行进在路边的一辆大车上有个麻袋在蠕动,突然心头一悸,扑上前去用手摸摸,原来里面是人。他大喊:人在这里! 人在这里! 二球一步

跨过去,推开龙娃。龙娃又冲上去,五大三粗的二球发狠力把龙娃推倒在地,喝令:

"不准动!"

宁小满笑眯眯地拧拧嘴角走上前,问咋不能动?里面有宝贝?二球说里面就是有宝贝,态度强硬。宁小满不愠不怒,说既然是宝贝,打开来让大伙儿见识见识。一面说一面走上去就要解麻袋。二球急了,喝声"住手!",猛地从腰间抽出手枪,没想到刹那间宁小满已从枪盒里抽出两把手枪对准了他,从打开盒盖、抽枪到子弹上膛,未费眨眼的工夫,速度比他更快。看到双方动枪,许大锤急了,大叫:

"放下!都把枪给我放下!"瞧瞧双方黑洞洞的枪口,叹口气说,"看看,看看,你们这是弄啥哩,你们这是弄啥哩。"

"让他把人放了。"宁小满收回枪。

"俺没拉他说的那人,叫俺放谁?"二球仍然嘴硬,看见许大锤瞪大眼,络腮胡子支奓开来,也收回了枪。

双方正在争执不下,龙娃听到麻袋里有呜呜声,虽然没有话语,但听出是秋秋的声音,便不顾一切地冲过去解麻袋。麻袋解开,露出满嘴破布、满身麻屑、泪水涟涟的秋秋,他鼻子一酸也差一点哭出来。二球僵立在铺满乱石的河滩上,丢了面子的许大锤本想发作,但听到坐在前面车上的他的"新娘"的哭声,似乎有点心烦意乱,只从马上俯下身狠狠给了二球一个耳光,勒下马辔,蹚河而去。宁小满让秋秋在河边洗个脸,要马夫崔老倌再牵匹马过来,把秋秋和龙娃扶上马,送回石匠庄。

自此后,石伊秋和赵定北定了亲的事在学堂传开,甚至有同学恶作剧,暗中称伊秋为赵家媳妇,有时在远处看见伊秋走过,故意高喊。伊秋为这事哭过几次,而心里最难受的还是龙娃。

对赵定北和石伊秋这对娃娃亲,石家大院的人大都不满,错就错在那个当爷爷的身上。伊秋她爷石孝先在县上当训谕那阵,赵守北他爹赵养斋是县里的八班老总。石孝先名气大,不少官员喜欢同他攀交情,连进士出身的知县大人对他也高看几分。赵养斋总想往前凑,他与石孝先虽是同村同里,但隔着一辈人,而且在石训谕眼里这个八班老总只不过是个抓贼缉盗的粗汉,不入法眼。无奈这个小喽啰头腿勤嘴甜,三天两头往县学里跑,还总能帮鸦片瘾日重、痰症日剧的老训谕弄到上好鸦片膏,到后来高傲的老训谕简直是离不开这个同村晚辈了。石孝先有名有势有财,赵养斋想攀高枝,想出两家结亲的主意。一次石孝先大烟瘾过足,赵养斋看看石孝先迷离陶醉的双目,提出心里琢磨多日的伊秋与他的第四个儿子定北的婚事。石孝先似乎没有明白,怔了一会儿才说孩子还都小吧,伊秋才三岁。赵养斋忙说年岁不算小了,咱这地方兴娃娃亲,几代人住在同一个村里,知根知底,老人放心。石孝先说,你这话也对,不过伊秋她爹不在,我这隔辈人不好做主。赵养斋说,你当爷的不能做主谁能做主?再说寿庭老弟下东洋不知啥时候回来,可不敢把孩子的事耽搁了。石孝先放下烟枪说也是,问明赵定北的生辰八字,掐手指同伊秋的八字合了合,就点头认可了。赵养斋还恐有变,回村立即给伊秋下了聘礼。后来,寿庭与霜花虽不乐意这门亲事,但也无可奈何,终成了他们的一块心病。

回家乡办学堂后,石寿庭想过要设法解除这门婚约,由于忙,几次提起又几次放下。后来投入做举义的准备,连学堂都照顾不了了,更别说其他,家事和生命全放在脑后。

石家的学堂终于停办了,同学各自回家。省城发生的事龙娃懵然不知,看到院子里最忙的人是石孝先,才听伊秋说东祺陪爷爷上省城去了两趟,因爷爷已是新成立的省咨议局议员,忙着开会。

这年"革命"二字已在乡里越传越盛,龙娃直接看到"革命党"则是在一个初冬的正午。

六　天上掉下白盔白甲

刚下过一场小雪,出土的麦苗还没被积雪盖严,大地一片绿一片白的,迷迷离离,像落在地上被冻结了的薄云。冬天没有农活,龙娃看到姨父东祺扛一支火枪走出西门,赶快拿一根麻绳挂在腰带卜跑了过去。他跟在东祺身后不言不语,走了一段路东祺才回过头问:

"你来干啥?"

"跟着你打兔子呗。"

"打到的兔子八成都是死的,你拿条麻绳做啥,牵兔子呀?"东祺打趣。

"我娘说家里快没柴烧了,叫俺顺手搂点干草回去。"

两人走在杜康河滩上正说着话,前面荒草里突然蹿出一只兔子,东祺举起火枪,兔子已经不见踪影。龙娃觉得兔子没有跑远,拾起一块石头"嘿"的一声投向一堆乱草,只见那兔子跳出来扭回头看看,像是吓傻了,一双红溜溜的眼睛转了转,伸长脖子定住了。龙娃跃身猛扑过去,差点抓住兔子的后腿,兔子的两只后腿用力一蹬,跃出一丈多远,顺着多石的河滩向北窜去。东祺盲目地放了一枪,惊起一群大雁,看见一只躲在石头与荒草间时隐时现的灰黄色兔子,顾不得再给火枪装药,大喊一声"追",两人沿着河滩追了下去。兔子很狡猾,东转西藏,同他俩兜圈子,把瘦弱的东祺累得上气不接下气。二人放慢脚步,兔子忽然不见了。东祺选一块大石头坐下,一面喘气一面往枪里装药。龙娃着急,东祺示意他看看大路边上的雪地,不要出声。雪虽然下得不大,因路上没有行人,一行新鲜的爪印就十分清晰地显露出来。龙娃屏息敛气注视着路沟间微微颤动的衰草,脱掉三块瓦的棉帽试试风力,不大的寒风已经停歇,他躬身抓了一块小石头微微一笑,向东祺点点头,顺手将小石头向路沟那些抖动的衰草抛去,一只兔子果然受惊跳将起来。东祺见机扣动扳机,"嘣"的一声散开一片烟雾,烟雾未消龙娃就向草丛扑去。兔子受了伤,忍痛往前一蹦,被扑上去的龙娃抓个正着。东祺跑上前拍拍龙娃的肩头说:

"这娃子中啊!"

龙娃有点不好意思,龇龇一口白牙腼腆一笑,谦让道:"是姨父的枪法中。"

东祺性喜别人夸赞,得意地从龙娃手中接过兔子提到脸前左看看右看看,拔出插在腰带里的烟袋,想抽袋烟歇歇。空旷的雪地上传来一阵鞭炮声,东祺开玩笑说是谁这么孝顺,俺打到一只兔子也为俺燃炮放鞭?龙娃踮脚望望,望到不远处一块坟地里飘出轻烟,林间似有人走动,不禁感到奇怪,自语道啥季节啦,还有人家上坟?东祺听说有人家上坟也站起身来,看到坟地上的几棵老柳树,忽然记起什么似的"啊"了一声。

"啥事?"龙娃问。

"今天是石三年的七七,他家的人来给他烧纸。"

"也真快,石三年已死一个多月了。"

"可不是嘛,自从上次许大锤进村,小队长赵定东把责任全推到三年身上,夺了他的两棚人枪和局子头的位置,把他逼出局子,他就一病不起。"东祺说。

赵定东就是与秋秋结娃娃亲的赵定北的大哥,一提起他,龙娃特别留意。"石三年得的到底是啥病,连金贤街上的吴先生都没办法?"龙娃问。

"三年得的是气鼓,这种病别说吴先生治不了,就是送到省城法国医院也不中!"东祺摇摇头。

"石三年是被赵定东气死的吧?"

"可以说是气死的,也有过去的老病根。"

"石三年也真熊,不敢同许大锤打,也不敢同赵定东拼,就这样叫人拿了。"

"他有啥法子,手中只有几十根土装,平时只会喝酒赌博,从不操练,咋敢拉开阵势跟许大锤的几百号人干?"东祺说。

"石三年过去在寨里不也算一个人物吗?"

"那可是。他当过兵,平日喜欢舞枪弄棒、设赌交友,地面乱了之后,上面令办清乡团,也就是局子,石姓是大姓,石姓人花钱弄了几十支被乡人称作土装的日本老式步枪,要他出来当局子头、团总。这次被许大锤进村一搅动,石姓几个大户吃了亏,赵定东乘机夺了他的位子。"东祺给龙娃述说一段往事。

"赵定东真够毒的,怕是他早有谋算。"龙娃道。

"那当然,赵家早想当村里的首户。"东祺轻蔑地笑了两声。

"赵定东凭啥?赵姓有多少人?"

"别忘了,他还有个八班老总的爹呢。"

"他爹不是也病重了吗?"

"半个月前从县里抬回来,一直没有起色。"

"昨日你好像到他家去过。"

"去讨,是老太爷让我去探望的。"东祺看看龙娃,"他们两家不是还有那桩亲事吗?"

龙娃咬咬雪亮的牙,颔骨暗自动了一下,不语。

"俺为东家担心。"东祺不知想到哪里去,"他家人丁不旺,寿庭长年不在家,寿堂又不爱理事。"

"咋啦?"龙娃惊疑地问,"赵定东他敢干啥?"

"他们兄弟四个就是四只虎呀,"东祺激动了,"看吧,将来赵定东在村里要一手遮天!"

东祺扛起火药枪,把打到的兔子挂在枪筒上,同龙娃说着话走到石三年的坟地。石三年的大儿子石一斗和家人收拾起地上的供品正准备回家,看到东祺和龙娃走过来就停下脚步。东祺走到石三年的坟头前作了几个揖,对一斗说了几句宽慰的话,看一斗并不十分难过,就把话扯到打兔子上。平时石三年不太理家,家里的人对他的死也不太在意,一斗只是感到被人欺侮很没面子,一谈到打兔子他倒来了精神。想起他爹说过的话,他说打兔子靠轰和撵,把兔子轰起来大家一起撵,撵得兔子无处藏,蹲在那里傻愣愣看着你等你去抓。东祺说你爹那时轰兔子是啥阵仗,出动几棚人,把兔子从南山根撵下河滩,再从河滩撵过西岭,不把兔子累死人也得累死。

不远处是樊家的老坟,黑森森的一抹柏树,树龄都在老樊村被太平军抹平之前,埋葬着樊家好几辈祖宗。龙娃向那个方向望望,望到柏树林梢盘桓着一团团青烟,被寒风一吹翻卷着、撕扯着,这一团刚变得丝丝缕缕,另一团猛然又冲了上来。龙娃知道这时候不是伊河西边的樊家人过来祭祖的时节,心生疑惑,对东祺说他要过去看看,东祺点点头,一斗也跟了过来,龙娃招下手向樊家老坟走去。

龙娃走在前面,快走近老坟时忽听到哗啦一阵拉枪栓的声音,接着一声吼叫:

"干啥子的!"

东祺一把拉住龙娃,答:"俺们来看看坟。"

那边粗声瓮气说:"啥? 看坟? 屁股眼都冻住了的天,看啥子坟? 是不是河南府派来的奸细!"又是一阵拉枪栓的声音。

龙娃挣脱东祺的手,急忙上前一步解释道:"俺来看看俺家的老坟。"

柏树林里一个当头的人说话了,声音有点熟,那人在两株柏树间向龙娃招招手,龙娃走了过去。一个头目模样、腰插两支枪、壮壮实实的年轻人老远就喊:

"哈哈,原来是你们几个啊!"

"是宁队长哪!"东祺一扬手,龙娃、一斗紧跟着向宁队长宁小满走去。

宁小满面带笑容地拍拍三人的肩膀,随随便便地问着石匠庄的近况。东祺把石一斗推上前,说了说他爹与赵定东之间的事。宁小满想了一想问,这就是说你们村现在的当家人改名换姓了? 东祺摇摇头答,只能说那人想当家罢了。宁小满又问,他很厉害吗? 东祺说是有点本事。说罢,东祺急忙改口,不不不,顶不住你们一打。宁小满大笑,笑得雪粒在柏树叶上跳动,笑得东祺有点发蒙。

"宁、宁队长,是不是又要打石匠庄了?"东祺战战兢兢地问。

"我打石匠庄干啥? 石匠庄同我也没有仇!"宁小满微闭两只细眼笑眯眯

地说。

"那许大架子啥意思?"

"你是问许大锤呀,俺们散伙了,从你们石匠庄出来就散伙了,他不义,曾说同杨山兄弟合着打清兵的,但他临阵变卦,只知道胡作非为,祸害百姓,劣性不改,王天纵不留这样的人。"宁小满说。

东祺看到柏树覆盖的坟场里,起码窝着百十号人枪,强笑着问:"天寒地冻的,把这么多弟兄窝在这边干个啥?"

宁小满皱皱眉头:"革命!知道不?"

东祺急忙答:"知道知道,俺家少东家石寿庭还在省城呢,听说是要革朝廷的命。"见对方两条淡眉越蹙越紧,东祺琢磨着又问,"怎么,宁队长恁也革命啦?"

"哈哈哈哈,怎么就不兴俺宁小满革命哪。"宁小满眉头猝然大展,"俺喜欢来真的,枪对枪,炮对炮,不来磨嘴皮子那一套!"

宁小满告诉东祺他们,他带的这一杆是王天纵的外队,奉命今晚丌赴龙门,明天与杨山兄弟的大队人马和"在园"会众一起攻打洛阳,活捉河南府道台。

龙娃这时才注意到宁小满的人个个身上都挂一块白布,有的从"忽闪"帽上搭下来,有的系在肩膀上。宁小满披的是块宽大的白绸,寒风中扑扑棱棱抖动着,很像戏台上出场的武将战袍。宁小满的队伍没有军装,衣服杂色,着装千奇百怪,眼下这白布一挂倒也整齐划一,有了点军队的感觉。龙娃又看看周围或聚或散不停走动的人群,怯怯问:

"为啥你的人都披挂一块白布呢?这就是人们说的白盔白甲吗?"龙娃听人说过革命党起事那天一律是白盔白甲。

"这不算白盔白甲,这是给崇祯皇帝戴孝。"宁小满可能是怕龙娃失望,用手中的马鞭一指,特别补充一句,"等打开河南府,全给我换上白盔白甲。"

龙娃有点犯迷糊,听寿庭老师讲过,革命是孙中山要带领大家驱除鞑虏,建立民国,怎么又出来个崇祯皇帝,并且还要大伙给他戴孝呢?龙娃心里有这个疑问却不敢问,其实这个疑问对他也不重要,重要的是白盔白甲。

"打下洛阳真会发白盔白甲?"龙娃提出了他最关心的问题。

"铁定的!"宁小满用马鞭敲敲脚上的皮靴,"现今'在园'那边的女人们正在赶着缝制呢。"

"在园"是洛阳周围新近崛起的一个会门,人多势众,要他们的大姑娘小媳妇连夜赶制出几千几万套白盔白甲,当非难事。龙娃激动了,感到耳根处轰的一声响,血冲上头顶,几乎是喊叫地大声说:"宁队长,我跟着你干!"怕意思没说明白又补充道,"干,干革命!"

站在旁边的东祺急了,一把拉过龙娃说:"这娃子你疯了,这么大的事不跟你娘说你就敢张口。"

"俺走了,俺家少一张口俺娘也少操一份心。"龙娃说。

"说得轻巧,你走了你家那几亩地咋办? 谁来种?"东祺提醒龙娃。

宁小满看着龙娃问:"几岁啦?"

"十五。"龙娃答得很干脆。

一直站在一旁从未开口的石一斗笑了:"你哪有十五?"

"虚岁十五。"

"你虚岁也不到十五。"石一斗说,"我比你整大五岁,我今年十九,你怎么就十五了呢?"

宁小满绷着脸,开玩笑地把马鞭架在龙娃的脖子上:"说,到底几岁?"

"十四。"龙娃泄了气。

宁小满拍拍龙娃的"忽闪帽",哈哈大笑起来:"小兄弟,过几年再跟我出来闯吧。"

龙娃无奈只好退到宁小满的坐骑前面,从草料袋子里抓一把草料喂马。石一斗乘机向宁小满提出要跟他的队伍走,宁小满问他是谁家的,东祺代为回答,说他就是前几个月你们进寨时石匠庄局子头石三年的大儿子。宁小满听石一斗述说他爹被赵定东夺权并被气殁的经过,深表同情,答应了石一斗的请求。龙娃看到宁小满答应了石一斗,又过来央求,宁小满还是不答应。他提出骑骑宁小满的菊花马,马夫崔老倌急忙说这马性烈,生人骑不得。龙娃说那让他牵牵吧,宁小满向崔老倌点点头,崔老倌将缰绳交在龙娃手里,跟在马屁股后面走出樊家坟场。

日头已经偏西，光线斜照在雪地上像一丛丛野火在燃烧。归巢的鸟儿在半空盘旋着鸣叫着久久不敢落下，柏树林里一阵队伍出发前的口令声和器械碰撞的嘈杂声惊吓了鸟儿，鸟儿在夕阳映红的天幕上来了又去，去了又来，有一群鸟可能飞累了竟落在麦苗拱动的雪地上。龙娃牵着青菊马神情得意地走在小路上，走着走着竟异想天开地想骑上去。好心的崔老倌经不住他的恳求，把他扶上马鞍，刚要交代几句，他就忍不住拍了一下马肚子，马跑起来。他想止住马的狂奔，不料越勒马嚼马越奔得厉害。青菊马疯也似的在麦地里兜了一个大圈，看着红红的落日长嘶一声，直向坟场奔去。坟场里的人急忙躲避散开，一片哗然，猝然宁小满从人堆中间跳出，跃起身一手抓紧辔头，一手顺势夹住跌落下的龙娃。"好险！"人群里发出一片赞叹声。宁小满拍拍身上的雪泥，把龙娃交给了东祺。东祺把龙娃好一顿骂，龙娃不出声，默默地看着宁小满带队出发。石一斗跟着走了，临走时托东祺回去告诉他娘一声。队伍在雪原上走远了，龙娃跟在枪筒上挂个兔子的东祺后边，没精打采地返回村庄。

天傍黑，伊秋送过来一碗蒸兔肉，秀灵推辞不受，伊秋说是东祺叔让她送过来的，这兔肉有龙娃哥一份功劳。秀灵让伊秋坐下一起吃，伊秋说她回家吃，家里还有很多。秀灵要龙娃送送伊秋，特意嘱咐她翻寨墙时要小心。伊秋笑着跳着走出龙娃家的院门，龙娃跟在后边。一出院门伊秋停下来，说龙娃哥我手冷，龙娃说那就把手还放进我的袖筒里吧。龙娃感到袖筒里的一只小手暖烘烘的，知道伊秋又在跟他调皮。月亮早早就升了上来，天上月光地上雪光，夜空亮得透明，一切景物都像摆置在水晶盒中，寨墙豁口的脚窝明显可辨。走到豁口上龙娃对伊秋说，看见你家后门了，你自己下去吧。伊秋却说不嘛，龙娃问为啥，伊秋说俺还有一只手没暖热呢。龙娃伸出另一个袖筒让她将另一只手伸进去，因为两个身子离得近，龙娃一弯胳膊就把她揽在怀里。伊秋轻轻一推，笑着从寨墙内侧斜跑下去，回头说了声：

"明天见。"

龙娃呆在寨墙上，问："明天见，明天见什么？"

"来和我一起念书，反正你地里没有事。"

龙娃回到家倒头便睡,夜里做了一个梦,梦见天又在下雪,半空飘着许多雪片,飘到地上都变成了白盔白甲,一个长得很像秋秋的天女,帮他穿上盔甲,还给他牵来一匹战马,但醒来后马的颜色却记不清了。

第二天,龙娃把娘刚下机的正打算到金贤街换棉换盐的一匹白布偷剪了几尺,遭到一顿好打。虽然挨了打,几天来龙娃不断地披上这块白布,舞来舞去,兴奋异常,好像这块白布就是从天上掉给他的白盔白甲。他在屋中到处寻找,不管是擀面杖还是烧火棍,拿起来都是武器,腾跃翻滚,十八般武艺样样皆通;唱念做打,把个阁楼上的武生小白龙请到家里来了。演耍一会儿,他知道他崇拜的小白龙不会来他这个穷家矮户,不禁叹口气,只好坐在矮凳上歇气发呆。后面传来"扑哧"一声轻笑,抬头一看是秋秋正倚在门框上偷笑呢。龙娃说你看到啦?伊秋仍笑,说俺来了好久。龙娃说那为啥不言语一声,偷看?伊秋嗽下嘴,说看把你能的,啥子偷看,你演戏就不兴俺看了?龙娃辩解道,俺不是演戏,撩起背后的白布,说这就是革命党的白盔白甲呀!秋秋扑哧一笑,你这是啥子白盔白甲,怎么和戏台上武将身上穿的不一样哪?龙娃说那是唱戏,伊秋说你刚才不也是在唱戏吗?龙娃被问住,不再答话。秋秋看看坐在矮凳上闷闷的龙娃,乞求道:

"龙娃哥,你干脆唱一出吧。"

"俺不会。"龙娃无精打采。

"今年正月十五你不是跟着高跷班唱过吗?还被人家喝彩呢。"伊秋鼓动道。

"唱啥?"

"随你。"

"唱《别窑》吧?"

伊秋拍着半藏在手暖里的双手连声说好。伊秋穿件桃红缎子棉袄,黑花丝葛棉裤不扎腿带,脚上一双翻沿黑绒棉鞋,脖子上围一条又宽又长的白毛线围巾,又黑又粗的发辫被围巾勒在脖子后面,把一张粉白的圆圆的小脸如玉雕粉绘般捧到人前。龙娃看看伊秋半掩在袖筒里的手背和绣朵石榴花的手暖,目光由下而上移到恬静如水的一双大眼睛上。

"好嘛。"伊秋略有所悟。

"那你要和我一起唱,我当薛平贵,你当王宝钏。"

"行,就随你。"伊秋不假犹豫地点点头。龙娃把那块白布举在空中抖了几抖,好像那就是红鬃烈马,挪步踢腿,立定开唱:

王丞相与俺有仇恨,

他咬紧牙关不认亲,

红鬃烈马挽在手,

他要俺到西凉去从军。

这一去疏勒川边战云紧,

这一去十年八年难回还,

三小姐本是金贵体,

我劝你回转相府享福分。

秋秋接唱:

未开言俺已是珠泪满面,

恨只恨爹爹他情义不专,

他不该言而无信把婚约毁,

更不该嫌贫爱富不认亲,

校场上既然把婚约来许,

俺今生就该是薛家的人。

啊,薛郎——

十年八载不算久,

地老天荒俺不变心,

苦熬寒窑把君待,

盼只盼旗开得胜啊,

郎呀你早复还啊……啊……

秋秋唱着唱着就真把自己当成了王宝钏,拉起哭腔越哭越痛,竟哭得泪人儿一般。龙娃赶紧把她扶到床沿坐下,问真哭了?抬手放在秋秋的脸蛋上擦擦,被秋秋一抬手打了下来。

龙娃又问:"你真哭了?"

秋秋赌气说:"你别管。"

龙娃说:"这不是唱戏嘛。"

秋秋说:"我想哭,我心里难受。"

龙娃不解:"原本好好的,怎么就难受起来了?"

"我就是难受,就是难受。"秋秋用洁白的小拳头不停地捣着龙娃的肩头,"你没心没肺,真的是没心没肺!"

龙娃立在秋秋面前发愣,怎么自己就没心没肺了?

龙娃没有披上白盔白甲,几天后他听到洛阳那边传来的消息,宁小满他们没有打开河南府,他们被驻守在洛阳的清兵巡防营打败了。与此同时,村人隐隐约约听到从省城那边也传来了同样的消息。

武昌起义之后短短二十多天,清政府在各地的统治纷纷崩溃,湖南、陕西、山西、江苏等十余省相继脱离清廷,宣告独立,河南的革命志士不甘落后,正紧罗密鼓地聚集革命力量,筹划起义,夺取省城。

一日,一个骑匹烈马、头扎白巾的年轻人送来一封急信,寿庭拆开,原来这封信是他的帝国大学同学、东京《河南》杂志总经理张钟端写来的。信中除了为掩人耳目深表思念的客套话之外,还有"即来汴,望在裴昌公胡同徐君府上一晤"一语,他本想留住那位信使细问几句,东祺告诉他那人已飞马出了东门,可知事急。他在东京与河南同乡刘青霞等人一起编过《河南》杂志,深知张钟端素有大志,勇于任事,不尚空谈,敦促他即赴开封,必是有大事发生。长久蛰居乡下的他读信后为之一振,没有犹豫,抖擞精神,打点行囊,即刻告别老父老娘,坐上三匹马拉的轿车连夜赶到洛阳火车站,搭上陇海线列车,直奔省会开封。信中提及的那位徐君也是他的同学,他还曾经到徐府去过,所以一到古老的有点残破的省城,就找到了张钟端。房里很多人,似在开会,有大声疾呼的有低声交谈的,气氛紧张而热烈,颇有几分决战前夕的神秘。这是舍生取义的事,一盏高悬的煤油灯,把一张张焦躁不安、慷慨激昂的脸涂上一层亮光,使这些原本平凡的脸膛顷刻间变得高尚而纯洁。石寿庭激动了,决心赴死,头脑里瞬间出现许多革命、鲜血、旗帜的图景,不禁把双拳越握越紧。好像是谁在演说?他已听不太清楚了,血冲上头顶,耳朵嗡嗡响。一会儿,他放开自己握痛的手,暗暗与身旁三姐夫柳思亭的手握在一起。柳思亭的手掌里满是汗水,那张平时像面团一样的圆脸,此时凝结成冰团,惨白而坚硬,双眼流露出异样的光彩。周围许多东京时代的熟人,除了柳思亭,还有中州公学的杨勉斋、刘镇华及河南新军 29 混成协的吴沧州等人。起义,这个他们期盼了数年的时刻,终于来到!

张钟端刚从湖北回到开封。他带着鄂军都督府的密函,衔命策应 29 混成协应协统率部起义。因谋事不密,待张钟端抵开封时,河南巡抚已将应协统撤职,押送出境。在革命党人一时陷于群龙无首之际,大家共推张钟端为总司令,设立秘密起义机关,计划发动陆军学校学生、新军官兵及警察组成敢死队,攻占巡署及藩台;同时联络王天纵,让他率领他的数千绿林队伍与活动于洛阳附近的会门"在园"数万会众,攻打洛阳及其他州县,一旦起义成功,就宣布河南独立。

按计划,起义那天石寿庭、柳思亭和刘镇华负责带领 29 混成协的革命官兵攻占西南城坡军火库,因此,前一天石寿庭与柳思亭特意到南关繁塔寺去找中州公学的庶务长刘镇华商量。刘镇华比他俩大两岁,不能不多听他的意见。

刘镇华字雪亚,河南巩县人,出身于一个小商人家庭。清末最后一次科举考试中了秀才,后在开封著名的中州公学当庶务长,受校长杨勉斋影响,加入同盟会,为人颇善机变,性阴鸷,与同志多有不和。

石寿庭、柳思亭与刘镇华正在密谈,门房老头进来禀告巡防营张稽查来访。刘镇华脸色突变,怔一下急急走了出去。许久回来,看到站在墙下观看字画的石寿庭和柳思亭,神色局促地说:"坐坐坐,等急了吧?"

柳思亭有些不耐烦:"怎么谈那么久呢?"

刘镇华忙给两个人的茶杯续上茶:"唉,这人啰唆,车轱辘话说来说去。"

"他是干啥的?是个稽查?我好像在哪里同他照过面。"石寿庭皱皱眉头。

"是的,他在巡防营柴统领手下混饭吃。"刘镇华答。

"他来学堂干啥?"柳思亭睁大一双眼看着刘镇华。

"毓雨兄,"刘镇华唤着柳思亭的字冷笑两声,"恁没在学堂待过,如今的稽查不到学堂到哪里?"

"与这种人接近有危险。"柳思亭嘟哝一句。

"不要怕嘛,这个张稽查倾向革命,不是一只吃人的老虎。"刘镇华不无挖苦地说道。

"雪亚兄,"站在窗口俯望地面繁塔塔影的石寿庭猛抬下头,唤声刘镇华的字,逼视着问,"你相信他倾向革命吗?"

"不但他倾向革命,连他的上司巡防营统领柴得贵也倾向革命。"

石寿庭与柳思亭不约而同地"哦"了一声,凌厉的目光一晃滑了过去。

谈话的气氛变了,不知不觉间失去了刚才的亲密与热诚。刘镇华突然提出他要去嵩县找王天纵,马上就走。石寿庭惊疑地问,你不去 29 协了?刘镇华说不去了。石寿庭有些不悦,说这是安排我们三个人的事,你怎能说不去就不去呢?刘镇华说,巡防营那边已联系上,你们两个掌握就行了。柳思亭不快地瞟刘镇华一眼,提醒他这时去嵩县找王天纵,也该同张钟端说一声,他可是我们共同推举的总司令。刘镇华说他早先已同张钟端说过,计划围攻洛阳的杨勉斋,也要他火速赶过去。这时刘镇华要到嵩县去,也不能说没有道理。只不过省会起义在即,他猝然离去,令人总有些不解。话已说到这份上,似无法再说下去,看到刘镇华从床底拉出一只藤箱收拾行装,青白的长脸越拉越长,样子越来越冷淡,二人只好告辞。回住处的路上,刘镇华在繁塔旁边摇动的瘦高身影,一直在石寿庭眼前飘荡,不知为什么他想起了刘镇华的两撇八字胡。这两撇八字胡颇有名,一次河南同盟会聚会,大家纷纷剪掉辫子,唯毛发特别茂密的刘镇华仍然长辫垂腰,同志多有戏言,于是他邀几位好友到住处,声言举行"剪礼",以示庄重。待同志们等着瞧那条又黑又粗的辫子将如何同主体分离,不意刘镇华当众剪的不是辫子,而是剃掉两撇八字胡,并声言鞑虏不除,帝制不灭,誓不蓄须。大家厌其诈,以绰号刘八字赠之,刘八字的八字胡曾名噪一时。想起往事,石寿庭心中甚感不安,那个张稽查的影子不时出现在脑海里,搅起波澜,但起事日近,也只好劝说自己以团结为重,不可多疑。

起义前夕——12月22日夜,张钟端在优级师范学堂召开会议,决定23日2时举事。手枪、弹药、款项已当场分配,布告、檄文、通告已印发停当,却不知已被奸细告密,至夜11时许,巡防营统领柴得贵突然带兵将学堂包围,将张钟端等二十余人逮捕,又在中州公学、法政学堂逮捕数十人。张钟端等十一人被杀害,因咨议局出面干预,其余部分被保释,柳思亭在保释之列。石寿庭被捕后言辞激烈,未能免除牢狱之苦。

省城起义,几乎是在宁小满们跟随王天纵攻打洛阳的同时,都失败了。少年樊玉龙和秋秋,一直没有看到传说的白盔白甲,也没有看到石寿庭回村,寿庭学堂不再被人提起。

七　樊家那块宝地

　　孙中山做了几个月的临时大总统，南北议和，就将总统宝座让给了袁世凯。北京依然是京城，只不过大清朝变成了民国。

　　这几年外面的世界像驴打滚一样翻来复去，石匠庄以及倚在它旁边的羊街与羊街旮旯却依然故我。皇历依然是那本皇历，灶王爷依然是那个灶王爷，生活像老磨盘一样转动。若说变化也不能说完全没有，最让人看到眼里的是石家与赵家的暗中首户之争渐露分晓。这几年革命党的石寿庭在革命创建的民国里连年坐牢，当上省议员的石孝先为了在省城应酬和过足鸦片瘾，又卖了近百亩好地，眼看家道中落。而赵家以清乡之名派款派枪，独揽全乡的烟土生意，家业和权势直往上冒。当然，再顺的风都有让船侧棱的时候，赵家的大靠山、八班老总赵养斋突然得急病死了。

　　这一天局子头赵定东一面派人到洛阳去把读中学的四弟赵定北叫回家，一面与二弟赵定南、三弟赵定西及侄子赵青山骑上四匹快马，飞速向县城奔去。穿过紫逻口，趟过汝阳，待他们来到八班老总办事的缉捕队队部，赵养斋已面如土色，断气多时。缉捕队副队长周永成上前招呼，四个人号啕大哭，捶胸顿足，把朽蚀的墙壁震得簌簌往下掉灰。周永成和赵养斋的几个下属都来劝，好不容易才把孝子们的哭声止住。

　　周永成谈起死者的病况和死因，说是赵老总得的是断肠痧。昨日下午公干回来突然叫肚痛,接着就痛得难忍在床上打起滚来。赵老总是个硬汉,枪子穿个窟窿都没哼过一声,不是疼得太凶他不会这样。赶紧请来名医张百济,张大夫问吃过什么东西,摸摸脉,翻开眼皮看看,就说人不行了。

赵定东问:"怎么病来得这般凶呢?"

"是哦,赵老总一向身板硬朗,未见他病过。"周永成疑惑不解地望望周围的人,"怎么这一病就起不来了呢?"

赵青山盯着周永成冷不丁问了一句:"你说俺二爷得的是啥急病哪?"

周永成清下喉咙:"张大夫说是断肠痧。"

"会不会是中毒?"赵青山追问。

"我们也怀疑过,"周永成说,"赵老总公干路过瓜田,走进瓜棚吃了几块瓜,一回来就叫肚痛。"

赵定东想了想问:"会不会有人在瓜里下毒?"

周永成答:"我们也这么想过,但西瓜不切开不能往瓜里下毒,切开了,是大家都看着切的,也难往上面下毒。"

"这可说不定。"赵青山阴阴地扫了周永成一眼。

"是的,我们也从这方面想过,所以我们已将那个种瓜的抓了来,并已上呈知事,只看县知事大人怎样吩咐吧。"

且不管倒霉的瓜农坐不坐牢,天气热,尸体很快会变腐,当紧的事是先将赵养斋送回家,再做祭灵、下葬的安排。赵定东派青山先回村,他和老二老三跟着拉尸首的马车进家时,许多大事青山已照他的嘱咐安排停当。寿材、寿衣早已备好,从上云寺请了八个和尚,从碧霞观请了四个道士,还请来两班响器,设在西门内的灵棚也已搭置完毕。赵养斋入殓被抬进灵棚供人拜祭,四里八乡的亲戚、乡绅都来了,有的干号几声,有的红着眼圈上来同赵定东们说几句宽心话。笙呐呜咽,唱礼先生不停地高喊着"跪、拜、起",吊唁者跟着喊声行礼如仪;和尚、道士昼夜诵经为死者超度,孝子孝妇轮班哭号。正当人们都在忙乱的时候,来了一个五十几岁、面容清癯、留两撇耷拉在嘴角下边的八字胡的男人。这男人穿件灰布长衫,提个灰布包袱,面色冷峻、态度淡然地走进赵家的大门。来人就是洛阳以南最有名的阴阳先生蔡知九。

蔡知九名气大,有蔡神眼之称,据说他那双鼠眼一般的小圆眼能看穿阴阳,洞察脉象,洛阳南的大户人家找坟定穴无不请他查堪,不过过他的眼不放心。赵定东一听说蔡知九到来,急忙从灵棚抽身赶回家中。为了表示对蔡先生的尊重,赵定东亲自为蔡先生端来一盆洗脸水。蔡知九抹把脸又喝了一杯刚沏上的香片茶,一句客气话没说就站起身来。

"走吧。"他提起灰布包袱。

"到哪儿?"赵定东倒糊涂了。

"到坟上。"蔡知九走到院里眯起眼看看头上的日头,"眼下日头正在子午线上,是看龙气走向的好时候。'入山寻水口,登穴看明堂',先到赵家老坟上看看吧,明天入山。"

"先生再喝杯茶,等吃过饭再去吧。"赵定东说。

"老人家不能老躺在灵棚里吧?"蔡知九一面说一面就向外走,虽然话音里有几分咯噜,但赵定东听着仍有些感动。

到了坟上蔡知九解开灰布包袱拿出罗盘照来照去,口中念念有词:"一生二兮二生三,三生万物是玄关。山管山兮水管水,此是阴阳不待言。"蔡知九像给赵定东解说什么,又像是自言自语,反正赵定东听不明白,只觉得是天机玄理。蔡知九把罗盘又换了几个方位,说:"阳从左边团团转,阴从右路转向通,山上山神不下水,水里龙神不上山。"赵定东听得似懂非懂、似明非明,不断嗯嗯应声。蔡知九仰头观天、俯首察地,突然伸出中指一指,说:

"这里就是令尊大人的宝穴。"

蔡知九折根树枝在地面画了个阴阳太极图,名为定穴,赵定东感激不尽。少顷,蔡知九做沉吟状说,不过——此穴倘有一憾,不知赵团总愿听不愿?赵定东急忙请他快赐金言,蔡知九说不瞒你说此穴旺财不旺丁,常言道水兴财,山兴丁,此穴向西脚蹬杜康河,可谓财源滚滚,财者,势也,贵府势也可待,却没有山势相依,人丁不旺,势不久矣! 这一席话说得赵定东被兜头浇了一盆冷水,凉彻骨髓,急问可有破解之法,蔡知九抿抿八字胡沉吟良久。

"这个嘛,也不能说没有。"

"万望先生指点迷津,一定重谢。"赵定东一揖到底,用乞求的眼光看着蔡知九。

蔡知九捧着罗盘左右查看，猛然惊叫一声，说："哎呦，那块地里倒有个好穴。"

赵定东忙问："哪块地？"

"就在上面。"蔡知九指指紧挨赵家老坟、地头有棵老柿子树的一块地。

"老柿子树下边那块。"赵定东稳稳神，"啊，是龙娃家的地。"

蔡知九来回掐着手指头："甲子分上中下元，地脉分上中下段，团总家的坟地处在这条地脉的中段。"他说着，伸出手臂从老柿子树起，横贯赵家坟地至杜康河画了一条直线，"你看老柿子树下那块地紧靠东岭，也就是依山，隔断了你这块坟地与山的气运。"看赵定东好像是未听明白，蔡知九又说，"刚才说过，水生财山生丁，敢问团总家人丁如何？"

赵定东涨红了脸："上辈行，到俺这一辈就寡淡了些。"

"究竟如何？"

"俺们四兄弟，除老四年岁尚小，尚未完婚，俺和老二、老三都已成婚几年，唯老二身边有个娃。俺爹最挂心的就是这件事，俺最对不住爹的也是这件事。"赵定东说着说着竟趴到地上哭起来，一面磕头一面哭喊，"爹呀爹呀，儿无能，儿不孝，让爹不能合眼！"

蔡知九把赵定东拉起身劝慰几句后，望着老柿子树又说："这可是个好穴啊！你看，东岭到此抬高，这里就是龙头，而那棵老柿子树就是龙须，看来龙气正聚于此。水生财，山兴丁，你父若葬于此，何愁后世人丁不旺？"

赵定东叹口气："唉，这是别人家的地。"

进入兴奋状的风水先生蔡知九好像没有听见孝子赵定东的话，自顾自地往下说："你看，左青龙右白虎，前朱雀后玄武，穴位面向东南，明堂开阔，水路、龙气尽合局于此，福荫子孙，人旺业兴，此乃上上佳穴也！"

"只可惜这块地不是咱家的。唉——"赵定东无限惋惜地又叹口长气。

这次蔡知九听清楚了："可以换可以买嘛，办法总是会有的吧？"

"那，那也来不及了，得重新开穴箍墓，唉，来不及了，老人家要先入土才行。"

"三年后可以迁墓移棺嘛。"风水先生好像舍不得他看中的好穴,又说道。赵定东站在那里愣了好一阵子,未再说什么。

赵养斋的黑漆柏木棺材在灵棚里停灵三天,出殡那天轰动全村老少,有路祭的,有向赵家示好的,有看热闹的,排场好大。纸扎先行,童男童女、金山银山、八仙过海、戏曲人物、仆人丫鬟、楼阁厅堂等凡是能让老赵头在阴间续享荣华富贵的财宝、摆设,样样俱全,扯扯拉拉排列得足有二里地。棺前三四十人执绋,把两条绋绳拉得直直的,人头密密,最引人注目的是新上任的八班老总周永成和石三年的亲老弟石四年。棺材后跟了真假孝子一大堆,个个披麻戴孝,让人分不出谁亲谁疏。赵定东手抱瓦盆,泪眼凝重,走到十字路口听到唱礼先生一声高喊,好像怕瓦盆掉在地上不烂似的,用力将瓦盆摔下。随着瓦盆撞击石头路面的脆响,响器班疯了似的笙呐高奏,鞭炮、短铳、快枪齐鸣,停棺路祭,焚香烧纸不已。再起灵,又是一阵脆响,几十个局丁端起土装快枪向空中乱放,打得树叶断枝纷纷落地,少不更事的小孩们跟在送葬的局丁后面抢拾弹壳。这是村人看到的最奇特的也是最盛大的一次葬礼。到下午,八班前老总赵养斋终于入土,但能不能"为安",这就是孝子赵定东正思谋的事了。

一天,赵定东从寨外回来,顺路拐进局子东边的私塾。他在这个私塾里念过书,一见到石宏儒即刻把态度放得很庄重。石宏儒正拿着一本唐诗吟诵,听到脚步声沉下脸从眼镜上方看了看。赵定东唤了声先生,头上戴顶边沿已经磨破的黑布旧帽壳、花白头发披在脑后的石宏儒,手拿书卷问了句有事吗,赵定东急忙走前两步笑容可掬地说:

"想劳您老大驾给学生帮个忙。"

"啥事?"石宏儒冷冷地问,他不待见他这个在村里如日东升、炙手可热的学生。

"俺想请您帮俺同龙娃娘说说,让她把那块地卖给俺。"

"哪块地?"

"老柿子树底下那块地。"

"为啥?"

"俺想把俺爹的坟迁到那块地里。"

石宏儒把书放到书案上，久久凝视着面前这个学生。

"你是听人说那块地风水好是吧？"

赵定东难堪地笑笑："阴阳先生说那里的风水旺丁。您看俺成亲五六年了，还不见个小孩。"

石宏儒轻拍下书案："听阴阳先生胡说。"他虽是读旧书的却不相信风水。看到赵定东面有赧色，缓了缓口气又说："你不看看人家孤儿寡母的有多难？"

"俺又不是抢她家的地！"赵定东有点受辱的感觉，情不自禁地流露出局子头的威严。

"那你打人家那块地的主意干啥哩？"石宏儒不客气地撂了一句，"这事俺不管，你找别人去。"

赵定东没想到会在教书匠身上碰这么大个钉子，闷闷不乐地走在南大街上低头想心事，不意与他属下的棚长石四年撞个满怀。赵定东斥责道，这样冒冒失失是去哪儿哩！矮胖的石四年急忙点头哈腰唤团总，赔笑说没想着撞着赵团总了，在石匠庄的四门八街里谁能撞，怎会就撞到团总了呢？福气！福气！赵定东责备道，你走路是咋走的？是横着走的？石四年嬉皮笑脸，说跟着大哥恁，不是想咋走就咋走嘛。嘻嘻，嘻嘻。赵定东摇摇手，说可不要糟蹋俺的名声。石四年急忙双脚并拢做立正状，那是那是，大哥历来治军严明。赵定东把一只手在脸前摇摇，看了看石四年腰里的布袋问，这是去干啥？石四年也低头看了看腰间那个装鹌鹑的布袋，扭捏一下说到羊街找羊黑蛋那小子斗一场。前日他的"黑头"将俺的"白嘴"斗败了，败得那个熊呀，俺咽不下那口气，昨日俺特意从金贤集上弄了只"金爪"。说着，石四年顺手从鹌鹑布袋里掏出一只双爪如金的鹌鹑来。赵定东厌烦地叹口气，说算了算了，你们就不能找点正事干干？石四年疑惑地眨巴眨巴眼，问这还不是正事吗？还有啥子事要干？赵定东说擦擦枪也好嘛。石四年扑哧一声笑了，团总，你去棚里看看，个个的枪擦得比他媳妇还干净。赵定东被石四年的话逗笑了，紧绷的竖短横宽的螃蟹脸松弛下来，想了想问羊黑蛋是不是就是羊街族长羊文卿的儿子。石四年说正是，他是老大，下边有两个弟弟，大弟羊青峰，跟寿庭先生读过书，现在洛阳念洋学堂；小弟羊青河，还在私塾里读，听说不久他爹也要把他送到洛阳；黑蛋的大号叫青云,不读书,他爹也不逼他。赵定东哈哈大笑两声,说就他那成色还青云哩,还想青云直上哩。石四年跟着也大笑两声,随着赵定东的话音说他去球吧,他也不尿泡尿照照自己的影儿。

说到这里石四年想起什么似的问,团总,刚才你是不是从私塾里出来?为啥子垂着头闷闷不乐?赵定东说还不是碰了你伯父一个软钉子。石四年表示出气愤的样子,说你别同那个秀才壳郎一般见识,他所以一辈子受穷,就因为他读书读出了一个又拗又酸的秉性。赵定东叹口气,唉,谁叫咱有难处求人家嘛。石四年捋捋袖子说,团总,是啥事?看得起四年就同四年说说,也许四年能办!赵定东定睛看了四年很久,心想这个耍鸟斗狗的混混也许真可以替他办成这件大事,故意又叹口气说,是想与龙娃家换一块地,想找个人说合说合。石四年说那还不容易,说到底他樊家人是住在咱们庄上,咱得说了算。赵定东要石四年先不要这么说,压了压石四年不知从何而来的虚火,拉他到街角一块石头上坐下。赵定东从打算移坟说起,把前后事理说了一遍。石四年听罢,起身一拍胸脯说,大哥你放心,这事包在俺四年身上了。说罢不等赵定东再嘱咐,手里提着鹌鹑袋昂首挺胸向羊街走去。他走出几十步,赵定东又把他喊回来,把几个市面上刚兴起来的币面上镌有袁大总统像的袁大头银元塞到他手里。

八　当娘被抢的时候

石四年的亲哥石三年被赵定东夺权气死之后，石四年不仅没有报仇之心，反而贴上赵定东，一心想保住棚长的位置，再向上爬一爬当个副团总。为了达到这个目的，他处处巴结，让他把赵定东当爹，他去当孝子都行。羊黑蛋也是个耍光棍的货，见到石四年，立刻拉开桌子往上面撒了一把小米，把他的宝贝鹌鹑"黑头"放了出来。石四年坐下来捂住腰里的鹌鹑袋不动声色。

羊黑蛋瞪大眼睛问："咋，怯啦？"

"孬种才怯呢。"石四年咧咧嘴。

"那就快放出来嘛！"

"有事，俺有事找你。"

"你小子有啥事，是今黑要打狗吃狗肉吧。"羊黑蛋嘻嘻嘻地笑着。

"是正事，真的是正事。"石四年苦起脸，眉头皱得老高。

羊黑蛋学学石四年的表情："你小子别来这一套，你小子要是有正事，那就是你家灶王爷贴反了。哈哈，怯就怯了，编那些屁话干吗？"

"哼，谁怕谁呀，今天你真是欺侮到老子头上了。"石四年一面说一面用手在腰间摸来摸去。羊黑蛋的激将法起了作用。正好几个闲人听到他们斗嘴过来凑热闹，一起哄石四年的脸搁不住，脑子一热就从鸟袋里放出了他的"金爪"。两只鸟像两个主人一样专注地对视着，绕着桌面打圈儿，主人开始挑唆，只见它们翻翻脖毛又张张翅膀，互做威胁状却又收了回去。几番下来，石四年的"金爪"想从侧面捺住"黑头"，哪知机灵的"黑头"见势已先跳入空中，让"金爪"扑了个空。"黑头"趁势冲下，那"金爪"不是等闲之辈，打了一个滚，翻身抓了一下"黑头"的尾巴。"黑头"转身向上一跃，只见两只鸟儿胸贴胸地蹿起两尺多高，又啄又抓，互不相让。经过如此十几个回合，毛羽乱飞，各自身上已有血色。在一片叫好声中，羊黑蛋突然抓住"黑头"向四围看看，烦躁地骂道，吼啥子吼，没看见鸟儿都挂彩了？说着就往里屋去。

"慢着，慢着。"石四年急忙在后面喊叫。

"啥事？"羊黑蛋警觉地直看着对方，"耍鹌鹑这事早有规矩，胜败各担，生死自认。"

"不是说这烂球事，是说团总托咱俩办个事。"

"你是说谁托咱办事？"

"团总。"

"团总！"羊黑蛋也是个欺软怕硬的癞皮货，也总想巴结上团总赵定东，一听说团总要托他办事，立马来了精神，"团总今日怎么想起俺来了，说，快说，是啥事？"

石四年摸摸口袋里的银元："走，到街口烧饼铺里坐下来慢慢说。"

羊街是一条东西向的大街，住户大多姓羊，西街口的第一家人却是姓药的。姓药的兄弟俩，老大老实不管事，老二会当家，日子一年过得比一年好，从去年开始在紧靠西门外边的车院里开了一间烧饼铺，除了地里大忙不开张，平日不只是卖烧饼，还有切牛肉、白干酒，到冬天还会有滚烫的豆腐汤。

石四年和羊黑蛋喝得脸色泛着紫光从药家烧饼铺出来，由西往东径直向龙娃家走去。

石四年一进龙娃家院门就高声喊了一声婶子，没有人应声，跟在后面的羊黑蛋也尖声喊了一声。院里很静，一抹夕阳照在地面上，一只母鸡带着一窝出壳不久的小鸡雏咕咕咕地在一堆碎柴上乱翻。石四年扮个鬼脸对羊黑蛋说，这个院里可真干净，一点值钱的东西都没有，贼进来都怕。羊黑蛋捂住嘴咯咯一笑说，这不是就进来了嘛。石四年说去你的，向后摆下手。两人快走到窗前听到织布机声,石四年又喊了声婶子,织布机声停了。谁呀?随即传出常秀灵的声音。石四年答道是俺。常秀灵出现在屋门口,诧异地说是你两个呀,龙娃下地去了。石四年满脸堆笑说俺不是来找龙娃玩高跷,这次不找他。秀灵说不找龙娃你们还能找谁?麒娃跟他哥在一起。石四年笑着说不找龙娃、麒娃,俺们就不能来看看婶子了?羊黑蛋怪声怪气地插一句,是嘛,婶子对俺们亲。秀灵摆下手说啥子亲不亲的,都是邻里乡亲嘛。羊黑蛋总想露能,抢着提起老柿子树的事,说去年老柿子树结的红柿子,婶子还给俺留过呢。秀灵看他们两个不走,就招下手让他们进屋坐。

进屋坐下,石四年转弯抹角讲到赵定东想买老柿子树下那块地的事。秀灵说他家不是在那边有地吗?他家的坟地不是就在那边吗?石四年说,对,你家那块地下边就是他家的坟地。秀灵又说,俺家地边上是有他家的地。羊黑蛋赶紧抓住时机,说就是嘛,赵团总就是想把地连成一块,好种。秀灵说俺家的地为啥同他家连成一块呢?石四年急忙说,这不是商量嘛,赵团总愿意出钱买你的地,一亩地六十块钱中不中?

"不中。"秀灵说。

"六十块钱可是咱村最高的地价了。"石四年看看秀灵板起的面孔,这个白皙的模样俊俏的小寡妇,一板脸不知从哪里就冒出一股威严的不可侵犯的颜色。石四年不想谈崩,补充说,"地价还可以再高一点嘛,你知道赵团总这个人心慈好说话。"

"不中。"秀灵闭紧线条分明略显单薄的嘴唇。

"咋就是一个不中呢?好好商量嘛。"

"这是樊家祖上留下的地,穷死都不卖,得给俺龙娃、麒娃留个根。"

羊黑蛋笑出了声:"你咋这样死心眼哪,看你眼下过的是啥日子。"

"自己的日子自己过,不用别人操心!"秀灵决绝地说。

石四年拍下桌子,刚说一句"不识抬举!",没想到伊秋风一般飘进来了。她看看屋内的几个人,把目光停留在石四年脸上。

"干啥?这是干啥?"伊秋问。

"俺们正在说买卖地的事。"石四年有点尴尬。

"谁家卖地？谁家买地？"伊秋好奇地问。

"他们要俺把大柿子树底下那块祖业卖给赵定东。"秀灵告诉伊秋。

"妗，"伊秋唤声秀灵问，"你答应卖了吗？"

"这事妗不会应承。"秀灵答。

伊秋转向石四年，"四年哥，既然俺妗不应承卖地，赵家就不买呗，你急个啥？"

"这这这，你一个小女孩家别管这事……"石四年呜呜哝哝地说道。

羊黑蛋要为石四年解围，嬉皮笑脸地对伊秋说："秋秋小姐，这对你有好处呀，赵家买地对你是好事呀！"

"为啥赵家买地对俺是好事？"

"将来你还不是赵家的人。"

"你们欺侮人！"伊秋顺手端起桌上的半碗水泼在羊黑蛋的脸上，哭着扑到秀灵的怀里。

秀灵赶石四年、羊黑蛋快走，说老太太要是知道伊秋受欺侮会不依你们的。

石四年来到西街赵家向赵定东汇报，把常秀灵横竖不答应卖地的话学了一遍，赵定东好像有点心不在焉，只淡淡说了句不急，慢慢磨吧。石四年又说在秀灵家遇到了石伊秋，赵定东激灵一下，问咋啦？石四年撇着嘴笑道，就好像是人家的人似的。赵定东愠怒地斜了石四年一眼，喝道：

"别说啦！"

石四年吃了个没趣，觍着脸硬凑上去："咋啦，有啥事啦？"

"大事！"

"多大的事啊，值得团总上火？"石四年一脸谄笑。

"不是我上火，是都督大人张镇芳上火了。"赵定东说。

"都督大人上火关咱屁事，"石四年鼻子哼哼着，"天高皇帝远。"

"四年啊，你能不能长点脑子。"

"到底是啥事嘛？"

"唉，地面上又乱了，"赵定东停了停，"宝丰出了个白朗，他本是个卖盐巴的,还开过小炼铁厂,坐过牢,可现在蹚大了,都督大人下令各地围剿,镇嵩军开过来了,老毅军立马也到。"

"咱们干啥?"石四年有点发呆。

赵定东抬起腿踢了石四年屁股一下:"叫你回家抱孩子。去,快去整理队伍!"

石四年往前跳了几步,摸摸屁股扭过头说:"报告团总,俺还没有老婆哩。"赵定东又伸伸腿做踢状,石四年像得到什么奖赐似的一跳一跳跑开了。

赵偶的毅军在清末曾与张钫的东征军在灵宝一带对峙过,后随袁世凯转向"共和",毅军就成了军阀的工具。这时,白朗起义军处于兴旺时期,为了摆脱毅军的追击,正计划过荆紫关向湖北、陕西转战。地方上杆子蜂起,不少股与白朗呼应,攻城略寨,给袁世凯的统治造成很大麻烦,伏牛山下的一个小小石匠庄也不得安宁。寨墙上夜夜灯火通明,巡逻不断,局子里更是进进出出,还闹过几次虚惊,一次枪走火差点打掉石四年一只耳朵。赵定东与石四年一帮人昼夜住在局子里,虽然忙得不能分身,却没有忘记坟地的事。

石四年和羊黑蛋在一阵"剿匪"声中,还没少往龙娃家跑,没少为局子头"买地"找秀灵软磨硬泡。到后来实在不行了,羊黑蛋想出一个夯点:一个字——"讹"!石四年问怎么个讹法,羊黑蛋告诉他前几日他在他爹的钱柜里翻出一张房契,一看正是龙娃家住的这个院子的房契。他问他爹,他爹说这是老年间的事了。当年樊庄被毁,樊家人逃到这边没地方住,几兄弟中有一个就借住在羊家祠堂后屋,当年祠堂做饭的地方。住的时间久了,他们又没地方可搬,羊家人就说把这地方让给他们好了。他们出了几两银子,四年爹是中人,但为啥当时没有正式换契?四年回家问他爹,他爹也想不起来,但银子是确实付过的。石四年听到原来还有这一出,高兴得几乎跳起来,心想羊家的房契既然在黑蛋他爹——族长羊文卿手里,只要黑蛋把房契偷出来,拿上房契去找常秀灵,看秀灵能有啥话说?秀灵不认这张房契,说她家里有房契。石四年要她把家里的房契拿出看看,她拿不出来。石四年说你拿不出房契这房就是羊家的,你要么给钱要么搬家。石四年和羊黑蛋一连来了三四次,逼得秀灵想上吊,龙娃和麒娃干着急,几次抱着娘大哭。

一天石四年一个人来了,脸色特别温和,坐下后说:

"婶子,你不愿卖地又不想腾房,你说咋中?"

"俺为啥要卖地为啥要腾房?"秀灵愤怒地瞪大眼睛。

"你卖了地才好还羊家房款嘛。"

"这房是俺祖上买的,俺不欠谁的钱。"

"唉,"石四年叹口气,装出一副为难的样子,"我也是为你好,为娃子们好,不能让娃子没地方住,这样吧,我给你找个家儿。"

"你说啥?"秀灵打断石四年的话。

"婶子,你听我说,我是说给你找个家儿,趁你还年轻,换几个钱还房债,给娃子们留个住的地方。"石四年尽量把声音放得柔和一些。

"你说的是人话吗? 你是畜生!"生性刚烈的秀灵猝然从床沿上跳下来,指着石四年的鼻子大骂。石四年站起身还想说啥,只见龙娃提把柴刀从柴房冲了出来,麒娃拿根木棍跟在后边。石四年一看不好,赶快跑出屋门,龙娃提刀追赶,被娘紧紧拉住。石四年看到龙娃被娘拉住挣脱不了,跑到院门口又回身撂下一句话:

"常秀灵你拾掇一下,后天夜黑人家可要赶车过来拉人啦。"

秋天雨水多,连着几天大雨,杜康河发大水,水流无日无夜地轰隆隆响,秀灵夜里听着,真想走过去跳下河让洪水冲走她和她的一切苦难与烦恼。

天刚擦黑,一弯淡淡的月牙儿从浓云里钻出来不久,石四年和羊黑蛋带着几个陌生男人走进龙娃家,有一个男人手里还牵着一头驴。那驴到了一个新地方可能受点惊,突然嗷嗷嗷地高叫起来。龙娃听到驴叫从屋里走出,一看是石四年带着一群人正往院里走,上去拦住。石四年用力横下手臂将龙娃拨了一个趔趄,龙娃挣扎着站稳身,一步跳到石四年前边,大喝道:

"干啥!"

"领人!"石四年狞笑一声。

"领啥人?"龙娃握紧拳头显出要拼命的样子。

"嗬嗬,领啥人? 领你娘! 你娘叫卖了抵房债,现在人家领人来了。"石四年有恃无恐地说。

"你红口白牙胡乱诌,要抢人是吧!"龙娃仍挡在石四年前面。

石四年将羊黑蛋推向前边:"俺胡诌?房契在黑蛋手里,你问问他是不是真的。"羊黑蛋有点怯,呜呜哝哝说不成话。石四年见势不妙,向身后的几个男人挥下手说,还不快进去拉人!几个人刚要跨进屋门,秀灵挡住高喊一声:

"谁敢进来!

只见手握剪刀的秀灵和举着擀面杖的麒娃堵住门口,石四年扭头向后说声上,两边推推搡搡开始混战。秀灵这边眼看不支,忽然听到外边好像有人在唤秀灵的名字:

"秀灵,秀灵,秀灵在吗?"

石四年他们似乎也听到了呼唤,双方不觉就住了手。秀灵示意龙娃到院门口看看,不一会儿龙娃从院门口那边喊:"娘,来人说是俺爹的大师兄。"

"真的吗?快请进来,进来。"秀灵一面说一面往院门口跑。

石四年和羊黑蛋都还记得当年的大师兄,一下子愣了神。大师兄本名吕道方,十几年过去,也该是近五十的人了。只见他紫色脸腔,身高背直,穿一套靛青土布衣裤,束一条窄幅布带,肩挎白色褡裢,听吵嚷已知出了事,双目瞪直,炯炯放光,眼角周围火星噼啪乱响,稳稳神低沉吼一声:

"这是干啥?"

"大师兄快来救俺!"秀灵呼救,"他们要抢人!"

"谁那么大胆?"大师兄看看三个陌生男子,"竟敢明目张胆抢人!"

三个人中年龄较大的一个看着大师兄威猛的神态急忙解释:"大哥,不是抢人,是给俺老弟找个媳妇,俺家是花了钱的。"

"谁收了你家的钱?"大师兄问。

那人指指石四年:"是这位兄弟。"

大师兄一把拽住石四年,石四年感到胳膊脱了臼似的疼痛,龇着牙"坛主坛主"的乱叫。大师兄说我不是坛主,石四年又改口唤吕爷。大师兄说俺不当爷,俺要你说说你为啥收人家的钱。石四年瞪大眼珠反问,他想买个媳妇他不要拿钱?大师兄大声问你卖的是谁?石四年毫不在乎地指了指常秀灵。大师兄怒火中烧,吼一声:"滚!"一脚把石四年踢出去两丈多远。石四年一面从地上爬起来,一面不服输地嚷叫,你是哪一门的,还想凭空插一杠子?大师兄骂道,从小俺就看出你是个坏坯,果不然现今长大害人。你收了人家的钱,你去把你妹妹卖给人家吧,把你娘卖给人家吧。石四年强撑硬气,俺村的事你别管,俺今天卖的就是常秀灵。他支使羊黑蛋上前拉人,羊黑蛋怔在那里不动,他要那三个汉子过去抢,三个汉子也不动。

大师兄环视一圈儿说:"今日俺把话撂在这里了,从今往后谁敢欺侮龙娃一家,谁就别想好过!"

石四年拍拍身上的土,咧咧嘴强撑硬气说:"俺村的事也归你管呀?凭啥呀,要管你到局子里来管!"

大师兄笑出了声:"别拿局子吓我,我见过。"

"好!"石四年挥下手,那几个人牵上驴跟着他退了出去。

石四年一帮人走后,秀灵急忙把大师兄往屋里让,一面要龙娃到羊二堂家的小铺里买盐,一面要麒娃抱柴烧水,说是要给大师兄下碗面条,被大师兄制止了。他说刚在金贤街上吃过,不必再麻烦。秀灵说不是大师兄刚才来到,今晚这一关就不知咋过。秀灵哭了,龙娃、麒娃跟着也哭了。大师兄问她在村上是不是常受欺侮,秀灵说原本沾了与寿庭家那点亲戚,村里人还不敢咋样,现今不知为啥已民国了,寿庭这个革命党却连连坐牢,他爹当上省议员长年不回村,家业眼看也是走下坡路,村里有些人就不把她家当回事了。秀灵讲到这里,麒娃在灶头说水热了,龙娃过去打一盆热水过来,让大师兄洗把脸,坐下来喝槐花茶。

秀灵想起多年前东祺说的话,问:"现今大师兄还在省城大相国寺设场子?"

大师兄把烟袋插在烟布袋里挼了一锅烟丝,摸出火镰打着纸媒噗地一吹点着烟锅,深吸一口,慢慢吐出一口气来。

"其实我早离开大相国寺了。"大师兄又吐出一口烟,"又回去干老本行了。"

"设坛?"秀灵惊讶地小声问。

"呵呵,还设什么坛。"大师兄摇摇头面有愧色道,"当年是我一时糊涂听信妖言,误国害民也连累了鹏万老弟。"

"唉,这都是命,都是气数,大清国气数已尽,也该亡了。"秀灵说,话中难免带有安慰大师兄之意。

大师兄摇摇头:"有时候想起来心愧得慌……"

"敢问吕大哥的老本行是啥?"秀灵抬头望着大师兄,赶忙扭转话头。

"舵工。我原先在山东老家是行船的。"

"舵工是干啥的?"龙娃好奇地问。

"舵工就是当把式掌船的。"大师兄摸摸身边龙娃的乱发,"其实船上的功夫我啥都干过,撑篙,拉纤,行遍了三省黄河滩。"接着他讲了一些行船的经历。

龙娃更听出了兴味,忙问:"现如今大伯在哪里行船?"

大师兄笑了:"怎么,想跟我走呀?"

"中,俺就想跟着您去黄河行船。"龙娃答。

大师兄看看龙娃又看看秀灵:"中是中,可惜你太小,怕是你娘不舍得,以后再说吧。"

龙娃转向秀灵:"娘,俺现今就跟吕大伯过去!"

秀灵说:"你没听你吕大伯刚刚说你还小吗?"

大师兄急忙把话接过去:"我这次是从洛口来——洛口就是洛河汇入黄河的地方。眼下秋汛到了,伊河要发大水,嵩县山里的柏木、栗木在伊河扎排,从伊、洛河放入黄河,再从黄河放到汴梁城或济南府。我半个月前到了嵩县,排已扎好,今日我特意过来看看。"

"唉,吕大哥好不容易来一趟,今日又碰到这事。"秀灵不安地说。

大师兄叹口气:"听说鹏万老弟不在了,我一直没来家探望,更对你和孩子没有半点照应,想起来内心愧得很。今晚的事是让我碰上了,想必他们不会善罢甘休,我看我还是在这边再停两天为好。"

秀灵感动地说:"你的事重要,不要耽搁了。俺的事俺明天找老太太说说,事情在村里嚷开了,石四年这帮孬种就不敢再装孬。"

大师兄劝秀灵多加小心、多防小人为好,秀灵苦笑着说日子难过日日过,叹了口气。两人又拉了一会儿家常,大师兄站起身告辞,秀灵说时候不早了,就同龙娃在柴房将就一夜吧。大师兄说他在金贤街客栈订好了住处,坚持要走。临走,大师兄从褡裢里拿出两块盐巴和五块银元放在桌上。秀灵推辞不要,大师兄一定要她留下,两人正在推让,院子门口突然拥进来一群身背快枪吆吆喝喝的人。院子被灯笼、火把照得通明,原来是一棚棚长石四年和三棚棚长赵青山带着两棚人抓人来了。大师兄见势没有反抗,大义凛然地被一群人簇拥着走了。羊黑蛋走到院门外又被石四年支使回来取走桌上的盐巴和银元,说是罪证。

　　石四年、赵青山把大师兄抓走之后,秀灵从一阵慌乱之中清醒过来,急忙拉住龙娃、麒娃去敲伊秋家的门。东祺开的门,一问来因就把她带往太太樊霜花的住房,伊秋听到外屋有说话声,急忙从内间走出来。樊霜花简单听了听秀灵的诉说,感到事体重大,看看上房窗子里还有灯光,就把秀灵三口带往上房见老太太。老太太还在焚香念佛,见几个人进来正想问啥事,秀灵带着龙娃、麒娃已经跪在面前。

　　"老太太,他们要卖俺……"秀灵一声哭诉未喘过来,喉咙就被气憋住了。

　　"啥?啥?你说啥?"老太太惊诧不定地问。

　　"老太太,有人要卖俺。"

　　"谁,谁干的?凭个啥?"老太太这次听清楚了。

　　"是局子里的石四年、羊黑蛋那帮龟孙装的孬。"秀灵答道。

　　樊霜花让秀灵起来慢慢说,秀灵是个嘴头朗利的女人,坐在伊秋给她搬过来的椅子上,把羊黑蛋怎样讹房逼债,石四年怎样带一帮人过来抢人,后来怎样又把赶巧来家探望的大师兄抓走等等说了一遍,她留了点心计,没把赵家强要买地的事说出来。

　　老太太名叫兰花,禀性就像那耐寒的素兰,清新淡雅,是个吃斋念佛的人,很少理事。这次她恼了,村里出了这种强卖人口的事,伤风败俗,天理难容,丈夫和儿子虽不在家,但作为首户家的当家人,她觉得她不能不说话,何况樊家还算是一门亲戚,孤儿寡母又可怜,不说话于心于面子都过不去。她让秀灵和孩子们先回去,又让东祺去把庄上几个主事的人叫来。东祺问都叫谁,她想了想说就叫石、羊两姓族长和对下属管制不严的局子头吧。

虽然是个女人发话，虽然她家的家景大不如前，但她丈夫是前清举人，现今活跃在大场面的省议员，据说还会上北京当国会议员呢，村里人不敢不仰视。东祺出去不久，石姓族长石孝祥、羊姓族长羊文卿和局子头赵定东提着灯笼或拿着长旱烟袋先后到了，好打抱不平的教书先生石宏儒从儿子石东祺口里听到这事，不请自来也到了。老太太把秀灵家遭的劫说了一遍，几个人都不说话。老太太催促，石孝祥是石孝先的堂哥，叫声老太太的小名说："他兰花嫂子，你先说说。"

老太太搓搓胸前的念珠笑笑："俺要能先拿主意还请你们这些大老爷们儿过来？"

石宏儒见那几尊大神泥塑般都不开口，气愤道："我意先把四年、黑蛋两个捆起来教训一顿，让全庄人都知道他俩是给全庄丢人的孬种，以整村规，以正村风，都不能学他们的样子。"

赵定东说："听宏儒先生的话，俺回去就把他俩关起来坐禁闭。不过也不能说他们无功，他们在秀灵家抓到那个男人，可是为民除害。"

"此话怎讲？"石宏儒追问。

"大家可知，那男人就是当年的大师兄吕道方，拳匪余党，这时候来咱村很可能与白朗匪部有关，从他身上搜出了银元、盐巴，前日局子抓到一个白朗奸细，就是假扮卖盐巴的。"

"那可要审明了，不要冤屈人。"石宏儒说。

"宏儒老叔你放心，后天咱村和金贤街、渠上、柏园四个局子一连两天集中在咱村亮兵，会审清楚的。"

赵定东这么一说把几个人都弄糊涂了，不知石四年他们到底算有功还算有过。老太太最后说，局子里的事我不清楚，但谁也不能再为难秀灵一家，年轻轻守寡，还拉扯着两个孩子，日子多难，欺侮她显得咱庄上的人多不厚道，让别村咋看咱村呢？大家都点头说是，一直没说话的羊文卿恨恨补上一句说，看俺回去咋整治俺那个龟孙吧。

羊文卿是个读过书的人，仁义礼智信的道理懂得不少，一离开老太太的上房就怒气冲冲往家赶。进入院子还未到上房就高声喊：黑蛋呢？黑蛋呢？黑蛋最怕他爹,一听爹叫他,急忙从厢房跑出来跟着爹走进堂屋,傻傻地站在门后。羊文卿厌恶地向他摆下手说,去把你两个弟弟也叫来,羊黑蛋急忙去叫人,不一会儿又跟着二弟青峰、三弟青河跑回来。青峰看看羊文卿乌青的脸,凑上前轻声问一句,爹,啥事?羊文卿猝然从屁股后扔出一条麻绳,指指黑蛋厉声道,把他给我捆了。青峰、青河一时反应不过来,愣在原地不动。羊文卿跺下脚站起身扫一眼青峰、青河喝道,我说你们两个呢!青峰问,爹,啥事呀?羊文卿要他别管,他只好从地上拿起麻绳示意青河同他一起上去捆绑黑蛋。他们知道哥哥整日里野得很,好惹是生非,这次不知怎样又撞到爹的气头上。

"爹,你这是弄啥?你这是弄啥哩?"黑蛋问,拉着哭腔。

"我问你,你偷我的文契没有?你讹诈人家常秀灵没有?"羊文卿问。

"没有。"黑蛋还要嘴硬,"你冤枉俺啦,爹。"

"还要嘴硬?"羊文卿指指青峰、青河,"去把他拉到院里绑在枣树上。"

青峰、青河只好拉着黑蛋走进黑黢黢的院子,羊文卿从屋后找了一根棍子跟着。羊黑蛋跟着局子里的人瞎混,平时人五人六的,其实是个屁包,羊文卿的棍子只抡了两下,他就哭号着承认道:

"是石四年让俺干的,是石四年戳弄俺干的。"黑蛋吸溜着鼻子。

"石四年是你爹,是你祖宗?今儿个俺非打死你这个败坏老羊家脸面的龟孙不可。"羊文卿又抡起棍子,被青峰上去挡住。

羊文卿顺势将棍子交到青峰手上,说声好,俺到屋里喘口气,你俩给我打,非打死这个龟孙不可!羊文卿回到上房吸烟,院子里鬼哭狼嚎,两个弟弟棍棍打在枣树上,黑蛋变着声调干号。

寿庭家大院也是一阵忙碌,樊霜花从老太太上房出来,把听到的赵定东的话告诉了伊秋。赵定东把大师兄当作白朗队伍里的人,并说后天几个局子要集中亮兵。伊秋一听急了,她知道亮兵是怎么回事。亮兵是这些清乡团显示武力、震慑所谓的土匪和老百姓玩的手法。每次亮兵都要杀几个人,被杀者当中有的完全无辜。伊秋想这次大师兄难逃毒手,得立即把消息告诉龙娃。樊霜花看天色已不早,要东祺陪伊秋一起过去。秀灵一家得知这个消息后,都很着急,龙娃说大师兄是为他家遭难的,非救不可。秀灵焦急地说怎么救?连大师兄关在啥地方咱都不知道。秋秋说是呀,要先弄清楚大师兄关的地方才行。东祺到局子里探探情况,不到半个时辰回来说,大师兄不关在局子里,局子里只关着那个卖盐巴的。

九　亮兵

　　龙娃一夜没睡好觉,第二天一早就去找东祺,东祺昨晚从龙娃家出来回自
己家去了,不在东跨院。龙娃从东跨院角门走出来,看到秋秋在下面花园里,
走去默默站在秋秋身后,一时没有说话。秋秋掐了一朵蜀葵闻了闻扔到地上,
说这花有点臭味,龙娃还是没有说话。

　　"等会儿俺去找赵定北。"秋秋说。

　　"找他干啥?"龙娃问。

　　"他是赵家的人呗,"秋秋平静地看看龙娃,"问问他知不知道大师兄关在
哪里。"

　　"他不是在洛阳读书吗? 回村了吗?"

　　"昨日东祺叔在街上遇见过他。"

　　龙娃怕他娘在家着急,想离开花园出北寨门转回羊街。刚走到北寨门,只
见从十字街口走下一群人,走在前边的是刚刚得名的所谓石匠庄四虎——赵
定东、赵定南、赵定西三兄弟和侄子赵青山。三兄弟好像一个模子刻的,都是
方头、宽脸、短腰、矬个,而侄子赵青山却长得瘦高,与赵家特有的模子不搭配,
像竹竿上挑了顶吓鸟的大帽子。赵定东稍前两步,斜披红缎值星带,昂首挺
胸,目不斜视,攒劲摆出一个军人模样。四虎后面是局子的四棚人,石四年耀
武扬威地带领着他的第一棚,分明不是赵定东向老太太许诺的那样被禁闭起

来。羊黑蛋虽然昨晚被他爹打伤了腿,仍然一跛一跛地扛着自带的洋枪,行走在赵定东的队伍里。街两边站满了人,有放鞭炮的,有心里骂娘的。约定亮兵的另外三个局子,人马明天才到,赵定东说现在是巡街,让乡亲先看看咱石匠庄的头面。东南西北大街巡了一个遍,赵定东把他的队伍带到村北马王庙后的一块旱地里——也就是明天亮兵的演武场里操练一番,临近晌午才收兵。

清乡团在马王庙后操练,许多爱热闹的人跟过去看,街上反而清静起来。秋秋走出大门从东街向西街走去,只顾走路,没想到刚走过十字路口有人叫她。

"石伊秋。"好像又唤一声,声音不高。

秋秋停下脚步向两旁看看,她有点诧异,在村里几乎没听到过这样唤她全名的。

"是我。"从街边走上来一个身穿学生服的年轻人。这种学生服在城里刚兴起来,在秋秋眼里有点新奇。

"是你哦,你怎么不去看演操呢?"秋秋认出唤她的正是她要找的赵定北。

"有什么好看的!"赵定北的口吻有点不屑。

"你的三个哥多威风,你没看到吗?"秋秋分明是在调侃。

"哼哼。"赵定北转换话题,"你这是要到哪儿去?"

"到你家去。"

"这时到俺家去干啥,还不到时候吧。"赵定北坏坏一笑。

"混蛋!"秋秋听出赵定北话中的意思,骂了一句。

赵定北急忙赔笑说:"你别恼嘛,你到俺家找谁?"

"找你。"

不知是因为激动还是害羞,赵定北与他三个哥都不一样的长幅脸上,一下子红了半截,口吃地说:"你找、找、找我……"

"是找你。"

"啥、啥子事?"

秋秋笑了:"你慌什么慌? 我是想打听一点局子里的事。"

"局子关我屁事,我进都不进去。"

"昨晚他们是不是抓了个人?"

"你问这干啥?"赵定北警觉地瞧瞧秋秋。

"是俺娘叫问的。"秋秋沉下脸,"你知道就说,不想说拉倒。"

赵定北一听说是秋秋她娘樊霜花叫问的,不敢再犹疑:"俺听俺二哥说关了一个人,是原先在村上设厂的义和团大师兄。"

"他们说要将他怎么样?"秋秋追问。

"又说他是白朗一伙的,好像是明日亮兵时要处决。"

"这不是冤枉好人吗?"秋秋说。

"反正是杀鸡给猴看,抓只鸡杀了就行,他们才不管这鸡偷谷子吃没有。"赵定北也有些不平。

"知道把他关在哪儿吗?"秋秋急了。

"你问这个干啥?"

"我不是说过嘛,是我娘问的,大约是我娘想请老太太为那人说说话。"

"呃,这样也好。"赵定北沉吟一下,"听说是关在石家祠堂的后屋里。"

秋秋一听扭头就走,赵定北招着手"呃呃"两声也没追上去,看着秋秋远去了的美丽身影,暗自笑了笑。他这个在洛阳读中学的洋学生,对这个自小爱慕的乡村女孩的问话,也不十分在意。

秋秋把刚才打探到的消息一说,龙娃急了,说要马上想办法救出大师兄才行,到明天就晚了。秋秋说去找东祺叔商量个办法吧,龙娃想了一下拉住秋秋,要她先不要对东祺说,也不要对家里人说,这事最好不要牵连东祺和家里人。秋秋问他怎么办? 他说让他好好想想再说。不知为什么,秋秋就相信这个十五六岁的娃子一定能想出办法救人,放心地回家去了。

秋秋走后,龙娃想到了老石匠石恨铁的两个孙子铁柱、铁栓,这两个都是同他年龄相仿、光屁股一起玩耍的好友。他把麒娃唤来,问麒娃有没有胆,麒娃说有,又问麒娃想不想去救大师兄,麒娃说想,他说想救大师兄就去告诉铁柱、铁栓,在大柿子树底下碰面。他先到大柿树底下等候,不一会儿铁柱、铁栓和麒娃穿过待收的叶子开始发黄的秋庄稼,向大柿子树走来。

四个人坐在突出地面曲虬盘桓的树根上,龙娃低声把他的心思告诉大家。

他问要不要去救大师兄？铁柱、铁栓从爷爷口中听过大师兄很多故事，早把大师兄同戏台上的英雄排在一起，一连声说要去救，麒娃更叫得欢。龙娃本认为麒娃年龄小不要参加，躁脾气的老弟竟同哥哥吵得差点打起来。龙娃仰头看看红了的柿子，猴子一样爬上树摘了几个下来，一人一个，装在口袋两个，一迈步说到石家祠堂去看看地形，几个人离开了柿子树。他们先到铁柱家取了一张弹弓和两个绑在竹竿上的网兜，吆吆喝喝地追赶着起起落落的鸟儿跑进祠堂，围着几棵老柏树转了几圈，还真的打下了三只斑鸠。几个人转到大堂后面，看到放杂物的小屋旁有人站岗，停住了脚步。铁柱仔细瞧瞧，站岗的原来是隔壁石小高，就大大咧咧地走了过去。

"高哥，轮到你当值啊？"铁柱老远就问，声音很亲切。

抱住枪靠在砖墙上打盹的石小高眯着眼歪头看看："原来是你呀，来干啥？来给俺送啥好吃的。"

"吃吃吃，吃枪子去吧，还抱条洋枪呢。"常同石小高笑闹的石铁栓说，"你们局子里的人专门会欺侮人。"

石小高一横枪抬起手臂做瞄准状："欺侮你吗？哼，我先让你弄颗黑枣尝尝。"

"说你们欺侮人说错了吗？你们前天抓那个卖盐巴的不亏心吗？"铁栓嘴巴不饶人。

"那人是白朗的探子。"石小高有气无力地说。

石铁柱接过他的话正经问："早先不是说那卖盐巴的想调戏咱村上的女人吗？怎么又变成探子了呢？"

"这是上头的事，咱不问那么多，俺劝你也别问那么多。"小高向小屋里甩下头，"冤死鬼多着哩，你看屋里这个。"

龙娃看看屋里被粗麻绳捆着双臂坐在泥地上的大师兄，故意问小高："屋里关着的谁呀？"

"你们走到窗口仔细瞧瞧，是全村人都认识的大师兄。"

龙娃走过去把脸趴在窗栏上向大师兄使使眼色，大师兄点了点头，他扭过头故意提高声音问小高："大师兄会杀头吗？"

小高说:"那俺可说不准,俺看危险,明天亮兵一定会找人开刀。"

龙娃想激起小高的同情心:"大师兄早先同洋人打仗负过重伤,如今又要被清乡局子砍头,真惨!"

铁柱叹口气:"大师兄的命真苦!"

小高说:"同咱们一样,都是苦命人。"

"那你干脆把他放了好了。"铁栓走上去故意摇了摇小屋的单扇门,看了看门鼻上的铜锁。

小高急忙上前制止:"呃呃,这可不敢,这可不敢。"他摸摸剃成光瓢的圆脑袋,"我还得留着这个家伙吃饭呢。"

"就记得吃。"铁栓轻蔑地说。

小高摸住肚子傻笑:"咱不是从小饿怕了吗?"

"有东西你吃不吃?"麒娃把手中的几只斑鸠往上提提。

小高像被照花了眼,故意问:"那是啥呀?"

铁柱笑了:"刚打的斑鸠,你吃不吃?"

"那可咋吃呀?"

"总不能在这里用泥糊了烧着吃吧?"

"是呀,那样也不好吃。"小高口水就要流下来了。

铁柱摆出一副正儿八经的样子:"今晚把斑鸠烧好了给俺爷下酒,你去陪俺爷喝两盅咋样? 你知道俺就喜欢听你胡吹。"

"那是那是,可俺今黑得站岗呢。"小高忽然想起什么似的又说,"日他娘,都是石四年龟孙作怪,本是他的班他非要俺顶他,他去打牌。"

龙娃说:"他的班他不站咋能行? 上面查岗看不到人要追查的也是他,你怕个啥?"

铁栓为小高打气,说:"球,你别老受人家欺侮!"

"是呀,不管那个王八蛋!"小高鼓起了勇气。

龙娃笑笑:"站岗不就看一个人嘛,绳捆住门锁住,跑不了。"

"也是也是,龙娃说得对。"小高急忙附和。

铁柱双眼盯住小高:"那就定了,天黑透你就过来俺家。"

"定了定了,你到家先代我给恨铁爷打个招呼。"小高望着已扭转身子的铁柱喊道。

打更的石半缸老头刚打过二更从街上走过,石小高就慢慢推开门来到铁柱家灶屋。闻到白干酒的酒味,看到刚烧好的冒着热气、油光闪亮的一海碗红烧斑鸠肉,石小高把长枪从肩上取下来往门后一靠,招呼不打一声直走上前,就着一张小桌紧挨恨铁老汉蹲下身。石小高贪酒但不胜酒,三杯白酒下肚已经管不住那张破嘴,从最近在仙人石旁边挖出的凤凰蛋到袁大总统那张新置办的龙椅,说得件件都是他亲手舞弄过亲眼见到过似的。恨铁老爷子任他瞎喷,不断给他添酒。眼看着石小高要倒了,铁柱向铁栓使使眼色,一个人拿一捆粗麻绳,一个人拿他爹当铜匠时留下的一串钥匙,悄悄离开家。他们约好与龙娃、麒娃在祠堂后墙外桐树下碰头,龙娃、麒娃早已先到了。墙虽是土墙,但墙身很高。多亏那棵枝干粗壮的老桐树有横枝伸进墙内,四个人把麻绳往一根粗枝上一扔一挂,攀住麻绳爬上墙头,龙娃和铁柱、铁栓又将麻绳摆到墙内,顺绳而下,留下麒娃在墙头望风,麒娃老大不愿意,但也只好这样了。龙娃三人来到小屋门前,铁栓掏出钥匙试了几下就把门打开了。他们急忙把大师兄身上的麻绳解掉,扶他起来活动活动发麻的双腿,静悄悄地带他来到墙下攀绳翻过墙去。龙娃与铁栓转回去,砸烂窗栏,用原来的铜锁把门重新锁上,才翻过墙外。为防追赶,大师兄要立刻到金贤街客栈取行李赶往伊河找木排,龙娃说不可,怕是金贤以北的局子盘查得严,还是翻石妹子山走一条常人不常走的小路为好。大家都认为这样较妥。龙娃说他上山砍柴常走这路,由他陪大师兄,其他人先回去。他交代麒娃回去告诉娘和秋秋,这几天如有人问他哪里去了,就说他到渠上走亲戚;又同铁柱商量,看看能不能想个办法,帮小高圆谎一下。铁柱、铁栓到家,看到石小高像堆烂泥一样还躺在他家的灶屋内,就找了辆独轮车把他送回石家祠堂后屋门口。

第二天,四个局子的队伍齐集在石匠庄马王庙后一块旱地里亮兵,作为总值星官的赵定东威风凛凛地发口令,骑马检阅队伍,出尽风头,但抓来抖威的人犯跑了,却让他大失脸面,不由分说地将酒意尚未全醒的石小高锁进小屋,以示威严。村中传开,被五花大绑的大师兄竟能缩骨脱绳,穿窗飞墙,真神人也。赵定东无奈令侄儿赵青山在山路上截住了一个打渔鼓筒的逃荒人,连同那个事先关起来的卖盐巴小贩一起拉到亮兵场处决。本说是砍头,有一个局子头说现如今不兴砍头,应改为枪毙。赵定东琢磨着枪毙是个新词,那么枪毙就枪毙吧,命令石四年和赵青山执行。岂料石四年那么不中用,抖抖索索地向那个卖盐巴的打了两枪,一枪打在肩头上,一枪打在额骨边上,尸体拉到杜康河边上人还未死。两天后有村人看到那个卖盐巴的还在河边动,状极惨。

十　龙凤锁

　　黎明，因涨水而变得宽阔的伊河水面上刚铺上一层闪动的微光，龙娃带着大师兄翻越石妹子山来到岸边。大师兄看看对面水里黑黝黝一条长带似的筏子，用撑排人特有的号子喊了两声，对方没有回应，他又将手做成喇叭形放在嘴边喊两声，对面始传过一声悠长的回响。不久，一只小船穿过汹涌的浪涛斜刺而来。船上下来两个人与大师兄说了两句话，就要他快上船。龙娃见状正想与大师兄告别，大师兄却一把把他拉到船上，说这时候你不能回去，先跟我到外边避避再说。小船回到对岸，又迎上几个似乎刚从梦中醒来的排工，大师兄叫大家赶快解缆起排，太阳刚扒住山头露出半个脸，木排已在金光跳跃的激流中向前漂去。木排时而平稳时而颠簸，有时眼看就要撞上山崖或礁石，惊险万状，却霎时又复平静。每遇险情，大师兄像一只黑色的老鹰扑在舵把子上，上下俯仰，左右腾跳，同几个撑篙的排工一起吆喝着高唱着，同心协力总能化险为夷。转过几个急弯，冲过几处险滩，第二天河面突然平静了许多。龙娃听排工们说，到龙门口了。排工们拿出事先准备好的供品、香火，一挂鞭炮噼噼啪啪的爆响竟激起山谷雷鸣般的回应。大师兄带领排工们跪下，他们是跪拜山崖上经过千百年凿刻而成的大佛，更是跪拜他们的祖先大禹。跪在大师兄身旁的龙娃抬头看看大佛看看山口，耳边忽然传来家乡妹子山仙人石上的小妹与这边凿石开山的大哥那穿越长空的呼应：

"开不开?"

"开啦——"

龙娃泪流满面,竟哭出了声。排工们以为这孩子想娘,都走过来安慰他,唯有大师兄握着舵把子未动,只默默望着。

过了龙门,伊河汇入洛河,也就到了洛阳。木排要在洛阳停两天,排工们都上岸赌钱、耍女人去了。为给排上添置吃食和照明用品,大师兄带龙娃上岸两次,一次是上白马寺进香,一次是去品尝乡人传说如何好吃的元宵和西门外的小牛牛肉汤。龙娃感到洛阳城真大,小牛牛肉汤真好喝。

木排又在洛河上漂流三天,终于到了洛口,洛河在这里汇入黄河。龙娃被眼前的黄河震慑了。排工们都忙着用缆绳系木排,他一直站在排头向远处看。黄河在这里有四五里地宽,远处对岸迷迷蒙蒙的柳树像淡淡的落云一样伸展着,给横冲直撞、泛滥不羁的水流镶一道边、画一道标记。浑黄的河水似乎不愿受它们的限制,仔细看柳林有些地方已经浸漫了水。这条黄色的河神秘而又力量无穷,向极远处望,它好像从天上来,流进一轮太阳又流出来,不知是它染黄了太阳还是太阳染黄了它。龙娃想,为啥太阳是黄色的呢? 是因为被黄河水染的。为啥黄河水像金子一样呢? 是因为被太阳染的。究竟谁染了谁? 龙娃想不清楚,反正黄河是条太阳的河,对,太阳河! 想到这里他心里猛一高兴,真想跳进河里扎几个猛子。他站在岸边似乎听不到水声,但过一会儿,一种不知从哪里来的巨浪狂涛声充塞了他的双耳,充塞天地,使他不知身在何处,使他感到他的灵魂已被这条伟大的河流摄去。龙娃说不出是什么原因,只觉灵魂被摄去了。

河边山上有座庙,说是河神庙,正殿里却无河神像,大神无像,可能是塑像师傅不知怎样塑的缘故。配殿里倒有许多神,佛道都有,甚至还有一尊姜子牙像。

系好木排,排工都到河神庙歇息,这里已经住了一些排工,大师兄领着龙娃也住了进去。过两天龙娃说要回去,大师兄问你怎样回? 龙娃说沿着洛河、伊河往上走。大师兄说这样不行,路很难走,不如再过几天放排到汴梁——就是你们说的开封,知道吗? 我给你买张火车票,你坐火车到洛阳,从洛阳穿过龙门口你就看到家乡的山啦。大师兄怕小孩子会在路上迷失一样,说得有些啰唆。龙娃心想俺不是小孩子了,不禁暗笑。大师兄突然拍一下他的后脑勺,又问:

"坐过火车没有?"

"没有。"龙娃腼腆地一笑。

"好,那这次叫你开开洋荤。"

木排顺着黄河的激流行得也快,只两天就到了开封柳园口。柳园口距开封城三十八里,站在黄河大堤上就可看到古铜色的城墙、城圈里黑黢黢的房屋和那个铁黑色的杵在云端的铁塔。大师兄同排老板办完交接手续,领着排工和龙娃住进南关小店。一天他带这帮人去逛大相国寺,谈起当年在这里卖艺的情状,禁不住比画了几下,引起几个闲人往这边看。排工们开玩笑,要大师兄打一个场子出来。大师兄怕惹麻烦,急忙钻进挤拥的人群里向八角琉璃大殿走去。这八角琉璃大殿里供奉的千手千眼佛是用一棵巨大的白果树雕成,身躯华美,神采动人,雕工精细异常。龙娃围绕着令他惊诧不已的神像细细观看,耳畔响起自己的名字,这声音好像很远,好像是神在呼唤,他定睛看着神的面容,耳边又传来一声:

"樊玉龙!"

声音有点熟,龙娃扭脸来回看看,双目猝然同一对柔和而亲切的眼睛碰出了火花。

"樊玉龙,不认得我啦?"一个身穿藏青色学生制服、脸盘白白净净的少年微笑着向龙娃走来。

"是柳子谦哪!"龙娃惊叫一声扑了过去。

两人互问近况,子谦告诉龙娃他正在省城读中学,龙娃告诉子谦他是跟着大师兄放排来的。子谦听后一怔,问你怎么放起排了?龙娃说一言难尽,先去见见大师兄再说。龙娃把子谦拉到大师兄身边,说这是石孝先老爷的外孙,大师兄看着子谦文雅的风度,说一看就是读书人家的孩子,问了问现今学校里都读些什么书,样子很高兴。龙娃趁机说明天子谦想带我玩一天,可以不可以?大师兄说子谦少爷对开封熟悉,你跟着他我放心,明天你们就开开心心到处逛逛吧。

第二天，子谦带着龙娃四处转悠，想要龙娃多见识一下省城的繁华，但主要还是说话，几年不见这两个少年朋友有说不尽的话，从家里人说到国家大事。他们随便说着看着，走走停停，穿过鼓楼穿过午朝门沿着潘杨二湖当中的堤桥，一直登上龙亭。他们在龙亭旁边的茶棚坐下，要了一壶茶和两碟盐干花生米及五香蚕豆。秋风飒飒，高台上已有几分凉意，望着斜阳映照的城垣和湖水，柳子谦张张口问：

"秋秋咋样？"这句话好像被他憋了好久似的。

"还是那个样子，"龙娃笑笑，"好像也长大了吧。"

子谦轻轻叹口气："唉，咱们都长大了。"停了停，他抬头担忧地看了龙娃一眼，"你们这次救大师兄她知不知道？"

"没有给她说白，我想她心里有数。"

"她家里怎样？"

"很冷清，只剩下几个女人和东祺几个帮忙的。"龙娃说，"你知道你外公常住省城，你寿庭舅还在北京关着，你寿堂舅成天在金贤街上照看生意。"

子谦冷笑一声："对啦，你想不想去看看我这位名气越来越大的外公？"

龙娃摇摇头："我去遭他的白眼干啥？他不喜欢我。"

"还是因为秋秋吧？"

"管他呢！"龙娃愤愤不平。

子谦忽然猛拍下脑袋："你看我这脑子，我忘了，现在要去看他也看不到，他上北京了，他当国会议员了，他去选大总统了。"说到这里子谦猛然停住，"哎，不对，现如今不需要选大总统了，有人马上就要当皇帝不是？"

"你这话我听不明白，谁还要当皇帝？"龙娃问。

"谁？咱的老乡袁世凯呗。"子谦声调挖苦，"俺外公这位立宪派，一直追随康有为保皇，现如今又快马加鞭到北京保袁去了。"

"中国真会又出一个新皇帝？"

"俺看不能。"子谦坚定地说，"你没听说过护国军吗？"

龙娃摇摇头，面对眼前这个洋学生，确感自己这个山里人很闭塞，如能像子谦一样在省城读书就好了,但他不能。子谦感到龙娃的神情忽然有些黯然,就把话扯别处去。龙娃问起吴起训和汪长星,子谦说,起训在陕西陆军小学毕业后,到张钫的陕军二师当排长,去年我在西安还见过他。与长星自那年分别后,再无见面,听人说他回去不久娶了媳妇,接着当爹,媳妇脾气硬又生个男孩,在家里很强势,他与媳妇搁不在一起,跑出去当兵了。龙娃问,他在哪里当兵?子谦说好像是吴佩孚的兵吧。龙娃感到稀奇,连说没想到没想到,汪长星也会出来当兵!子谦说这有什么没想到的呢,人一辈子谁能想到将来都干啥?龙娃点点头蓦然想起在寿庭学堂听到的“物竞天择,适者生存”那八个字,叹口气说这也是争一个活法吧。子谦想起在许大锤进村,寿庭学堂的几个年轻人站在寨墙上观看土匪撤离时听龙娃说过这句话,不禁笑问:

“你呢?你要争个啥活法?”

龙娃先是一笑:“我不比你们,家境不同,我不能去读书去当兵,我得先让老娘不挨饿才行。”

“那不是还得窝在村子里吗?”子谦有点泄气,他本以为龙娃会说出几句让人吃惊的话。

稍停片刻,子谦不知想到哪里,贸然问:“秋秋呢?秋秋咋办?”

龙娃沉默良久,所问非所答地说:“她跟着她娘,现今还好。”

“秋秋应该出来上学。”子谦说。

“她爷反对,她娘做不了主。”龙娃说,“寿庭老师还在牢里无可奈何。”

“寿庭老师是因参加孙中山的二次革命,被袁世凯关在北京的。”子谦气愤地放下茶杯,“快啦,姓袁的没有多少日子了!”

龙娃笑笑,躬起身凑近子谦耳边:“听说前年白朗起义军把他家的祖坟扒了,扒断了龙脉,是真的吗?”

子谦也笑笑:“不在于他有没有龙脉,在于他不得人心。”

“寿庭老师也真不走运,辛亥发动省城起义被关进清朝的监狱,共和了又被关进袁大总统的监狱。而他当年的不少同志却当了大官,比如现今在咱们那一带呼风唤雨的镇嵩军总司令刘镇华。”

“哼,”子谦不屑地哼一声,“寿庭老师就是被他出卖的!”

"会有这事?"乡下娃对这个变幻莫测的世界,充满疑问。

暮色渐渐笼罩了城池,街市内开始亮起三点两点灯火。两人走下龙亭走出午朝门,分手时子谦握住龙娃的手欲言又止地说了句,一定代我问候石伊秋。龙娃听后一愣才明白子谦原来在问候秋秋,因为平时叫惯了小名,猛一下倒把秋秋的大名石伊秋忘记了。龙娃望着子谦匆匆离去的背影,似乎明白了比他小两三岁的子谦,心中那份对秋秋的柔情。

龙娃回到南关小客店,大师兄给了他一张往洛阳的火车票和三块银元。他不要银元,大师兄一定要他拿住,其他几个一起来的排工也劝他不要推让。大师兄说明天我送你上火车,这三块钱今晚你上街给家里买点东西。南关离火车站近,人流不断,熙熙攘攘,龙娃挤来挤去,看到啥都想买,看到啥都觉得是家里需要的,一时拿不定主意,三块银元被他捏得汗津津的。走走看看,他在一间小银匠铺前停了下来,看中了摆在玻璃匣子里的一个小银锁,银锁虽小,上面居然镌刻了一条龙和一只凤,神态生动。他问这锁多少钱,老银匠扶扶眼镜看看面前这个乡村小子,问是给谁买的? 龙娃说是给妹妹买的。老银匠说你给一块钱吧,龙娃就拿出了一个银元,老银匠接过银元用红丝绳把银锁穿好递给龙娃。龙娃没再买别的,他打算把剩下的两块银元交给娘。他摸着口袋里的银锁和两块银元,心想虽没给娘和麒娃买东西,但三块银元给家里三个人用不能说不公平。怎么家里就有三个人呢? 怎么把秋秋也算作家里人? 他问自己,不禁脸热心跳起来。

龙娃下晌回到家,娘看到他很高兴,一颗悬着的心落了地。麒娃听到他跟随大师兄见了那么多大世面很是羡慕,一迭声地吵着要到洛口去找大师兄。秀灵骂他,要他安生点,赵定东局子里的人这两天才不找事,还是小心为好。龙娃问起秋秋,麒娃说秋秋每晚都来,你放心吧,等喝罢汤她一定会来。秀灵感叹道,秋秋这妞的心真好,你走后她总怕俺们遭罪,天天都来看看,也难为她了。

秀灵心疼龙娃,特意做了一锅杂面面条,龙娃刚放下喝汤面条的大碗,秋秋叫着"舅妈,舅妈"就来了,突然看到龙娃吓了一跳,立在那里好一会儿不说话。麒娃打趣说:

"秋秋,你傻啦?"

听到麒娃一声问,秋秋似乎才缓过神,眼角慢慢红了。她定定地望着龙娃,稍停才胆怯地问:"是你呀? 你咋回来啦?"

龙娃憨憨笑两声,张开双臂说:"你看,不是我还能是谁?"

秋秋说了一句,你跑出去这几天吓死俺和妗了,眼泪就扑簌簌地淌下来。秀灵赶紧把她拉到怀里,说你看这不是好好一个囫囵人回来了? 没缺胳膊没缺腿的。这一说又把秋秋逗笑了。大家谈谈别后情况,都为度过这一关而庆幸。秋秋看着窗户纸上的月影说时候不早了,要起身回去。麒娃也看看月影说还早着呢,你急啥? 秀灵瞪了麒娃一眼,秋秋起身告别,龙娃随着走了出去。

月亮在澄碧的秋夜的天空里似要将大地看个仔细,移动得很慢很慢。龙娃和秋秋一出院门走得也很慢很慢,好像怕踩着前面的身影。随着路面的弯曲,两个身影一时叠印一时分开,一时拉长一时收短,像似在争闹和逗趣。两个变换着晃动的身影终于穿过寨墙的豁口,下了坡被大杨树的浓阴罩住了,被泥地吸收了。龙娃透过枝叶间洒下的月光松开手掌看了看掌心的银锁,伸过去说:

"给。"

"啥子?"秋秋问,看着龙娃手掌中一个亮晶晶的东西。

"给。"龙娃心跳到喉咙眼里,紧张得说不出话来。

"啥子嘛?"

"锁,银锁,你看看。"龙娃为郑重起见又补充一句,"是这次在汴梁城买的。"

秋秋从龙娃手掌里拿起锁就着月光看了一会儿说:"这锁打造得真精巧,上面还有一条龙呢。"

"你细看,还有一只凤哪。"

"哦,是有一只凤。"秋秋会意,"是给俺戴的?"

"就是给你戴的。"龙娃的声音很低,伸出手臂把秋秋拉近身边。

"你真好,到哪儿都想到俺。"

"俺是想用这把锁把你锁住。"

秋秋无所讳忌地笑出了声,撒娇道:"快给俺戴上嘛。"

龙娃解开秋秋的围巾和领口,月光在秋秋洁白的散发清香的脖颈和半圆的胸脯上滑动,像雪地上的光影,龙娃的双手颤抖着终于慌乱地将银锁的红丝绳套在秋秋柔软的脖子上。他感到了秋秋呼出的热气,不禁把脸紧紧贴在秋秋的面颊上不再移开。秋秋抱紧他的头,把滚烫的双唇移过去,喃喃着:"锁住了,锁住了,不再分开……"此时此刻的他们真的相信这把小小的银锁,能锁他们一生一世;真的相信生活就像放排,虽有急流险滩,顺流而下终究会到那个他们要到达的港湾。

快半夜龙娃才回去,他把手伸进院门边上的暗洞想去拉开门闩,门却没上闩,虚掩着。一进院看到窗口还有暗淡的灯光,知道娘还没睡,平日夜晚是不熬油的,即使盛棉籽油的铁盏边上那点如豆的灯光,家里也是熬不起的,娘没睡肯定是有事,也许只为等他,他不觉忐忑起来。

"娘,你还没睡?"龙娃一脚踏进屋内就同娘打招呼。

秀灵没出声,微弱的灯光里眼神忧虑地看着前面,半晌才问:"秋秋回到家没有? 你送她到门口没有?"

"送她到门口啦。"

"你看着她进去没有?"

"看着她进去啦。"龙娃迟疑一下,"娘,咋啦?"

"你看着她进家娘就放心了。"

龙娃看看娘的脸:"娘,你好像有啥心事。"

"娘没有。"

"娘,你别瞒我。"

秀灵久久看着儿子,突然"哇"的一声哭了。龙娃慌了手脚,连忙走过来扶住秀灵抖动的肩头,一迭声"娘,娘"地唤着,问娘出了啥事。秀灵平静了点,才说:

"娃,娘明白你的心。秋秋是个好姑娘,模样好,心地好,谁不喜欢? 你同她一起长大,我知道你的心,秋秋对你也好,但咱不配。两家虽然是亲戚,可咱是一门穷亲戚,她家高门大户的,咱攀不上,即使你霜花姑答应你寿庭姑父答应,她爷也不会答应,更何况她已许给了西街赵家。娃,你听见娘在说没有?"

"嗯。"龙娃点点头表示在听。

"娃,都是命,命中有的跑不了,命中无的求不到,咱得认命,不要弄得咱和你寿庭姑父家连亲戚都做不了了。"

"嗯。"

"你听娘一句话吧!"秀灵的声音里有责备也有哀求,龙娃又"嗯"一声,垂下头不再说话。

龙娃看着颜色逐渐变浅的窗户纸一夜未睡着,鸡叫两遍就把麒娃唤醒,两兄弟踏着朦胧的小路到地里收秋去了。一连几天早出晚归,在路上遇见秋秋就匆匆走过,弄得一向开朗的秋秋有了心事。一天傍晚她站在羊街东口等候,直到天黑得看不清人脸,这两兄弟才架着沉重的高粱秆从地里回来。也许是高粱捆太大挡住了视线,也许是龙娃有意回避,秋秋唤了两声他竟一声不吭地走了过去。秋秋一恼,跳到路当中挡住了后面的麒娃,问:

"你哥咋啦?"

"咋啦?啥咋啦?"麒娃瞪大眼睛反问。

"他是不是挨你娘骂啦?"

"俺不知道。"

"那他在和谁斗气?"

"这俺咋知道。"麒娃憋不住笑了两声。

秋秋一跺脚哭了:"都是阴阳怪气的,俺不理你们啦!"秋秋一面哭一面跑回家去。

龙娃带着麒娃没日没夜地抢收秋庄稼,想在羊二堂家秋庄稼收完前借他家的牛把茬子地犁了,快点把麦种上。往年都因播种晚了时令,麦子收成不好。今年二堂家多租了赵家几亩地,也得抢收抢种,牛工紧得很,龙娃兄弟与人家换工也不容易,总是为使牛发愁。一天晚上喝罢汤娘仨聚在一起谈种麦的事,龙娃叹口气说:

"唉,咱家有头牛就好了。"

"是啊,但咋着能弄一头牛呢?"麒娃随着哥哥说。

秀灵笑笑："隔壁吴旺他奶倒是给我说了个办法,不知中不中。"

"她有啥办法能弄到一头牛?"麒娃咧咧嘴。

"你们没看到她家刚买的牛吗?"秀灵反问。

"看到了。"麒娃疑惑地问,"是啊,她家的牛哪里来的?"

"买的。"秀灵答。

"买的?"一直没说话的龙娃来了精神,"他们家和咱们家的日子过得差不多,哪有钱去买牛?"

"今后晌俺也这样问吴旺奶奶,她向俺说了句悄悄话。"

"啥悄悄话?"龙娃追问。

"你们记不记得吴旺家种的那块大烟?"

"记得,就是去年种小麦时一起下的种,今年刚到小满就收割的那块嘛。"麒娃说,"他们割烟时我还去学过呢。"

"那头牛就是那块地种出来的。"秀灵神秘一笑。

"地里怎么能种出牛呢?"

秀灵用手拍了一下麒娃的头："憨子,人家从那块地里割了几十两烟土,用烟土换回一头牛,那牛不就是从那块地里种出来的?"

"也是。"龙娃眼睛里闪着光,好像得到什么启示似的。

秀灵这时从瓦罐里拿出一个黄黄的油纸包,郑重地说："这是吴旺奶奶给我的大烟籽,咱们也种一亩好不好?"

龙娃想了想,犹豫地说："县上不是一直在说禁烟吗?"

"球,禁禁禁,早几年吃喝得凶,这两年不是又球松了吗?"麒娃猛拍下大腿,粗声粗气嚷道。

秀灵瞪麒娃一眼："说话规矩点,不带脏话不行吗?"转脸问龙娃,"龙娃,你看行不行?"

龙娃答："行。我太想要牛了,只要地里能种出牛,咋不行!"龙娃沉吟一下又说,"只是这大烟害人。"

"球!"麒娃看下娘,伸伸舌头,"人家能种咱就能种。"

乡人说的大烟就是罂粟,早几年曾经严禁过,这两年当官的为了收烟税,清乡团为了换武装,或明或暗又放松了。乡人始而小片种,继而大片种,这两年成片成片的罂粟花夹在嫩绿的麦苗间,成了豫西地区一道常见的风景。这年播麦时,龙娃想要一头牛的心情罩住了一切,他想到秋秋,想到未来的日子,暗暗在他家靠河边的一块坡地上,将吴旺奶奶给的大烟种子同小麦种子一起播了下去。

十一　社火里的高跷班

　　村人收完秋播完麦,待麦苗盖地锄过一遍草就到了霜降。经过几个白霜覆地的早上,眼看杨树黄了,榆树黄了,除了坟场里的柏树,田野与山头的草木都黄了。那些原本青翠的生机勃勃的叶子几天之间变得那么脆弱,不要说过来一阵秋风了,就是有人经过脚步稍重了些,也会被震落下来。挂锄了,不用看皇历,只凭从袖筒伸出双手的感觉,就可知道时节已到冬至,该给先人送寒衣,该给土地公公上供品,也该让自己吃一顿饺子以免即将到来的寒风和冰雪将耳朵冻掉。吃完这顿饺子之后,村庄进入漫长的寒冷的沉闷的冬季。村人感到无聊就三五成群聚在一起打牌、押宝、掷骰子,或围着烟熏火燎的柴火堆听人说瞎话和抽自种的烟叶。说瞎话就是讲故事,村人极富想象力地将前朝今世的传说加以翻腾及改编,将男欢女爱的奇闻加以渲染与夸张,常能达到引人入胜的效果,口才好者,可以说得一连三日不散摊儿。村人真诚,不像后来有些称为作家的人明明是瞎编乱造,却硬说自己写得如何真实。村人说的都是瞎话,爱听不听,爱信不信,如此而已,用不着粉饰,更用不着标榜自己是某某派、某某流。

　　漫长的白色冬季说长也长,说快也快,过了三九,过了大寒,眼看年下就要到了。腊月二十三,与家家祭灶送灶神公公灶神奶奶上天的同时,村社的锣鼓在十字街口响起来,这响声一直要延续到正月十六。锣鼓声把村人的心敲醒了敲活了,新年的帷幕渐渐拉开,村里的高跷班、武术班开始活跃,准备着闹社火的节目。龙娃平日喜欢耍拳练腿唱曲演戏,特别是唱戏,他有这个天分,扮啥像啥,学谁像谁。这里是曲子戏发源地之一,村人大都会哼上几句,龙娃无论是上山砍柴或是下地锄草,总是一路高腔,一时唱男一时唱女,一个人唱成一台戏:

> 高文举中状元名扬天下,
> 游三宫和六院帽插金花。
> 你看俺为官人威风多大,
> 想姑爹和姑母不能还家哦。

这是唱的高文举,接着是高文举的姑表妹张梅英出场:

> 张梅英扎跪在溜平地,
> 头不敢抬来眼不敢睁,
> 不言不语花厅跪,
> 他问俺一声应一声。
> 俺家住虢州樊阳县,
> 离城十里有门庭,
> 俺的父名叫张伯玉,
> 母亲吃斋多安宁,
> 上无兄长下无妹,
> 单生我孤花一朵在堂中,
> 把俺许配高文举,
> 俺本姑舅结亲甚有情。

紧接着打板、坠子、三弦、胡琴响起,但这几样乐器也全凭龙娃一张嘴演奏。

大年三十，秀灵少有地拨亮棉油灯熬夜，真格是穷也熬富也熬，一家三口围坐在烧玉米芯的火盆前说话。半夜听到村子里的爆竹声，龙娃和麒娃赶紧拿出从金贤街买回的一挂鞭和几个两响炮跑到院里燃放，院里撒满两兄弟的笑声。短促的鞭炮声响过，秀灵看到两响炮在半空散开的火花，也会心地笑了，鞭炮声好像真的将天上那个被杨二郎的天狗吃掉一个头的九头鸟驱走了，灾难不会降临，她不觉舒了口气。龙娃和麒娃刚在床上翻了个身，就被娘叫起来吃五更饺。吃罢饺子，两兄弟洗手焚香祭祖，然后给娘磕头拜年。两个娃子大啦，出外拜年好像是向人家要压岁钱，秀灵没安排娃子们去寿庭院里，秋秋也没过来。龙娃初一在家待了一天，初二就随高跷班四处表演。这个高跷班有名，被附近几个村庄请来请去。龙娃越演越熟练，一开场先在高跷上来几个扳腿、下叉、鹞子翻身的招数，就把观众吸引住了。加上他扮相俊俏，身段优美，声音清亮，吐字清晰，正如许多爱好者所说，扮女如仙女，扮男是书生，一亮嗓声声入心，倾倒一干观众。有几个入迷的闺女媳妇竟跟着他们的班子在各村转悠，一时成为年节笑谈。

这一带最崇敬的神灵是火神与送子奶奶。村里有两个神社，一个是火神社，一个是奶奶社，社众轮流当社头。这一年火神社社头轮到石宏儒家，奶奶社社头轮到羊文卿家。正月初七是火神爷出巡的日子，也是年节中村人隆重聚集的日子。社头石宏儒先带人将火神爷从村子东北角的火神庙里请出来放上抬案，然后给已被烟火熏得面目黢黑的火神爷披红挂金，焚香祭拜，宣读祭文。这篇祭文是石宏儒考上秀才那年写的，几十年没有动过。今年宏儒重读旧作，忽觉一股热气冲顶，不禁激昂慷慨如颂如诉，摆头晃脑，状入痴迷。不知谁发现随着宏儒头部的晃动还有一条花白的东西在背上摇摆不停，仔细看原来是他戴的帽壳上缀了一条发辫。人群中不知谁说，这不是他辛亥年剪的那条吗？有个人接上一句：还存着哪！众人哄笑。宏儒读完自己的大作，高喊"起驾"。于是火铳与爆竹震响，排鼓开道，鼓笙齐鸣，仪仗起行，各色锦旗、罗伞随风飘舞，四面传锣，两面"肃静"牌分立两侧，火神爷銮驾被四个小伙抬起，由一边三人擎起的"火"字大旗护后，老少妇孺跟在后面缓缓前行，高跷、旱船、竹马、秧歌两边助兴。火神爷在羊街和石匠庄的几条大街上巡行一遭，就像后来的消防大检查，提醒每家每户"谨防火灾"，可亲可敬。巡过一圈，火神爷大约也累了，到各家该做晌午饭时，石宏儒又带领众人把火神爷送回火神庙复位，换上供果，随后是"领羊"仪式。社头石宏儒用手把一个小伙子牵着的一只白羊的脊毛分开，端起一碗点燃的酒浇在羊背上，羊发出"扑噜"一声，即示火神已经"领羊"，村人才松了口气。火神爷既然"领"了，吃了咱的羊肉，还不保咱一年平安吗？辛苦一年的火神爷在大年下里也该歇口气，大家散去。

　　过了大年初七，两个社的神棚就要上街，神棚由预先制好的木板组合而成，一拆一装不难。木板油漆彩绘，配上各式彩灯，装好后顿时给人一种富丽堂皇的感觉。特别是那些出自民间工匠之手的彩绘，幅幅栩栩如生，似神似仙。火神棚里画的是"殷蛟下山""介子推背母""火烧阿房宫""火烧战船"等等，奶奶棚里画的是"麒麟送子""安安送米""三娘教子""王祥卧冰求鲤"等民间传说，就是这些有几分杜撰和荒诞的故事，即刻把村民带进了一个神奇、纯净的境界。

　　这一年，宏儒将火神棚搭在他的私塾门前，让神棚与授业堂相通，不仅神棚内摆放一应祭品、灯笼香炉，堂内墙上还挂满他珍藏多年的字画，特别是他新近从洛阳古玩街淘到的唐寅的《献寿图》，引来了不少村人的惊讶与赞叹。羊文卿也不示弱，他把奶奶棚搭在羊街东门内，正对街门口。除了把预先准备的去年农历八月初一杜康庙会上买的几坛好酒和几十个男女泥娃搬进神棚，还将他一次到江西访友在景德镇买的"送子观音"及一套精美茶具摆了进去。为了出奇制胜不输给老宏儒，听说寿庭家一棵从未结过果的柚子树今年结了一个果，就跑到老太太跟前借这个柚子，要放在奶奶棚里摆一摆。寿庭家加入的是奶奶社，这是为奶奶社争光的事，老太太就让他摘了去。村里人没见过柚子，一个柚子轰动全村，竟然把风流才子唐伯虎比了下去，让老宏儒心里难受了几天。

　　正月十五闹花灯那一夜，是这个年下的尾声，也是这个年下的高潮。下雪了，应了"八月十五云遮月，正月十五雪打灯"那句谚语，雪从无声无息的夜空往下落，看不到也听不见，快到地面才突显真容，像千万只白蝴蝶围着各色灯笼翻飞。雪花没有遮掩住人们的热情，反而是节日的灯光给雪花平添了几分暖意。神棚拥满了人,街上拥满了人,到处是喧声笑语,到处是灯笼火光。奶奶棚里最热闹,有拜在送子观音前面上香求孙的老太婆,有用红线偷偷替嫂子拴个小泥孩儿的小姑娘。棚外一阵锣鼓声,许多人跑出棚外,高跷班来了,正在唱《打渔杀家》。这一回龙娃不扮桂英而扮肖恩,一挂银髯,一顶竹笠,打鼓开场,只听"桂英儿掌稳舵哦——"一声高腔,四周已是掌声一片,还有两个女声夹在中间叫好。龙娃唱罢这一段解下高跷本要回家,忽听有人轻声问:

"还唱不唱啦?"

龙娃听出是女的,晃动的灯影里看不清面目,抬下头说:"不唱了,你看不是已经散摊儿了吗?"

"再唱一段呗,你扮回桂英让俺看看,俺是从别村老远来的。"

"俺一个人唱不了。"

"就一个人唱才好听。"

龙娃看清了,原来是这几天常跟着高跷班的两个女人,一大一小,大的二十出头,小的十六七岁。大的向前两步伸出手来想拉龙娃的手,龙娃一缩胳膊急忙躲开。

那女人说:"怕啥哩,谁会吃了你? 俺和小妹一人给你缝了个香囊,给,给你。"

龙娃没敢接,一转身急忙往奶奶棚里走去,刚跨进一只脚,从围观走马灯的人堆里走出一个女娃把他往神座后面拉,黑影里他一时看不清是谁,只听那女娃说:

"人家给你香袋你为啥不要呢?"

对方一开口,龙娃就听出是秋秋。

"秋秋,"龙娃装出生气的口吻,"你搞什么鬼! 刚才你在偷听啊!"

"我不只偷听我还偷看了呢。"秋秋调皮地说,"我问你,人家那么好心给你做的香袋你为啥不收?"

"你想让俺收啊?"龙娃摆出一副正经的样子。

"就是,就是就是就是……"秋秋用指甲狠掐一下龙娃的手背。

"别闹了,"龙娃说,"我原想今晚一定要找到你……"

"我也是。"

龙娃和秋秋从神棚后门出来,又走出羊村东门来到各家各户高低错落的打麦场上。雪静静地落着,银色的地面和麦秸垛散发出微微的亮光,龙娃深深地吸口气,清冽的空气令他头脑一振。他拥着秋秋靠在一个麦秸垛边上,月亮蓦然从云缝中挤出身来,把井水般透明的月光泼洒到秋秋偎依在龙娃胸前的脸上。这张脸像刚被洗过一样,洁净而晶莹,看着令人心痛。龙娃俯下身把这张纯真无邪的脸更紧更紧地贴在自己滚烫的胸脯上。

"好长时间没有见到你了。"龙娃扳起秋秋的脸凝目注视。

"这几个月我也很少看到你。"秋秋说。

"想不想俺?"龙娃故意问。

"不想。"秋秋推了龙娃一下,又把头埋在龙娃的对襟棉袄里,娇声问,"你说呢?"

"为啥总躲着俺?"龙娃感到秋秋有点发颤,急忙解开对襟棉袄把秋秋娇小的身子裹在棉袄里。

秋秋说:"不是我总躲着你,是奶奶说我和你年岁都大了,不应再像小时候那样天天在一起。奶奶这话好像对俺娘和你娘都说过。"

龙娃想了想:"我说呢,几个月前俺刚从省城回来那晚,俺娘怎么会同俺讲那样的话。"

"咱们就真大了吗?"秋秋仰起脸,天真地眨动着乌黑的眼睛。

"真大了。"龙娃回答。

"大了就不能在一起了吗?"

"你说呢?"龙娃反问一句。

"在一起,越大越在一起!"秋秋像在自说自话。

龙娃想到别处去了,过了一会儿才用力憋口气说:"你可是许了人家的人。"

秋秋开始没有会意,停一会儿回过神来用小拳头擂着龙娃的胸脯,不依不饶地带着哭腔说:"你坏,你坏,你欺侮人,俺走啦……"

龙娃用力把秋秋拉到怀里:"唉,俺说的是实话。"

秋秋沉默不语,龙娃这句再实在不过的话好像一个炸雷,把秋秋这株倔强的饱含春天阳光的小草击倒了,眼泪顺脸颊流下来,一滴滴地滴到龙娃的手上心上。

龙娃一面替秋秋擦泪一面安慰道:"到时候总能想出办法。"

秋秋的心情好了些,反过来宽慰龙娃说:"俺爹不赞成这门婚事,我让俺爹给我做主。"

"可是还有你爷呢。"

"这倒是,这事坏就坏在俺爷身上。"

龙娃叹口气:"寿庭姑父不知何时才能回来……"

秋秋打断龙娃:"别想那么多,我不愿意,谁也没法子我!"

"人家来硬的呢?"

"强按牛头吃草吗?"秋秋愤恨地说,"抢了我的人,抢不走我的心!"

龙娃感觉秋秋身上喷发热气,不由激动得浑身战栗,伸手去解秋秋棉袄上的盘丝纽扣,被秋秋推开。这双昏热的手顽强地不肯离去,慌乱地一阵摸索之后,一排纽扣终于解开,露出洁白胸脯上的一对浑圆结实的小乳房。说它白得像雪,雪没有它温暖;说它像银,银没有它柔软。龙娃不知身在何处,也忘了自身的存在。他从一片最美最奇的雪原上慢慢抬起迷离的双眼,望着雪夜迷离的世界,白色的帷幕下一切都动了起来,浮了起来。从远而近,那山那树那村落那打麦场都像一块块淡青色的云一样飘动、腾升、纠缠、缭绕,变幻成一座座琼楼玉宇、一株株奇花异果,香气迷人。哦,这是广寒宫吧? 这是瑶池吧? 是嫦娥是仙女吧? 戏曲中描述的那些美轮美奂的地方和那些国色天香的女子一起涌到龙娃这个热爱戏曲、喜欢幻想、一身胆量、家境贫寒的穷小子脑里,而最美最迷人最令他魂失魄落的人儿此刻正在他的怀里……龙娃低下头看了很久,猝然不顾一切地——任地裂山崩,任天塌海干——把脸埋进那个温暖的胸脯里。秋秋紧紧抱住龙娃的头,龙娃却像孩子一样哭起来,而且越哭越痛,竟哭出声来。

"不哭,不哭……"秋秋像小母亲一样喃喃着。

两人越抱越紧,龙娃下意识地用手撕扯麦秸垛,在地上撒了一层厚厚的麦秸,转过身刚把秋秋放在麦秸上,村里忽然传来一阵急促的锣声。

"失火啦!场上有麦秸垛着火了!"

龙娃以为身边的麦秸垛起火,跳起身看看不是,是隔两个场的一个麦秸垛起火,火苗与黑烟在空中蹿动,许多救火的人拿着各种工具正向那边跑去。龙娃和秋秋悄悄离开藏身的麦秸垛,走回村里。

村里人起初很紧张,说土匪要来村里拉票子,麦秸垛的火是土匪发的信号,人心惶惶,没人敢出门,后来弄清楚是小孩燃放鞭炮引起的火,才跑出来扑救。龙娃回到家不顾娘的阻拦又跑回到场上,心里却一直挂着秋秋和刚才的一幕。因为扑救晚了,屋子一般的麦秸垛只剩下一小堆黑灰,龙娃内心不禁有些后怕。有人说火神棚里正在拜祭火神爷,火神爷就不保佑咱们了,这也太不灵了吧?有人说不能这么讲,说不定是有人碰撞了火神爷,火神爷生了气,先给咱们提个醒。龙娃想,谁碰撞了火神爷?是他吗?是他和秋秋吗?麦秸垛烧了,听了许多闲言碎语,今年的火神社社头石宏儒生了一肚子闷气。

十二　遍地罂粟

　　这一年，在北京坐了几年"民国"监狱的石寿庭出狱了。

　　公元 1916 年 3 月间，刚当上洪宪皇帝的袁世凯真成了孤家寡人。蔡锷领导的护国军步步进逼，各省纷纷宣布独立。在全国一片反对声中，袁世凯只得在新华宫宣布取消帝制，不久死于尿毒症。袁死后，民国子民本想会有太平日子过，不料继任总统的原副总统黎元洪和时任总理的段祺瑞闹将起来，两人政见不合，争权夺利，于是乎就发生了历史上所谓的"府院之争"。国会反对内阁，段祺瑞要黎元洪下令解散国会，黎元洪得到国会支持，就是不肯下这道令，总统府与国务院形成对立，谁也不尿谁。黎元洪一怒之下免了段祺瑞的职，国会也把掌握地方实权的督军团给得罪了，民国又呈现一片乱局，图谋复辟的张勋有了可乘之机。甲午战争时任毅军马队先锋的张勋，辛亥年曾率数千江防军与攻打南京的革命军顽强对抗，及至败退徐州，仍通电反对南北议和。他认定中国缺不得皇帝，此时他带上六千"辫子兵"进了北京，说是调解府院关系，一到北京却限令黎元洪三日之内解散国会，迫不及待地头戴红顶花翎，身着乌纱马褂，拖着保留完好的大辫子，大摇大摆地参拜他的万岁爷溥仪去了。1917年 6 月底康有为赶到北京，给张勋带来宣统皇帝复位文告。7 月 1 日，溥仪端坐在中和殿的龙椅上，张勋率领一干遗老，跪拜磕头，高呼万岁；然后拿出康有为起草的复位上谕，请溥仪"御览"后盖章。"朝廷"一连颁发九道"上谕"，大封"功臣"。一时权贵宵小从衣柜深处翻出前清官服换装,市面上尚存的少量旧式衣装被一抢而空,连寿衣店的寿衣也成了抢手货。北京城一时间行走着不少似乎是刚从棺材里爬出来的人,魑魅魍魉,群魔乱舞,变成另一个世界。此时黎元洪倒来了点气概,坐在总统府不肯离开,五色旗依然在总统府门口高悬,溥仪在紫禁城发"上谕",他在总统府连发三道电令:一、要求各地立即讨伐国贼;二、宣布重新起用段祺瑞为国务总理;三、宣布由在南京的副总统冯国璋代行总统职权。三通电令发过才一拍屁股走人,进入日本公使馆避难。

身在天津租界的段祺瑞收到黎元洪恢复他总理权力的电令,立即来到天津附近的马厂,以李长泰的第8师和冯玉祥的第16混成旅为主力,誓师讨伐张勋。"辫子军"不顶打,不到五天,复辟闹剧土崩瓦解,张勋死不服气,还想以死抗争,倒是洋人同情他,德国使馆派人把他硬塞在汽车里送进荷兰使馆避难。复辟之时跳得最高的康有为,剃掉头发躲进法源寺当和尚,而跟在康有为身后的石匠庄老举人、国会议员石孝先则无当和尚的余勇,悄悄离开北京。

由于张勋复辟而解散的国会,在段祺瑞复任国务总理后被改为参议院,严重违反《临时约法》。于是,身在上海的孙中山发起护法运动,筹划联合西南诸省在广州建立护法政府,广东省省长朱庆澜致电表示欢迎。孙中山乘军舰南下,很多国会议员也先后前来。8月25日国会非常会议在广州召开,宣告广州军政府成立。于是出现了两个政府,形成南北对立。各地军阀蠢蠢欲动,大局一片混乱。

石寿庭出狱后没有回到石匠庄,但一年多来北京和广州发生的那些大事,对伏牛山北麓的一个偏僻小山村来说,不会没有一点点影响。对龙娃影响则不是一点点,而是大过石妹子山,大过杜康河,因为石寿庭派人来,要接秋秋往省城读书。

这一年石匠庄与往年最大的不同,是各家各户的面向河滩的西坡地上种的都是罂粟。到了农历二三月间满坡都是罂粟花,银绿色的叶茎上绽出一朵朵杯口般大小的花朵,有红有白有紫,姹紫嫣红,密密匝匝,像火云像落霞,给伏牛山戴上花冠,为杜康河披上彩带。田野里没有比这更美的花了,豆花、棉花、芝麻花没有它的娇艳，杏花、梨花、石榴花没有它的灿烂，它在田野里艳压群芳，却是一种有毒的花，它结的果能制成鸦片，制成祸国殃民的毒品。但急切靠烟税发财的官府不管这个，急切靠烟土换枪换子弹而扩张势力的局子头们不管这个，急切靠收割罂粟救急及改变境遇的农人也不管这个，被遍地罂粟花装点的春天没有笑容，春雨淅淅沥沥地下，水滴从罂粟花瓣上滴下来，汇入杜康河，有谁问那是雨水还是眼泪？

石寿庭从北京回到开封出任法政学堂学监不久，为了安排家庭生活，更为了让秋秋求学，派人来接樊霜花和秋秋到省城居住。这几天龙娃到渠上帮年近八十的外公干活，直到昨晚回到家才知道这个消息。他让麒娃去找秋秋，告诉秋秋明天早晌他在东河崖上等她。龙娃一夜没合眼，不知秋秋这一走是凶是吉，两人还能不能见面。

东河崖子就在杜康河的东岸，紧挨龙娃家那两块罂粟地的地头。龙娃早上喝过两碗玉米糁稀粥，对娘说声俺上地去，就扛把锄往外走。娘怜惜他，说你在外公家累了几天，歇歇吧，反正眼下地里也没有多少事。龙娃说，我去看看那块大烟地，看果结得怎样啦。一面说一面就走出院门。到了东河崖子，看看天还早，找了块干净石头坐了下来。为了平复焦躁的心情，他仰起脸对住太阳，闭上眼睛好一会儿，想找回小时候眼皮里面那个红红绿绿变幻无穷的美丽世界，但是没有找到；转过身望向河西岸那条低矮的一直绵延到石妹子山脚的西岭，记得小时候就这样坐着望着，西岭上空会出现一条流动的河和无数个头向一个方向展翅的小鸟，此刻也无影无踪，大人们说那就是龙脉，只有童子能够看到，现在看不到了。龙娃想，俺真的大了，秋秋也应该大了吧？

太阳升上树梢，草叶上的露珠抖动几下迅速蒸发了。芳草天涯，小草直起身以一种蓬勃之势向彼岸伸展，却被河水阻断。阳光在河面上滑动，河水很静，静得像一匹闪亮的缎子。云雀从云端滑翔下来，双翅一动不动，及至翅尖眼看就要被河床上的灰色石块撞折，刹那间一声长鸣像风笛般划破长空，越飞越高，越变越小，一个极小极小的小黑点融化在一堆白云中。

小满将到，吹过田野的山风暖烘烘的已有几分熏热，开始泛黄的麦穗和渐渐饱满的小葫芦状的烟果从绿叶间擎举出来，预报即将到来的收成。龙娃身上一阵燥热,心跳得厉害,西门外坡顶上那条通向河滩的路上终于出现了一个人,虽然那人逆着日头的光线还只是一个黑影,但龙娃一眼看到那优美的线条,就知道那是秋秋。秋秋越走越近,龙娃一直注视着。秋秋在路的转弯处走下河滩不见了,龙娃正伸直长脖子往下探望,不料脚下露出一张粉红的有几点细微汗珠的圆脸,他赶紧弯下腰握紧秋秋一双滚烫的小手用力一拉,就趁势将秋秋拉进怀里。秋秋急忙推开龙娃,说站在这么高的地方,哪里都能看到,龙娃不说话,拉着秋秋钻进半人高的罂粟地。两人坐在地上紧紧地抱在一起,不说话,好像要让生活就这样静止,直到地老天荒,怕说话声把这静止打碎。龙娃已经长成大小伙子,微黑的脸膛上透出成熟与刚毅的神色。秋秋凝视着剑眉下那对深沉的眼睛,久久不动。龙娃打破沉默故意问,还能找出里面的小人儿吗?还想对住它梳头吗?秋秋嗫嚅道,真的找不到那个小人儿了,但它还是我的镜子,我还要对住它梳头。秋秋说着垂下了头。龙娃扳起秋秋的下巴,直视着那双明净的大眼,这双美丽无比的眼睛清澈得如伊河的秋水,却渐渐地渐渐地泛起了一层泪花……许久,龙娃把眼睛从秋秋面颊上移开,问:

"哪天走?"

"明天。"

"还会回来吗?"

"怎么不回来呢?"秋秋轻笑一声,"这里有俺的家,有你。"

龙娃古怪地咧了咧嘴角:"还会记得俺?"

"你说啥呀?咋能不记得你!"

"你是洋学生了,咋还能记得俺!"

"啥洋学生。"秋秋伸出白嫩的小手去捂龙娃的嘴,"不准你胡说。"

龙娃正经起来:"不是胡说,是俺配不上你。俺想啦,你即便不愿嫁给赵定北,也会再找一个匹配你的人。"

"你就是胡说,你就是胡说。"秋秋一面用小手敲打龙娃的胸膛,一面呜呜哭起来。秋秋一哭,龙娃的心全乱了,昨晚想了一夜的主意全跑光。秋秋突然止住哭,两眼深情地看着龙娃说,"你不信俺,俺现在就把身子交给你……"还未等龙娃昏热的头脑反应过来,秋秋已大胆地解开了上衣的布扣。

细碎的阳光透过罂粟花的枝荫照射在秋秋丰盈洁白的胴体上,不知是因为寒战还是微风,乳晕上几根极细极细的汗毛在轻轻抖动。秋秋第一次看到自己如此毫无保留地袒露在龙娃面前,龙娃被第一次看到也是过去难以想象的美艳惊呆了,迟疑一下,凝视着秋秋喷射火花的眼睛,猝然扑下身去。

"秋秋,秋秋,你是俺的,你是俺的……"龙娃喘着粗气不断喃喃着。

"俺把什么都给你啦,俺把什么都给你啦……"

"谁也别想抢了你去,别想……别想……"

"俺是你的人,俺是你的人……"

也许他们谁也不知自己在说什么,也许他们只知道口中吐出来的每一个字都是一团火。

不知过了多长时间,秋秋好像听到地块西头有人声,急忙把龙娃从身上推下来,龙娃问怎么了?她忙伸手捂紧龙娃的嘴巴。龙娃好像也听到了什么,想抬头看看,又被秋秋揿了下去。秋秋拨开枝叶向有人声的方向瞧,轻声说是赵老大和赵老三,又说还有赵青山。这三人从河滩上来,离龙娃家的罂粟地越来越近。只听赵青山说,俺刚才在河滩上看到龙娃站在崖子上,后来又看到那个小贱人走过来,两人一定是钻进罂粟棵里啦。赵老大问你看清楚啦,赵老三说俺也看见啦。赵老大要赵青山喊一声,赵青山对住成片的罂粟花和罂粟果大声喊道:

"有人没有——"

风突然停了,没有一根罂粟棵甚至没有一片叶子摆动。大地静止,藏在地里的一对小情人感到呼吸也静止了,只听到咚咚的心跳。

"看到你了,出来,快出来!"赵青山咋呼着。

"再不出来就开枪了!"赵老大也吓唬一声。

"你当老子不敢开枪?"赵青山一听赵老大说要开枪,顿时来了精神,一拉背带取下肩上的长枪,呼啦啦拉开枪栓上了膛,顺棵行"砰"地就是一枪,射出去的子弹一溜烟击倒一长串罂粟棵子,像犁铧在棵子半腰开了一条"犁沟"。接着是第二枪,棵子上又出现了一条明显的"犁沟"。两条"犁沟"都从藏在棵子里的两个人身边划过,秋秋紧紧把龙娃压在身下,让他不能乱动。赵青山推上第三颗子弹,赵老大摆下手让他把枪放下,扭头跨上回村的大路。赵老三和赵青山心有不甘,跟在后面嘟嘟囔囔,赵老大头也不回地说:

"今天的事不要传出去,有的是同那小子算账的时候!"

麦收还未到,先到了割烟的时候,连着几日秀灵看着日头傍西,就带着龙娃、麒娃到烟地收烟。他们先用小刀将烟葫芦划开一条缝,让烟葫芦浸出白汁,次日早晨太阳出来之前,去把凝结在烟葫芦上的白胶刮到小盒里,收集起来放在太阳下晒成黑色,就成了鸦片。因它比农民抽的旱烟贵重,所以被称作大烟;因它的形状和颜色酷似泥土,所以又被称作烟土,乡人把鸦片简称作"土",就是这个因由。

秀灵带着儿子迎着晨雾收割烟果上的白胶时,她并不认为她在收割害人的毒品,而是在收割希望。在这希望里有刚刚出来的太阳,使她灰暗的草屋变敞亮了;有牛,一头美丽的牝牛,不久还有了牛犊;因为有了牛,儿子再不用去与别人换工,庄稼做得更精细,年年丰收;有了好收成,有了一窝一窝小牛犊带来的喜庆,她看到了儿子们的未来生活,儿子该成亲了,她也能用上儿媳妇了……这年收了几十两烟土,真的就用三十几两烟土的钱买回了一头牛——一头母牛。买牛那天,渠上的姥爷特意带上龙娃、麒娃兄弟,在金贤街牲口市上转了好几个圈,相中这头牛后,姥爷上去同经纪攀谈讲价,将手藏在经纪宽大的袖筒里捏来捏去,一会儿摇头一会儿大笑,捏了好半天才捏出个一二三四来。这一天是羊街旮旯一家人的节日,姥爷把牛牵回来先拴在小枣树上,弟兄二人又是铡草又是提水,简直不知道忙什么好。麒娃没事就牵着小母牛到石羊山脚啃草,放牛娃们喜欢聚在山脚下,那里常常有一群牛。不知是小母牛新来乍到特招眼,还是小母牛本来就是个骚货,不到俩月它竟怀上啦。这可是天大的喜事,试想添一个牛犊对一个贫困家庭来说,是一笔多大的财富啊!

往常收麦,麦秆割倒地里之后,靠两兄弟一担一担地挑到场上。今年有了牛,就想到用牛来拉。傍黑龙娃去到羊二堂家,问羊在礼他家明天用不用车。羊在礼说不用了,他家割倒的麦都上场了,还有几块要过两天才割。龙娃说在礼爷,俺想借车用用。羊在礼呵呵一笑说,好哦,有牛了不是?有牛就要使唤它。接着向院子里喊一声,说明日把车给龙娃使使。正在院里整理铡刀、推车之类收麦农具的二堂高兴地答应一声,说今晚俺给车再膏点油。龙娃走出房门同他打招呼,他又说,放心吧,明天一早就牵牛过来套车吧。龙娃回家一说,麒娃比他更兴奋,想象着第一次使牛拉麦上场的那种惬意、那种豪气,简直让人无法入睡。第二天天刚灰灰亮,兄弟二人到槽上拉牛,牛却不见了,这一惊非同小可。开始他们还以为是绳没拴紧牛跑了出去,赶紧四处寻找,找到中午一点影子没有。刚买不久的牛丢了,承载全家美好希望的牛丢了,这对秀灵娘儿仁来说不仅仅是晴天霹雳,更等于山崩地裂,几口人欲哭无泪,喊天不应。后来有人听更夫石半缸讲,龙娃家丢牛的那个后半夜,看到石四年和两个人牵着一头牛从羊街东门走出来。但这事没有证据不好去问,村上石姓是大姓,石四年是局子里的人,更不敢去问。秀灵只有忍气吞声,也强压下两个娃子的火气。麒娃听了娘的劝告一拍桌子说,好吧,到耩麦时咱再种两亩大烟,明年再买一头牛,让他们再拉去! 龙娃说,你当他们不敢吗? 他感到真的已无立足之地,只想离开这个山旮旯儿,但一想到秋秋,又不知如何是好。

十三　徐府街

石寿庭在徐府街租了一个小院,把樊霜花与石伊秋接过去后,才过起了多年少有的团聚生活。这里离秋秋就读的省立女子师范学堂很近,距他上班的法政学堂也不远。每天父女一起出门,当他坐在包车上回头看着伫立在大门口的妻子和手提书包就要转过街角的女儿,一股细细的暖流就油然涌上他那宽厚的胸膛。他性格刚烈,却把名利看得很平淡,不像当年同他一样以身许国的一些同志,这几年都忙于争名逐利。几年铁窗生活使他看透了人生、看透了社会,也看透了革命,在性格与情趣上越来越同恬淡的樊霜花契合。樊霜花是个宽厚的与世无争的女人,知书达礼,与石寿庭不仅在日常生活上,而且在心灵深处有一种投缘和默契。每天,目送寿庭和秋秋走后,她就走进院子浇浇花。她种了十几盆秋海棠,她不喜欢卖花的花匠勉强地把花枝盘绕成不同形状,她把纠结的花枝解开,让它们随意生长,任它们花开花落。她虽是大户出身,却有一手好针线活儿。寿庭喜欢穿她做的布鞋,脚上的鞋几乎全出自她的手。最近她给寿庭做了一件蓝布长衫,寿庭穿在身上不用同事夸,就忍不住宣扬起妻子那双巧手来了。樊霜花有时坐在窗前翻翻寿庭的那些关于法律的书,她知道丈夫和他的学生们是想从这些东洋的和西洋的书中找出一种叫作"法"的东西。有一次她听到丈夫和几个学生谈话,谈得很热烈甚至不时争吵,中间反复提到"宪法"二字。她不太明白那些人一脸神圣提到的"宪法"究竟是何物,是商鞅变的那个"法"？是历代皇帝没完没了发布的诏书？她朦胧感到这也许有点像是孙中山他们弄出来的令袁大总统后来头痛不已的《临时约法》,好像也不是,那么有啥法可以管住皇帝和总统这些人？丈夫什么都好,就是好瞎妄想。丈夫的书她有些看不明白,《烈女传》她也感到太古旧,落伍时代了,不想再看。寿庭怕她无聊,最近找了一本有个叫林纾的人刚从泰西文字翻译过来的小说《茶花女》给她,她一拿到手就被迷住,原来泰西还有这等事？这等钟情女子？只可惜尚未看完就被秋秋拿到学校去了。

秋秋虽然刚从农村出来,但她的智慧、美丽与家庭教养和落落大方的仪态,很快使她融入新的环境并引人注目。学习上她也很快度过困惑期,第二个学期已在榜上名列前茅。她性格开朗,体格健美,入校不久就成了篮球场上的活跃分子,成了校队队员,年终市里举行第一届女子篮球比赛,女子师范篮球队取得冠军,秋秋——石伊秋的名字被许多球迷记住,有时她走在街上也会听到不知从哪里传来的一声轻唤:"石伊秋——"

这天下午,秋秋因去赛球回家晚了,刚要从街角拐进徐府街,街对面就有人唤了声"石伊秋",声音很低,像微荡在街面上的夜风。黄昏的街市很灰暗,看不清对方是谁。石伊秋遇到过无聊纠缠的人,急忙加快脚步。这时又传来一声,声音比前略大:

"秋秋,不认识我啦?"

是谁在唤自己的小名？秋秋停下来向对面望去,看到一间杂货店门首的煤油灯下,站着一个身影有些熟悉的青年。

"是我呀,不认识啦,我是柳子谦呀!"那青年一面说一面走过来。

"哦,是子谦啊。"秋秋高兴地跑过去拉住柳子谦的手,"你怎么在这里?"

"我在省立中学读书。"

"这俺知道,前年听龙娃说过。"秋秋看着长高了的柳子谦,"俺是问你现在来这里做什么?"

"找恁家,找寿庭舅父。"柳子谦看看灯影里亭亭玉立的秋秋又半开玩笑地补充一句,"还来看看你呀!"

"贫嘴,俺来快一年了,也没见你来看看。"

"俺不知道哪。"

"那你咋找到这儿来了?"

"俺的一个同学的爹同寿庭舅父是同事,俺向他打听的。"

"你这位少爷咋就猛然想起俺们啦?"秋秋语带讥讽地半开玩笑问。

"俺还有别的事。"

"啥事? 不是朝堂机密吧?"

"嗬嗬,让你说中了,正是朝堂机密。"柳子谦收住笑,故意把嘴闭紧。

"别卖关子了,快说,啥事吧。"

"你知道张勋闹了场复辟吧?"

"这谁不知道,前些天闹得全国乌烟瘴气的。"

"你还知道俺爹柳思亭和他的老泰山——你那位参加过公车上书的爷爷石孝先都是国会议员吧?"

"你咋这样啰唆。"秋秋瞟了柳子谦一眼,"俺只知道俺那没有皇帝就无法活的爷爷是国会议员,可不知道俺三姑父也是国会议员。"

"哈哈,他们的国会被人解散了。"

"那又怎么样呢?"

"不怎么样。"柳子谦摊摊双手,"这不,俺爹从北京带了一封信来,让俺交给你爹。"

"信上说些啥?"秋秋好奇了。

"俺咋知道,俺只是个信差。"

"别阴阳怪气的啦。"秋秋用拳头敲敲柳子谦单薄的肩头,"还没有吃饭吧,快跟我回家吃饭。"

樊霜花擅长烹饪,每到晚上她都要亲自下厨给丈夫和女儿做一两样好菜。她生长在伊水边,红烧伊水鲤鱼是她从小就跟家里大师傅学会的一道看家菜。开封的黄河鲤鱼名气更大,樊霜花到开封后大有用武之地。秋秋和子谦走进上房,晚餐的菜肴已在桌上摆好,中间最显眼的一道菜就是樊霜花烧的尾巴上翘似乎还在拍水击浪的黄河鲤鱼。樊霜花将寿庭面前的酒杯斟满酒,寿庭搓搓手拿起筷子正向黄河鲤鱼伸去,被霜花轻打下手。寿庭呵呵笑两声,霜花看看院子自语：

"今晚咋回事儿，这妮子咋还不回来呢？"

"回来啦，回来啦，这不回来了嘛。"霜花话音未落，秋秋已出现在房门口。

"快来吃饭吧，就会在外面疯，让你爹等你。"母亲爱怜地责怪女儿。

"今天又赛球了吧？"寿庭放下筷子，仰起头亲切地问秋秋。

"同女中赛了一场，还是俺们赢。"秋秋喜形于色地答。

"能，你们能，一群女孩家家的成天在球场上跑，看你们都能成精了。"霜花似爱似气地说。

"妈，你别只顾数落我了，"秋秋笑着看看门口，"有客人呢！"

霜花慌忙看看秋秋身后："客人呢？"

一直站在门外观看这幅合家欢的柳子谦微笑着上前一步："舅妈，是我，不算客人。"

"哎哟，是小子谦哦，长成个英俊大小伙了。"霜花上去拉起子谦的手，"你怎么也在这里？"

"这两年我一直在这里读书。"子谦有点不好意思地说。

"子谦，快过来快过来，快来坐在我身边，"寿庭激动地拍拍身旁的一张椅子，"快来给大舅说说你爹最近在北京咋样？"

秋秋用下巴指指子谦："他就是来给爹送信的，我们刚才在街上遇见。"

霜花命用人在子谦面前摆上碗筷，让大家先吃饭，寿庭却已经迫不及待地将信拆开，匆匆看过，高兴地大声道："思亭要来了，思亭过几天就到。"

"他不好好在北京当他的国会议员，又回河南干啥？"霜花不解地望着丈夫。

"你还不知道这几个月北京发生的事？"寿庭巡睃一下面前的几个人，子谦和秋秋微微点点头，霜花则一脸茫然。"国会被段祺瑞政府解散了，孙中山在广州成立护法政府，国会议员纷纷南下。"讲到这里寿庭停下来看着霜花，抖抖手中的信，"思亭在信上说，他要到南方去，希望我同他一道去。"

霜花很怕寿庭再次离开她和女儿，忙说："你去做什么？你又不是国会议员。"

"思亭的意思是说那边可能需要人。"寿庭看到霜花面色凄然,忙把话打住,"好,先吃饭,其他事等思亭来了再谈。"

霜花迟疑一下放下筷子,突然问:"老爷子咋样? 他不也是国会议员?"

寿庭摇摇头:"他和思亭不一样,他不会到南方。"

"老爷子还会待在北京吧?"霜花又小心问。

"可能他在北京难待下去。"寿庭思索着,"张勋闹复辟时他跟着康圣人康有为闹得最凶,复辟失败,康有为剃掉头发跑到法源寺当了和尚,我想咱爹大概不会去当和尚吧。"

秋秋有几分惊恐地问:"他会回来吗? 他会来开封同我们一起住吗?"

"他回不回河南我说不准,但不会来同我们一起住。"寿庭无奈地笑了几声,"你知道你爷看我不顺眼,也懒得看我这个不肖之子。"

寿庭这几句话把人都说笑了,大家一面吃饭一面又说些省城新闻、街头趣事,不料一顿饭尚未吃完,大门响了。开门的用人跑来禀报:北京的老太爷到了。寿庭怔了怔,赶紧站起身带领霜花、秋秋、子谦迎到门口。瘦小的夹着两个尖尖肩头的石孝先刚从马车上下来,长衫马褂,一副圆形茶色水晶眼镜,手持象牙把手黑漆手杖,被一个年纪很轻的女人搀扶着走上台阶。寿庭和霜花急忙上去扶住,一面问安一面吩咐用人和跟来的两个听差,把马车上的箱笼行李搬到上房。石孝先临跨进大门门槛,又回头吩咐两个听差搬箱笼要特别小心,因为里面有很多字画与古玩。到了上房,孝先与儿子坐在方桌两边的太师椅上互问别后情况。

霜花想让站在老太爷身边的女人找个椅子坐下,她以为她是老太爷新买的丫头,说:"姑娘,你也坐吧。"

那女人扭捏着红了脸,张张嘴没有说话。

石孝先看在眼里赶忙解释:"哦,我还没来得及介绍,这是你们小娘。"

屋子里的人听到这话都惊呆了,寿庭和霜花看着面前年纪只有十八九的胖姑娘不知如何是好。

石孝先善于给自己解围,毫无难堪地又说:"这样叫很碍口吧? 以后大家都叫她小姨太好了,康圣人都这样叫她,没错。"

对老爹和小姨太的到来,寿庭和霜花很感突然,简直手足无措,想到老爹带小姨太回到家乡老娘的感受,更令人发悚。看样子老爹却无此种忧虑,小姨太似不懂事,尚不知个中的深浅。住下来后,寿庭才听一个听差说小姨太的原名叫壹点红,但这也不像是真名,倒像是哪个妓院老鸨起的名字,至于小姨太的来历,谁也说不清楚。一个听差说是老爷拿钱买的丫头,但有一次又听老爷好像说过,是哪位知交的割爱馈赠。究竟怎么回事谁也说不清楚,说不清就说不清吧,石寿庭不想理也不敢理这种乱七八糟的事。

虽然寿庭和霜花一开始就将上房让给爹和小姨太住,石孝先住了几天就觉得窝憋,要分开单住。为便于照顾,寿庭托人在同一条街上的山陕甘会馆旁边给老爹另找了一处院子,才算暂时安定下来。不出半月,柳思亭由北京到来,逗留期间日日敦促寿庭同他一起去广州,寿庭对这几年纷扰的政治斗争有些厌倦,起初以家事烦杂不好脱身为托词,但经不住柳思亭的力劝,也经不住内心激情的翻涌,最后还是被柳思亭说服,决定同柳思亭一起先到上海,然后乘轮船转往广州。临行前他带着柳思亭去向老爹辞别,石孝先从口里拔出烟枪半晌没说话,看看烟灯上将灭的火头才说:

"你们又去追随孙大炮,也只能由你们了。孙文要护法,他护的是啥子法?没有君,何来法?"说到这里他把眼睛转向柳思亭,"思亭啊,国会上你曾质问我,我的法是啥法,这就是我的法! 有君而后立法!"

柳思亭不想再与老泰山辩论,随便问了句:"那下步您作何打算? 回北京?"

"看北京那边'恢复'得怎么样再说吧。"石孝先含糊答道。

柳思亭不明白石孝先口中的"恢复"是什么意思,又说了些望老泰山保重福体的话,就与寿庭一起退出来。

老太爷由北京回到开封之前,石寿庭曾捎信让二弟寿堂和东祺来一趟,专为谈伊秋和赵家的婚事。他说如今的潮流是自由恋爱,天赋人权,自由平等是天理,父母之命、媒妁之言那一套早该废除,让孩子们自己决定自己的终身大事吧。他要寿堂回去后就同赵家商谈退婚的事,还写了封信,要寿堂交给赵定东。

一个月后，石匠庄的局子头赵定东带了二十两上好烟土，来徐府街探望老举人石孝先。石匠庄的局子因"剿匪有功"被县里举为"优局"，赵定东是来督军府领赏的。老举人对这位"亲家人"热情有加，一见面就大加赞扬，说你这次来省城领赏，等于是中了"武举"，就是当年的武举人。赵定东也不谦让，竟在庭院里耍了几套拳脚让老举人赏鉴。身材矮壮的赵定东不知耍的是猴拳还是醉拳，却喜得小姨太腰肢乱摇，石孝先一看小姨太高兴得手舞足蹈的样子，赶紧连声叫好。一文一武，声气相通，石孝先为表盛意，特意陪赵定东到隔壁山陕甘会馆游览。赵定东对那些精巧绝伦、美不胜收的石雕砖雕木雕不感兴趣，脚步踏进构造奇绝的六柱五楼碑楼，石孝先正要抖搂肚里的知识，赵定东却忽然提起弟弟赵定北的婚事。石孝先虽然被打断谈兴有些不悦，但一想赵定东赵团总总归是个粗人，也就释然，没有去计较。

石孝先好像没有听明白赵定东的话，问："你老弟的婚事咋着了?"

"是定北和伊秋的事呀，"赵定东说，"那还是俺爹活着那时您和俺爹定下来的。"

石孝先拍拍前额，不停地捋着胡子："呵呵，有这件事有这件事。"停一下问，"你打算啥时候办?"

"俺想快办为好，"赵定东想了想说，"他们都大了，不要惹出啥闲话。"

"听到啥啦?"石孝先警觉起来。

"没有，没有。"赵定东看着石孝先多皱的长脸，加重语气说，"他们今年都不小了。"

石孝先掐着手指头算了算："秋秋今年十八了，定北那孩子好像还大一点。"

"大两岁。"

"是都不小了。"石孝先想了想，犹豫地补充一句，"不过她爹不在家不好办。"

"嗨呀，寿庭叔常年不在家，啥事不是全靠您老做主!"赵定东奉承道。

"也是也是，容我再想想。"

"孝先爷，俺看这事不好再拖。"赵定东眨着两只小眼看看石孝先的脸色，

"若按俺寿庭叔的意思,这事怕要黄。"

"咋?他咋啦?他啥意思?"石孝先一连声追问。

赵定东故作有口难言的样子,慢慢从衣袋里掏出一封装在一个牛皮纸大信封里的信:"爷,恁老看看这封信。这是一个多月前寿堂叔由开封带给俺的,还转告了寿庭叔对定北和伊秋婚事的意思。"

"他啥意思?"石孝先不待赵定东回答就将信展开,看着看着猛地将信一甩嚷道,"反了反了,他眼中还有没有我这个爹?啥子天赋人权?啥子自由平等?混账!朱老夫子说的存天理、灭人欲的至理明言,是我从小教他的,难道他一点都不放在心上?"

赵定东看石孝先气喘吁吁的样子,赶快搬个石墩让他坐下,又是捶背又是揉胸的,石孝先深为感动,上气不接下气说道:

"你这没有读过几天书的人,比那些留过洋的人强得多。"

得到石孝先的支持,又知石寿庭去了南方,赵定东吃了颗定心丸。

送走赵定东之后,秋秋的婚事一直在石孝先心头盘桓。

十四　逼嫁

　　立秋过后，天气有了点凉意。不管北京"恢复"或不"恢复"，石孝先知道张勋是回不来了。他不愿也不能再回北京，因为在张勋闹复辟时，他跳得太高。在开封闲住无味，而且开销大，加之赵家催婚，他动了回乡之心。他拿定主意要在伊秋下学期开学前动身，一则免得伊秋留校不走，二则也可省下一笔学费。盘算了几天就叫听差到东院把樊霜花找来，也不问问霜花的想法，就直接要求霜花赶快把家用物件整理妥当，准备回乡。霜花谈到伊秋的学业，他只皱皱眉头摆摆手，似乎听都不愿意听，说了句：女娃子家读那么多书有啥用？你不是也没有进过洋学堂吗？樊霜花深知杵张长脸的老公公的专横，无法多说，回去后只好把爷爷的话告诉秋秋。秋秋一听要让自己辍学，忍不住伏在床上哭起来。樊霜花坐在一边劝慰，说失学是暂时的，待你爹多从南方回来不是可以再回省城续学吗？秋秋一想也是，到时爹爹会支持自己续学的。现在回乡下住住也好，离开一年多了，她对乡下还真有点想，特别是龙娃。想到这里她不再哭，开始帮娘整理居家物件。

　　秋秋跟随爷爷、母亲回到乡下那天，正值秋分，花园里那几株桂花开得正旺，满枝条都是密密匝匝的淡黄色小花，有几处枝条还被压得弯下来。这种花开得不灿烂，却另有一番热烈；这种花开得不诱人，却有一种浸润心灵的幽香。秋秋被桂花的香气包围着独自坐在小时候常与龙娃玩耍的亭子里，看看寨墙上的豁口,心想龙娃也许还不知自己回来,今晚要不要过去看看秀灵舅母? 这时,传来脚步声,秋秋回过头看到小姨太正走下角门的台阶,想打招呼,有些吃惊的小姨太却愣了一下问:

"原来你在这里?"

秋秋感到奇怪,反问:"咋了? 啥事儿?"

小姨太猛咽口唾沫说:"没啥事。"为了转换话题,小姨太看看身边的桂树,耸一耸娇巧的小鼻子,"这是啥花呀,咋这么香?"

"这是桂花,你们乡下没有吗?"秋秋定定地看着小姨太。小姨太比她大不了多少,微胖,皮肤白得像白面,小鼻子小眼,为什么叫壹点红? 大约是因为她那红艳得像石榴花般的小嘴。小姨太虽有几分俗气,但纯朴的天性未泯,所以秋秋并不厌烦她,有时对她还有几分同情。

"这花真香,俺乡下没有。"

"你是来找俺吗?"秋秋又瞄了小姨太一眼,总感到她的神色有点不对。

"不是俺找你,是东祺在找你。"小姨太感到说漏了嘴,赶快收住。

"他找俺做啥?"

小姨太扭头向四处瞧瞧,压低声音说:"你还不知道吗? 他们要嫁你啦。"

"谁要嫁俺?"

"老太爷呗。"小姨太的鼻子哼了一下。

"俺娘呢? 俺娘在哪里?"秋秋慌了神。

"你娘被老太爷叫到上房,"小姨太眨着一双月牙眼,担忧地望着秋秋,"现在东祺正满院子找你哩。"

"俺这就去找俺娘。"秋秋的脸由红转白,猝然双手发凉,颤抖着想抓住什么。她想着娘,好像只有娘能保护她似的。正在这时,东祺一面喊着她的名字一面从角门走下来。东祺说老太爷找她,她一声不问就猛站起身,直直腰跟着东祺走去,小姨太也跟着离开花园。秋秋走进上房看见娘正在抹泪,不等爷爷开口就走过去站在娘身旁。爷爷斜了她一眼,又把脸转过去对她娘说:

"这事就这么定了,赵家明日过来'送好',吉日定在八月中秋过后两天,时间无几,你要赶快准备。"

"爹,这是孩子的大事,最好等她爹回来再办。"樊霜花想争取把事情往后拖一拖。

"她爹不在我这当爷的就不能做主了?"石孝先不容分辩,"再说谁知道他如今在南边啥样?谁知道他啥时候回来?"

"爷,俺不嫁,俺要读书。"秋秋突然说。

石孝先用眼角扫了秋秋一下,"嫁与不嫁是你小孩子说的?不懂事。常言道父母之命、媒灼之言,多年前已同赵家合了八字定了亲,能说不嫁就不嫁?"

"这事当初俺爹就不知道!"秋秋顶撞上去。

石孝先猛拍下桌面:"我还是他爹哪!你爹不知道,他爹知道!"

秋秋"哇"的一声大哭,扑到一直坐在佛龛前不说话的奶奶怀里。奶奶白石孝先一眼,继续数手里的念珠。

石孝先冒火的眼睛扫来扫去,最后停留在樊霜花脸上。"这些天让她在家里好好养着,不要出门,更不准去羊街旮旯你那门亲戚家。闲话已经满村飞,不能让别人把唾沫星子喷到咱们脸上。"石孝先扫视一下众人,"小姨太,你要从早到晚跟着她,不离她一步。东祺,你要把大门看好,不准她出门,也不准那个龟孙溜进来!"

隔两日赵家"送好"来了。所谓"送好"就是男家将初定的嫁娶吉日送过来与女家商议。赵家人带着四色礼、衣物、银子和十二抬三尺四层的食盒,在礼仪先生引领下来到石家。石孝先说他是隔辈人不便出面,要二叔寿堂上前接待。他嘱咐樊霜花说,女大不能留,留来留去结冤仇,婚期就由他们定了,至于对方赠资数额,不可狮子大张口,被乡邻贬议;也不可不提要求而被认为"掉势",好像咱们这边有啥短处怕被抓住似的。说到这里他特别用眼睛翻了樊霜花一眼,示意她好好想想。樊霜花不得稍违公公的意思,噙着眼泪随寿堂把礼先和赵家人引进客厅坐下细谈。礼先送上写有由婚男婚女生辰八字推算择定的过礼及嫁娶的吉日喜帖,寿堂看后递给嫂子。樊霜花打开喜帖刚从"乾坤定位,乃明阴阳,男女婚姻,万事纲常。选择良辰,礼由旧章,谨道时宪,文定厥详……"看到"择定于八月二十六日送红大吉,择定于八月二十九日嫁娶吉日良辰大吉",眼一黑就昏了过去。这时石孝先才从上房走出来,一面命小姨太和丫环将樊霜花扶回房,一面摇着头无限不忍地对礼先说"家媳爱女心切,爱女心切",才把事情搪塞过去。樊霜花躺在床上三日水米不进,只是暗暗流泪,秋秋陪在床边,轻轻为娘拂去从眼角流向腮帮的泪水。

"娘,我不让你作难,我听话就是,"秋秋劝慰母亲,"你要先吃点东西。"

樊霜花轻轻地摇着头不说话。

"娘,你吃点吧。"秋秋端着一碗莲子羹,哭了。

樊霜花睁开眼久久望着屋顶,自言自语地说:"俺该死,俺连自己的女儿都护不住。"

秋秋哭出了声:"娘,俺知道恁难,俺不怨恁。"

"唉,老人家早定的事,俺也没法儿。"樊霜花长叹一声,"你知道你爷的脾气,你爹又不在家,俺说啥也没用。"

"娘,俺也想好了,随他们的便吧。"秋秋咬紧嘴唇,把丰润的红嘴唇都快咬出了血。

樊霜花看着秋秋的样子心里发痛,说:"俺知道你心里很苦。"停一下又说,"俺知道你同龙娃的感情,自小在一起……"

"娘,不说啦。"秋秋狠了狠心,决绝地把娘的话打断。

樊霜花长叹一声闭上眼情:"唉——龙娃是个好娃子,机灵,仗义,有志气,对你一片真心,但你想过没有他的家境,将来你跟着他日子咋过?"

"穷有穷的过法。"秋秋顺口说。

"你别说这硬气话,日子长着呢。"樊霜花睁眼直视秋秋,"你别认为谁都能当王宝钏,龙娃将来能当西凉王。"

"俺压根儿没想求富贵。"

"娘不是劝你嫌贫爱富,但日子咋过总得想想吧。"樊霜花挣扎着坐起身,"你还想继续你的学业,你爷肯定不会再供你,那么上学的钱从哪里来?"

"俺可以不再上学。"秋秋看到娘急得意欲下床的样子,赶紧按住娘换一个口吻,"娘,你别焦急,俺想明白了,反正恁和俺都逃不出爷爷的手心,任由他处置好了。"樊霜花听到这话一把抱住秋秋大哭,哭声惊动了上房。

一会儿,小姨太过来传话:"老太爷说,女儿都是为人家养的,总有嫁出去那一天,让太太不要哭伤了身子。"樊霜花听出了话中的不满,只得诺诺。

小姨太没有回上房回话,说想陪秋秋到花园散散心,秋秋跟她去了。两人坐在亭子里,不知道的还以为是一对小姊妹呢。小姨太虽然面容略带沧桑,但身材娇小,秋秋这一年突然发育起来,胸脯饱满,曲线流畅,蓦然看还真分不出大小呢。两人低头看池子里的鱼儿,鱼儿在莲叶底下穿梭来去,无忧无虑的样子吸引了她们。小姨太拉拉秋秋的袖口说,哎哎,你看这游来游去的一条大鱼和一条小鱼是不是母女两个?秋秋俯身看看说可能是吧。小姨太加重语气说,俺说一定是的,你想想,它如果没有娘,它多可怜!秋秋望着游鱼暗暗落泪,想不到她这一哭,小姨太紧跟着哭得更痛,竟呜呜地哭出了声。秋秋被吓着了,惊愕地叫了声:

"小姨太!"

"以后你别再叫俺小姨太。"

"那俺叫你啥哩?"

"壹点红,就叫俺壹点红。"

秋秋有点诧异:"你真姓壹?真有这个姓吗?"

"俺就是姓壹,俺那一带好多人家都姓壹。"

"你的名字是谁给起的?"

"俺爹给起的,听娘说,闹义和团那阵俺爹最喜欢他手中那杆带红缨的长枪,所以就叫俺壹点红。"

"你爹呢?"

"在天津被洋人打死了。"

"你娘呢?"

"后来上吊了。"小姨太又说,"俺爷和俺奶后来逃荒上了天津卫,本还想打听俺爹的下落,知道的人都说是死了,骨头埋在哪里没人说得清楚。俺奶把俺养大,到要给俺说人家的时候,她得了水鼓病,一病不起。为了给奶奶治病,俺爷把俺卖给老太爷当丫头,谁想到他那么大年纪了还要俺做那事,俺也没法子。"小姨太一口气讲这么多,又特别重复一句,"俺不想让你也叫俺小姨太。"

小姨太说着,发现秋秋总往寨墙上望,也扭过头望望,却望到寨墙豁口处立着一个青年。那青年木桩子一般杵在寨墙上，木然不动，两只麻雀竟敢在他肩头上啄食，但仔细看那还是一个活物，偶尔会抬头望望天，或透过老杨树枝干望望花园这边。秋秋一直注视着那边。看到这情形小姨太心中已有几分明白。

"那是龙娃吧?"小姨太问。

"是。"秋秋惊疑地盯着小姨太的月牙眼，"你怎么知道呢?"

"这几天我听人说过。"小姨太又向老杨树后边望望，"看样子他有话要对你说。"

秋秋低下头不说话。

"想不想见见面?"小姨太问。

"门口有人守着，我出不去他进不来咋见面?"

"晚上喝罢汤，你来这里等俺，俺想那个死心眼的龙娃还会在豁口傻等。"

想不到这个有几分憨气的山东女子有这等侠心，秋秋感激地点点头。她知道龙娃那股倔劲，晚上一定还来，这一点小姨太没有猜错。头几天龙娃在渠上正帮姥爷收秋，不知道秋秋她们跟着石孝先已回到庄里，回来后麒娃把听到的消息告诉他，他一腔热血一下子冲到头顶，差点没有当场晕过去。他要到石家大院看秋秋，被他娘死死拉住，说你这样子去不但今后两家做不成亲戚，也害了秋秋。麒娃也劝他冷静下来，不怨秋秋，不怨赵定北，甚至不怨局子头赵定东和专横拔扈的石孝先，只怨咱穷! 做人要有志气，咱何必在一棵树上吊死! 娘的眼泪和弟弟的一席话，倒使他明白过来，抱头想了很久，突然说:

"那我总得同秋秋见上一面吧?"

麒娃说:"这倒应该，但怎么见呢?"

"俺找东祺姨父去。"龙娃一面说一面披起褂子走出去。他想光明正大地从正门走进去，恰东祺正守在门口，把他挡住了。东祺一看他走过来，赶紧迎过去将他拉到大榆树后面劝他不要进去，说现在院内够乱的，太太病在床上，秋秋不能随意走动，老太爷一天到晚发脾气，谁也说不动他，你这时候进去只能添乱。龙娃不听，非要见秋秋说个明白不可。东祺的家在东门内，离这边不远，东祺只好把他拉回家，倒上一碗竹叶茶，左劝右劝，要他为秋秋想想，为秋秋她娘想想，为自己的娘想想。龙娃虽说性格冲动，但是个敢担当的孩子，听了东祺一席劝，自认他个人的苦乐酸甜不应连累亲人，把茶碗往桌面一放，站起身走了。他知道秋秋愁闷时喜欢到花园坐坐，所以每天傍晚下地回来就静立豁口向花园伫望。

第二天傍晚，正如小姨太所言，那个死心眼的人在树影后的豁口又出现了。小姨太向秋秋使个眼色，让她在亭子坐定，就走出花园出了后大门。小姨太登上寨墙内侧的斜道，龙娃看着这个娇美的女人走近了竟不知所措，从未在村里见过这个女人，不会是妖精吧？关于妖精的传说他听村中老人讲过很多。他正在诧异，耳边已传过一句问话：

"你是龙娃吧？"

"你是谁？"胆大的龙娃从来没有这样胆怯过，他感到后背一阵发冷。

"俺是小姨太。"

"小姨太？啥子小姨太？没听说过。"龙娃想放松一下，壮着胆略带戏谑地问，"你不会是妖精吧？"

"就算是妖精你也要给俺听着，"小姨太故意顿顿，"等天黑下来，秋秋让你在麦秸垛那边等她。"小姨太不等回话就顺着寨墙里边那条斜道跑了下去。

龙娃目送着那个小黑影，心跳得厉害。喝汤时平日不够饱的一碗红薯叶粗面条再也喝不下去。他盼天黑，中秋节前的月亮好像故意同他打别一样，一放下汤碗它就急不可待地从东边挂上半空，灯笼似的把大地照得明晃晃的。龙娃管不了那么多，拉件褂子出了院子。秀灵怕他惹事，赶在后面叫了两声，又命麒娃去把哥哥追回来，麒娃要娘不要管，坐着未动。龙娃走出羊街旮旯儿，为免别人注意转北绕了一个大弯，站在火神庙背后向北望了很久。缥缈的银色月光像纱帐一样覆盖着朦胧的大地，夜风停了，晃动的纱帐静止一刻，远处的景物显现出来。龙娃眼前渐渐有了老柿子树，有了樊家祖坟，有了破土地庙和远处的龙门山口，这些巨大的影子越来越清晰，越来越向他逼近，甚至带来了风声、涛声及那个横亘千年的呼声："开没有？""开啦！"苍茫大地上，在祖先呼唤中，龙娃感到自己那么渺小！他想高声喊叫，但喊不出，喉咙像火烧般干燥；他想大哭，他哭不出眼泪，泪水已被仇恨吸干；他想去同什么打一架，他的双肩像被绳索捆住一般,骨节喀吧喀吧直响,却无法伸展。他滚在刚刚犁过的犁沟上,只有泥土的清新气味给予他片刻安宁。他不知道自己这几天是怎么度过的,他的身子像挂在火炉上炙烤,他的心脏像搁在钉床上挤压,四周是一片不透一丝光亮的黑暗,深不见底的黑暗。他想问路在哪里,秋秋在哪里,他能问谁? 谁能给他回答? 月亮高了,村庄静了,他想起小姨太的话,站起身拍拍身上的泥土,像喝醉了酒,向村东头晒场蹒跚走去。花园里的小姨太和秋秋看到天黑下来,也走向后门。喂牲口的何老头守在后门口,问天都黑啦小姨太和小姐还出去哪? 小姨太笑说俺听人家说羊二堂的小铺里来了洋胰子,俺同秋秋过去瞧瞧。何老头笑道,老太爷可是不准小姐外出呀。小姨太说小姐闷了,俺带她出去散散心,无妨。何老头没再说话,两人拉着手出了后门。龙娃在麦秸垛边等了一会儿,听到麦秸垛后有脚步声,就探出一个身子,只见两个模糊的身影正向这边走来,知道是小姨太和秋秋来了。两人再走近些,小姨太停住脚步向边上一闪躲进黑影里,秋秋已到龙娃眼前。龙娃伸手把秋秋揽进怀里,喘着气半天没说出话。

秋秋挣扎一下说:"我怕再见不到你了。"

"这不是见到了吗?"

"你没事吧? 他们没有怎么着你吧?"秋秋哭了。

"他们能咋着俺呢,俺不怕。"

"我知道你啥都不怕,所以我更揪心,更怕他们害你。"秋秋说,"你不知道,这几个晚上我总做噩梦。"

为了宽慰秋秋,龙娃憨笑两声:"你摸摸,俺不还是囫囵囵囵的。"

秋秋一笑,用小拳头敲了下龙娃的胸脯:"到这时候啦,还开玩笑!"

龙娃沉默许久突然说:"咱们跑吧!"

月光下他的一双眼睛像火一样照向秋秋。

"能逃去哪里呢?"秋秋问,注视着龙娃一双刚毅的大眼。

"反正俺不会叫你饿着,俺有力气。"

"俺娘咋办? 你娘咋办? 要她们咋抬头? 要她们咋活人?"秋秋呜咽着。

一提起娘,龙娃像雷击的木头一样杵在地上不动了,周身似乎瞬间就要化为灰烬。

"认命吧。"隔了不知多久,秋秋轻轻哀叹一声。

"真有命吗?"龙娃从心底喷出一句火焰般的话,"俺不认命!俺穷,俺穷得只剩下一颗头,为了你,这颗头也可以拼了!"

"俺要你留住这颗头,俺要你保住这颗头……"秋秋用双臂紧紧箍着龙娃的腰,生怕他跑开似的。

"不,俺不认这个命,俺不能眼睁睁看着你成了别人家的媳妇!"龙娃大口喷着热气。

"那你说咋办?你说咋办?俺跟着你!"

"跑,咱们跑到吕道方大伯那边。"

"能跑走吗?"

"能。现在是秋汛,明日我到伊河那边看看吕大伯他们的木排在不在。如果在,咱们就跟着木排去洛口。"龙娃说得很激动,喘口气又说,"后天你听我消息。"

秋秋猛然抱紧龙娃,喃喃着:"你说咋办俺就咋办,俺只是担心俺娘。"

"你爹不在,他们不敢咋着你娘。"

两人越抱越紧,身上冒出阵阵昏热。龙娃趁势将秋秋推倒在麦秸上,慌乱地给她解开衣服,秋秋嗫嚅着:龙哥,龙哥,俺是你的,不管怎样俺都是你的……龙娃咬紧嘴唇不说话,要把无限热情、痴情全部倾泄出来,又好像要把一件令他痴迷、令他心碎的美好东西破坏掉。不知过了多久,树梢上的月亮似乎仍然挂在原处没有移动,却传来了小姨太的咳嗽声,两人这才从昏热中清醒过来,急忙站起身。秋秋摆摆手,龙娃又把她拉过来帮她整整衣服,看着她在朦胧月光下跟着小姨太渐渐离去。

龙娃从伊河回来后同秋秋约定,中秋节前的晚上在石妹子山仙人石下会合后,去伊河找木排往洛口。到那晚,月明星稀,山风已有几分寒意,龙娃在仙人石等到东方泛白,也没看到秋秋。回到家,正受娘责问,小姨太来了,说秋秋的娘病重,秋秋在陪娘。龙娃一听这话,高喊一声:"命吗?真有命这个妖怪吗?"拉开被子蒙头便睡,一直睡了一天一夜。

龙娃要带秋秋逃婚的事,不知怎么走漏了点风声。赵定东暗中对人说,哪怕把龙娃的头敲了,也要保住石家这门亲,保住赵家的脸面。东祺提醒龙娃小心,要他这几天到渠上或别的地方避一避,龙娃摇摇头却问起樊霜花的病情,东祺告诉他樊霜花得的是猩红热,一时还不能下床。龙娃很担心,他不担心自己,只担心樊霜花和秋秋。

　　中秋节还是到了。今年的中秋夜龙娃感到特别冷清,秋秋既不来送月饼,麒娃也不缠着他糊灯笼,想起小时候的欢乐,不觉涌出两滴眼泪。秀灵照例炕了几个白面饼子权当月饼摆上院中的香案。当娘的知道儿子的心情,不把话往节上扯。愿罢月秀灵回到屋里,端出一小筐刚从树上摘下来的红枣让龙娃、麒娃吃。麒娃见屋里没有一点精神气,就想找个话头让屋里的气氛活泛一点。他说:

　　“娘,咱再种一亩烟吧。”

　　秀灵看看低头不语的龙娃:“问你哥吧。”

　　“费那事干啥?”龙娃瓮声瓮气说了句。

　　麒娃来了劲,不服气地辩解道:“俺看这事该费劲,现在是耩麦的时候,随着也耩亩烟,到明年收下烟再买一头牛,没有牛不是长法。”

　　“今年不是买过一头牛吗?”龙娃故意问。

　　“今年收了烟是买过一头牛,不是叫人偷了吗?”麒娃难过地望望哥哥。

　　“明年买牛就敢保证不被人偷吗? 咱家的东西人家就是敢偷,不是偷,是拿!”龙娃从鼻孔冷笑两声,“所以我说不要费那个事。”

　　麒娃摇摇头:“那也不能一朝被蛇咬,十年怕草绳。”

　　“人穷了,草绳也会变成蛇来欺侮你!”说完这句话,龙娃从小筐里抓把红枣独自回柴屋睡觉去了。

　　自此以后龙娃好像变了个人,整天昏昏沉沉的样子,跟着村里的一帮二流子玩牌、押宝,似乎把要钱当成了营生,地里的活儿却懒得理。秀灵很焦急,哭着去劝他他也不听。一天秀灵在场上见隔墙吴闹他娘坐在场上看谷子,刚过门不久的儿媳妇把午饭端到大树下让她吃,这一幕羡煞了她。说实话她虽认为秋秋好,也知道秋秋和儿子的感情,但她从不敢去想秋秋会成为她的儿媳妇,她在心中千万次地叹息:咱不般配呀!但她想使儿媳妇的幻想,随着儿子的年龄一年年增大而越来越强烈。晚上喝汤时,秀灵忍不住讲起场上的事,并感叹道:

"啥时候俺也能使上儿媳妇?"

几天来几乎不说话的龙娃开口了:"你要让俺去当兵,俺两年内保你使上儿媳妇。"过年时,辛亥年跟着宁小满去打洛阳的石一斗回到村上,他在镇嵩军已当上棚长,一身洋布灰军装和领饷吃粮的逍遥生活,令村中不少年轻人向往不已,龙娃曾向娘说过两次去当兵的想法,都被娘驳回。这次他沉痛地又说:"自爹掉井里死后,咱过的是啥日子?咱的地别人敢夺,咱的房别人敢讹,咱的牛别人敢牵,连娘你,别人竟敢偷卖,这太憋屈人了!现在又是秋秋……"

"日子再憋屈娘也舍不得让你去当兵!去挡枪子呀?娘舍不得。"秀灵说,"娘把你拉扯这么大容易吗?常言道,好铁不打钉,好汉不当兵,娘不能让你去当兵!"

"那就让俺去唱戏吧。"龙娃说,"前些时,咱县曲子戏的同乐班班主来找过俺,想叫俺入班。"

"你不能去做那下三烂的事。"秀灵不满地盯着龙娃的脸。

"这咋是下三烂呢。"龙娃顶撞一句。

秀灵一听这话突然大怒,决绝地一拍桌子说:"你要让娘丢人现眼去当戏子,娘就死在你跟前!"秀灵一面说一面低头就要向墙上撞。龙娃和麒娃急忙拉住她的手,跪在她面前。

八月二十九日这个石赵两大家嫁娶的吉日,几乎把全村人都牵动了出来,石赵两家的院子和大门口,更是进进出出,热闹非凡。西大街上赵家门前,两顶披挂红绫绣球的花轿已摆放停当,两个女人正在往轿内搁放插有柏枝、花朵的"麦骨堆"馒头——"压轿孩儿",还在第二顶轿内为新娘的座位垫上一套棉被。赵家兄弟除身穿长衫马褂的新郎赵定北木木地站着不动,其他三人都在不停地同前来拜贺的亲友说话寒暄。大哥赵定东不知从哪里弄来一套新军装穿在身上,满脸喜气,不停地同客人们开着玩笑,好像今天的新郎官是他。站在他身旁的石四年是迎亲队的夹毡人——领队,摆出一副忠于职守的样子,满脸严肃,指挥十多个来凑热闹的局丁和赵家亲友搬这搬那,一会儿去招呼两班响器,一会儿又去招呼燃放鞭炮的人,俨然是迎亲队的总指挥。一切准备停当,他将折叠好的红毡搭上左臂,看着赵定北上了第一顶花轿,又回身看看赵定东,见赵定东示意地点了点头,他扬起手向那几个手拿铁铳、鞭炮的人喊声"放!",立时三声炮响,长鞭点燃,唢呐、笙鼓齐奏。花轿抬起,十几台礼品、家具先行,宾客、挽迎者跟后,浩浩荡荡的迎亲队向前移动。由于迎亲队不能走回头路,石家住东街,西街赵家的迎亲队却不是向东而是向西出了村庄西门,然后进南门经南大街,在十字路口向东转到老榆树底石家门外。回程当然就是由东街出东门,再由北门进村到十字路口转入西大街,这一圈将全村大街走遍,也让全村人都看个热闹。迎亲队伍从南大街转入东大街不久,夹毡人石四年又命鸣炮三声,给石家报信。龙娃本想到渠上姥爷家,避开这场令他伤心欲绝的场面,甚至想永不回村,让自己在秋秋眼里永远消失,但他太想再见秋秋一面了。早上起来出东门想到南山散散心,但在东场绕来绕去,又鬼使神差地走进东门,在老榆树底找了个不惹人注意的角落停住脚。

因为石寿庭不在家,石孝先身体不济,二叔寿堂特意打电报将在北京念大学的儿子石顺立叫了回来。没想到顺立一回来就反对这门婚事,公然与爷爷对立,声言要将妹妹带出去,永不再进这个封建家庭的门槛。石孝先这个小老头子气得胡子吹起老高,一口气没接上来竟背了气。全家人手忙脚乱,寿堂扇了顺立两个耳光,要顺立跪下给爷爷赔罪,顺立却将长头发向后一甩,摘掉近视眼镜用手帕擦擦,一转身走了出去。秋秋过门那天,石寿堂叫东祺把几个石姓头面人物请来同他一起支撑场面。来的有族长石孝祥、教书先生石宏儒等及一帮子侄女眷,石顺立却向同他一块儿长大的石小高、石铁柱们借了一杆长枪打鸟去了。迎亲队来到大榆树下,东祺带着几个年轻人急忙上前迎接,响器奏起,将石四年和一应迎亲宾客迎进去,将石家为女儿陪嫁的被子、衣物、箱柜、妆奁连同赵家送来的家具一并安排先行起程,两位伴娘手拿红线捆扎的笤帚走出大门,走到花轿旁清扫花轿,将男方放置的压轿孩儿取出。响器再次奏起,已被人用细线绞面"开脸"、梳妆停当、穿好婚服的新娘,被伴娘挽扶着来到院中与高堂告别。她向大病尚未全愈的娘、尖脸冷肃的爷爷和眼泡红红的小姨太及身材滚圆、面色惶惑的二叔磕了三个头，又被扶起身、头上盖块红巾向大门走去。新娘踏着红毡一只脚刚出大门，就听见四周众人发出"呀"的一声，只见新人头戴纯银凤冠，身穿披风云肩，绣裙婀婀娜娜，环佩叮叮当当，在乡人眼中这不是天上飞来的仙子？这不是从戏里走下的娇娘？围观的人群里发出一阵一阵赞叹，拥拥挤挤，越拥越靠前，甚至有的大姑娘小媳妇伸手要去拉拉秋秋晶莹的柔软的手饰闪耀的白嫩小手。伴娘护着秋秋，鞭炮没有点数地燃放着，两班响器师傅来了精神，像唱对台戏一样发狂地吹奏着不知是悲是喜的乐曲。唢呐的长啸是那么高亢嘹亮，掀动了伏牛山的杜鹃花，掀动了龙娃的心尖尖，在爆竹震耳欲聋的爆炸声和烟雾中，龙娃想冲进去拉住秋秋。拉住！永远拉住！他握紧拳头，指甲将手掌掐出血才抑制住自己的冲动。秋秋踏上轿时，只听众人"咦——"的一声，原来她回首做了一个出乎人们意料的动作——抬手扯掉了头上的红巾，缓缓向周围望了一眼。这一眼是回望是告别是寻觅是决绝，如电光石火刹那间穿越人群，与后面一双燃烧的眼睛撞击了……龙娃战栗一下，看到了那双眼睛的深处，看到了那张美丽、庄重、悲伤的脸；这脸似玉似冰似云似风，像谁用刻刀在他心上刻画一样，渗着血水永远镌刻在他的心上……秋秋的身子侧歪一下，伴娘以为新娘头昏，赶紧把她塞进轿里。花轿出东门绕过北街到西街赵家门前放下，按仪程紧接着是燎轿。先是两个女人手持红线红纸裹缠的内有爆竹的谷秆点燃后绕轿转圈，以驱除路途带来的邪气，接着两个男人用铁钳夹住烧红的铧尖，一面绕轿疾走，一面把混和有醋的水喷洒在铧尖上，产生大量水雾，以寓婚后生活热气腾腾。燎轿后，秋秋在鞭炮声和撒向头上的彩纸、五谷中出轿，暗暗从红巾的隙缝间看了一眼赵家的大门。门口地上放了一个织布机的桄子和马背的鞍子，她明白这就是传言中的骑马过桄，跨过去就说明他赵家娶回了一个能文能武的媳妇儿。她心中暗笑，在跨越桄子、鞍子时，不知怎么就磕绊了一下，身子一斜虽被伴娘拉住没有摔倒，却扭了脚，似乎伤得不轻，脚踝马上肿了起来，因而下面拜天地、闹洞房等等只得停止。

龙娃看着秋秋上轿之后，就一个人上了石妹子山，顺着小时候砍柴的山路，一口气爬到快到山顶的仙人石处。站在这块深褐色的巨石上，看看飞鹰翱翔的天空,看看黄土漫漫的大地;看看远处的龙门,看看近处的石匠庄和羊街,他想喊,他想哭,但一时竟不知道喊什么,哭什么,要像祖先那样对龙门口问一句"开没有"吗?要像孤单的野狼般哭一声被夺走的爱情吗?是的,秋秋走了,永远走了,喊一声就能将她喊回来吗?哭一声就能把她的魂找回来吗?他知道该是他离开的时候了,离开这座山,离开这个村庄,离开这片曾经被洪水淹没的土地,于是他还是用尽力气大声喊了:

"开没有?"

"开啦!"从遥远的彼岸似乎传来一个绵长的回声。

面前的洪波突然下降,阡陌中露出一条河,一条穿过龙门口汇入一条更大河流的河。这就是路吧?他躺在大山上,仰面对住透明纯净的天空,一阵秋风从下而上吹过,带来几分凉意,也带来隐约的唢呐声,一滴清泪在滚烫的鬓角上跳动,他睡着了。蒙眬中他听到放羊娃儿对鞭的声音,用新下来的麻拧成的鞭子蘸上水甩出的"啪啪"脆响震动了山谷;好像还有说话声,是谁在用脚踢自己?他睁开眼,看到麒娃站在身边。

"娘让俺找你。"麒娃喘着气说,"要不是遇见放羊的麦娃和二蛋还找不着你呢。你来这里干啥?"

龙娃没有理会麒娃的焦急,厌烦地反问一句:"娘找我干啥?"

"干啥?你没看天都快黑了,"麒娃说,"羊都要入圈了,你一天不沾家,娘能不急?"

龙娃站起身拍拍身上的草末闭着嘴向山下走去,麒娃紧紧跟在后边。回到家,娘知道他心里不痛快也没有责怪他。喝汤时,隔墙吴闹他娘把秀灵喊过去,趴在墙头上说了一阵,回来后龙娃问,吴闹他娘说了些啥?娘说没说啥,龙娃说俺好像听到秋秋挨打了,伤了脚,是不是?秀灵无法掩饰,只好说这都是吴闹瞎传,不一定真。

一股热血冲上龙娃头顶,把碗一搁骂道:"俺日你祖宗赵定北,你太欺侮人啦!"随即起身往外走,"赵定北,俺这就去同你说说理!"

麒娃急忙拉住哥哥:"早晌俺在赵家门口看见,秋秋在'骑鞍过桩'时崴了脚,不是被打。"

"你说的是早晌，人家说的是下晌的事。"

龙娃不理会麒娃，继续往前走，秀灵示意麒娃追过去，一直追到羊街东门外才把龙娃拉住。龙娃猝然平静下来，龇龇一口漂亮的白牙笑笑对弟弟说，你回去吧，俺没事。麒娃问你去哪？龙娃说俺心里闷，想找小高说说话，你先回吧！麒娃看哥哥不像去惹事的样子，就转身回了。

龙娃走到南街找到正端个大碗蹲在大门石磴上喝面条的好朋友石小高，石小高看他神神秘秘的样子问他要干啥，他说借枪，吓得小高差点没跳起来。

"借枪？又借枪？又想害我是吧？"小高惊愕地问。

"你那么大声干啥？想让满街人都听到啊？"龙娃用拳头杵了小高一下，"俺想害你？你说俺啥时候害过你？上一次还不是俺设法撇清了你？"

小高平静下来："你借枪干啥？"

"打兔子。"

"天都黑了，打啥子兔子，别骗俺啦。"

龙娃笑笑，走前一步悄声说："象村今晚唱戏，想要俺去顶个角。走夜路怕遇到个狼呀鬼的啥子的，想借支枪壮壮胆。"

小高大笑："狼吃不了你，遇到个女鬼可就难说了。"

龙娃也笑了："谁像你那样容易鬼迷心窍。"

"呦呦呦，原来站在咱面前的是柳下惠哟！"

"别瞎扯淡，你到底借是不借？"

"今晚唱啥？你扮啥角？"小高来了兴趣。

"《打渔杀家》，俺今晚不扮翠英扮肖恩。"

"呦呦呦呦呦，俺最喜欢你扮的肖恩，"小高是龙娃的戏迷，舞动几下手脚又说，"那扮相那唱腔，呀呀呸，十足一个英雄。"

"别扯远了，到底借还是不借？"

小高用拳头敲敲头："要不是石四年那龟孙约俺打牌俺陪你去，可枪不好借给你。"

"熊，连一支枪的家都当不了。"

"最近局里抓得严，不准把枪支借出去，说这是纪律。"

"得了吧,昨日俺还看到石四年的侄儿石三斗借局里的枪去打大雁呢,啥纪律?"龙娃撇撇嘴。

"人家石四年是啥人?"小高叹口气。

"俺知道,石四年和石三斗是叔侄,咱俩不过是烂球朋友罢了。"

"咦——你可不能这么说,咱是啥朋友,是过心的朋友。"小高有点急了。

"那借支枪使使都不行?"

"走,咱到局里看看!"小高被激起了火。

龙娃跟着小高走进局子,局子里很静,只有几个人在房里打纸牌,看到有人进来因只顾手上的牌都没说话。小高从墙上取下自己的枪交给龙娃,龙娃拉下枪栓看看弹匣里有没子弹,拉栓声被打牌的羊黑蛋听到,扭过头问:

"他来做啥?"

石小高答:"今晚他要到象庄唱戏,走夜路怕碰到狼,想借支枪防防身。"

羊黑蛋猛地站起身说:"球,连狼都怕就不要去逞能了。"说着瞥了龙娃一眼,"赵青山说了,枪支不能外借!"

石小高顶撞道:"赵青山是你的棚长,不是俺的棚长。"

"局头也这样说,不能借就是不能借!"

小高为了保全面子,不听羊黑蛋的,依然叫龙娃把枪带走,羊黑蛋趁龙娃不注意把枪夺了过去,龙娃伸手又将枪夺了过来。羊黑蛋恼怒了,大喊:

"你夺枪啊?"

"明明是你夺枪!"龙娃争辩。

"局子里的枪怎么在你手里?"

"借的。"

"借的?明明是你从俺手里夺过去的。"羊黑蛋狞笑,转向一起打纸牌的几个人,"大伙都看到了吧!"

龙娃见状怕给小高惹麻烦,把枪递回给小高,扭头走出局子大门。走过铁柱家门口,老石匠石恨铁向他招招手,问他,见着小高没有?小高拿俺的火罐还没还回来。他说小高在局子里。看样子石恨铁也是刚从外边回来,他问恨铁爷去哪儿了?石恨铁让他坐,说刚从西街赵家回来,秋秋的脚崴了,要我去看看。龙娃知道恨铁爷不但是刻石打铁的巧匠，也是捏骨舒筋的能手，村里人凡遇跌打损伤疾患，大都向他求医。听恨铁爷说他去看过秋秋，龙娃的心放下许多。恨铁爷又说，无大碍，刚才我先用烧酒给她擦了擦，看明天消肿不消肿，不消肿的话再用膏药。龙娃问是谁把你请去的？恨铁爷特别注视了龙娃一下，说是定北，这娃子虽说有点怪气，心肠倒不错。恨铁爷又看看龙娃还想说点什么，却没有说。龙娃正想再问，不料麒娃跌跌撞撞地跑了进来。

"快跑，快跑，赵青山带着羊黑蛋几个人……抓……抓你来啦。"麒娃一面大口喘气一面说。

"为啥抓俺？"龙娃问。

"刚才他们到咱家说是你夺局子的枪。"

"胡说八道，还讲一点理不讲？"龙娃气愤得满脸涨红。

恨铁爷急了："现在不是讲理的时候，你们赶快躲一躲。"恨铁爷一面指指后院，一面大步走向前门，这时门洞里已传来杂乱的脚步声。

"嗬嗬，这是做什么？"石恨铁把赵青山挡在门洞里。

赵青山止住脚步："恨铁爷，俺们来抓龙娃，他夺局子的枪。"

"龙娃在哪儿？咋跑这里来抓？"

"有人看到他进了这个院子。"

"俺咋看不到？俺的眼真是老花得不支事啦？"

羊黑蛋上前一步："你老的眼就是不支事了，跑到你鼻子底下一个大活人你竟看不到。"

恨铁爷瞪大眼睛逼视着羊黑蛋："小子你别嚣张，你进来搜，搜不到你得给我个说法。"

"恨铁爷，不是搜，让俺们进去看一眼好不好？"赵青山赔着笑脸，"万一他藏起来你看不到呢？"

恨铁爷心想龙娃、麒娃也该逃走了，冷笑一声说："好好好，你们进来。"赵青山带着几个人在院里屋里转了一圈，看不到要找的人就转身走向院门口，恨铁爷松口气，赶在后面故意说，"不坐一坐啦？让俺给恁泡一壶竹叶茶压压火？"赵青山头也不回，带着一帮人又到别处搜去。

麒娃跟着龙娃翻过恨铁爷家的土墙,沿着石家祠堂的后墙根窜出南大门,一直跑到石妹子山脚。麒娃有点跑不动了,停下脚步弯下腰问,哥,咱们往哪?龙娃要麒娃回去,麒娃问你咋办?龙娃说看样子俺是回不去了,你回家跟娘说,俺想去当兵,眼下先到吕大伯那里去避一避。麒娃想了想说俺也去。龙娃要他回去,说咱俩都走了咱娘咋办?你在家好好照顾娘。说罢,扭过身子头也不回地向山上走去。快到山顶看到仙人石,他停下来歇口气,摸摸石上的印痕拼尽全力高喊一声:

　　"妹子——"

　　这声音似啸似哭,回声久久振荡着,听着四围的回声,他翻过妹子山,走了。

十五　河灯

　　龙娃翻越石妹子山,沿着前年救大师兄走过的路摸到伊河边。黯淡得像一弯划痕的下弦月退到西天,星光分外灿烂,墨蓝色的天幕低垂在地平线上,把天地缝合在一起,跳动的星星恰似哪位神人行针走线的针脚。天地四合,太虚幻化,远远近近都是缥缈的形态各异的阴影。龙娃站立在沙滩上,闻到了水的气息,下意识感到前方闪动着幽光的地方就是伊河。四野阒寂,渐渐地响起了流水声,声音越来越响,但不是轰鸣而是舒缓弹奏的乐声,像笙像笛像琴像瑟像钹像鼓的合奏,像传说中玉皇大帝大殿上的仙乐。龙娃忽然领悟到这就是乡人传诵的"伊河秋声"了,秋秋与她娘霜花的名字都与这个备受乡人称颂的景致相关。想到秋秋,龙娃的心猛烈缩痛了一下,意识立刻从身边的美丽夜景中回到寒冷的沙滩上。再向河面看看,有几处黑黝黝浮动的东西好像是木排,于是他向那个方向噢——噢——噢地高喊几声,黑暗处亮起一朵光亮,像是一盏带罩子的油灯。

　　"噢——是放木排的吗?"龙娃大声问。

　　"是哦,你干啥?"水面上传来对方的回话。

　　"是洛口来的吗?"

　　"是啊,你找谁?"

　　"吕道方大伯来了没有?"

"这次他没有来,俺是吕志刚,你是哪一个?"

吕志刚是吕道方的侄子,龙娃想起在洛口认识的那个壮得像黑塔一样的小伙,忙说:"志刚哥,俺想去洛口。"

"好呵,等俺把小船摆过去。"

吕志刚话落不久,龙娃就听到了木桨击水的声音,很快一条小船出现在眼前。待小船靠岸,龙娃大声同吕志刚说着话跳上小船,小船折回木排。到了洛口,龙娃将近几天经历的事情说给了吕道方,并说要到西省当兵,吕道方要他先在此地住几天,歇口气再作计议。洛口是一个古老的依山傍河的小镇,有几百户人家,居民除了在黄河上打鱼的渔户,大多是来往各地的排工和船工。靠河的大街上有十几家收鱼及售卖渔具船具的商铺,四五家饭店和两家门前挂着"书寓"牌子的妓院。饭店和妓院最热闹,进进出出都是大声说话、大碗喝酒的红脸汉子。这里的人好像都有一种痛快、暴烈的脾气,像传说中的黄河。但龙娃眼前的这一段黄河却是沉郁而缓和的。龙娃走在高耸的宛若游龙般的大堤上,浑黄的河水从堤下流淌,河面少说有五六里宽,对岸神北滩的沙滩裸露出水面,阳光下宽阔的沙滩一会儿似金一会儿似银,闪闪烁烁像一个梦境。再向北推移到沙滩后面,是如烟如雾般淡青色的柳树林,据说在洪水期河面会推到柳树林那边,宽度将达十里以上。龙娃坐在防洪用的石堆上,看不到巨浪也听不到涛声,却感到了平静下面那颗宏大灵魂的搏跳。他又一次被黄河震慑了,他又一次发出疑问:黄河会断流吗? 不,不会,绝不会! 他从黄河身边的一条小河里来,无数个他从无数条小河里来,汇成黄河,子子孙孙永不断绝。龙娃望着滔滔不息的河水,好像他就是那河水中的一滴,并忽然感到肩头这一滴水的重量。第二天晚上志刚带他到街上吃饭,这可能是吕道方的旨意,志刚分外热心,要了一条红烧黄河鲤鱼、两斤卤牛肉、一碟油炸花生米、一碟醋熘大白菜、一斤黄河白干,龙娃尚不善饮酒,志刚几乎一个人将一斤白干灌进肚里。走出饭店,龙娃看到一个新油漆过的门楼旁边像幌子一样用一支竹竿挑出一个木牌,上书"春梦书寓",往里看看,不解其意,问志刚这里的"书寓"是做何事的? 志刚趁着酒意"呵呵"笑说,"书寓"是读书的地方呀,你想不想进去读一读? 看看龙娃狐疑的眼睛又说,不过不是去读圣贤书,而是去读女人,就是嫖！龙娃听到这话,赶紧拉志刚走过去。走到河边,顺着大河吹下来的秋风冷飕飕的,已有几分寒意,龙娃不觉打了一个冷战,志刚好像也醒了几分酒意。河堤下传来一阵锣鼓声,从堤上往下看,原来被夜幕笼罩的河滩上已是灯火通明。志刚突然想起什么似的说:

"哦,今天是河神节!"

"啥子河神节?"龙娃问。

"九月九,今天是黄河河神诞生日。"

"黄河是今天出生的吗?"龙娃更有些不解。

"九曲黄河,九曲黄河……"志刚回想着老人们留下的传说,"黄河就出生在九月九这一天,它一出世,天地之间迸裂开一条大缝,它的两岸有了人,有了鸟兽虫鱼、草木万物。"

龙娃跟随志刚走下河滩,两岸河滩上下十数里布满河灯,有纸糊的莲灯、鱼灯、瓜果灯、船灯和其他各式各样的彩灯,更多的是点在沙滩上的星星点点的沙灯。沙灯是这边独有的灯,人们将沙堆成土堡状,挖空,上部镂花,再把灯盏放进去,既可以挡风,又可以透光,形成一条灯的巨流。临水处摆放着许多香案和供品,许多人对着河面焚香膜拜。天上的星星被河上的灯光隐去了,又好像今夜的星星全部聚在黄河岸边了,河面出现无数条彩带,彩带飞舞着似神女在舞动裙裾。午夜时分,从上游驶下来一条大船和十数条护卫在周围的小船,大船上有一条全身金鳞闪闪,虬髯高扬,尾部做奋击状的龙灯。当这条龙灯船像一条黄龙渐渐游近,一时锣鼓齐鸣,鞭炮大作,烟火耀空,沙滩上的人们全都匍匐在地,脸埋在散发出湿气的沙子里。龙娃也跪了下去,耳畔响起巨浪奔腾的声音,好像是一种召唤:"永不止息,永不止息……"他凝神望着向无尽的远方伸展的大河,泪流满面。

为了安全,道方伯要龙娃多住些时日,龙娃跟随志刚把木排放到开封府柳园口,又跟着志刚随船拉了几次纤,几个月过去了,又是一个新年。3月,黄河凌汛刚过,他听陕西来的货主讲,那里去了镇嵩军。镇嵩军里有很多家乡人,有宁小满有石一斗,他还有一个要争个活法才去当兵的愿望。他向道方伯提出要去找镇嵩军,道方伯没怎么阻拦,只是说走洛阳不方便,万一撞到赵家人就有麻烦,而要他同志刚一起随一条运粮船到孟津,而后步行到新安扒上往西运煤的火车去西安。计议已定,他沿着黄河出发了。

十六　当兵也是一种活法

　　镇嵩军是一支从山寨里冒出来的军队。

　　说起镇嵩军历史,不能不从辛亥革命王天纵带领宁小满们打河南府说起,不能不先提起当年柳子谦在家看到的同父亲柳思亭等人一起开会的张钫。

　　张钫可不是从山寨冒出来的。他表字伯英,豫西新安县铁门人,正宗的保定陆军军官速成学堂炮科毕业生。辛亥年,他与同在陕西新军做事的张凤翙、张云山联合会门响应武昌起义,迅速攻占西安,宣布陕西独立,成立军政府和秦陇复汉军,张凤翙任大统领,他和张云山分任秦陇复汉军东路大都督和西路大都督。但年仅二十四岁、风华正茂、壮志干云的张钫率领一路东指的部队,却于第一次攻打潼关失利受挫。正在此时,河南一批同盟会员和名士如石又謇、刘镇华等人,向他引见了"杨山兄弟"领袖人物王天纵,使"杨山兄弟"的队伍成了东征军的有生力量。

　　王天纵是个传奇人物,嵩县人,少时家贫,性喜舞枪弄棒,好打抱不平。十八岁在本镇保卫团当团丁,重义气,因朋友受诬陷,洛阳府派兵围捕,他拔枪抵抗,带友人及家眷一百余人上了山。之后竖旗拉杆,发展队伍,据杨山为基地,专与官府作对。

　　杨山位于嵩县西北百十里处,其山三面峭立如壁,一面沟壑纵横,仅有一条小路到达山顶。说王天纵是刀客也好,土匪、山大王也罢,但他性喜行侠仗义,扶弱除暴,一时在民间有"中州大侠"之称,名传遐迩。他架杆有方,规定杨山周围三十里以内为保护区,三十里至六十里为半保护区,六十里以外为公道区。他的队伍基本不骚扰保护区和半保护区,在六十里以外才用"飞叶子"、截劫、攻取等种种办法,向乡镇大户、富商、官府"讨公道"。为约束杆众,他有三条禁令:一禁奸淫妇女;二禁在保护区和半保护区抢劫;三禁私吞公财。由于他取财有道,驭下有方,队伍迅速发展到千人以上。随着声名日高,其他股纷纷来投,于是他在杨山召开绿林大会,十四个头目结拜兄弟,即所谓"杨山兄弟",成了对抗清廷的一股重要力量。在"杨山兄弟"中他排行老六,他和老七张治公、老八柴云升和排行十四的憨玉昆最有实力。

1911 年底,王天纵于虢略镇第一次面见张钫。张钫见他身材高大,鹰鼻鹘目,目光炯炯有神,态度威而不野,举止彬彬有礼,言语不多而中肯,甚喜。即委任他为东征军协统兼先锋官,委任张治公、柴云升、憨玉昆为标统。这支新组成的革命军向东进发,势如破竹,使清军溃不成军,直至兵过灵宝,遇赵倜所率毅军,双方始成对峙之势。未几,南北和议,袁世凯取代孙中山当上了大总统,顷刻间双方都成了民国子民,只有罢兵。抓惯军权的袁世凯一上任就要整军,陕西军队被编为两个师四个旅,张钫出任第二师师长,但编余的王天纵部三千多人无法安排。考虑到这批人东征时为革命立下的功勋,也考虑到放虎归山对豫西治安的不利影响,张钫向张凤翔提出将这部分裁汰的队伍编归地方部队甚缺的河南。

六月天气,火车缓缓地驶出破旧的洛阳火车站,闷热的硬卧车厢里张钫不停地擦拭热汗。车到北京,张钫对住镜子看一眼疲惫的四方脸,急忙洗漱,让卫兵帮他换上一套干净的灰呢军装,就往铁狮子胡同的临时总统府赶去。袁世凯这个从河南项城走出来的双手沾满维新志士和革命党人鲜血的枭雄,此时正坐在一张古色古香的檀木椅上,仪表威严,神态从容。让座之后,他端起茶杯慢慢喝了一口,为表亲切就操起浓重的河南腔调与张钫拉起闲话来了。

"你和张凤翔都督谁是铁门人?"

"我是铁门人。张都督的老家在怀庆府。"张钫答。

袁世凯话头一转,谈起他青年时代的铁门游,谈起铁门街道的走向、山川形势和汉朝楼船将军杨仆建造的函谷关,话语亲切,张钫不能不暗自佩服这个半百老人的记忆力和丰富的社会阅历。袁世凯斜睨下身边这个体格雄健、面色沉稳的年轻人,又问了问陕西今年的夏季收成,忽然收住笑容,话锋又是一转,问到了军队整编的事上。张钫见机赶紧取出陕西整编军队手折呈上,特别说明民军张治公、柴云升、憨玉昆等部无法安置所面临的困难,更因王天纵已离队他去,无人能予以约束,如遭遣散,势必重聚山林。今豫西的土匪已经够多了,老百姓苦不堪言,让他们回去无疑是给老百姓雪上加霜。因此他同张凤翔商议,请总统批准把这些人编成队伍,交给河南弹压日益严重的匪患。袁世凯心想现在正是收拢人心的时候,能跟他走的人他都要,况且过去他也听过不少豫西绿林行侠仗义的事,这些人既然可为他所用,他又何乐而不为?于是粗略地看一下手折,慢悠悠说道:

"嗯,我看此事可行。"他又端起茶杯,吹口气,好像故意把嘴边的话放凉点,"只不过——须由河南开支军费,我也不好直接批准。哼,这样吧,我写一封信交你带着,到开封见到张镇芳都督,说我同意就是了。"

张镇芳与袁世凯是表兄弟,靠袁世凯当上了民国河南省的第一任都督,看到袁世凯的信,还有什么不同意的呢?于是迅速答应按照张钫的设想,将这三千多人马编成一个协(旅)三个标(团),因嵩山是河南的标志,嵩山又位于豫西,就命名镇嵩军。名有了,建制有了,最有资格担此重任的王天纵却因东征时没能战胜赵倜,加之"杨山兄弟"间原有的矛盾与嫌隙,正带领部分队伍去攻打当时还是清军据守的南阳,协统这个职位就落在四处活动的刘参议刘镇华头上。

刘镇华庆幸的是自己侥幸捞了一个协统官职,担心的是他手下的三个标统都不是省油的灯。他知道他不是王天纵,手下的三个标统——张治公、柴云升、憨玉昆,随时都会反水,也随时都会杀了他。他坐在那张还没有坐热的椅子上,不安、恐惧和愤恨像窗口飘进来的一团团雾气,缠绕得他心烦。想了几晚,他暗下决心玩几手厉害的给这几个山上下来的人一点颜色看看。

成军后的镇嵩军开到陕州休整三天,刘镇华立即召开由各标统、教练官、参议参加的军事会议。宁小满的人被编为特务连,担任警戒。刘镇华第一次脱掉长衫换上灰布军装,面色霜严,灰白色的长脸冻结成一块冰似的出现在各位面前,全场肃然。会议开到一半,他忽然命大家跟随他到房外一个五六亩大的空场上,面带杀机。场子周围布满特务连荷枪实弹的士兵,场中央并排立的四根柱子上五花大绑捆着四个人。面对这个阴森可怖的场面,众皆愕然。刘镇华摸摸腰间的手枪,转身对他的三个标统大声说:

"张标统、柴标统、憨标统,前面四根柱子上拴的四个土匪,是我两天前派人下去抓来的,今天我要用他们的血来祭镇嵩军的旗,来,咱们每人干掉一个,以表咱们剿匪的决心。"

一向同文墨打交道的刘秀才露出一副凶相,细眼眨巴几下,抽出手枪一甩手,第一根柱子上的人应声耷拉下脑袋。片刻犹豫之后,张治公、柴云升、憨玉昆用不同的眼神看看他们的协统,依次开了枪。刘镇华带领大家回到会议室继续开会,为了缓和一下气氛,干咳两声,先说了个笑话。他说不知道大家听说过没有?咱们前脚跨进河南大门,后脚就有人给咱们编派笑话,说什么"穷巡防,富陆军,好汉爷爷是毅军,要饭花子镇嵩军"。会场一阵笑声,他把手向下按了按,接着说咱们要当局给钱给枪,给粮给衣,要有立足之地,要镇嵩军这杆大旗不倒,就得有所表现,就不能装孬装孙子。咱镇嵩军回河南的任务是剿匪,咱就要把豫西满山遍野的土匪剿灭干净。目前豫西的最大几杆,和咱们镇嵩军有千丝万缕的联系,哈哈。说到这里他又笑两声,小眼里的冷光迅速把三个标统扫了一遍,哈哈,这就要看三个标统的了。三个标统已没退路,只好率部回家乡清理门户。

张治公,龙门附近南涯人,少时在村塾读过七八年书,辍学后与人赌博被欺,愤然上山投奔了王天纵,赴潼关参加东征之时,为留后路,暗中指派一堂兄弟溜回洛阳一带闯荡。此堂兄弟无人约束,为非作歹,罪恶多端,民怨很大。张治公在"杨山兄弟"中排行老七,三个标统中最长,听到刘镇华的话,只得带头清理门户,回去剿灭了这股土匪,并将此堂兄铡首示众。刘镇华为了推动另两标下手,亲赴张治公部驻地慰问,并派参议往开封报功,使张治公获豫都张镇芳嘉奖信和五千元奖金。紧接着年纪最小者憨玉昆行动起来。他是嵩县蛮峪村人,自幼为人忠厚,但刚烈不羁,敢作敢为。宣统年间,他大哥被人诬为盗匪，后死狱中。他乘看戏之机用砍刀砍了仇人的头，提着一颗血淋淋的人头投奔绿林，上了杨山聚义。他有两个兄弟本同他一起到潼关加入东征军，后又反水，拉杆占据一方，鱼肉乡里。憨玉昆回乡后将其擒获，本不想杀他们，更不想卖友求荣获什么嘉奖，只是苦心相劝，希望他们改邪归正。这两人却不听劝说，乘机逃跑。憨玉昆一怒之下，举枪把他俩从马背上撂了下来。剩下素有"白面书生"之称的柴云升，见七哥和十四弟玩起真的，再没动作就说不过去。他是嵩县潭头人，少年家贫，受人欺负，一气之下上山当了刀客。辛亥年十月，他和二架接受同盟会领导，准备跟随王天纵参加东征，临行前那二架却听信道士的胡言，相信自己有帝王之相，遂改变主意，留下来胡作非为，四处抢掠，筑堡建寨，妄自称王。柴云升只好回乡，将其擒获处死。

不能不说刘镇华这一手玩得高明，在精心谋划下，不仅断了三个他不放心的标统的后路，还剿灭了几股在豫西活动的重要土匪，受到当局嘉奖。接着，在他不断上报开封都督府的捷报声中，镇嵩军立稳了脚跟。刘镇华带领镇嵩军配合当年的敌手——赵倜的毅军，追剿白朗起义军。白朗在光绪皇帝归天的那一年，因开小炼铁场被抓，出狱后遭恶人欺诈，愤然焚毁自家房屋，拉起一帮饥民当了土匪。临近年关，他命部下发动饥民到粮仓抢粮，队伍迅速扩大。民国初年，他提出"驱逐袁贼，杀尽贪官，兴国保民"的政治纲领，队伍曾达三万之众，横扫豫、陕、鄂、甘诸省，予袁世凯的统治以沉重打击。后因内部分化，自带少部分人回到宝丰，不幸被流弹击中身亡。刘镇华冒功，将张治公部从土里扒出来的白朗尸体割下头送京，大受袁世凯赞赏。

此时，刘镇华已退出国民党，早把镇嵩军当作向袁世凯邀宠的工具，当作扩充个人实力的资本，完全背叛了革命和孙中山的理想，变成一个没有灵魂的盘踞一方的军阀，可叹首创民国的孙中山仍然记挂着这支辛亥年间的革命力量。二次革命时，孙中山派了两个特使与他联系，被秘密杀害。后又派石寿庭前往，刘镇华不念旧时情谊，表面热情接待，却暗中包藏杀机。石寿庭得宁小满的马夫崔老倌相救，逃往车站，即将脱险，又被追兵抓住直送北京，系狱数年。袁世凯妄图称帝，孙中山命张钫往河南组织十万护国军，张钫认为当时河南有两支部队是可以首先发动的，一支是民国元年参加过北伐军的樊钟秀部，一支就是他提议创建的镇嵩军。张钫可以说是刘镇华的老上司、恩人，但他没想到从北京一到镇嵩军，才说明来意就被刘镇华毫不留情地抓起来直接送到袁世凯手上，险些丢掉性命。

刘镇华虽使尽纵横捭阖、翻云覆雨的手段，但数年间镇嵩军仍困豫西一隅，没有大的发展。直到1917年年底，陕西省督军兼省长的陈树藩请镇嵩军入陕，才有了一个大的变化。

说起陈树藩，他和刘镇华应是老相识了。他是陕西安康人，出身于一个丝绸商人家庭，保定陆军速成学堂毕业，辛亥年任陕军独立旅旅长，与率军东征的张钫及刘镇华在潼关结为金兰。护国运动时，窃取陕西护国军总司令职位，逼走袁世凯的亲信陆建章，当上陕西省督军兼省长，而后，背弃原有立场。国民党人士深恶痛绝，各路义军会合三原，成立靖国军，推于右任为总司令，张钫为副总司令，胡景翼为右翼总司令，曹世英为左翼总司令，兵分两路杀将过来，欲对西安形成合围之势。陈树藩看到西安城岌岌可危，派人向刘镇华求救。这位盟兄弟在得到一张百万元支票和一个省长头衔之后，带领镇嵩军前来"救驾"。陕西枪多粮丰，镇嵩军来后，三个标只用一年时间就发展成三个路——三个师，还有一个炮兵营，总人数达四万之众，超过了陈树藩手中的陕军，成了一支举足轻重的军事力量。

樊玉龙到陕西时，镇嵩军的旅尚未变为师，他在张治公第二旅驻地周至县找到同村的石一斗，已经当上排长的石一斗和几个老乡要他赶快到验兵处去验兵。这时候镇嵩军的装备和待遇与驻豫西时期已大不相同，士兵每月四两五钱银子，合六块银元，一年四套军衣，两身单衣，一身夹衣，一身皮衣，都是洋斜纹布面子。待遇好，要求也就高。龙娃来到验兵处的操场上，忽然感到自己很瘦小，因为从小挨饿，没有很好发育，十八九的人了，还没有长成坯子，看到那么大的操场不禁有些胆怯。他看看身边十几个都是来验兵的人，好像个个都比自己壮实高大，正在胡思乱想，就听到有人在唤自己的名字：

"樊玉龙！"

龙娃想了想从人堆里走出来。

"你是樊玉龙吗?"军官问。

"俺是。"

"站过来。"

龙娃眼睛一直盯着军官手中的验兵杆——一支刻有度数的竹竿,不知这支像磕枣棍一样的油亮杆子是吉是凶,心中不免忐忑。军官招手让他走近,把验兵杆往他面前一杵,又让他平视、挺胸,一根平放的尺子在头顶滑来滑去,最后停在杆子的一个刻度上。军官微微摇摇头,龙娃不觉提提脚跟,恨不得将身子再拉长些,但已无用。军官回头对坐在一张长条桌旁作记录的军官说:

"未达五尺五寸,刷下。"

就是这么一句,似乎就决定了龙娃的命运。

龙娃自知自己比那个五尺五寸矮半头,他不怨天尤人,他不哭诉求情,一个人怏怏回到住处,当石一斗几个人问他验上没有,他才不能自制地低声哭了。困苦艰难的生活磨炼了这个乡村娃子,他是很少哭的,但当兵都当不成,深深地打击了他的自尊和改变生活状况的希望,想起多年来他受的欺凌,想起秋秋,想起奔赴西省的一路艰辛,泪水再也止不住,像村西边那条小河一样向外涌流。石一斗与几个老乡走过来劝慰他,说你不要着急,先住在这里,过几天总会有办法的。大伙你一言我一语正在商议,一个四十多岁的老兵从外面走了进来,一进门就大笑着说,真热闹,你们在弄啥呀? 石一斗一看进来的是给辛师爷赶轿车的张老三,忙说三爷你来得正好,家里来了个娃子验兵没验上正在作难哩。张老三走过去看看龙娃又回头去问石一斗,你们打算咋办? 石一斗答,俺们想让他先在这里住下再说。张老三想了想,说这里是营房咋能住外人,这样吧,让他先到我的马号住,帮俺喂喂骡子,有机会俺同辛师爷说说,请他安插一下。大伙都说是,就让龙娃跟着张老三去了马号。夜里龙娃抢着起身给牲口拌料添料,还常常给张老三递水点烟,张老三高兴,觉得这娃子机灵勤快,甚是喜爱,但他不能给龙娃关饷,只给饭吃,内心不安。过了三个月,适逢辛师爷的勤务兵邵永祥请假回家探亲,张老三趁一次给辛师爷赶车的机会,坐在车辕上同轿车里面的辛师爷闲聊,提到了龙娃。

"师爷,从家乡来了个娃子。"张老三说。

"俺看到过,在马号里。"辛师爷又问,"是你什么人?"

"不是俺啥人,是一斗一个村的,跑来找咱镇嵩军,验兵却没验上。"

"坏子是小点。"

"坏子是小了点。"张老三急忙补充,"娃子正是长的时候,穷人家的娃子少吃没喝的,要是有咱镇嵩军的大块肉、白面馍,不出一年身子骨准撑起来啦。"

辛师爷笑了:"不是啥时候都有大块肉、白面馍吃的,你想想豫西那时。"

"那是啥时候? 现如今可是咱镇嵩军主政陕西的时候。"张老三常听师爷与统领们说话,也学了两句如"主政陕西"之类的官话。

"老三,你究竟想对我说啥嘞?"辛师爷把头从轿车里面往外伸伸。

"噢噢,"张老三忽然有点语塞,"俺是说永祥要回去好几个月,你跟前没个人还行? 俺看玉龙这孩子可以,让他暂时侍候你咋样?"

辛师爷大笑:"我说老三今日咋这么多话,原来绕来绕去是想同我说事。行,咋不行,你这也是关心我嘛,叫那孩子过来吧。"

辛师爷辛寓德是前清的一个贡生,是与总参议石骞同一批到镇嵩军来的同盟会会员,也是第二路分统张治公最信任的幕僚,为人正直,虽对下人还好,但脾气大,不好侍候。他不带家眷,独自住在一个离司令部不远的小院里,上房三间两明一暗,外屋办公里屋睡觉;东厢房是客厅,龙娃和两个护兵住西厢房。辛寓德的办公时间完全放在夜里,经常到夜里三点才睡觉,龙娃在上房前檐下站班,更是不得早睡。他有事就叫"来",从来没叫过"樊玉龙"这个名字,也没叫过"龙娃"。龙娃给他铺床、叠被、倒尿壶、整理书桌、侍候吃饭,稍不合意就骂"混蛋",有时还要罚跪。陕西的冬天比河南冷,龙娃经常在水里泡来泡去的手,冻裂了许多口子。辛师爷半夜要茶,龙娃把茶碗端进去,不知是手痛还是太困了,手一歪把几滴茶泼在了辛师爷正写的公函上。辛师爷对着洇湿的纸张怔了一下,勃然大怒,命龙娃到门外下跪。天下着小雪,西北风吹得紧,寒冷与瞌睡不断袭来,龙娃也不敢稍动。第二日早上,辛寓德出来练拳看到龙娃还跪在那里,觉得奇怪,问你怎么还跪在这里? 起来起来,龙娃的腿早跪麻了,挣扎一下没能起来。辛寓德上去拉龙娃满是血口的手,感到手心很烫,摸摸龙娃的额头,额头像一堆火在烧,他急了,向着西厢房喊了一声"来人",一个护兵跑了出来,他要那护兵赶快把龙娃扶到床上用被子盖严。一会儿,他洗洗手走到龙娃床边给龙娃号了号脉,又摸摸额头,叫那个护兵跟着他到上房,他原本就是一个大夫,这时拿笔开了个药方,要护兵到街上抓药。龙娃美美地睡了一天一夜,再到上房前檐站班时,辛师爷从门里扔给他一副皮手套。自此之后,辛师爷对龙娃好些,不只是"来人"那两个字,有时还和龙娃闲聊几句。一次龙娃到街上给他买文具回来,看到龙娃兴奋的样子,他问龙娃在街上看到了什么?龙娃说看到学生们游行、演讲、喊口号。他又问都喊些什么?龙娃一兴奋竟学着学生们的样子举起手臂高呼起来:

"还我青岛!"

"还我山东!"

"反对《凡尔赛和约》!"

听到高呼声,赶车的张老三和两个护兵都跑进院子来看,辛师爷跟着大家笑了一阵,突然绷住脸说了句"弱国无外交啊!",低头急急走进房内。

辛师爷喜欢打麻将,没有公事就整天打麻将。来客内外都有,内客包括一个标统和三个营长,外客则不固定,客厅里一个月内总有二十几天传出麻将声。一次,龙娃在牌桌上看到辛亥年在坟地里遇到的宁小满。原来宁小满自那之后一直待在镇嵩军,先是当连长,后来当副营长,张治公看他为人厚道,做事干练,就把他调到身边当副官。宁小满找辛师爷本为张司令交办的一件公事,辛师爷将公文起好交给他却要留他摸四圈,四圈麻将过后天色将晚,辛师爷留饭,他坚辞,走到院子里又转回来,辛师爷问他啥事,他向旁边的龙娃挤挤眼说,俺想给俺这小兄弟请个假,带他出去吃个饭。辛师爷看看龙娃和他,说你搞什么鬼?留你吃饭你不赏光,却要带着龙娃往街上吃?宁小满笑道,您不知道,我同龙娃是老朋友啦。于是他将那年龙娃要跟他一起去打洛阳清军巡防营的事情说了一遍。辛师爷摆着手调侃道,哟,原来你们早就是革命战友啦,去去去,快去叙你们的革命友情吧。大家笑起来,辛师爷向龙娃挥下手,示意龙娃跟宁副官走。天已擦黑,热风卷来阵阵煤烟和羊肉味,走到城里最有名的一家羊肉泡馍馆门前,遇到一个特务连的士兵,宁小满指指头上的一块招牌对士兵说,你到司令部通知张举娃和邵永祥,叫他们快点到这里来。宁小满刚点好饭菜,张举娃、邵永祥一前一后跑来了,一面用军帽擦拭脸上的汗,一面同宁小满打招呼。张举娃生得精瘦,长胳膊长腿,动作过分机敏,年纪轻轻额头上却有几道很深的抬头纹,人称"猴子"。他是张司令的侄子,也是张司令的勤务兵,年龄与龙娃相仿。邵永祥年近三十,说话轻声细语,老成干练。经宁小满介绍,数人相谈甚欢。四个凉菜、两个热菜、三碗羊肉泡馍、一瓶西凤酒陆续上桌,四个人吃着喝着,不经意间说起各自在部队的待遇。宁小满问龙娃:

"我好像听一斗说过,你刚来时验兵没验上?"

龙娃赧然地拍了一下自己的肩头:"咱这坏子不行,不够高。"

"扯淡,你看看咱镇嵩军中有多少锉子,"举娃咧咧嘴,"咱陈督军就是一个锉子,外号就叫小锉子。"

"龙娃正长个儿,同陈督军不搭界。"宁小满笑了笑,把杯杵到龙娃面前问,"如今名字补上去了吧?"

龙娃摇摇头:"没有。如今还是师爷的'黑兵'。"

举娃一拍桌子站起身:"这个老书呆子是净吃干饭的?连手下一个名额都补不上! 俺去跟俺叔说。"

宁小满让举娃坐下:"你这话可不敢在你叔面前说,你叔对那位老先生特别仰重。"

"是的。"邵永祥挤下眼笑笑,语调带点调侃,"他可是叔的文胆呀。"

举娃"哼"了一声,拿起酒壶把四个酒杯斟满。宁小满端起酒杯"吱溜"一声把一杯酒吸进喉咙里,下了很大决心似的说:"这样吧,我想办法把你补进特务连里。"

"不要啦,辛师爷虽说脾气有点怪,对我还是不错,他身边又没有人。"龙娃侧头偷看宁小满一眼,忍不住自己先笑了,"俺也怕集合、下早操。"

举娃狠狠地瞪龙娃一眼:"看你这出息,那你就跟着那个糟老头子吧!"

宁小满没有理会举娃,接着龙娃的话说:"也是,辛师爷跟前没有一个自己人也不行,永祥回来销了假,又被保送到西安讲武堂去,师爷跟前不能没有一个使唤的人。"

一瓶酒喝干,菜吃完,四个人才离开这家远近闻名的老孙家泡馍馆。

龙娃虽然没有在队伍里正式补上名字,论收入还算可以。当官的打牌,当差的就有彩头抽,每次可抽十块左右,按各处轮流值日当差的人数平均分配。每月一号关饷时,由军需主任负责发放,每人每月三五块不等。加上每月由辛师爷拿出二两银子做他的饷银,饷银加彩头龙娃每月能拿到六七块,比一般当兵的还多,两年下来就有了两百多块的积蓄。

镇嵩军和陕军的军费是一个巨大的数字,刘镇华刚当上省长的时候,督军陈树藩就向他讨教解决军费困难的办法,谁知他狡黠一笑只说了三个字:"种大烟。"陈树藩装作吓了一跳,说那咋行,中央禁烟,这是要杀头的。刘镇华阴险一笑说,俺不是要开禁,俺是说可以"寓禁于征",咱们照样喊叫禁烟,老百姓硬要种就课以重税,对上面好交代。陈树藩仍有疑虑,刘镇华又说,这是仿效您前任陆建章"烟亩变价"的名堂,你放心好了。

刘镇华这个"高招",使仍在"禁烟"的陕西遍地罂粟,新割的大烟下来一两只要一元,而拿到这两年又严厉禁烟的洛阳一两可卖八九元,甚或十元。烟土解决了镇嵩军招兵买马的军费,贩烟养富了镇嵩军大小官佐和士兵。龙娃在辛师爷和他的那些牌友身边两年,眼光大了,看到的不再只是几个小山村,注意到了耳朵里常听到的所谓"大势",什么皖系、直系、奉系,什么段祺瑞、冯国璋、曹锟、吴佩孚、张作霖,什么北洋军、陕军、晋军、豫军、湘军、南军等词语都灌进了耳朵眼,由似懂非懂到耳熟能详,还能在张老三面前摆活几句。每遇这种情形,张老三就会拍下龙娃的后脑勺,说这娃机灵,将来有出息。龙娃知道这是张老三顺口胡扯,但听起来提劲,往往会激起他许多遐想。

从家乡过来的人讲,这两年豫西连年闹灾荒,龙娃想到总受人欺负的娘和弟弟,想到已失去劳动能力年岁已过八十的姥爷,几晚睡不着觉,不知他们的日子是咋过的。他咬咬牙,用积攒下来的一百块钱买了一百两大烟,打算回去帮助家里人度荒。他向辛师爷告假,正在埋头办理公文的师爷头都没抬,好像没听到一样。这时,镇嵩军第二路的名号已改为第二师,从周至移防户县又从户县移防西安,师长张治公当上了西安卫戍司令,辛师爷也来到西安,住房比周至那时宽敞、阔气许多。一张硕大的黄梨木书案放置在大玻璃窗下,书案上除有几件精致的文房四宝之外,与周至那时最为不同的是,玻璃罩的煤油灯换成了一个镂花铜架上面有两个绿色灯罩的电灯。辛师爷很喜欢这个新玩意儿,停笔歇息时不是望着窗外的梧桐树就是盯着这两个绿色灯罩。

"师爷,俺想告个假。"龙娃又说一遍。

"干啥去?"辛师爷终于听到龙娃在说话。

"回家探亲。"龙娃将声音再放低些。

"这是啥时候? 眼看就要打仗,却要回家探亲,你当的啥子兵?"辛师爷轻蔑地瞥了龙娃一眼,好像龙娃想当逃兵,忘了龙娃至今还没有补进册子里,还是一个他辛师爷养的"黑兵"。

"俺没听说要开仗。同哪家打?"龙娃问。

辛师爷呵呵一笑:"等你听说就晚了,你没看到部队正向潼关运动? 皖军同直军已在北京外边打起来了。"

一听说打仗,龙娃竟兴奋起来,还想再问几句,辛师爷向他一挥手说了声"出去吧",他只好退了出去。

这一仗,就是后人说的"直皖战争"。黎元洪下台后,冯国璋当了代理总统,段祺瑞重任国务总理。两人虽然都属北洋集团,但派系不同,一人统领直系,一人统领皖系。如何对付孙中山的南方政府,冯国璋主张和平解决,段祺瑞主张武力统一,一轮新的"府院之争"又上演了。不久,段祺瑞操纵"安福国会"选出徐世昌为大总统,但仍掌握实权,坚持武力统一的主张。他让直系军队打头阵向南进攻,战事虽进展顺利,却引起直系人士强烈不满,署理第三师师长吴佩孚在攻克衡阳后不再南进,1920 年 7 月突然率部回师天津,向皖军发动进攻,在奉系张作霖的支持下,只打了四天,就取得了这次直皖战争的胜利。陕西当权人物陈树藩、刘镇华本属皖系,曾派兵欲出潼关,但为时已晚。停战之后,一天辛师爷把进来送茶的龙娃叫住,问:

"你不是想请假回家吗?"龙娃不知啥意思,站着未动也不敢说话,对方又问,"要多长时间?"

龙娃趁摸着答:"三几个月吧,还想陪娘过个年。"

"好吧,你就过了年再回来销假吧。"辛师爷拉拉案旁的抽屉问,"有钱吗?"

龙娃如实答:"俺这两年攒了二百来块钱,前些时拿一百块买了一百两烟土,想回去卖了安排一下俺和姥爷两家的生活,俺还给娘和姥爷各买了一件皮袄,俺不想让娘和姥爷在那破屋烂房里再受冻。"

"好,你小子不赖。"辛师爷是个怪人,平日总黑个脸,却又容易动感情,龙娃的几句话感动了他,眼角竟闪出泪光,"娘的奶你没有白吃,脑袋瓜你没有白长,娃子,百善孝为先啊……"他拉开那个抽屉又说,这里面有三十个银元,你拿去给你娘买点粮。龙娃说不要,辛师爷低喝一声别废话,硬要龙娃把钱拿去。龙娃拿了钱走到房门口,师爷又在身后说了句,"还是要回来,回来后我提拔你。"

龙娃一只脚刚跨出房门口,师爷又把他叫回来,问龙娃怎么走,路上能保证安全吗?因为那时各地表面还在禁烟,路上有关卡检查。龙娃答可能问题不大,俺一路上小心点就是。师爷说这样吧,你也听说过张司令的老太爷几个月前来到西安吧?陈督军送了三万两烟土,别的军政要员也送了不少,现在张老太爷要回河南,烟土装满一船,由西安渭河南滩上船,潼关以西由咱镇嵩军护送,潼关以东由豫西镇守使护送。你不是同张司令的侄子举娃玩得好吗?你去同他说说跟船走,说是我说的也行。

辛师爷交代之后,突然叹口气说:"唉,你们都有老娘!"龙娃回头望,只见师爷眼睛定定地看着窗外一片一片往下落叶的梧桐树,多皱的眼角有两道泪痕。龙娃听人说过辛师爷幼年丧母,这时年近半百的他大约也想起了他的老娘。

龙娃将辛师爷的话说给举娃,举娃想在漫漫黄河水道上有这么一个伙伴,真是求之不得。龙娃担心地问,俺随船不知老太爷高兴不高兴?举娃很有把握地说,俺爷咋会不高兴,多一个人护卫他还不好吗?再说他也知道司令和师爷的关系。龙娃是个机灵人,上船后跟着举娃忙前忙后,只一两天就同张老太爷熟络了。张老太爷整天躺在铺上吸大烟,一时高兴还让举娃凑上去吸一口,他让龙娃吸龙娃不吸。老太爷说不怕,有的是烟土。龙娃说俺带了一百两,要是吸的话也吸不了几天。老太爷夸龙娃有脑子,说别说你就只有一百两,就是俺这几万两也管不了一辈子。他闲着无聊同机灵的龙娃聊起来,长长地吐口烟,指指咝咝作响的烟葫芦问,你说鸦片这东西到底是好东西还是坏东西?龙娃看着闪动的烟灯火苗答,俺说不清,说它是好东西吧,有人因为它卖田卖媳妇;说它是坏东西吧,有人又靠它置庄娶老婆,究竟是好是坏俺说不清。张老太爷是个读过书的人,大约他从之乎者也中也没弄清这其中缘由,于是叹口气说,多少中国人种烟、贩烟、吸烟,都是浑浑噩噩地过活,有谁把其中的道理弄清楚了呢?龙娃大着胆子与烟瘾过足了的老太爷逗乐,说老太爷是一定把这道理想明白的了。老太爷张开缺牙的嘴哈哈大笑,说俺要是想明白了还能把几万两烟土载在船上?他一面说一面望望舱外,问举娃船快进黄河了吧?举娃答快了,他又开玩笑道,如果翻了船,几万两烟土掉进黄河,连黄河都有了烟土味,谁去管呢?

渭河是黄河最大的支流,也是泥沙含量较多的一条支流。龙娃本以为渭河进入黄河时会有很大的浪头掀起,但恰恰相反,在渭河与黄河交汇处,水面很平静,只是河水的颜色更黄了,与从上游下来的河水相比更浑了,巨大的漩涡旋转着、旋转着,在两股水流明显的分界线上,圆周越来越小,转速越来越快,最后变成一个黑洞迅速下沉,消失了。上游刚下过暴雨,不知哪个地方受了灾,河面不时漂过被冲毁的树木、牲畜,甚至房屋残片。激流像千万匹野马盲目地向前狂奔,不顾一切,也把一切都抱在怀里,正所谓鱼龙混杂、泥沙俱下,孕育出两岸的生机和前接先古后续未来的一代一代伟大生灵。船在河中间顺流而下,夜间,睡在舱尾的龙娃,不时听到岸边陡峭的土崖被河水冲刷崩塌的轰隆声,难以入梦,想起娘和秋秋……两岸不断向远处后退,河面开阔起来,在又一个黄昏来临之前,船抵潼关。当过私塾先生的张老太爷本以为船要经过山西永济鹳雀楼下,其实船在永济以南已转头向东。他站在船头向北眺望,依然雅兴大发,大声吟诵道:

白日依山尽,
黄河入海流。
欲穷千里目,

更上一层楼。

龙娃知道这是唐朝人王之涣的诗。虽然他只念过几个月私塾,但他听老师给年纪大点的同学讲过,他能会意。如今,他望着河面上的落日,望着一泻千里的河水,不禁茫然起来。他不知道他要"更上"的一层楼在哪里,也不知他要"欲穷"的千里目又在何方。他在船头伫立很久,直到河面升起令人惆怅的夜雾。他没有被这种虚无缥缈的惆怅包围,不一日,浑厚的河水穿过浪涛磅礴、鬼哭狼嚎的三门峡,箭一般地到了洛阳。

十七　找媳妇

　　九月初龙娃回到家，家乡看起来死气沉沉，不像样子。许多麦地耩晚了，麦苗还没拱出地面，有些家没有麦种，地里根本没有耩上，千里赤野，一片萧条。村里的树都是光秃秃的，暮鸦代替了绿叶，眼睛盯着行人和地面，恨不得从石头里刨出可以疗饥的东西来。很多人面黄肌瘦，好像是刚从阴曹地府走过来，又往阴曹地府走过去。娘和麒娃早靠树叶为生了，麒娃还吃过观音土，娘不要他吃他偷着吃，吃了屙不出屎，差点要了他的命。樊霜花和秋秋暗暗来过两次，留下的东西也只能对付几日。若不是这次龙娃回来，他娘儿俩和姥爷老两口非饿死不可。龙娃把烟土变卖了七百多块钱，先到金贤街上给两家籴了几斗粮食，又请人将两处破烂不堪、漏雨钻风的茅草房苫了顶抹了墙，整出个过日子模样。烟囱一日三餐冒烟了，院子里有小鸡娃撒欢争食了，秀灵抿不住嘴地笑。人一开心就老想美事，秀灵想到该给龙娃说个媳妇了。不料她一提这事龙娃的脸就阴沉下来，老大不高兴的样子。秀灵从来都要儿子顺着她的意，不容儿子给她甩脸子，直接说：

　　"你可是早说过，让你当兵你就让俺使上儿媳妇。"

　　"娘，现今不是灾荒年吗？"

　　"咋啦？灾荒年人就不过日子啦？就不兴办喜事啦？就不娶妻生子、传宗接代啦？"

"娘,俺不是这个意思,俺是说等过了灾荒年再说。"

"等,等,等个啥?你别再想等秋秋,等也是白等,俺知道你的那点心思。"秀灵的眼睛像她说话的语气一样,凌厉地扫着龙娃,龙娃垂下头没吭声,秀灵继续道,"前几天俺同你隔壁吴婶商量啦,小炉庄她姨家有个闺女,今年二十,俺让她去说说。"

"说媒啊?"一直在旁边没插话的麒娃来了兴趣。

"不说媒说啥?"秀灵白了麒娃一眼。

"那可是她的本行。"麒娃嘻嘻笑,"老媒婆!"

秀灵抓起一个扫床的笤帚投过去,笑道:"叫你胡说八道! 媒婆又咋啦!"

麒娃顽皮道:"那她咋不给俺也说一个。"

"不害羞!"秀灵骂一声,三个人一起笑。

过了两天吴婶走过来说,女方要龙娃的"八字",秀灵急忙找石宏儒用红纸写了一个庚帖,将龙娃的出生年、月、日、时,用"干支"记载法写上,交吴婶送过去,紧接着吴婶将对方的庚帖也拿了过来,这就是乡俗中的"送八字",或称"换庚帖"。请算命先生合了"八字"之后,"八字"没有相克之处,接下来就是"相亲"。适逢小炉村九月九庙会,有一台戏,双方约定同去看戏。那一天,龙娃穿一身在西安做的蓝斜纹布对襟衫裤,娘做的黑布面、白千层底布鞋,吃了两年部队上的大灶,他个子猛蹿半头,肩膀宽了,手臂粗了,加上那双常被人夸赞的剑眉大眼和凛然朴厚的直鼻方口,举手投足、一颦一笑间都透出几分英气。麒娃到恨铁爷家借了一头草驴,扶娘骑上,一家三口上路。小炉庄的会是个观音会,庙里敬的是送子观音,来赶会的老婆子小媳妇不少。戏上唱的也正是龙娃过去唱过的《安安送米》。对方还没到,秀灵看到安安冒雪去给他娘送米,感动得不由自语,看这娃子多好,多有孝心。麒娃接过话打趣道,俺哥比他更好更有孝心,马上就给你个儿媳妇使唤了。母子三人正说笑,看到吴婶挤在不远处的人堆里正向这边招手。吴婶身边有一个婆子和一个大闺女,那闺女长得白净、浑实,长幅脸上的一双大眼睛虽缺少神采,但也有几分颜色。她穿件桃红色夹袄,一条又黑又粗的大辫子拖在背后,辫梢上的红绳仔细地扎了一个蝴蝶结,分明是精心打扮过的。龙娃心想那闺女就是庚帖上写的卢玉贞了,身旁那个婆婆想来定是她娘。秀灵他们走过去，吴婶给双方作了介绍，说找个地方坐坐吧。龙娃抬头望望，看到场子外面有一个包子棚，就带这几个人钻出人群走过去。几个人坐了两张矮桌，吴婶特意让龙娃和玉贞单独坐一张。麒娃张罗着要了几碗粉汤和两大盘水煎包，粉汤和水煎包端上来，这一桌吃得热闹，那一桌却不动勺筷。

龙娃看看一直低头的卢玉贞说："吃个包子吧。"

"嗯。"

"喝粉汤吧。"龙娃又说。

"嗯。"

停了一会儿龙娃感到这样坐着没意思，没话找话地说："俺在西安当兵……"对方又是一声"嗯"，始终没有开口的意思。龙娃埋下头喝完自己面前的一碗粉汤，吃了几个水煎包，把剩余的水煎包端到那张桌子上。秀灵见龙娃走过来，趁机把龙娃拉到一旁，轻声问咋样？龙娃反问啥咋样？秀灵有点着急，说俺是问中或不中？龙娃看下天，漫不经心答，你看中就中吧。秀灵一听这话也不问龙娃心里究竟是咋想的，迫不及待地从衣袋里掏出事先准备好的用红纸包好的两块银元塞进玉贞手里。以后几天，又经过吴婶几次跑来跑去，男方送给女方二百元彩礼，就把嫁娶的日子定了下来。

龙娃很想见见秋秋，从西安回来后他到老榆树底下去过，看见过石孝先、樊霜花、小姨太和石东祺，石孝先和樊霜花对他好像无话好说，石东祺好像有话不便说不敢说，只有小姨太暗暗给他扮个鬼脸，说了些不沾边的话。在举人院看不到秋秋，赵家的门槛他是更不能迈的，只得把希望寄托在小姨太身上。像从前那样，有空就站在豁口上等，一直等到天黑下来花园里看不见人。这天下午他终于等来了一个人，仔细看是小姨太爬在桑树上摘桑葚，龙娃打了一个呼哨，又学了一声布谷鸟叫，小姨太抬头一看是他，忙从树上下来往寨墙这边跑。

"布谷，布谷，又不是下种的时候，你叫个啥！"

龙娃不管小姨太的挑逗，问："秋秋咋样？"

"现在还问人家咋样哩，你可把人家害死啦。"

"究竟咋样吗?"

"俺也很少见到她,她很少回这边,好像恨她爷,连她娘也恨。"

"那边对她咋样?"

"你想能好吗? 闹出那么大的动静。"小姨太说得急,喘口气,"赵定北常年在学校不回家,她只能一个人憋闷在屋里。"

"都是我害的。"龙娃难过地闭上眼睛摇摇头。

"你当不是哩?"

"俺们是从小在一起,从小在一起啊!"龙娃突然发怒了,"你可知道你刚才爬上去的那棵桑树,俺上去给她摘过多少桑葚呀!"

"唉,这事俺明白。"小姨太叹息着。

"小姨太,你再帮俺一次。"龙娃控制不住自己的情绪,好像怕小姨太躲开似的要去抓小姨太的手,"你再帮俺一次,俺要见她。俺娘要叫俺成亲啦,你知道吗?"

"听说了,应该恭喜你啦。"小姨太从鼻孔里冷笑一声。

"你不要这么想,俺心里难受。"龙娃用手抓紧小姨太猛然蹲了下去。"俺想见秋秋一面,也许以后再不能相见,也许俺下次回到西省就被一个枪子打死了。"

看着用拳头击打脑袋的龙娃,小姨太说:"好吧,俺明早去看秋秋,歇晌时辰你在这个地方等俺的信儿。"

第二天中午,龙娃看到小姨太穿过花园走出后门,就从豁口走下来,在大杨树下装着路遇,小姨太只说了一句:晚上在麦秸垛那边等,头也不回就擦肩而过。龙娃听了这句话如听到仙音,把小姨太也当作了救苦救难的菩萨奶奶。中午歇晌他睡不着,整个下午陷入异常的兴奋中,想象小姨太是如何找到秋秋的,怎么对她说的? 秋秋是喜是忧? 又是怎么答应晚上出来相会的? 一会儿又翻过来想,小姨太真的见了秋秋? 秋秋真的答应了? 会不会是小姨太在编瞎话捉弄他? 喝汤时,面对一碗他最爱吃的芝麻叶绿豆面条他没动筷子,眼睛一直望着窗口。娘以为他病了,要他躺下,看着窗口由灰变黑,他跃身起床,大步走出院门。

时辰同上一次与秋秋相会的时辰差不多,都是月升半空,都是深秋天气,四周的景色也没有大的变化。远处的山岭隐隐现出淡灰色,像一道捆绑大地的绵延的绳索,不远处的寨墙显得特别黑,黑得浓,黑得密,把村庄箍得透不出气,令人感到一种难以忍受的压迫感。近处晒场上,一个一个麦秸垛像一个一个陀螺,旋转着,侧歪着,摇晃着,似乎每一秒钟都会倒下……龙娃怀疑自己的眼看花了,几次看到人影飘来,原来是月光的移动;几次听到婉妙的声音,原来是秋风从树影间滑过。不知是秋秋受阻,还是小姨太弄错;不知是秋秋爽约,还是小姨太戏弄;不知是恩断义绝,还是老天阻隔。龙娃被这些思绪翻来覆去地折磨着,疲乏地靠在麦秸垛上抽烟,一支接一支,丢弃得满地烟头。几次他想将未熄火的烟头塞到麦秸里,把麦秸垛烧了,把所有的麦秸垛烧了,把村子烧了,把整个世界烧了。东方露出微白,他像一个梦游者踉跄地抬起脚步,走出晒场,走上大路,走到老柿子树下,向着樊庄原址上那座小土庙、向着樊家老坟久久怅望,猝然大呼一声跌倒在地,待第二天麒娃在老柿子树下找到他,他还在呼呼大睡。

秀灵央媒人吴婶将"送好"给女方之后,紧接着是按照规矩择定吉日迎娶。因为路远,男方套了一辆扎彩的牛车,龙娃身穿回家前宁小满送他的一套崭新灰斜纹布军装,斜佩红绸丝带,骑在从石孝祥家借来的白马上,跟在车旁。到了小炉庄,爆竹、响器,拜别、上车等,一切行礼如仪,就将头蒙红布、身穿大红花丝葛衣裤的卢玉贞娶了回来,然后拜天地,入洞房。闹新房时,麒娃和石小高、铁柱、麦娃、二蛋等一帮村里的青皮后生特别起劲,花样百出,可是新郎龙娃就是打不起精神。当了婆婆的秀灵看在眼里,不由得有些发愁,不知这小两口将来搁不搁合,暗暗地叹了口气。因为都看到新郎情绪不对,作为小叔子的麒娃也就没有带领邻里的小孩子来听房,秀灵只好按习俗取来一把新笤帚搭上一件衣服挂在新房窗下,窃窃私语道:"扫帚扫帚尾巴长,没人听房你听房,不怕你身上分叉多,没有俺娃子孙稠。"第三天是新媳妇回娘家的日子,俗称"回门",新女婿龙娃陪同新娘卢玉贞前往小炉庄拜亲,中午除在岳父母家吃饭,还要在岳叔父家及亲戚家吃饭,一连吃几桌酒席,均不敢吃饱。最使龙娃发愁的是每席必有饺子,而饺子常常是嫂子们戏弄新女婿的"暗器",里面不是包辣椒就是包些难以下咽的东西。龙娃还算侥幸,由于丈母娘的悉心照护,嫂子们闹得不太过分,也没在他脸上抹黑油烟,他那一身灰斜纹布军衣保持得还算整洁。陪新人"回门"后一回到家,长出口气,以为一件人生大事总算被他完成了。他向娘提出要归队回西省,娘恼了,说新媳妇娶到家,哪有不到一个月就离家的道理。龙娃反驳说,你不是有儿媳妇使了,怎么还不让我走?娘说媳妇儿是给你娶的,不是给俺娶的,你这一走算咋回事?要俺咋跟玉贞娘家人说?

母子争执中,一天石东祺过来找龙娃说:"俺听俺爹说族长石孝祥家要卖地,卖他在老柿子树下的那三亩地,那可是上等好地,离你家那几亩祖业也近,不知你有没有点意思?"

龙娃掐着指头说:"俺从西省带回的那点钱,安排了俺家和姥爷家的生活,买了一头牛,刚办了一件喜事,所剩也只有二百来块钱了,这二百来块钱俺想留下来明年给麒娃说门亲事。"

秀灵接过龙娃的话说:"俺这种人家哪还有钱置地!"

一直站在一旁听他们说话的麒娃这时急忙插嘴道:"有,有钱。"

"钱在哪里?"秀灵瞥了麒娃一眼。

"就是俺哥手里的那二百来块钱。"麒娃答。

龙娃笑了:"那二百块钱是给你说媳妇的。"

"俺不要媳妇,俺要地。"麒娃口气坚决。

"那咋行,不要媳妇咋行。"龙娃说。

"俺先要地,再要媳妇。"

东祺笑了,看着麒娃打趣道:"我当你要打光棍呢,原来还是想媳妇嘛。"

"先要地,后要媳妇。"麒娃重复一遍自己的话。

秀灵点点头:"麒娃的话也有道理,反正他年纪还不大,再等两年也可以。但不知地价咋样?"

"俺要回去再问问俺爹。"东祺说。

石孝祥原有三百多亩地,这几年抽大烟抽进烟枪葫芦里一百多亩。这三亩他要价每亩六十元,赵定东想买,龙娃后来也想买,经石宏儒从中说合,石孝祥想起当年赵定东对石三年的手段及暗中挤兑石姓人家的险恶用心,心生怨怼,决定将地卖给龙娃。赵定东不服,找石孝祥说好话,说愿意按六十五元一亩买这块地,石孝祥说龙娃家地少,不够种,最后还是要石宏儒将房契写给了龙娃。为争买这块地,赵定东对龙娃又多结了个疙瘩。

　　为买地龙娃在家又待了一个多月,眼看到腊月了,就没有走。过年时他同村中一帮娃子又耍了一阵高跷。一天他同高跷班从外村表演回来,看到北门外大路上刚搭的秋千架子围了一大堆人,有两个女人正在荡秋千。从远处看一高一矮,一个丰润些,一个纤细些,秋千绳越荡越高,两人越蹬越用力,眼看秋千的绳平了顶架,围观的人不禁发出阵阵惊叹声,纤细点的女人开始呼叫,丰润的女人一面嘴里说着"怕个啥,怕个啥",一面仍在用力蹬。下面有几个老人呼喊秋千上的人停下。龙娃挤进人圈,看出秋千上的人原来是秋秋和小姨太,也跟着大伙呼喊。秋千慢慢停了下来,秋秋拉住小姨太的手走出人圈,头也不回。龙娃没有赶上同秋秋说一句话,也不知她看到自己没有,一个下午心怅怅的,决定一过罢正月十五就动身回西安。娘还是不愿他走,他说让他再出去两年攒点钱,能给麒娃说上媳妇,再买上几亩地,他就在家安安生生地过日子了。

十八　家信

龙娃回到西安刚走进卫戍司令部辛师爷的办公室,辛师爷看到他的第一句就是:"你这时候回来干啥?"

龙娃一怔,赶快并脚挺直了腰:"报告,俺娘要俺在家娶了个媳妇。"

一向不苟言笑的老夫子被龙娃的话弄笑了:"娶媳妇是好事嘛。我是说你咋这时候回来?"

"俺是回来销假。"龙娃还是不明白辛师爷话中的意思。

辛师爷问:"又要打仗了,知道不知道?"

"打仗好嘛,俺还没有真打过仗呢。"龙娃琢磨了一下又问,"同谁打?"

"同直军。直军阎相文、冯玉祥的部队已到潼关了。"

"他们为什么要来打咱们?"

"你还记得去年的直皖战争吧?"不知为什么今天辛师爷见到龙娃特有谈兴,"直军胜利了,现在要让咱们给它腾地盘。"

龙娃忽有所悟:"咱们陈督军、刘省长同段祺瑞原先是一势的。"

辛师爷用笔杆子指了指龙娃的脑袋:"这脑袋瓜子还行,还会转几道弯弯。"

"真的要打吗?"龙娃有点莫明的兴奋。

"还说不定。咱刘总司令的手段谁也吃不透。唉,人啊……"辛师爷不想在龙娃面前把话说得太明。

皖军在京畿战败,直军向皖系盘踞的陕西打来了。刘镇华一面同陈树藩商量抗击直军之策,一面又暗地勾结直军,将作战计划密报给了在洛阳的吴佩孚。直到直军阎相文部到了潼关,刘镇华不准镇嵩军抵抗,还要驻守潼关的师长憨玉昆"妥为接洽,免生误会"的时候,他身边的人才知道他已背皖投直。一天,镇嵩军将领们聚集在张治公的卫戍司令部,性情耿直的第三师师长憨玉昆不满刘镇华的作为,面对刘镇华直言道,你怎么来当陕西省省长的呀?咱们镇嵩军进陕西的时候,兵不过三路,枪不到五千,如今扩充到三个师,几万支枪,大炮、机关枪也都有了,吃陕西的穿陕西的已经两个多年头啦,陈督军对咱们总算不错吧?今天人家来打他,你不讲交情,咱河南人也不该这样孬种呀!直说得刘镇华哑口无言,面无颜色。第二师师长张治公怕憨玉昆把刘镇华弄得下不来台,劝憨玉昆回公馆休息,其实他对自己的总司令也很有看法。当陕军节节败退,陈树藩还相信镇嵩军会帮他抵挡一阵时,张治公忍不住提醒陈树藩的参谋长说,老弟呀,你劝陈督军走吧,不要做梦啦。陈树藩无奈退往陕南。憨玉昆这般绿林出身的人常讲一个"义"字,对刘镇华这种两面三刀、背信弃义的做法很不以为然,但也没法可施,只能跟随他。陈树藩从此一蹶不振,历史上也没有什么事值得一书,唯一可以一提的是,当年燕京大学建校舍,那块地是他捐的。

阎相文率直军二十师和冯玉祥的第十六混成旅进驻陕西,当了陕西督军,刘镇华因联直倒陈有功,地位没有动摇,但西安的政局却在不断发生变化。不久,阎相文死,已升任十一师师长的冯玉祥接任了陕西督军。

冯玉祥,字焕章,安徽巢县人,少年从军,行伍出身,辛亥年曾发动滦州起义。投身北洋集团的舅父陆建章对他多有提携。冯玉祥到西安后,杀了曾参与驱除陆建章出陕的陕西靖国军司令郭坚,又因军费等,逼死他的顶头上司阎相文,军中为之震动。刘镇华知道冯玉祥是个生性多疑、软硬不吃并有强烈政治野心的人,心生疑惧,杌陧不安,但他抓住了冯的弱点。冯虽不喜欢别人当面恭维,却喜欢别人投其所好。于是他装出一副勤勉俭朴的样子,言语行动都以冯为榜样。他看到冯玉祥日常喜穿灰布军装,就立刻脱掉扮演"儒将"的长袍马褂,也换上一身灰布军装,并且裹腿、配挂齐备;逢冯开讲演会或向军队训话,他必追随其侧,装出恭敬钦佩的样子,亦步亦趋。冯曾想消灭他,后竟与他义结金兰。冯也会受骗,到公元1922年第一次直奉战争爆发,冯想有大作为,率部出陕与河南的赵倜作战,陕西督军一职就自然而然、顺水推舟地落在了久已觊觎此位的刘镇华头上了。

刘镇华当上了陕西督军兼省长,一马跨双印,独掌军政大权,镇嵩军无疑成了陕西最重要的武装力量。辛师爷仍是第二师的师爷,看到如此形势,希望身边的青年人都能上进,水涨船高,也不枉这些娃子跟在他身边辛苦了几年。邵永祥从家乡回来,辛师爷保荐他上了西安讲武堂。现在辛师爷感到龙娃在自己身边时间不短了,也不想耽误他,就要保举他去上西安讲武堂。龙娃说自己读书太少,怕进去赶不上,辛师爷想想也是,说新成立了新兵营,营长吴起训也是咱家乡那块的,你去当新兵排长吧。龙娃一听这名字很熟,急忙问:

"你是说营长叫吴起训?"

"是吴起训,龙门南面吴村人。"辛师爷看着龙娃,"你们认识?"

龙娃笑笑:"是沾边亲戚。"

"那更好,过两天有个娃子过来接替你,你准备准备。"

十天之后,龙娃进了新兵营,拿着师部的公函到新兵营去报到。营长吴起训他是熟识的,进入营房,问明营部在哪里就径直走进吴起训住的房子。吴起训正在翻看全营的花名册,龙娃一进门突然唤了声"表哥",把他吓了一跳。他眯起眼看了看,好像不认识面前的人是谁,龙娃急忙说,我是龙娃呀,怎么,不认识了?吴营长仍然眯着眼,龙娃接着说下去,这两年俺在辛师爷跟前当差,不久前才听说你调来新兵营,正想来看恁,辛师爷就让俺来您这里报到。龙娃一面说一面将公函递了过去。吴起训瞄了一眼手中的那张纸,淡淡说,知道了,接到命令了。

"起训哥,把俺安置在哪个排?"龙娃立刻兴奋起来。

"这里是军营,别哥呀哥的!"吴起训板起他那张瘦长脸。

"是,吴营长!"脑子灵活的龙娃立即双脚并拢喊了一声。

"刚才你是怎么进来的?你到这里来不是走亲戚吧?"

"是!"龙娃又一个双脚并拢,向后转,在门口大声喊了一个"报告",再进来,吴起训的脸色缓和许多。

"从今天起,你要成为一个真正的军人。"吴起训说。

吴营长没有让龙娃立即去当排长,而是让他到新兵排同新兵一起训练。龙娃面露难色,吴营长训斥他说,就你这样唧唧歪歪的,立没个立样,坐没个坐样,咋去训练别人?咋当排长?咋带兵?龙娃无奈,只得跟着一群刚放下锄把子的新兵在大操场上摸爬滚打,从早到晚,集合列队,立正卧倒,一身汗一身泥的,被教官像对待牲口一样不停喝骂踢屁股,比在家干农活还苦。不出七天,龙娃吃不住了,找吴起训的勤务兵刘黑子发牢骚,说表哥吴起训还是他的大学长,只因当年他不听话,现今就把他往死里整,要这样整下去,他一身骨头架子非散架不可。刘黑子说吴营长不是会记恨的人,他读过军校,进过讲武堂,训练部队特别严格,很多人开始受不了,咬咬牙挺过十天半月就好了。龙娃听不进黑子劝告,星期天竟跑回去找辛师爷,说新兵营训练太苦,他实在受不了了,想想回来。辛师爷这个倔老头一听就恼了,问他出营房告假没有?他说没有,要他赶快回去,他仍说想回来,辛师爷上去就是一个耳光,骂声"滚",说你这没志气的东西,别站在这里丢我的人!龙娃揉揉脸走过院子,新来的勤务兵王兴旺留他吃饭,辛师爷余怒未消,站在上房门前大喊一句:

"别给他饭吃!"

龙娃回到营房拉开被子蒙头便睡,暗暗流着眼泪。先是怨恨辛师爷的无情,心想俺侍候您两年多,没有功劳有苦劳,如今俺遇到难事你不但不管还打骂,俺已经不是两年前刚从乡下出来的娃子,俺已经是人前的五尺汉子,咋不给俺留一点脸面。又想想自己确实没出息,集合、下操的苦,就受不了了?也真丢人现眼。想想当年寿庭老师是怎么讲的,"物竞天择,适者生存",就这一点坎就迈不过去了?想到这里他猛地掀翻被子向操场上跑,先趴在地上做了三十个俯卧撑,又起身在双杠上做了三十个双臂上撑,再到单杠上做了三十个双引体上升,突然再一用力身子向前一甩,做了个从未完成过的鹞子翻身。他正感惊奇,却听到了鼓掌声,急忙跳下单杠转头一看,鼓掌者原来是吴营长。吴营长连说了几个好,龙娃以为是在夸他,吴营长一转口气却说那一巴掌打得好。龙娃脸发烧，问你怎么知道的？吴营长说你前脚出来，我后脚进去，我刚从老夫子那边回来。两人相视一笑。吴营长忽然问，你眼睛咋红了？龙娃遮掩道是刚才趴在地上做俯卧撑土迷了眼，吴营长说去用凉水洗洗吧，小心肿起来，就向营部走去。

龙娃一连苦练了半个多月，咬牙熬过来，已不感到做那些军事动作怎么苦了。吴起训看到他在操场上生龙活虎的样子，才让他正式当上排长，去训练其他新兵。有一天王兴旺来看龙娃，说是辛师爷叫他来看龙娃，还给龙娃带来两套白布衬衣衬裤，说是练兵出汗多，要他勤换点，要他有假日就回去走走，吃顿饭。龙娃想起那古板老头的热心肠，眼圈红了一下。

"师爷近来在忙啥？"龙娃问。

"近来特忙，好像又要打仗。"兴旺答。

"打啥仗？"

"俺听头头们说话的意思，好像要同奉军打。"

"打张作霖呀？俺也听到些风声。"龙娃接过兴旺的话说，"所以这俩月新兵训练特别紧张，一批批新兵往作战部队送。"

战事就像初春密云不雨的天气，沤了几个月，一场直系与奉系的厮杀，终于在公元1922年4月开始了。

直皖战争时，奉军站在直军一边，不少军队入关，并占据京畿要津。吴佩孚接连征服两湖，稳坐中州，张作霖不愿直系独大，暗中拉拢段祺瑞、孙中山企图建立"三角同盟"以制约及推翻直系，引起曹锟、吴佩孚警觉。张作霖为了扩大势力，在日本人支持下，推出亲奉的梁士诒做国务总理，梁士诒一上台就把直皖战争后被定罪的皖系骨干分子赦免了，引起吴佩孚的愤怒，遂带兵北上，直逼北京，第一次直奉战争拉开了大幕。张作霖本以为北京有他的两个主力师，哪知战事一开，张景惠就率这两个师投奔吴佩孚，并来个回马枪，奉军大败，张作霖只好退回关外。盘踞在陕西的镇嵩军，没有开出潼关参战，只是把陕西境内的奉军驱除出去，分得了直军胜利的一杯羹。

捷报连连，就在庆贺直奉战争胜利之时，一天，由于长官们聚在辛师爷的客厅里打麻将，宁小满、张举娃和新任特务连排长的邵永样及手下的两个班长都跟随张司令来了,几个老乡见面,格外亲切。牌桌那边由兴旺招呼着,厢房里一张方桌上堆了几堆花生、瓜子、麻糖,几个人一面吃一面聊。说起豫西一年来的情况,龙娃说他好久没有接到家信,不知家里如今啥样,很想回去一趟。举娃一听这话,扭头看看宁小满又看看邵永祥,对龙娃说,你家早有信来,说你弟弟麒娃被赵定东打死了。怕你难过,也怕你立马回去有危险,我找宁副官和永祥商量,把信压了下来。龙娃意识到是老柿子树下那块地惹的祸。大家给他出主意,说即使现在回去也要有个万全之策,不要仇报不了反而先被别人杀了。几个人真是亲如兄弟,同仇敌忾,都想为龙娃报仇,但都拿不出主意。这几个人只有宁小满带了家眷,第二天晚上又聚在宁小满家商议。张举娃和邵永祥不主张龙娃回去,叫人把老娘和老婆接出来算了。宁小满和兴旺说就是把家里人接出来,也得自己回去一趟,向老娘说明利害,舍弃那个穷家才行。为安全计,大家要龙娃找辛师爷和吴营长再说说,看他俩有啥好主意。隔了两天,龙娃到辛师爷那里,瞅空同师爷说了说回家的事,他知道师爷的三弟有个女儿嫁到金贤街区长黎子腾家,两家是儿女亲家,想要师爷写封信给黎子腾。师爷冷笑两声说,这个黎子腾是个无钱不过的东西,你回去先找三老爷,请他写封信给黎子腾,你再观察情况决定行止,要多一个心眼儿。龙娃又去找吴起训,龙娃把辛师爷的话重复了一遍,吴起训一听就笑了,说老夫子的办法不中,黎子腾无钱不过,他家那位三老爷更是个要钱的主,他能保你的命?这样吧,你回去先到龙门吴村找我侄子吴良更,现在他在家主事,让他给你想想办法。

十九　血高粱

那年的秋天,也是一个多彩的秋天。

秋熟了,高粱红了,豆荚黄了,玉蜀黍鼓胀的叶苞崩开了,谷子黄澄澄的穗子像狗尾巴一般垂了下来,空气中弥漫着一种秋熟的甜滋滋的气味。这年秋收一定会是个好收成,各家都在计算这一秋的收获。常秀灵在盘算给麒娃说媳妇的事。

麒娃这两天心情不好,因为老柿子树下那块地上种的高粱,眼看着长满石榴子般颗粒的穗子正在灌浆,前天晚间无缘无故倒了一片,第二天夜里又倒了一片。早上他去察看,那些东倒西歪、秆折穗断的高粱不像是风吹的,也不像是野物拱弄的,明显是人祸害的。他想起这几年发生在地里的事,局子头赵定东家想要这块地,想买,樊家不卖;想夺,又找不到说法,只有暗中使坏。为了分开两家地的一条深犁沟,麒娃与赵青山不知争吵过多少回。按房契所写,这条犁沟以日升三丈,老柿子树主干映在地里的影子为准,可赵青山总要往这边偏一两犁,并指着已稍偏南的日头投下的树影争吵不休。这块地是赵家的眼中钉,也是赵家到不了口的肉,总不放过。特别是龙娃去年回来又买了近旁石孝祥的三亩地,赵家人心中窝的火时时想往外蹿。每逢庄稼快熟时,那边就暗中过这边祸害,赵家也太阴毒,非弄得这地你种不成不行。

赵定东你太仗势欺人了! 一天傍晚,麒娃想想地里的景象,心头的怒火一

168

下子冲上头顶,一大碗汤面条呼噜呼噜挑几筷子喝进嘴里,把碗往地上一搁,站起身就要出门。娘问他出去做什么?他说去老柿子树底下看庄稼,娘不让他去,他要去,娘骂了他两句,他无奈只好蹲到地上拿出旱烟袋大口大口抽烟。眼看天色渐渐黑了,他陡地起身从柴房拿一把柴刀冲了出去。卢玉贞看到他跑出院门,急忙向屋里喊:

"娘,娘,麒娃跑出去啦。"

常秀灵在屋里问:"跑哪里了他?"

"不知道,还拿了一把砍刀。"

"去,赶快去把他撵回来!"

卢玉贞是个慢性子,等她走到街上,早看不到麒娃的身影。她走出羊街东门向田野望了一会儿,一个人影也没望到。一阵风吹来,感到身子发凉。远处有几处光亮,像灯笼,又像麻秆扎成的火把,忽忽悠悠,摇摇晃晃,像行在高低不平的路上,像飘在没有定向的风中,令人捉摸不透。玉贞突然想起人们常说的鬼灯笼,赶紧转身回到村内。她对婆婆说没有赶上麒娃,婆婆说没赶上就算了,俺是怕他闯祸。

麒娃在老柿子树下坐了一会儿,看着一轮圆月从薄雾笼罩的秋庄稼上渐渐升起。大地越来越明亮,像透明的湖水,庄稼在秋风中摇曳着,翻滚起由远而近的波浪。麒娃起身,沿着自家的地边走了一圈又走回来。老柿子树下有个人,他问了声:"谁?"对方笑了一声:"狼。"麒娃一听声音就知道是他的好朋友、羊倌石麦娃,骂了句你要是狼俺劈死你。麦娃见麒娃手中拿把刀,问你拿那玩意儿干啥?麒娃答看庄稼。麦娃说看庄稼用得着那玩意儿?麒娃说人家有枪,大不了拼了!麦娃问,庄稼叫偷了?麒娃领麦娃下到地里,说不是偷,是祸害,比偷还惨。石麦娃看着眼前倒下的一大片高粱,摇着头说太缺德,真是太缺德了。这时麒娃才想起问麦娃这么晚出来干啥。麦娃指指他放在老柿子树下的鹌鹑网说,抓鹌鹑,赵家老二赵定四不是大大屁股后别个鹌鹑袋去跟人家斗鹌鹑吗?他让我给他抓一只金钩嘴,这金钩嘴不仅凶狠,还滑得很,白天不好接近它,只好晚上抓。麒娃有点不屑,你舔这种人的沟子呀!麦娃急忙辩白,不是舔谁的沟子,咱不是穷吗?麒娃看到麦娃脸上痛苦的表情,心一下子沉了。他知道麦娃的爹游手好闲不正干,娘又常年病在床上,弟弟还小,只有几亩赖地,家里很难,靠麦娃抓鸟捉兔补贴生活。两人许久不再说话,麦娃侧耳听了听,向麒娃摆摆手,麒娃好像也听到了鹌鹑的叫声,声音很低很低,随着风吹动的方向,一下有一下无。麦娃的耳朵非常灵敏,马上判断出附近有一只金钩嘴。他把网搭在肩上弓腰向旁边一块谷子地走去,麒娃抓起一把麻秆跟在后边。谷子地里果真有一只鹌鹑,麦娃轻轻走过去一撒网,只听"扑噜噜"一声一个黑影飞上空中,月亮好,能看着它飞到另一块谷子地里落下。麒娃跟着麦娃撵了过去,麦娃一撒网它又飞了。如此再三,跑出一里多地才将那只鹌鹑扑到。鹌鹑在网里扑腾,麒娃赶快点着麻秆一照,果然是一只金钩嘴,麦娃收起网把鹌鹑装进袋子。麒娃往回走,还未来到老柿子树下,就看到树后一片火光,赵青山带着两个人正在踩踏他家地里的高粱,生长旺盛的高粱秆又倒伏一片。麒娃疾步上前理论,问赵青山为啥总要祸害他家地里的庄稼?赵青山嬉笑着问:

"这是你家的地吗?"

"当然是俺家的地!"

"它姓啥?"赵青山耍无赖。

"当然姓樊。"麒娃提高声调说。

"你叫它一声看它答应不答应。"

"去你的,别想在这里装夯。"

"不敢叫了吧,这块地早就应该姓赵了,还说俺装夯,是你装夯吧?"

麒娃不想同赵青山这个村中有名的痞子闲磨牙,指指赵青山身后说:"去去去,那块地才是你们赵家的。"

赵青山狞笑一声:"你知道那块地是俺赵家的了,那你偷俺家的庄稼咋说?"

"放屁,谁偷你的庄稼了?"

赵青山指着地边的三捆高粱秆说:"啊呵,捉奸捉双,拿贼拿赃,赃物明摆在这里,还有啥话可说!"

"谁偷你家高粱了?你诬赖好人!"

"嘻嘻,你还是好人哪!"

麒娃冲上去同赵青山推打起来。赵青山长个烟枪子身材,细高瘦弱,不是麒娃的对手,三拳两掌就被麒娃掀翻在地,他招呼跟随他的两个人上,那两个人互相看看就是不敢上。麦娃走过来劝架,说赵青山你祸害人家不对,诬害人家偷你的庄稼更不对,以后还是改改吧。赵青山嘴硬,至此还想占三分理,硬说他那三捆高粱是麒娃偷的。麒娃一听气不打一处来,从地上捡起柴刀骂道:娘×,看俺敲掉你的牙,让你红口白牙栽赃害人! 麦娃赶紧把麒娃手中的刀夺下,又对麟娃胯下的赵青山说,青山,你做事不地道,向麒娃认个错吧。赵青山害怕麒娃果真会敲掉他的一嘴烂牙,赶紧赔礼,要那两人把三捆高粱放到麒娃的地里,爬起身向村中跑去。

麒娃坐到高粱捆上看着赵青山投在月亮地上跑动的身影哈哈大笑,麦娃不安地说,他是不是回村里叫人? 麒娃一面让麦娃坐下来抽袋烟,一面满不在乎地说,他叫人来又咋着? 你怕他? 麦娃摇摇头苦笑道不怕,不过还是把这三捆高粱放到那边为好。麒娃瞪大眼说,那是为啥? 他祸害了俺的地,这三捆高粱是他理应赔给俺的,为啥要还回去? 麦娃比麒娃小几岁,素来佩服麒娃的胆量,麒娃敢到石羊山悬崖上掏蛇蛋为娘治气喘病,他不敢;麒娃敢下发大水的杜康河里捞木料帮家里盖牛棚,他也不敢,所以平日他多听麒娃的。麒娃说不怕,那就是不怕,坐下来摸出火镰火石打着火媒陪麒娃抽烟,一连抽了两袋,磕磕烟灰想到该回去了,一片乌云不知从哪里飞来突然把明晃晃的月亮遮住,遮得那个严呀,田野好像一下掉进黑洞里,一点光亮都没有。远处有响动——说话声、脚步声越来越近,乌云恰恰飞过,唰地一下天空大放明光,地上掉根针似乎都能看得清楚。麒娃和麦娃警觉地站起身来,只见赵定东和赵青山带着十多个背枪提灯的人正向这边跑来。

麦娃看到赵定东不禁心里有些发毛,有点讨好地上去说,团总,您也跑来啦,累不累? 快歇口气。他一面说一面把嘴里的烟袋拔出来送过去,被赵定东一巴掌打掉在地上。他又赶忙摸出吊在屁股后面的鹌鹑袋说,看俺抓了只鹌鹑,金钩嘴,你看看,你看看,这是给你家老三抓的,喜欢不喜欢? 喜欢过几天也给你抓一只。赵定东不理他,扭过脸问麒娃:

"这高粱是你偷的?"

"谁偷你家的高粱!"麒娃顶撞道。

赵定东指指地上的高粱捆冷笑道:"不是你偷的,那俺家的高粱怎么跑到你家地里了?"

"这是赵青山赔俺的。"麒娃向地里抡下手臂,"你看他把俺的地祸害成啥啦!"

"哈,倒了一片高粱秆,"赵定东装着向地里察看,"这怎么就说是青山祸害的呢? 不兴是风刮倒的? 不兴是野物踢蹬的? 谁能证明是青山弄的? 可是你偷俺的庄稼,人赃俱在。哼,你还有啥可说!"

"俺没偷你家的高粱,这三捆高粱是你家赵青山砍的。"麒娃辩解。

"是的,真的不是麒娃偷的。"麦娃给麒娃作证。

赵定东斜眼看了下麦娃:"不是他偷的,就是你们俩一起偷的。"接着突然向左右大吼一声,"来,把这两个贼给我捆了!"几个人扑上去捆麒娃和麦娃,麒娃极力挣扎,被他们摁到地上。

麒娃高叫:"凭啥捆俺! 凭啥捆俺!"赵青山往他嘴里塞了一大坨泥,憋得他出不来气。

赵定东板紧脸挥下手,一群人推搡着麒娃和麦娃,扛着三捆高粱向东场走去。

东场四围已布满岗哨,俨然有一种局子头"亮兵"的杀气,麒娃心里不禁咯噔一下,麦娃嘤嘤地哭,嘴里嘟哝着"这是弄啥嘞,这是弄啥嘞"。赵定东晃动着木墩一般的身子在场上走了两圈,然后停在麒娃面前,厉声问:

"你服不服?"

"你让俺服啥?"麒娃抬起头与赵定东怒目相视。

"啊哈,你偷俺家的高粱你不明白吗?"

"放屁,俺还说俺家的高粱是你们偷了。"麒娃吐掉嘴里的泥,不屑地笑起来,笑的声音很大,引得场上的人都往他身上看。

麒娃的笑声像烧红的针一样戳着赵定东,他再也按捺不住那颗狂暴的嗜血的心,又轻蔑地瞅了一眼麒娃说:

"哼,你还以为自己很了不起哪!"

"俺哪有你了不起,说捆人就捆人。"麒娃讥讽地回敬一句。

赵定东像喝醉酒一样,血直往上冲,从短粗的脖子根一直冲到头顶,眼睛血红。他看看左右,猝然向赵青山大吼一声:

"给我打!"

赵青山把枪一横,麒娃欲扑上去,刚跳起来枪响了,麒娃砰然倒地。

麦娃拉着哭腔说:"冤呀,真是冤呀!"

"他冤什么?"

"他没偷你们家的高粱,俺可以作证,俺亲眼看到的呀!"

"好,俺让你现在就去作证。"赵定东阴险地笑笑。

只见赵定东向赵青山摆下手,赵青山又是一枪把麦娃也放倒了。麦娃的头枕住麒娃的手臂,两股汩汩的鲜血汇在一起。麦娃屁股后的鹌鹑袋甩了出去,金钩嘴从袋里钻出来飞起,沾上血的翅膀扫过赵定东的耳朵,把那张宽脸盘弄得像斩肉的砧板一样。

常秀灵听到从远处传来的两声枪响,忽地从床上坐了起来。自傍晚麒娃不听劝阻定要到地里看庄稼,她一直心神不宁,不知为什么她总感到今晚会有大事发生。儿媳看她恍恍地掉了魂的样子,端盆热水让她洗过脚劝她早睡,可是她躺在床上一直合不上眼,许多旧事波涌浪翻般在脑中闪动。义和团的场口,清乡团的"亮兵",秋秋的月饼,龙娃出逃时的口信,还有自己的那个男人好像说是从北京回来了,怎么提升的井绳慢慢从黑洞洞的井口里提出一个死鬼。娃他爹! ……两声枪响,她惊醒了。哪里出事了? 她问自己,也像在问卢玉贞,头发蓬松、睡眼惺忪的卢玉贞茫然望望映着月光的窗棂,说不知道。街上传来嘈杂声,火光熊熊,透过窗口常秀灵看到一队手举火把、不停喊叫"抓贼抓贼"的人匆匆跑过。常秀灵感到出事了,心惊肉跳,一定是出事了。隔墙有人在轻声唤她,"麒娃他娘,麒娃他娘",是吴闹他娘的声音,秀灵蹬上鞋急忙走过去。吴闹娘扒住墙头压低声音说:

"你快去看看吧,麒娃叫赵青山放倒了。"

"在哪里?"

"听说在你家老柿子树下那块地头。"

常秀灵扭身往回跑,正准备叫上儿媳往地里去,局子里的人已闯进院门,说是要搜查。常秀灵挺直身子挡住他们,问他们要搜查啥?领头的石四年说搜查麒娃的赃物和同伙。秀灵一听这话五脏俱焚,怒斥道,放屁,你们把俺娃打倒在地里,还要到家搜赃,想瞒啥子?俺娃在哪你们心里最清楚!石四年无言以对,毕竟是同村乡里,毕竟自己心里有鬼,不再嚷嚷搜查,从肩头往后挥下手说"退",带一帮人正要扭头往外走,却被常秀灵挡住了。

"慢,你们把俺儿搁哪啦?"

石四年硬要拨开常秀灵:"俺不知道,这不关俺的事。"

石四年打头,一帮人跟着他冲到院门口,故意落在后面的吴闹轻声对常秀灵说:"婶子,俺听说麒娃兄弟躺在地头。"

常秀灵带上儿媳赶紧往地头找,两个人顾不得小脚不便,一路小跑,把脚痛和气喘全都忘记,只想快点看到麒娃,只想麒娃并没有死。凌晨的秋风刺脸,汗水淋漓的婆媳二人在高粱地里转了一遭顿时浑身冰凉——她们在这里看到毁坏的庄稼,却没有看到麒娃,连尸体也没有看到。常秀灵感到头晕得厉害,只好坐下来歇口气。紧张的心情略微放松了点的卢玉贞往远处看看,说东场那边灯火通明,不如过去看看。常秀灵也往那边瞧瞧,点头说是,挣扎着站起了身。她腿软得站不住,更迈不动步,玉贞紧紧扶住她,停了一会儿才一步一步艰难地向东场走去。

天快亮了,聚集在东场上的人们已经散去,麦娃的尸首已被他爹石大奎和弟弟石小娃拉走,血水中只剩下怒目圆睁的麒娃。东方露出一带紫光,太阳藏在云气后像被波涛簇拥似的一跳一跳地跳出了一段橙红的孤线,由弧线渐渐变成一个半圆,最后猛烈地往上一蹿,一轮巨大的磨盘一般的红日,像挣脱了羁绊一般在滚动,轰隆隆地滚上地面,"唰"的一声把大地照得血红——田野红了,大路红了,树梢红了,晒场红了,躺在血水里的麒娃更红了,红得像一堆熊熊燃烧的火。他那不肯闭合的双目瞪向天空,凝聚成天地间一个巨大的追问,他的手向前伸展,他要求回答、要求回答,这还是一个清明的世界吗?娘在嫂子搀扶下来到他身旁,看着他被枪子崩掉半边的前额,看着他那双倔强而十分漂亮的眼睛,大叫一声"老天,这是俺的儿呀!"一头栽在他身上昏了过去。嫂子俯身用手拂下小叔的眼睑,又赶快将婆婆扶到场边搂在自己怀里,不停"娘!娘!"地呼叫着,按照乡人的说法,这是在叫魂,要把离开躯壳的魂灵叫回来。村人被两声枪响和两具尸体吓住了,怕沾边,不敢走过来,只有东祺媳妇上前劝慰了几句,过一会儿恨铁老汉带着两个孙子来了,才帮助玉贞一起把常秀灵扶回家。

　　麦娃他爹是个游手好闲不务正业的人,赵定东私下答应给他点钱,他知道赵定东不是好惹的主儿,麦娃的事就算了了。常秀灵一直不依,用一张苇席把麒娃裹着埋了之后,就上县城告状。她知道告状要有靠山,想来想去她就是缺少这个靠山。本可找石举人家为她出头,但石寿庭不在,石孝先因秋秋与龙娃的事对她和樊家痛恶至极,是不会为她说话的。在村里樊姓势单力薄,没有一个能扛得起门事儿的。樊鹏万有三个哥,老大樊鹏大和老二樊鹏仲都是种田人,老三樊鹏季是个货郎,整日摇个拨浪鼓在外乡走街串巷,都不是能上得桌面的人。麒娃的事就不能指望这三个伯了,头脑灵活、性格强硬的秀灵无奈中蓦地想起县城一门亲戚。县城有个大绅士叫黎锡诚,四十多岁了还没有儿子,想再找个女人传宗接代,就娶了麒娃二伯家的闺女。樊鹏仲想种人家在石匠庄的地,就委屈闺女当了二房。这算是樊家的一门阔亲戚。刚好姑娘才生了个儿子,在黎家也有了点儿地位,秀灵想这种人命关天的事他黎锡诚不能不管,就到县城在黎家住下。黎锡诚表面敷衍,"姊子,姊子"地叫得热和,一提与赵定东打官司的事,他就装出一脸无奈、爱莫能助的样子劝说,姊子,定东这事做得实在不对,乡里乡亲的,哪能动起家伙呢? 麒娃就是偷了点庄稼也不能这样办。不过现在官司不能打,要打你准输,我劝你还是消消气回去吧。秀灵本知道黎锡诚同赵定东也是姑表亲,但没想到他会如此袒护杀人犯,把屁股完全坐在赵定东一边。秀灵明白靠黎锡诚靠不住,就去找八班老总周永成。周永成是金贤街人,过去曾同大师兄和鹏万一起练过武,常在石匠庄走动,出门在外就算是乡亲了,何况他干的就是缉凶捕犯这一行。秀灵想八班老总一定能在衙门里说上话,可是这位专门为民除害的老总叹着气带着几分神秘对她说,嫂子,如今的世道你不清楚,不瞒你说,没钱不过呐! 秀灵一看这情形二话没说,回去以几亩地为抵押,东拼西凑弄了二百块钱交给周永成,结果是钱没有了,连状子都没递上去。秀灵是个烈性子的女人,走投无路之下,想到戏文里说的"击鼓鸣冤",就到县衙门口喊了三天。不但没有看到县太爷,连那个鼓都没看到。几番抗争,只带着一身病痛、一腔悲酸回到了家。接着是麒娃的外婆和外公的死,一连办了三场丧事,把这个倔强的不畏强暴的农妇压垮了,压得都哭不出来了。

吴村距石匠庄只有三四十里路,有一百四十多户人家,三十多条枪,吴良更在家主持家务,又是村里的局子头、民团管带,俨然以村长自居,龙娃知道住在他家确实比较安全。他拿到吴起训写给他侄儿的信,即刻打点行装从西安乘火车到了洛阳,又即刻穿过龙门口来到吴村。麦熟时节,歇晌的人们正养精蓄锐准备收麦,村子周围一片寂静,连狗叫声都没有。龙娃走到北寨门前,叫了许久才有一个年轻人在里面问话。听说他是找村长的,慢慢拉开条门缝看了看,放他进去。看样子这青年比龙娃小两岁,也就是二十出头的样子,生得虎头虎脑,肩宽背直,一双大眼炯炯有神,自然流露着几分英气。他给龙娃指路,听说来客是从西安镇嵩军过来的,突然热情地要把龙娃带到吴良更家大门口。这是整条街上最高的一座青砖门楼,坐北朝南,门前一对石狮,青石台阶上两扇铜环黑漆大门和门额的金字牌匾,显露出主人的富有和权势。叩开大门,一个身若竹竿、手脚灵敏、穿身黑衣的青年带他穿过青砖铺地的前院,进二门,眼前是一座青砖瓦舍的四合院。这院子不俗,东西厢房一砖到顶,双扇门,灵枝窗,窗棂上还镶有乡下少见的玻璃;三间出檐上房高过厢房八尺,黑漆圆柱立在石鼓上,柱顶镶嵌着雕工精细的落地罩,极尽豪华与威严。二门里拐角的一间房可能是烟室,青年对着飘散出缕缕鸦片香味的窗口喊了一句:大哥,西安来人啦! 里面立刻有人应道:快快,快将客人让到小客厅里,我马上就过去。听到答话人的咳嗽声,龙娃想这咳嗽的人必是吴良更了。青年领着龙娃顺着左边的侧门,走进西跨院一间布置精致的小客厅,侍女刚捧上热茶,身材细高、身穿绸子衣裤、手拿葵扇的吴良更疾步走了进来:

"是玉龙兄吧？是玉龙兄吧？失迎！失迎!"

"不客气,不客气,在下正是樊玉龙。"龙娃一面说一面递上吴营长的信。按辈分吴良更应该对他叫叔,看到吴良更拿捏的那种做派,也就不去计较八杆子打不着的亲戚关系了。

吴良更抽出信纸打开看了看说:"早两天接到过家叔的信,知道恁这两天会到。到洛阳怎么不找人带个口信来,我让学武去接接。"

龙娃看看带他进来的那个青年:"不必劳烦这位兄弟了,本乡本土的,路俺熟,过龙门口不远就是吴村,俺想俺能找到,更何况平日听营长多次讲过。"

吴良更说:"学武是俺的本家兄弟,在家里护院,以后有事可多吩咐。"

"俺来就打扰了,以后有劳二位的事还多呢。"龙娃说。

"一家人不说两家话。"吴良更说,"先让学武安排恁住下,恁可放心,住在这里安全俺可保证,别的事家叔在信中也说到了,慢慢再议,不要着急。"

龙娃在吴村住下后,第一件事是带信给他住在金贤街的朋友程鸣岐,要他陪龙娃的娘到吴村来一趟。程鸣岐是龙娃小时一起在杜康河洗澡打水仗的发小,后来跟着他爹在集上卖羊杂肝,每逢看到龙娃来赶集,都会背着他爹给龙娃偷偷盛上一碗,让多日不沾荤腥的龙娃多少解点馋。程鸣岐得到龙娃回到吴村的消息内心一阵激动,自从麒娃被杀,他早想到龙娃会回来,现在终于回来了。他赶紧跑到羊街旮儿报信,本说第二天让常秀灵先到金贤街会合,然后带她去吴村,但浑身颤抖得说不成话的常秀灵非要马上去不可。常秀灵交代卢玉贞看好家,跟着程鸣岐穿过麦田里的小路向北走去。一向性格坚强的常秀灵在小儿子尸体面前都没有露怯,这时不知为什么两腿发软。她知道更多的鲜血要流淌了,也许是更大的灾难要来了。她眼前一片红色,麦田是红的,柳树是红的,远山是红的,杜康河的河水也是红的……她相信她的双眼一定也是红的,红的,红的,红得似血,红得喷着火焰。她知道一场豫西人所谓的"打孽"开始了,不会再回头,不能再回头,开弓没有回头箭。她知道豫西人打孽的残酷,两家结孽能传几代,不把仇家打得"挖苗断根"不罢休,不放心,因为"复仇"二字深深地刻在两家子孙的心里。想到这里她胆怯了,她想到龙娃,又想到秋秋,他怕再失去一个儿子,也想到秋秋的孤单……程鸣岐看到常秀灵实在迈不开步,就要她坐在田埂上歇歇。

"大娘,您走不动了?"

"俺能走动。"

"觅个脚吧。"程鸣岐向大路上张望。

"不用不用,俺能走。"好强的常秀灵仍想坚持。

正好大路上有赶脚的过来,程鸣岐同赶脚的讲好价钱,不由分说将常秀灵扶上了小毛驴。

二十　天誓

　　天色将晚,归巢的老鸹落满一树。常秀灵骑着觅来的小毛驴渐渐走近吴村,当吴村有名的青砖寨门楼出现在眼前时,程鸣岐先走几步来到吴良更家报信。龙娃一听娘到了,赶快跑出大门迎着娘逐渐清晰的清瘦面颊跪在当街。四周立刻一片寂静,行人肃立着不再说话,连树上聒噪的乌鸦也停了叫声。

　　"娘——"一声悲号震动长街。

　　"龙娃——"常秀灵忍下去多天的泪水顷刻喷涌出来。

　　"娘,儿回来晚啦。"

　　"龙娃,娘不能怨你。"

　　小毛驴走到龙娃跟前,他弯下腰让娘踩着背跨下毛驴。旁边有人叫好,有人唏嘘,有人说这人是个孝子,有人说这当娘的守寡守得不冤。一时议论纷纷,满街赞叹。

　　龙娃听着娘的诉说,紧握的拳头将指节都快握断了,捶胸顿足,誓要为弟报仇。提起那些不为百姓做主的狗官,龙娃恨得牙咬得咯嘣嘣响,掏出手枪跑出房门向天连开三枪,大声吼道:

　　"我樊玉龙指天发誓,不报此仇誓不为人子。官逼民反,民不得不反!老子总有反了那一天!"

　　他要即刻回石匠庄,娘坚决不让,说回去太危险。程鸣岐也不主张他这时回村,说一日区长黎子腾到他摊上喝羊杂肝还讲,石匠庄的樊玉麒偷了人家庄稼还有啥理!打死活该!可见他们这些局子头的态度是一致的,回到村里出了事也不好办。龙娃说这是血仇啊,不报这仇让俺这七尺男子汉往哪里杵!一日龙娃向娘问起樊霜花和秋秋一家,常秀灵说俺在县城告不准状回到村上那天晚上,秋秋和小姨太过来,说是樊霜花让她们送五十块钱给俺,秋秋实际交给俺的却是八十块钱,俺问咋这么多?秋秋难过地说另外三十块钱是她的,希望一起收下,后来小姨太也添二十块,凑足的这一百块钱可真救急了。提起这事娘又叹口气,说俺知道她们夹在中间也难。这一晚,龙娃想到秋秋,他感到这时最难做人的是秋秋,他最对不起的人也是秋秋,对秋秋充满感恩与愧疚之情。

龙娃报仇心切,思念故乡心切,程鸣岐在吴村住了一夜要回去,他非要跟程鸣岐到金贤街看看不可,大家劝不住,只好让他同程鸣岐去了。因程鸣岐在金贤熟人太多,为安全计他住在另一个朋友周福来家。周福来是个壮小伙,性急,心地实诚,年岁与龙娃相仿,给区长黎子腾家赶车,为人仗义,平日喜欢耍枪弄棒,其父周子久是个牛经纪,龙娃家两次买牛都经他的手,交易中周福来认识了龙娃,两人很谈得来,成了朋友。周福来把龙娃带到与父亲刚分开的家中,坐在新婚不久的新房里对龙娃说:

"你这次回来的目的俺清楚,不就是为你兄弟报仇吗?俺帮你!"

龙娃问:"你咋帮俺?"

周福来凑过头悄声说:"俺在黎子腾那里弄了一把盒子炮,俺想你也会随身带一支家伙吧?两支盒子炮还对付不了一个赵定东?"

龙娃想了想说:"吴村的朋友要俺从长计议,打死他一个两个,他家还有反手的机会,再说赵家目前势力正盛,不好妄动。"

周福来一甩脸,顺手从枕头底下抽出一支二八盒子往桌上一拍,说:"去球吧,听他们的话你十年也报不了此仇,听俺的,敲去一个算一个,先出出心头的恶气再说。"看到龙娃被激了起来,又说,"俺给你个好消息,明天白土、大皋、金贤和石匠庄的几个局子头聚在黎子腾家开联防会,说不定这就是个机会。"

龙娃一听这话忽地兴奋起来,娘和吴村朋友的话一股脑儿被抛到脑后,拍案而起:"好,先要赵定东出出血!"思索一下又说,"他们散了会,赵定东必定出南门回石匠庄,晌午俺在杜康河拐弯处的南边庄稼地里等着,等他过河时干掉他。"

"好,俺陪你。"

龙娃说:"你别去,你和你爹还要在金贤街上混,你不能去。"

周福来坚持:"要交朋友就交个换命的朋友,俺陪你!"

龙娃笑了:"这也不是请客吃饭,要陪个啥?"

"陪你敲他两下。"周福来眯起一只眼用枪比画比画。

龙娃叹口气:"唉,俺真怕连累你。"

"连累个球,大不了俺跟你一起干,下西省或上鳌柱山,俺跟着你。"

龙娃默默点点头。想到明天不知是怎样一场厮杀,心一直平静不下来。吃罢晚饭,趁着西天最后一点亮光,他登上寨墙向石匠庄方向瞭望,那棵老柿子树,那晒场上的麦秸垛,那挤在羊街旮旯儿的一片茅屋,还有那个寨墙上的豁口,都像梦境一样在浮动的暮色里滑过……哦,是谁站在豁口上向北方眺望,是秋秋,是秋秋,即使在苍茫中,这个身影也不会被龙娃认错……

局子头和他们的跟班聚在金贤街最有名的饭店鸿宾楼划拳吃酒,各家各户也都在闭门歇晌,龙娃拉低头上的礼帽跟在福来后边走出寨门。为了避免引起别人注意,他们不是出的南寨门,而是出的东寨门,然后过河沿着河滩转向南边藏身在通往石匠庄的路口旁。没有风,无边无际的秋庄稼像一片深不可测的静止的湖水,没有一点波浪。龙娃和福来躺在临近路边的一块间种绿豆的玉米地里,时间一分钟一分钟地过去,几次有人从路口经过,一听到响动,龙娃敏锐的神经像点火的炮仗骤然四散炸开……听到走近的脚步声,听到福来紧张地拉动枪机的响声,但过路的都不是赵定东。日头开始向西偏了,玉米叶和绿豆叶投在地上的花影子不觉间也向旁移动了两尺。龙娃听到福来的轻微鼾声,闷热和熏气带着睡意向他袭来,他揉揉双眼,强迫沉重的眼皮不要合上。他揪了一撮玉米须放在嘴里咀嚼,密密的玉米叶上方有一片蓝天,湛蓝湛蓝,好像他从来没有注意过天有这么蓝、这么远、这么高。耳畔响起杜康河水和桃织娘的拨动琴弦般的声响,几个小巧而美丽的桃织娘围着簇簇淡紫的绿豆花上下飞舞,一条细小的毛毛虫沿着一根玉米秆伸缩着身子往上爬,分明是想爬上几近干枯的花穗,但它那多节的蠕动的身子不争气,几次将爬到顶端几次又跌落在泥土里。龙娃贪婪地有几分痴迷地嗅着泥土的略带点腥湿的香味,这是他自幼熟悉的热爱的曾经多少次让他沉醉的香味,这香味比从汗津津的女人身上散发的香味更醉人,过去的一切忧伤、一切奋争和一切希望都混和在这种香味里,但现在他要与这香味告别了,他要与这泥土告别了……他知道,只要顶上膛的这一颗子弹打出去,接下来就是冤冤相报,就是血流成河,从此告别土地,这以后不是拉杆上山,就是一辈子当兵,那个三十亩地一头牛的梦想——一个年轻农民的梦想,从此不复存在。

日头已经到西山了,看到赵定东一直没有出现,龙娃就同福来商量先撤。走回金贤街福来一打听,原来赵定东在鸿宾楼吃过饭跟着白土局子头到白土去了,也不知他哪天回石匠庄,只好作罢。为安全计,龙娃要连夜赶回吴村,福来要送他,他不要,说万一明天黎子腾要用车咋办?但福来执意要送出北门。到了北门,龙娃劝福来留步,福来说再送一段他才放心,两人推推扯扯,不料福来的枪响了,原来福娃没有将顶上膛的子弹退出来,走了火。一声枪响惊动一些人往这边看,福来用力推龙娃一把让他快走,笑了笑对走过来的人说枪走火了。人们知道福来是区长的车夫兼保镖,看着他吹枪筒的散淡神色也没多想。但第二天有人说在街上看到了龙娃,这说法不胫而走,赵定东立即戒备森严,附近几个局子也立马紧张起来。

看到报仇的事一时难以下手,龙娃十分苦闷。他曾想独自一人暗中潜入石匠庄把赵定东干了,娘知道了哭着劝他不要回石匠庄,说你再出事让俺跟你媳妇咋过?儿呀,先不要考虑给你弟弟报仇的事啦,先考虑考虑咱们的日子咋过罢。

一天吴良更要吴学武过来请樊玉龙到二院大客厅喝酒,酒桌上多了个三十多岁、黑瘦但浑身筋骨紧凑,一看就是个常年习武的人。玉龙一进门口,此人就用炯炯的目光盯住不放,玉龙为之一震。吴良更看到两人的神气,急忙笑着给两人介绍。此人名叫涂立光,为人仗义,在伊河西边有小侠士之称,听说樊玉龙此次回来是为弟报仇,即刻站起身连敬樊玉龙三杯,对玉龙的血性与胆识赞叹不已;看到玉龙军衣上的符号,得知眼前这位英气十足的年轻人原是镇嵩军的一个排长,就有心结交。樊玉龙看到对方一身侠骨,也甚为钦敬。相识后,几次涂立光前来拜访,龙娃都谈起打孽的事。涂表示愿意帮玉龙报仇,但要从长计议,说只打死一个赵定东有什么用? 打死赵定东还有赵定南、赵定西、赵定北,冤冤相报,到什么时候才能打完? 他又说他有三支枪,还可弄十万块钱买枪,只要他们拉出来就会有人响应,然后上鳌柱山找蒋明先,有了自己的队伍,再报仇不晚。蒋明先在鳌柱山一带啸聚三千多人,樊玉龙早有耳闻,甚为钦佩,听涂立光这么一说,心就动了,却说蒋明先身在鳌柱山上,与我等素昧平生,如何联系上? 即使联系得上,又如何取得人家的信任? 莫要羊投虎口,只落个自己倒霉。涂立光大笑两声,说这个你就不必过虑了,玉皇院的冷银山是俺的知交,他是鳌柱山的眼线,通过他与蒋明先搭上关系,定没问题。玉龙知道蒋明先是鳌柱山的大架子,跟上他就等于落草,他本不想走这条路,犹疑再三,但一想到兄弟死得惨,赵定东势力大,要打孽不走这条路好像还真不中,于是向涂立光表示,等他把娘和媳妇送到西安,把她们的生活安排好再回来找他。

二十一　起事

　　樊玉龙一面擦他那支随身不离的手枪一面想:先人留下的那几亩薄地,他是不能再种了;羊街卣兒那两间曾给他遮风挡雨的茅草房,他是不能再住了。自打先人起就穷,到他这里穷到只剩下一颗头颅和一支枪了。"拼头不平路,举枪问天涯",从今往后只能是这条路,这也是老天给他龙娃留下的路,唯一的路,不管他龙娃愿意不愿意都得走下去,走到山穷水尽,走到险峰后边现片天!前途有谁知晓? 世事难料,命运勿测,所以必须先将娘和媳妇安顿好。

　　西安市面还算平静,张治公还当他的卫戍司令,师爷辛寓德还在司令部里办公。樊玉龙带着娘和媳妇回到西安后,先由张举娃帮他在南关市场后边找了两间房将家安置下来,就到司令部看望辛寓德,说了说家乡情况,接着赶回新兵营找吴起训销假。营部办公室没有人,那张单人行军床也空空的。吴起训不带家属,也从不擅离岗位,外面操场上看不见他,人又不在营部,这是很少有的。龙娃正感奇怪,提一个铁水壶走进来的刘黑子告诉他,吴营长要调到工兵营去了,正在那边办交接,可能这两天都回不来。龙娃有点惊喜,问:

　　"升啦?"

　　"也不算升,都是当营长嘛。"刘黑子没精打采地说。

　　"还是升了。"龙娃安慰黑子,"工兵营同新兵营不同,工兵营多重要!"

　　黑子有点抱屈:"你离开这一段,很多人都升了官,咱营长由新兵营调到工兵营算啥升?"

"还有谁升了官? 说说,快说说。"龙娃半开玩笑地催促道。

"举娃没跟你说吗?"黑子停了停,"宁副官离开司令部放到下面当团长了。举娃由马弁升任副官,邵永祥由特务连调到警卫营当副营长,石一斗接任特务连长。如果你在的话,少说也是个连长。"

"俺不行,俺吃不了苦。"龙娃不好意思地笑着,"你不记得营长几次骂我训练偷懒吗?"

"你不是偷懒,你是脑子太好使,营长老想磨磨你。"

两人相视片刻,会心一笑。

"弟兄们都升官了,这是好事嘛!"龙娃又说。

"是好事,俺就是为营长抱屈,邵永祥两年前还是师爷身边的娃子,现如今都当上副营长了,可咱营长还是营长。"

"咱营长不同,咱营长有大用。"龙娃给黑子解释,"你把眼光放远点,等着瞧吧。"

"这也是。"黑子吁了口气。

"吴营长调工兵营,你是留下还是跟着过去。"

"营长要俺过去。"黑子笑了笑,样子有点羞赧。

"俺老娘来啦,这两天俺想请大家抽空到家里坐坐,在南关,想请你和营长也赏个光。"龙娃从营部退出时对黑子说。

"俺去没问题,只是不知营长到时有没有空。"

"营长小时候俺娘给他洗过衣服。"

"俺知道,你们是亲戚。"

"七弯八拐的亲戚。"

两人笑着穿过操场走出营门。

老娘来后,樊玉龙在西安总算有家了,本想请宁小满、张举娃、邵永祥一帮老朋友到家里吃顿饭,同老娘、媳妇见个面,这也是老娘的意思,但宁小满、张举娃几个朋友却要在乾州大饭店给老娘接风。不想辜负朋友们的一片盛意,几番推让后,老娘还是答应了。席间,喝了许多西凤酒,常秀灵含泪谈起麒娃被杀经过,这帮豫西汉子个个怒目圆睁,声言要替麒娃报仇,但就如何报仇却发生了激烈争论。樊玉龙说等把老娘、媳妇的生活安排停当,他就重回家乡去找赵定东算账,宁小满却劝他不要操之过急,说你现在回去靠什么报仇,靠吴良更吗?他能帮你多少?樊玉龙说俺不靠吴良更,俺靠俺自己。宁小满摇摇头,你有本钱吗?打孽要有几支枪几个人,你现在有吗?赵定东是个局子头,有枪有人,你没有几支枪和几个换命的朋友能近得他身吗?我当年替父报过仇,打过孽,打孽这事不能单凭血气之勇,要想周全才行。樊玉龙反问那要等到啥时候?宁小满说等到咱们的大队伍过去再说。樊玉龙摇着头,那更不知道是猴年马月了。宁小满有点生气了,怎么会是猴年马月呢?眼看局势又要大变,你怎么这么拧呢,听不进话呢?大家都赞成宁小满的话,连常秀灵都骂龙娃太犟,要他好好听听宁团长说啥。樊玉龙低下头半晌不语,然后站起身端起酒杯,眼睛扫了一圈说:

“宁团长、永祥、一斗、举娃、黑子,俺再敬恁一杯。俺兄弟的仇一日不报,俺就一日难在世上站立,诸位的好意俺都明白,但俺同那边的朋友已经约好,如不回去,让人以为俺怯了,失信了,这也是大家不愿看到的。”说罢,同大家轮番碰碰酒杯,一饮而尽。

大家看樊玉龙去意已决,不好再勉强,就按照宁小满的提议,凑些钱给樊玉龙买枪及安家,樊玉龙不好推辞,将钱收下了。他把这些钱加上一点积蓄,除了给老娘、媳妇留下家用,其余换成二百多两烟土,带回豫西。

那天吃饭,吴起训因开会没能到酒店去。樊玉龙临行前两人见面,他交代樊玉龙仍住他家,先要保住自身安全。有吴起训这话,吴良更见到又从西安回来的樊玉龙,更是热情,待樊玉龙送上三十两烟土,更笑得牙花子都露了出来。西跨院小客厅很清静,只是窗棂上有层薄薄的积雪,屋里有些冷。吴良更要侍女往火盆里多加点炭,将炭火烧旺些,陪玉龙喝着茶。谈起这次的打算,玉龙说涂立光答应帮他打孽,他想买几条枪。吴良更突然不语,将茶杯拿起放下,放下拿起,如此再三。

“咋啦?买枪有困难吗?”玉龙看着吴良更脸上变化着的表情,疑惑地问。

“玉龙兄——”吴良更犹疑一下,“玉龙兄,买枪倒是问题不大,不过,不过——"

"不过咋着啦?"玉龙急问。

"涂兄不在了。"

"怎么会不在呢,俺离开才多长时间?"

"你回西安那一阵子,他上了鳌柱山,没过多久就听说他阵亡了。"

"怎么会这样呢? 怎么会这样呢?"玉龙很难过,不知道自己在问谁。

"你不要着急,打孽的事再想别的办法吧。"

吴良更交游颇广,他有官军的靠山,除了敢与涂立光这类草莽人物交朋友,还与周围的局子头交往甚多。樊玉龙看到这些天龙门山边小吴村的民团管带林文苏和杜康河汇入伊河夹角处的砦子街局子头辛渔丑都常来走动,经吴良更介绍,与这两个人也成了朋友。林文苏先帮樊玉龙买了一支八音手枪护身。辛渔丑是辛寓德的远房侄子,一听说樊玉龙在他伯父手下做过事,又在镇嵩军新兵营当过排长,就要请樊玉龙去帮他训练民团。看樊玉龙有点犹豫,他笑起来坦直地问:

"玉龙兄,是不是嫌俺那里庙小?"

"哪里,哪里。"樊玉龙急忙辩解,"感谢辛团总高抬,只怕樊某不才,难当大任。"

"您别推辞,就是看俺寓德伯的面子,你都不能把俺这个请求推掉。"辛渔丑诚恳地说。

"不敢,不敢,只是樊某还有些家事要处理,一时抽不出身。"

"啥事? 是不是打孽的事? 俺听良更兄说到过。"辛渔丑停了停,向樊玉龙眨了眨一对小眼睛,"恁帮俺训练那帮拿不动枪的懒蛋,俺帮恁打孽。"

"这话算数?"

"当然算数!"

樊玉龙一听这话兴奋不已。砦子街民团有四棚人,实力不亚于赵定东的力量,再说砦子街离石匠庄近,一伸腿就到,神不知鬼不觉就能摸进去,让仇人防不胜防,有辛渔丑支持,取赵家几条性命应该不在话下。樊玉龙兴奋得一晚上睡不着觉,几次披上棉袍到院里看月亮。今夜月亮不太明,好像是雪地的反光把月光给罩住了。他反反复复地回忆着吴营长给他们讲的"练兵要诀",还想到再托林文苏买几支枪带去,以壮行色。但是等了半个多月辛渔丑一直没再露面,探问吴良更才知道辛渔丑那边出事了,他的本家兄弟辛渔奇同他争权,两人正在火并,既顾不上训练,更别说帮樊玉龙打孽了。

玉龙的心情一时低落到极点,靠别人帮自己报仇,原本就不是个办法。他又想单枪匹马暗暗地给赵定东来个措手不及,但赵定东防备甚严,苦于找不到机会,想来想去,不上梁山是报不了仇的。一天,吴良更到他住房来看他,问他身体咋样,这几天为啥总是恹恹的,是下人照顾不好,还是身上有哪点不舒坦?玉龙苦笑一下,将这几天内心的想法如实相告。

"不瞒您说,这几天俺在为打孽的事苦恼。先是涂立光不幸阵亡,后是辛渔丑的民团发生内讧,怎么俺遇到的贵人都不能伸手相援,是天不助我吗?"

吴良更听后大笑起来:"我虽不是贵人,但倒真能替你想出办法。"

樊玉龙一听这话急忙说:"良更兄,你是我的贵人,你是我最大的贵人,没有你收留俺,俺这时连立脚之地都没有,谈何报仇?"

吴良更仍然笑着:"我不算贵人,但能给你出个主意。"

"良更兄你快说。"

吴良更直视着樊玉龙的眼睛看了良久说出两个字:"下水。"

樊玉龙一拍桌子站起来:"咱俩想到一块儿了!我也想过,不上梁山是报不了仇的,可就是下不了这个决心。"

吴良更非常冷静地问:"为啥?"

樊玉龙答:"这是一条不能回头的路啊!"

吴良更轻轻地摇着头,"亏你在镇嵩军混了那么久,白混了?"吴良更语带责备,"这点道理都没有看透?下水不是没有回头路,恰恰前面就是一条新路!"

"下水也得有点本钱吧?"

"要闯!你的闯劲是有的。"吴良更笑了笑,"一个好汉三人帮,就说你是梁山好汉也要别人帮一把。这样吧,如果你决定下水,我先帮你弄五条枪,还让学武跟着你干。"

"好!"樊玉龙下了决心,矛盾、痛苦、无奈、坚定的表情瞬息在脸上变幻着,"八十万禁军教头还能夜奔梁山呢,我一个小排长算啥,就舍不得啦? 就不敢上梁山了吗?"

镇嵩军是个大课堂,龙娃在那里看得多了,也想得多了。这世道,到哪里不是黑白交子,官匪相通? 就拿吴良更这般办民团的人来说,又有几个同匪没有联系? 又有多少不是由匪过来的? 当下军队里有所谓军校出身、民团出身和招抚出身——也就是山大王出身,谁优谁劣,争执不停。龙娃对保定军官学校出来的、讲武堂出来的,不敢妄评,但对那些当过团总或山大王的,他则认为没有什么分别。在近百年的历史上,靠团练起家的曾国藩可以说是最大的民团头子,而他的对手洪秀全可以说是最大的山大王,两方面军队里都有"局子头",也都有"架杆的",孰优孰劣,常以胜败论英雄。还是那句老话,胜者王侯败者贼,从曾国藩和太平天国开始,更远从陈胜、吴广和汉刘邦开始,几乎历朝历代都是如此。龙娃当时虽不懂历史,但历史演绎出来的这个道理他明白。

樊玉龙决定在离吴村只有十多里地的小吴村,发动一次暴动。

小吴村位于吴村西北,北依龙门山,南濒伊河,地势偏僻而险要,有一百多户人家,有一个四十多条枪的民团,寨壕高陡,寨壕深险,易守难攻,这几年曾两次有杆股围攻,都未攻开。后来,局子头林文昭与民团管带林文苏争权,林文昭想让他的儿子顶了林文苏的管带,林文苏想将林文昭取而代之自己当局子头,两人本是叔伯兄弟,但在权力上各不相让。今年春上又发生一件买地的事,一块围庄好地,两人都要买,闹得水火不容,甚至动了枪,林文昭掏出手枪"啪"的一声,子弹从赖在地里不走的林文苏耳朵边擦过,却说是走了火。樊玉龙在饭桌上听林文苏对吴良更说过:

"那东西是想要俺的命,反正不是他死就是俺死,不能等着他把子弹再打偏一点正打中俺的眉心。良更兄,你得帮俺想个办法才行。"

"你们一家子的事,俺有啥办法?"吴良更不冷不热地说。

"你老兄不帮俺想办法,那俺就死定了,你就准备明年春上给俺烧张纸吧。"林文苏装出一副可怜巴巴的样子。

"没有那么悬乎吧?"吴良更调侃道。

"悬乎得很哪!"

"那你赶快去拜拜菩萨。"吴良更仍在开玩笑。

"你就是俺救苦救难的活菩萨,"林文苏起身来了个作揖动作,"今日俺把这炷香就烧给恁了。"

吴良更急忙起身避开:"别别别,俺受不起,你要烧香就烧给他吧,"吴良更用手指指樊玉龙,"他才是你救苦救难的活菩萨。"

"玉龙兄,这厢受兄弟一拜。"林文苏面朝樊玉龙又是一揖到地。

"不敢不敢,你没听出良更说的是玩笑话吗?"樊玉龙赶快回绝。

"俺不管他说的是不是玩笑话,反正俺信他。"

一听这话,吴良更首先大笑起来,林文苏和樊玉龙也心照不宣地跟着大笑。

樊玉龙正在拉队伍:林文苏给他买过一支短枪;周福来带来一条枪;吴学武过去在白土局子里干过,从那边带来三条枪三个人;砦子街局子头辛渔丑感到没帮他报仇有点对不住人,送他两条枪;吴良更帮他五条枪;他头次到吴村给他开寨门的年轻人名叫刘海,原是吴佩孚第三师的一个班长,也带来一条枪入伙;另外,他又托林文苏买了一支手枪和四支日本造步枪。总共是两支短枪、十六条长枪。十八条枪十八个人,这支小小的队伍就拉起来了,只差打一仗,插旗招兵,把名号打出去了。

林文苏第二次来送枪时,樊玉龙同他商谈在小吴村举事的办法,希望两方面能里应外合,相互配合。林文苏是个家大业大的主,只想斗败林文昭,取得村中最高权力,并不想落草为寇。樊玉龙要他放心,不会勉强他下水,他们也只是暂时以小吴村为立足之地,绝不会长期占住小吴村不走。林文苏疑虑地问,那人家告我通匪咋办?樊玉龙说,这我都替你想了,等我们进村除掉林文昭,你不要同我们正面交火,带人溜走就是啦。林文苏想了一会儿点点头,说这样也好。起身要走时,樊玉龙叫住他又说,我派人去察看过地形,林文昭家住西门内,我带人从西门进去,收拾了林文昭再去围局子,听到枪声你带人从东门出去就行了,望着火光走。林文苏不解,为啥要望着火光走?樊玉龙笑笑说,到时候你就知道了,起事那天我会派人去与你联络。

林文苏走后,樊玉龙翻来复去琢磨,小吴村民团有四十多条枪,而他们自己只有十八条枪,万一林文苏不守信诺,翻脸同他们强硬对抗怎么办?这一仗必得考虑好如何以少胜多,并先留退路,免得站不住,又退不出来。他决定,打法上采取声东击西、挖心偷袭的办法,遇抵抗不硬拼,速战速决。他把周福来、吴学武、刘海几个人召集一起谈了他的想法,大家一致赞成,并议定第二天晚上二更时候行动。

次日晌午过后,周福来扮作一个游乡货郎走进小吴村,一面挑着担子串街,暗暗察看周围是否有异样动静,一面把手中的小皮鼓摇得"咚咚"响,拉开嗓子唱小曲:

手鼓一摇响连天,
京广杂货俺带得全。
大广针,眼儿圆,
扭股儿糖,两头尖。
木梳篦子红头绳儿,
五色扎线花帽边。
针锥锭子花发卡,
洋布鞋面颜色鲜。

周福来经过林文苏和林文昭的门口,眼睛望向院内和周围,鸟归巢,鸡进窝,没有什么异动。看到村民们都回家喝汤,他转到西门口身子一侧,隐到了寨门左边的土地庙里。

看看太阳像一个煎锅里的鸡蛋,在失去热气的晚霞中抖动几下,滑到西山后面,樊玉龙把队伍集合在小吴村村外。大多数人没有打过仗,樊玉龙鼓励大家不要怕,说一听枪响,把脑袋掖在裤带上你就啥都不怕了。吴学武开玩笑地问,为啥脑袋掖在裤带上就不怕了呢?樊玉龙说,没有了脑袋还怕什么?大家哄的一声笑起来,冲掉了裹在人身上的紧张气氛,队伍开始活跃起来。他把队伍分成三队,吴学武带四个人在东门口佯攻,在打麦场上点几个麦秸垛,动静弄得越大越好,待林文苏带着民团逃跑,就放开路;东门那边枪一响,周福来从里面打开西门,刘海带四个人配合周福来直奔林文昭家,解决掉林文昭后赶快回来守住西门,也就是守住退路,以防万一;他带其余的兄弟直奔局子,三路配合,尽快解决战斗。大家听了樊玉龙的安排,不觉啧啧称赞,都说樊头领想得细想得周全,这一仗不会吃亏。吴学武正要发口令让大家出发,樊玉龙把手向下按了按,说还有件事向大家交代。他停了一下,目光严厉地向大伙扫视了两遍,宣布了三条纪律:一、不准随便到村民家串门,不准扰乱村民生活;二、不准抢劫百姓财物,不准私人背包袱;三、不准拉花票,不准奸淫百姓妻女。听了这三条纪律,有人惊得张开嘴半天合不拢。看到这种情形,樊玉龙又说,咱们都是同气相求的兄弟,如果有谁受不了这三条约束,现在可以离开,我绝不为难,如果谁不遵守这三条,可不要怪我翻脸不认人。

掌灯时分,樊玉龙已将队伍拉到小吴村西门外的杂树林里隐避起来。他让吴学武带上四个人沿龙门山脚绕向东门,只等东场上火光起,他就带着人从西门冲进村里。吴学武带着几个人走了,微光中留下他们晃动的身影,樊玉龙有点为他们担心,毕竟都是第一次上战场,不知他们能不能顺利到达东门外。杂树林彻底黑了下来,只有近旁的几棵杨树偶尔晃动一下白色的树干,像鬼的影子。等待的紧张与无聊向人们袭来,树林里不时传出唧唧的话语,樊玉龙恼怒地压低嗓子低吼一声"肃静",才又静了下来。太静了,像沉在水底一般的寂静。樊玉龙抬头看天,天像湖底翻过来一样扣住大地,树枝间有几颗星星分外明亮,像从湖底蹦出来的小鱼闪动着银白的鱼鳞。从村里传出一阵鞭炮声,不知谁说了句:"在祭灶。"不知谁跟着轻轻笑了一声。是在祭灶,樊玉龙想起今天是腊月二十三,不知西安的老娘和媳妇祭灶没有?她们买了发面火烧和糖瓜没有?她们怎样祭灶?常言道男不愿月女不祭灶呀!这时,不知谁喊道:"着了,烧起来了,烧起来了。"樊玉龙向东边一看,半边天都红了,枪声也响了,知道吴学武他们已在佯攻东门,即命令所有的人向西门发起攻击。

今天管带林文苏特意叫人杀了一只五六十斤重的绵羊,把肉分给局丁们回家过小年,晚上也没安排谁站岗放哨守寨门,局丁们乐意在家用饴糖将灶王爷灶王奶奶的嘴粘住,送他们上天"言好事",乐意在家哄娃子吃发面火烧夹糖瓜,更乐意在家喝酒吃羊肉,谁乐意在贼冷的西北风里值班挨冻?管带今晚给大伙放假还分羊肉真是个体恤人的好管带呵。寨门没人看守,膀大腰圆的周福来从土地庙里走出来,一看到东门那边的火光,用力拔出门闩打开西寨门迎樊玉龙他们进来,直扑局子头林文昭老宅。进入宅内,樊玉龙守住前院让刘海带几个人冲进内院。林文昭刚放下酒杯,正躺在上房烟榻上过烟瘾,突然看到几个陌生人闯进屋内,知道来者不善,急忙去摸靠枕下的手枪,刘海眼疾手快,一个箭步上前掐住林文昭的手腕,将枪夺了过来。林文昭坐直身惊疑地看着一个英俊的面带微笑的年轻人正用枪口对着自己,连连摇手说:

"好汉,要金要银好商量,好商量……"

"俺不要金不要银,就要你这个头!"刘海说。

"看你这么年轻,面这么善,你不会杀俺吧?"

"会。"刘海笑笑。

"别别别,千万别这样,俺前世同你没冤,现世同你没仇,你可千万别杀俺。"

"你同俺没仇,可是同俺朋友有仇。"

"哦,"林文昭抖了下臃肿的身子,似有所悟,"你是不是林文苏派来的?"

"算你明白!"刘海说着就向林文昭的胸脯开了一枪,林文昭哼了声,倒在铺了张虎皮褥子的床上。

老奸巨滑的林文昭为防林文苏,除了牢牢控制局子,还在自家院子安排了几个护院。这几个护院听到枪声急忙跑下炮楼,冲向里院,樊玉龙看到几个黑影,"砰砰"两枪撂倒两个,另两个蹿出院门跑到街上。刘海肩挎长枪手掂盒子炮从里院出来,樊玉龙知道林文昭已被收拾,就命他带三个人留在这里守住西寨门,自己领上其余的人,由周福来带路,向局子扑去。

东寨门那边枪一响,林文苏就急忙跑到街上,一面高喊集合,一面钻进局子。本有约定,不管啥时候也不管啥事情,局子里一鸣锣局丁们都要丢下手中活计向局子集中,这时正值半夜三更,村中那些平时好耍枪弄棒、耀武扬威的小子不是还未醒酒,就是正抱着老婆睡觉,林文苏提起一面大锣足足敲了一袋烟工夫,四棚人才陆续续到了二十几个。看着东门外的火光越来越旺,林文苏觉得不能耽搁,就按照同樊玉龙的约定,向东门跑去。将到东门,从对面突然射过来一阵密密的子弹,林文苏错愕地停下步,一时不知怎么回事。又是一片子弹射来,林文苏急忙命令手下人靠墙散开,胡乱放枪。樊玉龙听出东边似乎在交火,皱皱眉对身边的周福来说,学武是咋搞的,还不赶快放他们出去,这样僵持下去于咱不利。又是一阵枪声,子弹"嗖嗖"地从街上穿过,打碎了几块房檐上的瓦当。樊玉龙又对周福来说,你在这边顶住,我到学武那边看看。樊玉龙穿过一条小巷到了东门,要吴学武给林文苏让路。

身如竹竿、细脖微歪的吴学武强扭过脖子好不情愿地说:"煮熟的鸭子不能让它飞了。"

樊玉龙生气地说:"鸭子还没抓住,你就煮熟了。"

吴学武哼哼两声自作聪明地回敬道:"没有煮熟也在锅里了。"

"你的锅在哪里?"樊玉龙的声音严厉起来。

"你从那边围上来,我从这边打下去,不是已把它煮在锅里了吗?"吴学武得意地轻声一笑。

"你还记不记得他们人多,咱们人少? 再顶下去,他们的人会越聚越多,到那时煮鸭子的不是咱,是人家!"樊玉龙提高声调,"再说,人无信不立,咱这次不在于拦枪多少,而在于树旗,打出旗号来。打小吴村事前与林文苏有约,咱们不能失信,第一次就不守信约,今后在江湖上还咋混? 谁还敢再同咱们交朋友。"

吴学武不再说话,樊玉龙不容争辩地挥下手命令道:"让开!"吴学武将人带到一个隐蔽处,林文苏和他的二十几个局丁迅速逃出东门,又打了一阵枪,惊起两只野兔,逃进了深深的夜色之中。

樊玉龙占据局子,为震慑敌人和安定民心,天刚亮就派出几个人到四街去叫牌子。他想洛阳四县只有鳌柱山蒋明先的名气大,就亮他的牌子。不大一会儿,严寒的晨风把叫牌子的喊声传遍了四门四街:

"小吴村的乡亲们,俺们是鳌柱山蒋明先的义军,大家不要怕,不要逃,俺们不抢掠,不滥杀,不惊扰大家,大家可以照常下地干活,照常过自家的日子……"

"乡亲们,俺们是不苦害老百姓的义军,俺们的队伍正在扩大,哪位想扛枪的,想跟俺们走的,快到局子里报名……"

这样喊了几遭,倒是起到了安定民心的作用,上晌就有人出街走动,到下晌街上就热闹起来,人们进进出出,只有几家大户的门还紧闭着。樊玉龙要周福来、吴学武、刘海分别带上人到几家大户抄了一遍,抄出不少元宝银元、金银首饰和许多珍贵物什,还让人装样子到林文苏的家里走了一圈,但没拿东西。财物一批批向占领的局子集中,樊玉龙看着挂在墙上的十多条枪原样不动,心中有点着急,除了两个外地攥条子的黑道朋友自带手枪来投奔外,本村及附近村庄的人没有一个前来报名,"树起招兵旗,自有吃粮人"那句话不灵了,樊玉龙觉得奇怪,敏感地想到可能有什么事要发生。他本想把这里作为一个落脚点,倚仗小吴村地势偏僻,距中心寨较远,地处三县三不管的环境,将刚拉起的队伍在这里盘踞一两个月,待队伍发展了,再向外出击,但也预想到会有不测情况发生。他知道龙门山西沟底有一个有八九人的小股杆子隐藏在那里,头领戴贤常将抢来的耕牛托周福来的牛经纪父亲周子久转手,与周福来关系甚好。樊玉龙要周福来先到西沟底与戴贤联络,万一在小吴村站不住脚就先到西沟底暂避。又命吴学武带人将从几个大户抢到的财物集中到局子进行整理包装,命刘海带人巡村,还特别交代有时可巡远点,不妨到周围的几个村子看看动静。第三天傍晚,精壮的刘海骑一匹刚夺得的白马突然跑回来报告说,在附近几个村子发现民团,樊玉龙一惊,问:

"哪里来的?"

"听说是大皋中心寨局子头时春荣的人。"

"有多少人?"

"听说有五百多人。"

"时春荣这么快就集合了五百人,不简单哪。"樊玉龙警觉道。

"听说他同林文昭是儿女亲家,林文昭的儿子找到他,他是来为林文昭报仇的。"刘海又补充一句,"听说小吴村管带林文苏也跟着回来了。"

"现在时春荣的人到了哪里?"樊玉龙的嗓子眼里一阵燥热。

"听说东南北三面都有,就剩下西面还有个口子。"

樊玉龙拍下桌子,说:"不要'听说、听说'的,你到西面察看过没有? 没有的话你带人亲自去察看。"

刘海转身跑出去,翻身上马,一阵风似的向西奔去。樊玉龙把吴学武找来,命他一面去把下午才从西沟底回来一头倒在床上便睡的周福来叫醒,一面派人去把林文昭家三匹大牲口牵过来,把箱子、包袱和林文苏留下的十七条枪和几箱子弹捆扎好绑在驮架上,随时准备突围。三更时分刘海气喘吁吁地回来报告,说时春荣的人确实还未合围,西面还有个大口子。樊玉龙喊声"出发",周福来带路,吴学武领几个人做前锋,大队人马跟在后面向村外走去。也许是时春荣不愿真打,也许是林文苏有心要给樊玉龙一条路,樊玉龙的人静悄悄地离开了本打算作为落脚点的小吴村。

第二日早晨,时春荣的民团对小吴村实行了合围,日头露头不久,时春荣与紧跟在他身后边的林文苏及林文昭的儿子林大治进入小吴村。林文苏帮助侄子林大治办理丧事,抚着堂哥林文昭的棺木如丧考妣,哭得比林大治还痛。就在丧礼进行期间,经时春荣调解,林文苏登上觊觎已久的局子头宝座,而林大治则当上了民团管带,紧接着林大治在时春荣的策动下,派款征粮,购买枪支,重整小吴村民团。当上局子头的林文苏像当年局子头林文昭一样,对他手下的这个新管带提着的心一直不能落下。

樊玉龙让属下把驮子重新整理一下,腾出一匹枣红马叫周福来骑上先去给戴贤报个信。天亮前他们行进到龙门山西沟,戴贤和周福来已站在沟口两块大石下迎候。戴贤是个三十几岁的红脸汉子,他身后站立一个身体粗壮、大脸盘被扎煞的络腮胡占领一半的年龄比他略大的中年人,经介绍,此人叫王大山,是他的二头领。在大石下寒暄一阵,樊玉龙才看清这两块大石前后错开,真像是没有关严的两扇黑色巨门,中间仅留一条"门缝",而这条"门缝"在远处又是看不到的。沟中间有一条小河,曲曲弯弯,两岸尽是悬崖峭壁,离小河两丈高的地方,高高低低盘桓着一条凿出来的只容一人一马通过的小路。沿着这条小路走了约一个时辰,前面豁然出现了一个有六七亩大小的山谷,四面山林稠密,正当中有个小小水池,有两个女人在水池边洗涮衣物,也有几个汉子在水池边摸鱼嬉闹。向南的山崖下有十几孔窑洞和几间简陋的茅屋。队伍在这里停下，樊玉龙让周福来给戴贤送上五支日本造长枪和一千块银元，作为进见之礼，戴贤怎么都不肯收，樊玉龙客气地说：

"是戴头领嫌少吗？不瞒您说，兄弟这次在小吴村起事，东西弄得确实不少，不过要留作拜山之用，这点区区薄礼还望戴头领不弃，给樊某点面子。"

戴贤急忙解释："哪里哪里，戴某绝不是嫌少，只是想同樊头领交个朋友，厚礼不敢收。"

两人谦让，周福来把礼物往王大山身边送了送，王大山竟收下了。戴贤瞪了一眼，没再说啥。

吃过午饭，樊玉龙把大家集合起来，说咱们在小吴村这一起事，今后官军和局子头们就不会放过咱们，咱们要分散隐藏一个时候，年关快到，我想大家还是分开回去过个好年吧。从小吴村带出的值钱物件不少，但这一次不能给大家多分，队伍刚拉起来，买枪和拜山都要钱，每人先拿三十块银元回去过年，剩下的财物是大头，由福来带上两个兄弟送到洛阳，想法换成汇票；枪和子弹，由学武和刘海弄回吴村藏起来。你们整理整理，现在就出发，天黑前赶到落脚地方会安全些。樊玉龙说罢，大家都没说啥，过了一会儿周福来定睛看着樊玉龙问，你呢？你到哪里？樊玉龙说今晚我在这里住一晚，看看戴头领有没有合股的意思。吴学武冷笑一声，你们没看出他们的脸色，一直在防着咱们，只怕咱人多把他们端了似的。樊玉龙说，他们中间有人有这顾虑也不奇怪呀。吴学武又说，咱们没心端他们，你一个人留在这儿，难免不会有人想把你捂了。樊玉龙笑笑说，俺想戴贤不是那种人。临分手，周福来又回过身拍拍樊玉龙说，你还是多小心点。樊玉龙点了点头。

晚上，戴贤摆酒宴热情招待樊玉龙。戴贤是个很豪气的人，一拿酒杯就觉得天下没有不醉之理，更没有不把客人灌醉之理。他与几个兄弟轮番向樊玉龙敬酒，轮番与樊玉龙划拳猜枚，怎奈樊玉龙枚高量大，消酒有方，就是不醉，众人啧啧称道不已。散席后，戴贤留樊玉龙说话，尚未进入正题，就听到隔壁窑洞发出一声声惨叫和一阵阵皮鞭声、怒骂声，樊玉龙听出是王大山的骂声，问道：

"大山兄弟还在忙吗？"

"嘿，"戴贤笑了一声，"他在捋票子，你说这天下的财主怎么都这样抠门呢？要钱不要命，他们就像磨眼里的芝麻，你不死劲转动磨盘，它就是不放油出来。"

"说的也是，钱这东西生不带来死不带去，不知他们要那么多钱干啥。"樊玉龙随声附和道。

"人生本是一场梦，过一天算一天，今天不想明天事，得享受就享受，为啥这么简单的道理，有人就是想不开呢？"一心要当山大王的戴贤，也有一番人生感叹。

"各人的目标不同。"樊玉龙答。

"目标？"戴贤哈哈大笑几声，"什么目标？不就是金钱女人嘛！"

樊玉龙许久没接话，为了扯开话题无意地问："这里的兄弟还带家眷？"

"家眷？没有六亲，何来家眷？"戴贤似乎被樊玉龙无意触动了痛处，眼圈竟一热，眼睛红了，停一停镇定一下又说，"玉龙兄，都说天下女人贱，男人何尝不贱？不瞒你说，白天你看到的那几个女人都是拉来的，没有她们，谁来做饭、烧茶、洗衣？谁来给整日钻山洞的大老爷们解闷，哈哈哈，再凶的男人离了女人也不行呵！"

樊玉龙突然无言以对，不知说什么好。

戴贤以为樊玉龙也把心思转到女人身上去了，讨好道："玉龙兄，告诉你一件好事，几天前弟兄们在洛阳东撺条子撞到一辆轿车，保镖和赶车的当场被打死，车里有个十七岁的姑娘被拉了回来，听说是从陕西那边过来的，因路远还没有通知家人来赎。是个黄花闺女，俺没让手下人去动她。正好你来啦，今晚先让你尝个鲜，喜欢的话，将她带走也行，就算俺给你的回礼吧。"

"不不不，谢谢你的美意，玉龙家仇在身，实不敢贪恋女色，贻误大事。"

"樊兄言重了，言重了，区区一个小女子，怎就会贻误大事呢？"

"常言道，玩物丧志啊！"

戴贤后悔自己唐突，面有难堪地说："恁是个能成大器的人，小弟这帮人心无大志，又无大的能耐，只会干些杀人越货、伤天害理的勾当，只能过一天说一天，多过一天多快活一天，迟早会被拉去砍头，唉！"

"老兄也不要说这种丧气话,路都是自己的脚走出来的。俺这次在小吴村起事,叫的就是蒋明先的牌子,年后,俺要去拜山,只要有了靠山,咱们合起来干,何愁在伊河两岸站不住脚?何愁不能开出一片自己的天地?"

"唉,我这里的兄弟比不得山外的朋友,个个懒散惯了,受不惯约束,俺不想勉强他们,合着干的事待以后再说。"戴贤停了一下加重语气又说,"从今往后,樊兄就是俺的靠山啦,俺这个小股,经不住官军围剿,如果山外有啥子风吹草动,恁若知道请及早告知俺们,如果官军追得紧,俺们去投靠恁,恁可得收留啊!"

樊玉龙伸出巴掌与戴贤拍了一下:"好!一言为定,绝不食言!"

戴贤将樊玉龙让到他住的窑洞,樊玉龙再三推辞,戴贤只好将他带到一间位置稍远但里面的摆设相当整洁的一孔窑。一个女人听戴贤喊了一声,走过来给窑洞点上灯、铺好床,正要往外走又被戴贤叫了回来,让她去把那姓张的闺女带过来。那女人迟疑了一下,戴贤愠怒地说,快去,就是前两天刚来的那个。女人低下头匆匆走出去,不一会儿带进一个身材不高,皮肤细白,鹅蛋脸上有一双微陷的大眼睛,年纪只有十六七岁的大闺女。戴贤看看闺女又看看樊玉龙呵呵大笑,说声"出去",一摆手与那个女人向窑洞口走去。樊玉龙急喊"戴兄,戴兄",戴贤头也不回,说声今晚睡个安乐觉吧,就消失在山谷的黑夜里。樊玉龙赶到门口,看看墨般密不透亮的黑暗,无奈地叹口气,自语道这算咋回事呀!回过头,那个闺女不见了,不禁一惊,暗想是见鬼了还是遇仙了,怎么一个大活人一转眼就不见了呢?再仔细瞧瞧,原来那闺女跪在地上,被椅子挡住了。

"起来,起来,这是做什么?"樊玉龙伸手去拉,忽然又把手缩了回去。

"大哥,俺求求您,求求您饶了俺,饶了俺。"闺女一面说一面叩头。

樊玉龙要她起来说话,她就是不起,不断求樊玉龙饶了她。她分明是吓坏了,樊玉龙硬拉她起来,感到她像冷雨中的一只小鸡,手和身子都在颤抖。

"你坐下。"樊玉龙将浑身瘫软的闺女按在椅子上,闺女偷觑一眼,似乎平静了些。樊玉龙问:"多大啦?"

"虚岁十七。"

"家在哪里?"

"陕西。"

"陕西哪里?"

"商南打马镇。"

"噢,离这里不近。"樊玉龙想了想,"我在陕西住过几年,但你说的地方没去过。"

"是老远。"姑娘的声音很低。

"大老远的你跑到这里干啥?"

"俺有个一家子叔在开封做生意,俺趁他的车到开封看外婆。"

"你叔呢?"

"叫他们打死了。"闺女的泪珠在腮帮子上滚动着,"大哥,您放了俺吧!"

樊玉龙笑笑,说:"你放心,我不会动你,更不会难为你,只是这个地方俺当不了家。"

"大哥,您救救俺吧。"

"我没有办法救你,"樊玉龙望着那双泪汪汪的大眼,"你回屋睡觉吧。"

"您放俺回去睡?"闺女惊诧地问,看到对方点点头,不顾一切地转身跑了出去。

半夜,樊玉龙被一阵嘈杂声惊醒,声音从隔壁女人们住的窑洞传过来,仔细听听,分辨出是王大山的吆喝声和闺女的哭声。王大山要拉闺女到他的窑洞去,闺女哭得凄惨,樊玉龙心里不忍就走了过去。王大山看到樊玉龙,"哼"一声悻悻走开。

第二天早上,樊玉龙牵出枣红马正要离去,戴贤却执意要带几个兄弟把他送出沟外,推推让让,那闺女蓦然从窑里冲出来死命抓住他的马蹬不放,哭着要跟他走。他不答应,说这事他绝不能办,闺女抓马蹬的手就是不放。王大山气得掏出手枪,骂道不要脸的东西,再不松手老子就崩了你!想不到这闺女竟是个烈女子,转过脸对着王大山喊,你要崩就崩吧,做鬼也比受你糟蹋强!王大山气得大叫,呼啦一下子弹上了膛,"娘的,今天老子就崩了你!"戴贤上去摁下王大山的手臂,仰仰脸说,玉龙兄,您就把这闺女带走吧。戴贤的另外几个手下，看不惯王大山的蛮横，也齐声要樊玉龙将闺女带走。樊玉龙本想到洛口吕道方那边避几天，现在看着眼泪汪汪的闺女，心一软就将闺女扶上了马。

"你家在哪?"樊玉龙再郑重地问一句。

"商南打马镇。"闺女重复一遍昨晚的回答。

"如今西边正在打仗，这路可不好走啊。"戴贤说。

"我从伏牛山中间走，这条路我没走过，也想走走看。"樊玉龙想了想道。

"那可绕远了，说不定有千把里。"不知谁插一句。

"呵，又要演一出千里送京娘了。"

"俺看玉龙兄能把这出'千里送京娘'演好。"戴贤接着那人的话说道，除了王大山，在场的人都笑了。

樊玉龙瞧瞧马上的闺女，半开玩笑问："叫啥名字，不是京娘吧?"

闺女含羞答："俺叫张金娘。"

"什么?"戴贤惊讶地问，"张京娘?"

"张金娘。"闺女一笑，分明她的心情已经放松许多。

"好吧，不管是京娘还是金娘，樊大哥就是今日的赵匡胤，你放心跟着他去吧。"戴贤笑着说。

一路上樊玉龙对金娘的关爱自不必说，朝起暮宿，到大年三十那天，张金娘终于回到了家。金娘的老爹一听女儿的遭遇，对樊玉龙千恩万谢，真把眼前这个汉子当作了古时的义士，在心里膜拜不已。他留樊玉龙在家过年，樊玉龙婉谢了，他送樊玉龙银元，樊玉龙坚决不收。他问樊玉龙要到哪里去，樊玉龙说他本是想到洛口找熟人，现在怕是越走越远了。张老爹是个常在外面跑动的人，知道从此地往洛口沿河而下还便捷些，于是请人把恩人带到潼关搭船，不出三日樊玉龙搭着顺水船就到了洛口。

下了黄河大堤，樊玉龙沿着洛口的大街往前走，两边的景色几乎同前几年一样，很快就找到了吕道方的住处。吕道方住的地方没变，只是吕志刚娶了媳妇，家里热闹许多，吕道方和吕志刚见到玉龙很高兴，新媳妇也很热情，双方都有说不完的话。吕道方拉住玉龙的手，直直看着他的眼睛问：

"听说你闹起来了?"

"你听谁说的?"樊玉龙细眯起眼反问。

"你娃子的事还有我不知道的?"吕道方说,"黄河通洛河,洛河通伊河,伊河的木排一放下来,俺啥不知道?"

"是的,刚拉起来。"樊玉龙叹口气,"麒娃的事你们知道了吧? 为了给兄弟报仇,不走这条路不行。"

"路是人走的,走下去吧,天下不平的事确实太多,咱们这种人不能总受人欺!"吕道方深吸口烟又慢慢吐出来,一条白烟久久不散。

"天不公平我公平!"樊玉龙用拳头擂下桌子,"咱们总不能永受人欺,这条路我是要走下去! 也只能走下去!"

"好,好……"吕道方沉吟着。

看到伯父在想事情,吕志刚突然插话道:"玉龙兄弟,俺跟着你干吧。"

樊玉龙摇头微笑:"那不行,新娘子进门不久你这个新郎就离开,那不行!"

"成亲快一年了,还啥新郎新娘的。"

"俺那是提着脑袋玩命的活,你不能去。"樊玉龙说,"就是新媳妇让你去,俺道方伯也不让你去。"

樊玉龙说出这话,不料却使吕道方有点不悦,他将烟袋锅狠狠朝地上一砸说:"龙娃,你小子有点瞧不起人了是吧,俺跟你爹在北京河西务那阵儿,不是把脑袋掖在腰带上还打算拿回来,而是要把脑袋抛出去,砸死一个鬼子够本,砸死两个鬼子算赚一个,怕死? 怕死就别上火线。俺现在年岁大了,要不然俺跟着你干!"

"那是那是。"樊玉龙急忙说,"那不是恁老儿跟着俺干,是俺跟着恁老儿干。"

"唉,但不能像先前那样愚了。"

樊玉龙看看吕志刚,两人相视笑了起来,吕道方见两人笑,他也笑,还说:"算你小子会说话,这几年跟着你那位辛师爷总算没有白跟。"

樊玉龙被留在洛口过年,踩高跷、玩旱船、舞龙灯,还到陕西过来的一条船上唱老腔,直闹到过了正月十五。有几年没这样闹过了,他好像又变成那个喜欢幻想、好闹好唱常常吸引姑娘媳妇目光的龙娃,但热闹过后,独自坐在大堤

上他又感到一切似乎都不复存在……河风中传过来陕西大船上的老腔,他随手捡块石头拍击大堤也信口吼起来:

> 他大舅他二舅都是他舅,
> 高桌子低板凳都是木头。

黄河河面上的冰开始消融,不时从这里或那里发出坼裂的声音,虽然声音很细微,但总有会变成惊天动地轰鸣的一天……樊玉龙知道他该走了,该去拜山了,该去联络鳌柱山大架子蒋明先了。

二十二　拜山

　　按照涂立光生前透露的路线,樊玉龙离开洛口没有回大吴村吴良更处,而是直接去玉皇院找鳌柱山眼线冷银山。玉皇院是个五六百户人家的大村子,离山较远,周围地势平坦,经济比较富足。樊玉龙在街上问了两个人,找到冷银山家的门楼。这门楼一砖到顶,门首虽没有华丽的雕饰,但座落在一条不宽的土街上,也有几分气派。一个老头进去通报,不久,一个四十几岁身穿棉袍、头戴毡帽、步健眼尖一副生意人做派的人警惕地向两旁睃巡着走了出来,看表情似乎对眼前出现的这个来访者有点愕然。

　　"请问恁是来——"那人拉着长腔,面带微笑,但长眼皮下的一对眼珠一直逼视着对方。

　　"俺是涂立光的朋友,前来拜望冷银山先生。"樊玉龙说。

　　"立光兄弟不在了。"那人观察着又拉起长腔,"您是——"

　　"哦,在下樊玉龙。"樊玉龙赶快自我介绍,"立光兄生前曾说带我前来拜访,不想待我这次从西安回来,他已经不在了。"樊玉龙的声音透着懊恼与哀伤。

　　"天不长眼啊! 俺就是立光兄弟向您提起过的冷银山。"冷银山叹口气,一双细而尖利的眼睛又将樊玉龙上下打量一番,"您就是月前在小吴村起事的樊玉龙?"

"在下正是。"

如今的樊玉龙已经不是几年前那个验兵不成的龙娃了。冷银山看着面前这个身材笔挺、剑眉高耸、双目炯炯有神、一派军人气概的年轻人,不觉"哎呀"一声急忙说:"真是有眼不识泰山,有眼不识泰山,请请请,快进寒舍一叙。"冷银山一面将樊玉龙往院里让,一面要那个老头将樊玉龙的马拉到槽上。

进屋坐下后,樊玉龙亮出了他想面见鳌柱山大架蒋明先的想法,冷银山说您一来我就知道您的来意了,这也是原先立光兄弟给我说的意思。我想您见蒋明先及到鳌柱山拜山,都没问题,只是我要先同小虎山下的李凤官联系一下,因他能直接上山,这就要留您在这里住几天才行。樊玉龙感到冷银山是个热情豪爽的人,也乐意在他家住几日,一来交个朋友,二来多听他谈谈地方上的情况,心里好有个底。

冷银山有几十亩地,在玉皇院是个中等户。因他常年在外贩卖药材,结交了些三教九流、江湖草莽,蒋明先就是其中之一。江湖上有蒋明先罩着,他的药材在路上没人敢抢,他也帮蒋明先收人传信,成了蒋明先在山下的眼线,但真正的联络人不是他,而是小虎山下的李凤官。为安全计,冷银山从不上山,他把人或信送到李凤官那里,再由李凤官直接同山上联系。冷银山是个贩卖药材的,而李凤官则是到深山收购药材的,两人之间的公开联络就既方便又合乎情理。

三天后,冷银山派去找李凤官的人回来说李师傅在那边等候,冷银山就写了一封信交给樊玉龙,要他自己往小虎山去。送出村口,冷银山指指一条向东的牛车路说我便不陪你了,就停下来望着骑在马上的樊玉龙离去。李凤官是个身材精瘦却手大脚大的老头,很像一只钻山的壁虎。他不像冷银山那样常在场面上走动,话很少,看罢信只说句你先住下,就背个药篓出去了,直到第二天傍黑才回来。因他不爱说话,樊玉龙怕说多了惹他烦,只问了句咋样?他又是那句话,先住下吧。樊玉龙心里一咯噔,这先住下是啥意思?蒋头领是答应见我还是不见我?樊玉龙心里折腾了一夜,第二天早上吃油饼喝小米汤时,樊玉龙看着脸趴在粗碗上的李老头忍不住问,蒋头领到底是见我还是不见我?李凤官嘟哝一句都不是,只顾呼噜呼噜喝他的小米汤。

"那是啥意思?"樊玉龙急了。

"俺没见到。"

"那还让俺住在这里干啥?"

"等呗。"

"等谁?"

"还能等谁? 等蒋头领呗。"李凤官用皱纹包围着的眼睛盯樊玉龙一眼，"小伙子,别猴急嘛,猴急吃不了热红薯。"

樊玉龙听出老人是在呱叽自己,冷静一想也就不再说话。他安下心来,天天跟着李凤官上山采药。第五天傍晚采药回来,一到门口就有一个一身短打扮的英武汉子大跨步走出来拉着樊玉龙的手说:

"是玉龙兄弟吧,让您久等了。"

樊玉龙怔了一下,看看眼前这个身高六尺,五官端庄,浓眉下两只微眯的眼睛透着冷静与自信的中年人,立刻反应过来,惊讶道:"是蒋头领吧?"他激动地摇着对方的手,"老天爷呀,总算见到您了!"

蒋明先哈哈大笑:"我也盼着见到您。前些天我有事下山,今早回来一看到李老叔留的信,就急忙赶了过来。"说着,蒋明先看了一眼李凤官,李凤官又看了一眼樊玉龙。

"蒋头领辛苦了。"

"什么头领不头领的,都是兄弟,普天下亲不过兄弟。"

"是,明先兄,从今往后您就是俺的大哥了。"樊玉龙心头一热,即刻转换了称呼。

"玉龙兄弟,从今往后咱兄弟就摽在一起!"蒋明先说,"凭你在龙门以南的社会关系,只要咱们携手,还不能很快在伊西、伊东、嵩县这三县把力量树立起来吗?"

"能,有你这块牌子,在伊河两岸拉起来不难!"

"靠大家,靠大家。"蒋明先哈哈大笑着,拉起樊玉龙的手走进屋。

两个人在黑漆方桌两边的老梨木椅子上坐下,李凤官送上两碗山茶,两人透过茶碗上氤氲的热气互相看看,突然又哈哈大笑起来。

蒋明先三十几岁,曾是白朗身边的人。他脸膛白净,身躯高大,言语动作透出一种磨不掉的斯文,不像是个山大王。少时念过书,还当过私塾先生,无奈不耐清贫,弃馆从武,到本寨钟家民团当了团丁。他姐夫是个泥瓦匠,一天给富户修一座老房子,房顶朽毁,从房顶摔下来摔成重伤,富户不仅不给医治,反而要姐夫赔他家的老房。几天后姐夫伤重而死,蒋明先一怒烧了那家人的祖屋,县里派捕头抓人,他逃到赵倜的毅军当了兵。白朗发动饥民到官家仓库抢粮那个年关,已当了棚长的他随部队前去围剿,可是他同情饥民,带着他那一棚人鼓噪不前,被连长打了三十军棍,悔恨之余,愤然从禁闭室逃出去加入了白朗的队伍。他写得一手好字,颇受白朗重视,初任司书,后任参谋,一起转战豫鄂陕甘。白朗死后,他和几个白朗的随从杀了那个出卖坟墓秘密的人,从钟家民团拉出几十条枪上了鳌柱山。不到两年,鳌柱山有了一支一千余人的武装,加上外队共有三千之众。鳌柱山地处临汝、登封、伊东三县交界,是中岳嵩山向东南延伸的支脉,方圆一百余里,丘壑纵横,奇峰相连,主峰柱天岭上有鳌王庙,周围悬崖壁立,乱石崩空,地势十分险要。蒋明先盘踞于此,俯瞰洛阳东三县,驰骋纵横,得心应手,而对洛阳西边诸县则时感鞭长莫及。

樊玉龙早为蒋明先的大名所吸引,今日一见更为其谈吐风度所折服。蒋明先早从涂立光口中得知樊玉龙是个难得之材,相见之后,更被樊玉龙身上的凛然正气和精明强干所吸引。两人一见如故,真可谓惺惺惜惺惺。

"明先兄是胸怀大志之人,玉龙愿意追随左右,牵马扶镫,共谋大事,如在洛阳西诸县发展,玉龙愿报效马前。"

"玉龙老弟过谦了,"蒋明先扫了樊玉龙一眼,"明先哪敢受'报效'二字,是仰仗老弟,通力合作。"

"待我们的力量在这几个县得到发展,明先兄又有何打算?"樊玉龙跟随辛师爷数年,受到一些熏陶,此时在这位前任塾师面前,尽力将话说得文雅些,"明先兄胸存丘壑,眼界高远,望赐教。"

蒋明先端起茶碗喝口茶:"咱们的眼睛不能只盯住鳌柱山下那一小块地方,鳌柱山虽高且深,也不是久驻之地,拉杆的兄弟们虽多为肚子和钱财而来,但也不能只作稻粮谋。"蒋明先放下茶碗,看看樊玉龙聚精会神的样子继续说下去，"历来揭杆者的前途有三：一、自成霸业。二、被招安。三、被剿灭。我想我们也跳不出这三种结局。俺是大架，俺既然把兄弟们带上这条道啦，就得尽量往好处带。玉龙老弟，你看当前局势如何？"樊玉龙没有回答，也不需要回答，蒋明先就接着往下说了，"我用一个字来说明：'乱！'有句老话不是说，'分久必合，合久必分'，合的前景我还未看到，分的局面却像火烧麦秸垛，一堆比一堆烧得猛。北方有曹锟、吴佩孚，南方有孙文、陈炯明，东北有张作霖，西南有唐继尧，山西有阎锡山，湖北有靳云鄂，这帮独占一省或数省的霸主和你的老东家——镇嵩军的刘镇华，也都不是省油的灯，都想割据一方，称王道孤。所以眼下不是三分天下，不是唱三国，而唱的是战国七雄，但又何止七雄？所以何时合，何时统一，谁能道得清！我不是算卦先生，三十年后的事不敢说，三年内的事心中倒有个谱，逐鹿中原，夺权争霸的好戏不正在咱们眼前上演吗？咱们不能只在台下看戏吧！"

说到兴奋处，蒋明先不禁猛拍一下桌子，震得沉浸在他一席话中的樊玉龙猛醒过来似的忙说："是的，是的，咱们也可以登台唱一角。一为地方，二为百姓，眼下老百姓实在太苦了，到处受欺压，有冤没处诉。"

"你说对啦。"蒋明先十分欣赏地看着樊玉龙，"咱们也可以登台唱一角，咱们要有这个志向。为百姓的调子虽不敢唱得太高，但咱们也可以拉起'替天行道'的大旗，咱们也可以同那些大帅、督军斗一斗，帝王将相宁有种乎？"当年不务正业的私塾先生不觉又跩文弄词，听得文化不高的樊玉龙有点迷糊，他想这句话的意思大概同严复先生"物竞天择"的意思差不多，也就自然而然地接受了。蒋明先继续往下说："如果咱们的势力能向洛阳西边几个县扩展，进一步占据豫西，咱们就有了向外发展的地盘。老弟在那边熟悉，下一步就要多劳老弟了。"

"只怕俺没有那么大的能耐。"樊玉龙说。

"一步一步往前走吧。"蒋明先挥下手，"想当初镇嵩军不就是在豫西发展起来的吗？"

"也是。不过现如今时势不同，洛阳驻着吴佩孚，他的眼睛可是盯着豫西的。"樊玉龙说。

"这也是,所以要靠咱们打拼了!"

蒋明先情绪一直很高,樊玉龙虽心中无底,但不能不被谈吐斯文的蒋明先投射出的激情和远见卓识折服。

蒋明先在李凤官处住了几天,好像同樊玉龙有说不完的话。分别那天,樊玉龙提出拜山的事,蒋明先客气地说,反正老弟不上山我也要请你上山与山上的众兄弟一会,拜山就不要了。樊玉龙说一定要拜山,这是规矩,如果你不让我拜山,就是不愿接纳我。蒋明先连忙摇手说,哪里哪里,如果你一定上山,就等我发请帖吧,希望你能赏光赴宴。

樊玉龙急忙追问:"日子大约定在哪天?"

蒋明先掐掐手指头想了想:"三月初三吧。"

"一言为定!"樊玉龙激动地举起一个手掌。

"一言为定!"蒋明先也举起一个手掌。

两个手掌"啪"的一声拍在一起,并在空中停留许久。

樊玉龙离开小虎山先回到大吴村,吴良更、吴学武听他说了与蒋明先会面的情景,都很高兴。而后他又找到周福来和刘海,商量拜山要备之事。离三月初三差不多还有一个月时间,樊玉龙到玉皇院冷银山处住了些天,冷银山知道他将与蒋明先携手,对他更加热情。冷银山家宾客不断,人来人往,樊玉龙又交了一些朋友。

交三月,拜山的三万元银票和两千发子弹都凑好了,樊玉龙、吴学武、周福来、刘海聚在大吴村商量要带多少人,周福来说咱们现有三十多支枪了,找人把枪都扛上也像一支队伍,俺的意思是全部拉过去,有点面子。吴学武一歪细脖瞪大眼睛说那叫人给成窝端了咋办?周福来最不喜欢吴学武的小心眼,宽脸膛一红反驳道,你看蒋头领是那种人吗?二人争论起来,樊玉龙一直没插话,最后决定他带周福来、刘海去拜山,把吴学武留下守窝。

为不惹人注意,农历三月初三前一天傍晚,樊玉龙、周福来、刘海牵出从小吴村抢来的那三匹牲口在寨外骑上,先赶到玉皇院冷银山家住了一夜,第二天一早向鳌柱山奔去。

樊玉龙、周福来骑在马上,刘海骑在驮子弹箱的骡子上,迎着料峭的晨风,心情都有些紧张。牲口好像知道人们的心情，一上路就小跑起来，当日头刚露出个脸，已蹿出二十几里。晨雾渐渐退去，远处突然露出一座巍峨的大山。刘海在后面兴奋地喊道，到了，快到了，前边不就是鳌柱山吗？周福来笑答，望山跑死马，还有五六十里呢！跑在最前面，骑在枣红马上的樊玉龙向四野看看，深深地吸了一口清冷的空气，全身不禁一振。春来了，田野上的雪大部融化，青青的麦苗抖落掉最后的冰屑抬头迎向阳光。杨树和柳树发绿了，像蒙着一层云雾般的绿纱，远远近近飘荡。路边的迎春花也开了，一丛丛一簇簇，这里那里，给大地挂上金色的风铃，在春风中摇曳、敲击，似发出脆亮的音响。忽然，一声声哨音划过晴空，这是什么声音，是流水？是鸽哨？他望望蓝天，蓝天上没有鸽子。他看看脚下，脚下没有小河。是什么声音如此熟悉而遥远……近了近了，一声激越的长哨，像鞭梢一样划开长空落在他的耳畔，他猛然醒悟过来，哦，这是柳哨，他少年时代的好友！那时候他拧过多少柳哨，他吹融过多少残雪吹醒过多少麦苗啊！一头老黄牛正顺着田埂向大路走来，柳哨声发自那个牛背上的娃子。看到这幅景象，他的眼睛一酸蒙上一层泪水。他曾在牛背上欢快地吹过柳哨，他也曾在牛背上黯然收起柳哨。他骑的牛不是他家的，他家没牛，他和娘是多么想有一头牛。他记起他们曾有一头牛，那是他们用泼洒的汗水换回来的一头牛，那是寄托着全家一切希望的一头牛，但不久被人偷了，也可以说被人抢了，他们被偷被抢却不敢说一句话。老天啊，他们偷走抢走的不是一头牛，他们偷走抢走的是他的希望，他对土地的深深依恋啊！他看着牛背上猛吹柳哨的牧童就看到了自己，看到了娘，看到了麒娃和秋秋，他真想骑在牛背上，他真想折截柳枝拧成一个柳哨，走在湿润的土地上把天吹破。而今他骑在马上，抬头望望灰蒙蒙的远山有点迷惘，这又是去哪里呢？

马又向前跑了一程，天色灰暗下来，风变冷了，风向也乱了，路边的树木狂乱地摇摆着，窝里的鸟儿被摇得扑棱棱乱飞，连刚挂上树梢的太阳也不知被摇到哪里去了。大地阴冷而凄迷。猝然一声雷响，铜钱般的雨点砸下来，砸得枣红马直倒蹄子，樊玉龙用力控住辔头。他和周福来将礼帽往下拉拉，尚能遮挡一下斜刺过来的狂风暴雨，可怜没戴帽子的刘海，中分的头发像两片反扣的瓦片，被雨水敲得"嘭嘭"响。雨点疏了，雨点又骤然斜着向上翻飞，这景象将三个人都惊呆了。刘海指指伊河那边喊,你们看!你们看!下白幛雨了。周福来说,不是白幛雨,是风。又自问自答地说,这时候怎么还有西北风呢?哦,是龙卷风!是倒吸水!把伊河水和天上的雨珠都收走了!说时迟,那时快,一个漏斗形的银白色立柱,巨龙般接天触地旋转着横扫过来。附近几棵老柳树被连根拔起,稍远处一座山村上空飘满屋梁和瓦片,唯有在三人站立的田野上只划了一个大圈,未伤及一根小草,转向东北。刘海抹抹脸上的雨水,猛跪下身不住说:

"俺看到龙了,俺看到龙了,龙头在天,龙尾扫地。"

"它向东北方向去了,东北方向就是鳌柱山。"周福来脱下礼帽大力甩了几下,转过身大声问樊玉龙,"哈哈,玉龙,它是不是在给咱们引路。"

"驾!"樊玉龙催马上前,没有答话,似乎受到什么暗示,沉默不语。前面那个银白色立柱消失了,阳光又普照大地,麦苗连天,大地碧绿。刚刚过去的风、雨和搅和着风雨的那条银白色水龙,都成了刹那间消失的梦境,只有不知隐藏着何种玄机的鳌柱山是真实的,而且越来越真实,它的轮廓已清晰可见。山坡上出现大片大片的映山红,红的紫的白的,像落霞一样在山坡飘荡。走过坡间漫长的曲曲折折的小路,也不知转了多少道弯,时近正午,他们来到鳌柱山下。

鳌柱山山势不凡,主峰入云,峰峰相拥,危石崩空,密林缭绕,悬崖千仞,正面只有一个隘口。樊玉龙看到隘口有一面杏黄旗,知道这就是山门了,于是下马。待刘海将子弹箱打开,三人一起压上子弹,开始对空射击——报信。拜山的规矩:先是鸣枪报信,接着是呈送礼金,然后才能进山叙话。

三支德国造二十出手枪不停射击,连发,点发,打得有拍有调:

"噔噔噔,哒哒哒,哒哒哒,噔噔噔……噔,噔,哒,哒……"

推上快慢机,一梭子一梭子往外甩:

"噔噔噔噔噔噔噔噔……"

"哒哒哒哒哒哒哒哒……"

刘海像过节一样,欢快地跳跃着用各种姿势射击,打打,听听,像小时候围着大人放鞭炮。

忙着压子弹换梭子弄得满头大汗的周福来放慢了速度,犹豫地说:"两千发子弹够攻一个寨了,就这样白白打出去多可惜。"

"白费也得打,这是颜面,打得越多越有面子,是吧,头?"刘海依然兴味盎然,接过周福来的话,把头扭向樊玉龙。

樊玉龙正瞄着山石上一个小白点不停射击,解释道:"这也是对山上兄弟们的尊重。"

"反正我觉得这个规矩不好,咱们缺的是子弹,浪费的却也是子弹。"周福来摇着头。

"可以趁这个机会练习瞄准、射击嘛。"樊玉龙哈哈笑了两声。

"对,这是个练习射击的好机会,平时哪舍得把子弹甩在这上头。"刘海毕竟年轻,一面说一面就平射、侧射、卧射、跪射地忙活起来。

三个人越打越密,被子弹打断的树枝落满一地,鸟儿早已飞绝,他们被火药呛人的烟雾包围着,四周朦胧一片,倒看不清前面的山峦了。两千发子弹快打完,才回声般从山间传过来枪声。

"你们听,是什么声音?"樊玉龙一阵惊喜,大声问周福来和刘海。

"是回声吧?"周福来侧耳听着。

"是枪声!"刘海肯定说。

"对,是枪声。"樊玉龙说,"是蒋头领带着队伍迎接咱们来了。"

像刚才樊玉龙他们放枪那样,山上的枪声也是越来越密,一支相当整齐的队伍顺着蜿蜒的山道时隐时现地走了下来。快下到隘口,双方渐渐看清了对方的面容,相互招手呼叫起来。寨门打开,蒋明先向樊玉龙介绍了他身旁的众头领,樊玉龙向蒋明先及众头领问好致意,表达拜山入伙之诚,随即将周福来早已准备好的内装三万元银票的红纸大信封递到蒋明先手上。

"小弟今日投奔大当家及众位头领,乞望收留。初次拜见诸位,区区薄礼,承蒙笑纳。"樊玉龙看看众人,"小弟刚刚起家,底薄积少,只有一纸三万元的银票,权当礼金,也算是山下弟兄们的一点心意,万勿见弃。"

蒋明先把内有银票的大红信封往樊玉龙手上推着说:"不能,不能,老弟的队伍刚拉起来,用钱地方多,这张银票断不能收。"

樊玉龙说:"俺不能坏了道上的规矩,见面礼是一定要有的,您不收就是俺的礼太薄。"

"哪里哪里,"蒋明先急忙解释,"俺是真心想交你这个朋友,交心不在礼多少。"

"规矩还是规矩。"樊玉龙坚持。

樊玉龙和蒋明先推来推去,站在旁边的一个弓腰驼背、瘦得像虾干一样的人走上一步拿走信封说:"这是樊头领的一片诚意,不收不好,俺看还是收下吧。"那人尖着嗓子嘎嘎笑两声,拿过信封装进上衣口袋。

蒋明先瞧瞧那人没再说话,樊玉龙瞧瞧那人也没说话。刚才蒋明先介绍过,那人姓麻,樊玉龙唤了一声麻头领,点头打过招呼。一个一直站在蒋明先身后的郭姓头领仰着一张木锨般的四牌脸,不满地划了姓麻的一眼,轻声说了声"丢人现眼",大家都装没有听到,姓麻的好像是真没听到,嘎嘎笑着与周福来和刘海搭讪。这时被子弹打得折叶断枝的一棵椿树上飞回三只乌鸦,不合时宜地呱呱叫个不停。郭头领骂句"真该死",抽出枪"嘭"的一声一个黑点就从树上坠落下来。樊玉龙一愣,说时迟那时快,摸出枪"嘭嘭"两下,两只已飞离枝头两丈多高的乌鸦应声落下,一片掌声。樊玉龙连连说:"献丑献丑,以后请兄长们多多指教。"

蒋明先与众头领将樊玉龙三人让进寨门。蒋明先毕竟当过兵,有点军人素质,略懂治军之道,只见山道两边数百荷枪弟兄排列整齐,众头领经过一律行持枪礼,煞有介事。山腰及山头险要处,用黑石垒了许多堡垒。山路逐渐上升,又过了几个隘口,终于登上鳌王庙。庙宇宽敞巍峨,有房数十椽。众头领引三人在议事厅坐下,酒席已备,好酒好肉款待,酒过三巡,划拳猜枚之声,直冲屋梁。

鳌柱山范围很大,蒋明先抱着"兔子不吃窝边草"的态度,把周围几十里地内的村庄视作自己的地盘,轻易不去骚扰,甚而加以保护,老百姓也不敢不供应他们,解决了山上的给养问题。他分明还向"中州大侠"王天纵和率数万之众扫荡豫、鄂、陕、甘数省,给袁世凯的统治以沉重打击的白朗,学了不少东西。他用"义"团结同道,下令"五不准",用纪律约束队伍,因而不同于同辈的杆首、山大王,能得到穷苦百姓同情,队伍迅速扩大。先后啸聚于鳌柱山上的武装有三种类型,一种如刚刚上山的樊玉龙,以暴动的形式,抢走民团局子的枪而形成的武装;另一种是从民团炸出来的武装;再一种是地主老财为维护自身利益,派进来的地主武装。成分虽然复杂,但在蒋明先的统领下,尚能令行禁止,形成战斗力。

樊玉龙上山时,山上除大当家蒋明先之外,还有七个头领,他们是郭春旺、麻子才、贵老七、李宏军、招山林、孙燕、任中杰等,他们各自出身不同,掌握的武装不同,上山原因也不同。郭春旺系临汝人,原是鳌柱山煤窑挖煤工,一次井下冒顶死了人,他领头闹事,杀了工头,被官府追捕,只好落草。麻子才是伊西人,本是当地牛经纪,因挥霍无度,把很多人交他买牛的钱花光了,无法应付,便上了鳌柱山。贵老七是临汝人,他的两个哥哥在赵偶的宏威军当兵,他跟着曾经流窜数省的大杆子老洋人扛枪,后来老洋人被收抚,插起的枪很多,他就拉起一部分人带枪上山与蒋明先会合。这些人都是外队,形式上拥戴蒋,大都独立活动。蒋明先的核心力量只有李宏军、招山林、孙燕、任中杰掌握的八九百人。李宏军系本地人,曾在赵偶的宏威军当排长,赵偶失败,他带回了二十多支枪;招山林小地主出身,父母早亡,十三四岁学会赌博,卖光一顷多地后,出来要枪;孙燕曾跟随白朗征战,年轻英俊,机智多谋,善交游,有"浪子燕青"之称,白朗的队伍打散后,他和好友任中杰收拢八九十人,同蒋明先一起上了鳌柱山。还有一些不是核心人物的小股,有利则来没利则走,怀着各种目的来到鳌柱山,蒋明先虽知这些人靠不住,但为了广交四海,也予以接纳。如一个叫阎得利的身材矮胖的小头目,就是蒋明先的老东家钟家的对手阎家派进来的。阎家怕蒋明先对他们不利,就派阎得利带了几十人带着枪掺了进来。

樊玉龙在山上住了三天,和山上几个头领混得很熟络,各人的底细也都互相吐露出来,大有相见恨晚之慨。下山前晚,蒋明先与众头领又在议事厅设宴送行。席间蒋明先谈起举事时的曲折经历与当前的兴旺发展,不仅感慨万千,把当年在私塾里读到的一点历史知识,抖搂出来。他从项羽带领七十二江东子弟过江争霸,说到汉光武中兴;从刘、关、张桃园三结义取得三分天下,说到孙中山组织同盟会推翻清朝,总之是干事离不开一帮真心兄弟。话到激越处,他把酒杯用力往桌子上一放,高声道:

"咱们虽都是凡夫俗子,改朝换代的事轮不到咱们头上,但在座各位也非庸碌苟命之辈,处当今乱世之秋,定想有所作为,干成一番大事。凡大事,不是一人可为者也。要干大事,要不受别人欺侮,要御风独立于乱世,必得结伙抱团,把心连在一起,把力捆在一起,互相帮衬提携,才会有出息,才会有共同出头之日。玉龙老弟明天一早下山了,我想趁他今晚在此,大家套套交情,拜把换帖,歃血为盟,结为金兰兄弟,不知诸位意下若何?"

　　众人一听头领是想要同大伙套交情,拜把子,立刻响应,异口同声表示赞成,吵嚷着去准备香案,举行拜把仪式。蒋明先从卧室取出一幅五尺高的关羽像挂在大厅正中墙上,又命人在像下方桌摆上香炉供品,然后众头领将盒子枪推上膛,枪口对着自己放到桌案上,交换生辰八字。焚香礼拜后,按齿序排列,那个在寨门口开枪射杀乌鸦的郭春旺,年龄最大,排为老大,那个在寨门口收去礼金的麻子才,排为老二,依次排下去,蒋明先为老三,樊玉龙为老六,孙燕年纪最小,为老九。他们一个一个跪在关公像前,对着自己的枪口盟誓。郭春旺先说:"我是老大。以后如果对这些兄弟有三心二意,就叫我粉身碎骨。"接着依次起誓,当每个人提到三哥时,声音都特别响亮,重复说:"如果我有三心二意,就叫我粉身碎骨,家破人亡。"第二天,喜交朋友相信朋友的樊玉龙带着一份浓浓的交情和一个"樊老六"的称号下了山,回眸望去,他感到雄伟的鳌柱山好像同他来时看到的不同了,更坚实了。

二十三　天不公道我公道

樊玉龙带着周福来、刘海回到大吴村,把拜山和套交情的经过向吴学武一说,吴学武很高兴,摩拳擦掌地在屋里走来走去,不住问:

"啥时候大干一场?啥时候大干一场?大当家的咋说?"

樊玉龙笑着起身把吴学武按到椅子上:"你别急嘛,坐下听我说。"

"你下山时蒋明先有啥交代?"

"蒋要我们派人到宜阳县水磨寨联系,把那边局子的枪拉出来一部分,他准备下山与我们会合,来一次大的行动。"樊玉龙握紧拳头晃了晃,"咱的队伍急需扩大,咱不能像龙门西戴贤他们那样窝着,咱要有大行动,咱不靠杀人越货弄钱买枪,咱要从民团手里弄枪,最好是把他们拉过来。"

"好!"吴学武一拍桌子,"正好我在水磨局子有个朋友。"

"他在那里干啥?"樊玉龙问。

"他在那里当棚长,叫章建生。"

"章建生?蒋首领向我提到过这个名字。"

章建生性格豪爽,年轻气盛,当年在白土一家地主家里扛长工,东家是个特别刻薄抠门的主儿,一次无端刁难他,并要克扣工钱,他正等着这点钱回家过年,双方争执中,他一气之下将东家打伤了。白土的局子要抓他,他躲进村外一间场屋不肯出来,局子竟放火点着场屋。眼看要被烧死,适逢蒋明先义军打此路过,扑灭大火将他救出。

蒋明先对章建生有救命之恩,吴学武与章建生又是旧交,樊玉龙掂量吴学武前去策动,会有九成把握。果不出所料,吴学武找到章建生,两人刚在村头小馆坐下,吴学武一句是蒋明先和樊玉龙派我来找你的,把章建生惊得手中的茶从茶碗中泼洒出来。章建生凑过头来问,不知蒋头领与樊头领有何见示?吴学武说,咱兄弟不见外,不瞒你说,我现在跟着樊头领干。樊头领樊玉龙你听说了吧?章建生急忙点点头,听说了,听说了,樊头领在小吴村起事干得漂亮,一下子震动了伊河两岸。吴学武接着刚才的话又说,樊头领不久前上过鳌柱山,会了蒋明先并与之结为金兰兄弟。两人约好,最近蒋头领带人下山与他会合,在伊东伊西来一次大行动。章建生握握筋肉发达的拳头问,二位头领命俺做啥?吴学武说,你是棚长吧?要你把这棚人拉出去。章建生宽大的嘴角挂满笑纹,兴奋道,说实话,这里的局子头是俺的表亲,俺得叫他表叔,他对俺还不错,但管带为人阴险刻薄,处处刁难弟兄们,俺在这里干得憋屈,早有上山的想法,苦于没有机会,今日机会来了,俺定不会放过。吴学武问把一棚人拉出去有啥困难没有?章建生年轻的脸上浮出一缕狡黠的笑纹,说困难不在拉一棚人,在怎么把六棚人都拉出去!吴学武吃了一惊,问那行吗?章建生坚定地答,俺看行,那几个棚长都是俺的拜把兄弟,也都与管带不对付。吴学武提醒此事可要小心,章建生说你放心吧,俺自有主意。与吴学武第一次见面之后,章建生串连了其他五个棚长,并约大家在村头小饭馆同吴学武见了两次面。吴学武详细转达了蒋明先和樊玉龙的意思,大家认为跟着这两个头领能干大事,一致决定从民团炸出来,但何时起事,需待时机。

这边,蒋明先带领几百人已经下山,要樊玉龙把人拉到离水磨不远的吉庆寨会合。樊玉龙认为这是个大好机会,一面要吴学武赶快通知章建生在水磨起事,一面带队向吉庆寨进发。到了伊河东岸,看到隐藏在芦苇丛中的李宏军,李宏军却告诉他,蒋玉先带领一百多人到鲁山去了,把打吉庆寨的事交给了他俩。吉庆寨是个大庄子,很富,枪多人多,寨子修得坚固,民团把守严密,蒋明先轻敌了。这一夜,李宏军和樊玉龙率队逼近吉庆寨,本想以偷袭的方式打它个措手不及,但地里的麦苗刚过脚脖,不利于隐蔽,只好先往前走。离寨子还有一里地，前面天空出现了一片亮光，明晃晃的，可天上没有月亮！樊玉龙带几个人靠前察看，原来是寨墙四周挂满灯笼，寨墙内外白昼一般，寨墙上人影幢幢，好像全寨青壮年都上了寨。他传令队伍停止前进，就地休息。他认为已走漏风声，不打为上，李宏军却要硬攻。

"五哥，"李宏军在鳌柱山拜把兄弟中排行老五，樊玉龙唤一声，"看这局面对方已有布置，强攻必然造成弟兄们大量伤亡，还是不打为好。"

"哪有打寨不伤人的？"李宏军说，"咱们两三百人拿不下一个小寨，没法向三哥交代。"

李宏军负过伤，灯光映照下樊玉龙看到他脖子上的伤疤在不住跳动，心软了，正想不再争执，早先派出刺探军情的刘海跑回来报告，说附近几个村子的民团出动了，看样子是要堵咱们的后路。李宏军听后拉拉樊玉龙的手，立即下令向东南方向辙退。第二天晚上也是个月黑风高之夜，他们悄悄靠近了离吉庆寨二十几里的柳店。柳店距伏牛山麓不远，位于一个岗塬，三面环坡，一面是块濒临杜康河的开阔地，几个较小村庄将它围在中间，是个小集镇，也是个中心局子，与金贤、大皋几个局子联防；村中居住五百多户人家，土地肥沃，盛产粮棉，多殷实农户，其中有七八家大财主，如能打开，收获定比打吉庆大得多。大伙摩拳擦掌，心想要在这里补补放弃吉庆的损失。半夜起了风，小风刺得人簌簌发抖，有的人连枪都抓不紧，直想头儿快点下令冲进寨去找个被窝暖暖。时间过得很慢很慢，挨到拂晓，未想到上边却突然传下一道类似在吉庆听到的那样的命令：撤退。

一时哗然，一下炸了锅，说什么的都有。李宏军这次倒是站在樊玉龙一边，几个刚合进来的小股却吵吵嚷嚷，特别是戴贤股里的王大山，蹦得最高，吵得最凶。他大声骂，要当兔子就趴在窝里别动，何必颠个屁股让人家瞧腚沟子，丢人现眼。樊玉龙看着自己带领的这群乌合之众，也只能暗自摇头。原先他同戴贤有约，遇大行动告知他们，欢迎他们加入。戴贤就是这样带着他的十几个人来的，没想到他的人很散漫，不服管，牢骚多。樊玉龙听着王大山的骂声没有动气，倒是戴贤感到难堪，走上去硬把王大山的怒火按下去。樊玉龙召集众头目开了个会，说明根据得到的情报，金贤、大皋和其他几个局子的民团大约一千人,正向柳店集中,咱们需要马上向鲁山方向转移,追上大当家蒋明先再做打算。队伍开拔,撤到大虎山里却又停了下来。好像是在等伊西水磨那边的消息,当日水磨局子在章建生鼓动下已经炸了,吴学武、章建生带着水磨局子炸出来的六棚人和枪正赶过来。队伍集齐后,只有李宏军带少量人马一路鸣枪呐喊,大张旗鼓地奔鲁山而去,樊玉龙却把两百多号弟兄仍然窝在几个小山村里,不时有人抱怨。他不管这些,派人到柳店四周活动,到处放出“刀客跑了,刀客向鲁山跑了”的消息。直到两天后,趁各地民团情绪松懈刚刚退回原处的时候,立即率队扑过去,给柳店杀了个回马枪。柳店民团做梦也想不到远去鲁山的樊玉龙,会从天上掉下来砸到他们寨上。当吴学武、章建生、戴贤带着三支突击队天擦黑冲进东西北三个寨门时,局子里的人想把喝汤碗换成日本造都来不及了。民团被大部缴械,几个大户的珍贵财物被搜罗一空,樊玉龙同时下令开仓放粮。

官仓打开,告示贴出,就是没人来领粮。樊玉龙急了,看看冷冷清清的街道,召集众头目到柳家祠堂开会。众头目除了说百姓害怕之外,也说不出别的原因。这时身高体壮、血气方刚、满脸红糟疙瘩的章建生却说了,咱豫西的穷百姓历来不怕扎下来的刀客,怕只怕没有名号的乱匪。俺看咱得竖旗,没旗不成军,竖起旗自有人来吃粮。樊玉龙点点头,说我也这么想,我在鳌柱山看到过一面杏黄旗,不知为什么没人打出来。吴学武凑热闹喊,那咱就把杏黄旗打出来。樊玉龙即刻命他到街上弄来一丈二尺杏黄绸,穿上一支竹竿,顷刻之间打出一面呼啦啦的杏黄旗来。章建生把旗举起迎住太阳看了看,说还不行,有旗没号不行,得有个名号,咱们叫啥军?大伙一时兴起,七嘴八舌叫嚷着说出许多名号,把戏台上唱的、旧书里讲的、老百姓嘴里传的那些山林名号一股脑儿往外倒。樊玉龙摇摇头,说这军名咱可不敢起,这要听大头领蒋明先的。章建生有点不服,指指绸旗涨红脸说,那这上面也该有几个字吧!众人附和,但要谁写,谁都不写,这不是举手打枪,个个逞强,都明白自己肚里有多少墨水,互相推让,最后只得由樊玉龙来写。吴学武找来笔砚,研好墨,将笔递到樊玉龙手上。樊玉龙把手往后缩了几缩才将笔接住。

“这管笔真重呀!”樊玉龙抬头望望大家,笑着叹口气。

"对咱来说,肯定重过一支德国造。"章建生接过话,龇龇一口结实的白牙。

戴贤叹口气说:"谁让咱命不好,爹娘没钱让咱多读几天书呢?樊头领能写字,俺看已经不赖了。"

"俺的字可是写得孬啊!"樊玉龙把笔蘸饱墨汁思考着。

"咱不管字写得孬好,咱要一个意思!"周福来用鼓励的眼神望着樊玉龙,瓮声道。

樊玉龙咬了咬牙,带着一股狠劲,挥笔在黄绸上写了两个字:"公道"。字如斗,龙飞凤舞,虽不中规中距,却自有一番酣畅、火爆在里面。众人尚不明其意,只见他捉笔又在"公道"字上方写了一行拳头大小、歪歪扭扭的小字。众人围上细看,章建生一拍桌子大声念道:

"天不公道我公道!"

众头目好像被电击了一下,都噤了口。

少顷,章建生初醒似的又拍了一下桌子,在桌面上的茶碗茶碟叮当作响中,打破了沉默,说:"好,这意思好,这意思正是咱兄弟们的念想!"

众人似乎也醒悟过来,不管明白的和没明白的,赞成的和不赞成的,异口同声都说好。

吴学武脖子一歪挺挺胸脯嚷道:"那这旗就是公道旗了,咱们的队伍就是公道军了。"

樊玉龙急忙向大家摇摇手,说:"这军名咱们可不好说,这要由蒋大当家来定。"

公道旗插出去也真灵,只在柳家祠堂门口呼啦啦抖动半天,到下晌就有人来领粮,也有人来吃饷。两天不到,收缴民团的近百条枪就被附近几个村子来的汉子、娃子背上了。队伍扩大,坏事也出了不少。樊玉龙要周福来带几个人到各小队再次申明纪律,甚至敲着一面铜锣四街高喊:各位弟兄听明啦,樊头领有令,不准随意烧杀,不准骚蹋百姓,不准糟蹋妇女,不准抢拉耕牛,个人不准背大包袱,违者必受严惩!这"五不准"是鳌柱山的老规矩,但还是有人违反。就在昨天有人把一个恶霸家的房子点了,这个恶霸鱼肉乡里,欺压乡民,做了很多坏事,房子点了也就点了,没有追查。但糟蹋妇女的事仍有发生,影响很坏。樊玉龙感到必须马上刹住此风,于是带上周福来、刘海几个人亲自上街巡查。街道两边不时传出的砸箱倒柜声、吆喝声、哭喊声,乱成一片,他不顾眼前这片乱象,一直往前走。忽然看到一群弟兄站在一个有石狮子的大门口嘀嘀咕咕说笑。樊玉龙上前问他们为什么站在这里,一个人答那个叫王大山的正领着几个手下在扒人家女人的裤子哩。血一下子冲上樊玉龙的脑门,带人进去一脚踢开传出哭声的房门,只见一个披头散发、披件棉衣的女人,两手抱着袒露的胸脯蹲在墙角低声哭泣。王大山和他的几个弟兄看到樊玉龙进来,忙装出在屋里搜寻东西的样子。

樊玉龙红着眼问:"你们的戴头领呢?"

一个弟兄怯怯地看下王大山答:"戴头领在隔壁过烟瘾哩。"

樊玉龙扭头看着墙角又问:"这个女人是咋回事?"

王大山斜斜眼满不在乎地说:"啥咋回事,不就是个女人嘛。"

樊玉龙气得不想再看王大山,扭脸对刚才答话的那个弟兄说:"快去告诉你们戴头领,一个时辰后全体在局子前边集合。"

人集合齐了,樊玉龙看着三四百人的队伍齐刷刷地站在自己面前,心里不禁一阵兴奋,但他控制住自己的情绪,眼神凌厉地向下扫了一遍,而后开口讲话:

"弟兄们,咱们在柳店打了个漂亮仗,一个回马枪让枪多人旺的柳店民团缴了械,还让周围的民团头子们愣了神,看看,咱们已在这里盘了三天,他们还没醒过神,说明咱这一仗把他们打蒙了,打怕了。为啥咱们能打胜仗?因为咱们像一支有指挥、有纪律的队伍了,咱们的队伍发展了。这本是该高兴的事,可俺这时却高兴不起来,因为在咱们弟兄中竟有人胆大包天,不顾三令五申的几个不准,糟蹋老百姓的妇女,败坏鳌柱山的名声,让全体弟兄背黑锅,大家说此人可恶不可恶?"

"是哪一个?"

"有种站出来!"

"杀了他,杀了这个败类!"

樊玉龙扭身指指背后的杏黄色公道旗,又问:"糟蹋人家的妇女,这公道吗?"

"不公道！不公道！"

下面喊声四起,樊玉龙看一眼站在旁边冷笑的王大山,厉声道:"王大山,你给我站出来!"

王大山瞄瞄满脸怒气的樊玉龙,仍大大咧咧站着不动,嘻嘻嘴无耻地说:"樊老弟,值当发这么大火吗？过去老哥弄的女人老多啦,又弄一个算啥子事!"

"过去是过去,加入鳌柱山的队伍就得守鳌柱山的规矩!"樊玉龙厉声说。

"哈哈,啥屌毛规矩,俺是个天王老子都不管的人,还能让你的规矩管？哼,老子就是不要规矩才上山的!"

"给我绑了!"樊玉龙剑眉竖起,一双喷火的黑炭般的瞳仁跳动着大喝一声。周福来、刘海看到王大山如此托大,目中无人,心头早已火起,听到樊玉龙命令,带几个人冲上去先下了王大山的枪,再用麻绳结结实实地把人捆绑起来。

戴贤看到情况不妙,急忙走上前对王大山申斥道:"大山,错了就是错了,还不赶快给樊头领认个错。"

戴贤本想缓和气氛,要王大山认个错,给樊玉龙一个台阶下,但王大山却说:"俺是你的人,俺凭啥要向他认错？你要同他搁伙,俺看这伙是搁不下去了,咱走不行吗？"

下面又是一片叫嚷:

"干了坏事,哪能想走就走,说得轻快。"

"不能让他就这样走了,他敢干坏事,他就要为干的坏事担责。"

"不能便宜他,要处治他!"

樊玉龙站在柳店局子门前的台阶上,几次作出按下的手势,队伍里的议论声才停止。静下之后,他把目光停留在戴贤身上:"戴头领,你看这事该咋办？"

戴贤看到事情已弄得难以收拾,众怒难犯,自己又人少力单,难以扳回局面,只得硬着头皮说:"事已至此,听凭樊头领处治。"

樊玉龙的脸色猝然变得铁青,朝周福来、刘海挥下手说:"拉下去,将败坏规矩的王大山执行枪决！"

王大山似乎有点尿了,拉长腔叫了一声:"戴贤兄弟——"看到戴贤低下头不看他,猝然又发怒高喊,"妈的,送老子上路总不能没有三碗送行酒吧!"

戴贤找人从街对面酒馆要了一坛酒和两个碗过来,给王大山连倒两碗,到王大山喝第三碗时,他给自己也满上一碗说:"大山兄弟,哥也陪你一碗。"两碗叮当一碰,两人一饮而尽。

"哈哈,咱死得不亏,为女人死,风流,风流……"

枪毙了王大山,樊玉龙心里也是酸酸的,不能不承认王大山也是条硬汉,但他出来闯出来混为的是什么?仅仅是为了金银财宝、为了女人吗?他望望眼下的几百号人,要把他们整合成一支队伍,能办到吗?前面不知还有多少难题!刚才他说过,周围局子头们这次被打蒙了,三天过去他们也该回过了神,是从柳店撤出去的时候,于是下令各头目即刻清点自己的人,连夜开往鲁山与蒋大当家会合。黎明时分翻过大虎山,队伍暂停休息时,戴贤无精打采地向樊玉龙走来。樊玉龙关心地问他是不是一夜行军吃不消,他摇摇头说不是,是他和弟兄们离开山寨多日,想回去看看。樊玉龙说,听说蒋大当家已在鲁山打开了背孜、瓦屋几个大村镇,等到那边见上蒋大当家一面再回吧。戴贤说不啦,见到蒋大当家您代我向他致意,俺同弟兄们还是先回的好,望您照准。樊玉龙明白疙瘩结在哪里,也不想说破,答道啥子照准不照准,老兄对俺有恩,俺不会忘,弟兄们真想回去俺不会为难他们,从柳店弄出来的东西,枪、财物,你随便拿,想要啥拿啥。戴贤说啥都不要,只是这次出来把子弹打光了,就拿点子弹吧。樊玉龙还是送了戴贤一程,晨光中看着十几个散乱的背影,知道他们只是同路人,是不能与他一起走到底的,心也释然。

柳店一战,樊玉龙声名鹊起,沿途有几个小股来投。过了县城附近的汝河,前边山窝里突然出现一大群手持枪械、衣着杂乱的人。樊玉龙命队伍立即散开,清冷的大山间顿时响起一阵拉枪栓的声音,一阵沉寂之后,对方扬声高问:

"是樊玉龙的队伍吗?"

"你们是什么人?"

"我是黎悦,我要见樊玉龙樊头领。"一片山岚移动着,对面一块突兀的黑石显露出来,一个人站在黑石上高声答话。

"我就是樊玉龙,不知兄弟有啥话要说。"樊玉龙从一棵胡桃树后走出来。

"你就是去年在小吴村起事,三天前打下柳店的樊玉龙吗?"

"在下正是。"

"樊大哥,请受小弟一拜!"真像是在戏台子上,那个自报姓名叫黎悦的人跨前一步,双腿微曲,双手抱拳,深深地作了一揖。那人生得头大肩宽,左右挎枪,动作十分灵活,不等回话就从一丈多高的黑石上跳下,疾步朝樊玉龙走去。因为走得太快,两把盒子枪上的红绸缨一甩一甩,煞是好看。可能是太急于见到樊玉龙,走一段又将前后摆动的盒子枪用双手按在左右胯上跑起来。看到这情形,樊玉龙疾步迎上去,紧紧握住对方伸过来的双手。

"樊头领,俺们在这里等你两天了。"黎悦不断摇着樊玉龙的手。

"这是咋啦?敢劳兄弟在这里久等?"樊玉龙定睛看着黎悦吃惊道,看模样黎悦太年轻,简直还是个嘴上无毛的娃子。

"俺是来投奔恁的,望恁收留。"黎悦绷着稚嫩的脸分外严肃地说。

"岂敢谈收留,"樊玉龙说,"合股吧。"

"俺是诚心。"

"多少人?"樊玉龙往前方张望一下,"还不少呢!"

"不过三百多人枪。"黎悦憨憨地笑了,有点羞赧的样子。

"可不少,可不少。"樊玉龙一面赞叹,一面端详对方的面容,迟疑道,"请问贵庚?"

"十九啦,老父在时总骂俺不小了,不成器。"

"真是自古英雄出少年啊!"樊玉龙惊讶地拍了一下手。

"俺是个败家子。"黎悦自嘲地一笑。

"后生可畏,后生可畏。"

黎悦是鲁山人,家住鲁山和伊西交界的药王庙镇,家中有良田十数顷。自小受父母娇惯,不好读书,喜结交侠义之士,好打抱不平。去年县府新增皮棉税,将过去按亩收税改为按皮棉估产收税,税吏随意估高产量多征,引起棉农不满。有棉农与税吏发生冲突,税吏因烟瘾骤发失足掉下山崖死亡,县知事大人却把棉农判了死罪。审案不公,群情激愤,知事终不改其错判。十八岁的黎悦心甚不平,单枪匹马闯入县衙,举枪将知事打死在大堂上。事情闹大了,老父气急而亡,他一把火烧了自家的宅院,带上家丁,买枪招人,由于他的名声大,不数日队伍就拉了起来。樊玉龙听说过这个人,如今一见,果然名不虚传,大有相见恨晚之感。

两股人合在一起走到背孜,蒋明先看着一支新组成的六七百人的队伍,十分高兴,说要庆功,给樊玉龙庆功,给章建生、黎悦庆功。背孜地处穿越伏牛山的由南阳至洛阳的官道上,自古以来是商旅重地,大街两旁南北山货店铺林立,饭店酒馆比比皆是,招牌旗幌目不暇接。蒋明先在全镇最大的一间饭店——高升记设庆功宴,席间正式将樊玉龙、黎悦合成一大股,樊玉龙为大架子,黎悦为二架,章建生为三架,吴学武、周福来和黎悦、章建生手下的几个头目为队长。谈到今后的发展,蒋明先说他带人向鲁山、登封发展,樊玉龙带人向伊东、伊西发展,大家热情很高,个个表示赞成。酒到半酣时,有人提出竖旗。说队伍发展到这般境地,不竖旗不足以震慑四方。周福来一听这话,大跨几步将插在门外台阶前的公道旗拔下拿到厅里,刘海忙走过去帮周福来将旗展开。众头领围过来观看,啧啧称道不已。

蒋明先低头看看旗面问:"这字写得不错啊!"

"三哥见笑了。"樊玉龙急忙上前一步说。

"你不是说你没读过书吗?"蒋明先笑道。

"在村塾读过半年,后又跟着寿庭先生读过,也只是浅识几字罢了。"樊玉龙自谦道。

"不错,不错。"蒋明先点点头。

李宏军想起鳌王庙门首那面旗,说:"鳌柱山原本就有一面杏黄旗,只是没有字。"

一直站在蒋明先旁边的孙燕扭过头来,看见蒋明先的面部表情平淡,插进来说:"三哥,我看'公道军'这个名号很有威势,咱们就叫公道军吧!"

樊玉龙忙说:"请三哥再给咱的队伍起个名号。"

蒋明先沉吟一下,笑着说:"旗大招风呀,我看鳌柱山还是打那杆无字旗,至于玉龙和黎悦这边已将公道旗打了出来,那就还打下去。"停一停又说,"洛阳的吴佩孚一直盯着咱们,现在咱们在这里集中了近两千人,他必定更为注意,据报,他的第三师所属的一个团和镇嵩军的一个团,已向鲁山运动。因此,我想改变攻打方向,主力转向宝丰。"

"俺们呢?俺的队伍呢?"黎悦紧张地问,好像怕把他落下来似的。

"你和玉龙仍在伊西、伊东一带发展。"蒋明先说,"大家要听玉龙指挥。"

最年轻也最兴奋的黎悦大半斤酒下肚,一激动就提出要打伊东县城旁边的山屯,他家在山屯有田地,过去常进出山屯,对那里的富饶风物心里早有本账,特别是对民团的二百多支全新德国毛瑟十分眼热,说打开一个山屯,胜过打十个土寨子。章建生、吴学武一听也来了劲头,一迭声地要去打。樊玉龙摇摇头,说山屯离县城太近,县城有王立勋一千多人的城防总队,伸腿可去救援,怕一时打不开反被拖住。黎悦不服,说就是因为它离县城近才更要去打它,打掉它趁机把县城也端掉!樊玉龙说这样太冒险,黎悦马上走过来拍拍他的肩膀说,冒险?咱们干的就是把脑袋掖在裤带上的勾当,还讲啥子冒险不冒险?黎悦自幼看武侠小说多了,性喜闯荡,天马行空,年轻气盛,难以约束,只几天樊玉龙就摸透了他的秉性,不愿同他争论,要蒋明先定夺。蒋明先感到自己不明情况,难下断语,推说明天要去宝丰,两伊这边的事还是由几个头领商量吧。蒋明先走后,黎悦坚持要打山屯,樊玉龙只好同意,但要留章建生或吴学武做预备队,可是两人都不愿意,好像山屯是一块到口的肥肉,谁晚到谁吃亏似的。樊玉龙又想起辛师爷常说的那句"乌合之众",现在他带领的这六七百人真是"乌合之众"哪,他这个大架子对其无能为力!

二十四　覆灭

　　山屯紧靠伏牛山,东门外是一个沃野千顷的小盆地,杜溪河从盆地旁边穿过。寨子地势险要,寨墙高且坚,环墙修了许多碉堡,街道中心还有不少炮楼。寨里有十几户拥有数百顷田地的大地主,财力雄厚,民团有二百多人,武器精良,加之与王立勋的县民团互为犄角,互相支援,从未失过事。背孜离山屯约六十里,队伍傍晚出发,六百多人一拥而出,在山路上浩浩荡荡,也是一派气象。四月初天气,月明星稀,夜风和顺,骑在枣红马上的樊玉龙却一直不安,警觉地观察着周围的每一处景物。接近杜溪河上游时,刘海带着侦察队回来报告,说没发现异常情况,从外部看,全寨没有一丝光亮,连狗吠都没有,好像狗同人一样睡着了。听到这个消息,黎悦一扬鞭,策马过河,大声呼叫大队跟上。黎悦让公道旗招展在前,队伍紧跟在后,好像去参加检阅一般潇洒。樊玉龙"驾"的一声,正想飞马赶上前将队伍截住,不知怎的座下的枣红马竟发狂似的蹦跳起来,"咴咴"长啸。樊玉龙以为它受了惊,俯下身正想去抚抚它的脖子,不料它又是一颠,将樊玉龙颠在空中,重重地落在乱石滩上。樊玉龙挣扎着起身,猛地又摔倒在地,脚部的剧烈刺痛感传遍全身。他再起身,再摔倒。周福来跟着他那做牲口经纪的老爹学了点跌打医术,要樊玉龙枕块石头躺好不动。他想着老爹教他的要领,顺着那条剧痛的腿摸下去,摸到脚踝处,与樊玉龙不禁同时"哎呀"一声。他说脱臼了,樊玉龙问怎么办?他说这不是啥子大事,交谈间乘樊玉龙不注意，手猝然一推把脚踝接了回去。樊玉龙额上的汗珠打湿了枕着的石块，紧咬嘴唇不出声。周福来说没事了，樊玉龙问我可以骑马了吗？周福来说不行，你得在这里躺着。樊玉龙急了，说战斗就要打响，我躺在这里咋算？周福来不再解释，要站在旁边的刘海赶快过河把黎头领叫过来。黎悦骑马赶过来，还有几丈远就从马上跳下来，一手牵马跑到樊玉龙身边。樊玉龙感到自己实在无法跟大队行动，千叮万嘱黎悦切不可一拥而进，山头放哨，寨外留人，一定要预留退路；进寨后要先打碉堡和炮楼，不可冒进，打不赢就撤；密切留意县城方向的动向，不可让城防总队抄了后路。黎悦一一应诺，交代周福来、刘海带一棚人把樊玉龙照护好，匆匆又过河而去。

午夜过后，黎悦带领队伍来到东门外，只见寨墙上每隔三丈挂起一盏风雨灯，上下通明，墙上的寨楼和碉堡却没有一点动静。黎悦命人攻门，先用系在绳子上的铁钩，把墙外鹿砦清理出一个十余丈的口子，紧接着章建生、吴学武带人冲过去架上云梯。当守在寨楼上的局丁听到响声急忙穿衣拉枪时，冰冷的枪口已杵在他们脑袋上。章建生逼着一个小头目拿钥匙打开五寸厚的包铁寨门，刀客们潮水般涌进寨内。两边寨墙上有人开始向下射击，下面向上还击，街上乱了，黑暗中到处都是人影，到处都是枪响。黎悦率大队向寨中心直冲，想一举拿下局子大院将民团缴械，而后控制整个寨子。刚越过十字路口，从局子里跑出来的团丁堵住他们，双方发生激烈交火。快到天亮，黎悦命章建生和吴学武带队从左右两侧夹击。民团管带姓黄，是个难啃的家伙，命手下缩回局子大院，拼死抵抗。局子被围到天色微明，里面不出来，外面进不去，周围的景色渐渐清晰起来，拖延下去对进攻不利。黎悦派人喊话，黄管带就是不肯缴械，四面碉堡和炮楼不时从后面放枪，攻方伤亡渐多。黎悦心急火燎，决定使用火攻——火烧局子大院。章建生、吴学武立即命众人从附近抱来高粱秆、玉米秆、麦秸、棉棵等，堆在局子大院临街房子的房檐下点起大火，火势迅速蔓延，浓烟滚滚，半条街被火光照得通明，眼看院子里的房子一座座烧塌下去。章建生、吴学武带着众弟兄隐蔽在暗处，枪口对住大门，等着受不了烟熏火烤的团丁们往外逃跑，可一直没有一个人出来。天大亮后，院子里没有了枪声，黎悦令弟兄冲进去，院子里已无一人。原来黄管带在烟雾最浓时，发现一条黢黑的电话线尚未烧断，像抓到救命稻草似的，急忙向县城拨打电话，要求王立勋快来救援。王立勋答应立刻带人过来解救，要他坚持住。黄管带一想二十几里路不愁走，县城防总队两个时辰就能赶到，像喝了一杯酒似的兴奋起来，带头翻过后墙，穿过两条小街，上了中心炮楼。这中心炮楼不是一般炮楼可比，它高三丈余，分上中下三层，每一层周围都留有枪孔，上下层枪孔错开，能监视二十丈以内的地面。它的地基和墙壁全用砖石砌成，比一般屋墙厚三倍，非常坚固，子弹打上去冒股白烟连个痕迹都不会留下，更别说取人性命。黎悦气得蹦着骂娘，炮楼内的人感到生命无虞，救兵将至，反而嚣张起来，戏骂道：

"道上的朋友，打累了吧？俺们这里有酒有菜，上来喝一杯，歇口气？"

"龟孙们，别嚣张，"下面的人喊，"你把头伸出乌龟壳试试，看老子不一枪打掉你的龟头！"

骂战中，吴学武悄悄绕炮楼一周，发现西侧有死角，又提出使用火攻。他带一帮弟兄从附近农家院里搬来柴草，点上火，又把收集来的辣椒放上去，刹那间滚滚浓烟夹带着辣椒的辛辣气味，灌满炮楼，炮楼内的人哑了，但炮楼外的人要攻上去，仍不可能。

摔伤后不能行动被转移到附近一个小山村的樊玉龙，一直注视着天色的变化。太阳已上头顶，远处的枪声依然那么密集，他想到黎悦的进展不是那么顺利，担心黎悦恋战，派刘海前去察看战况。快到山屯，刘海将枪藏在一个隐秘处，一身黑衣，假扮一个团丁混进寨内，在中心炮楼附近找到黎悦，把樊玉龙的意思说了。黎悦不愿撤出，说只剩几个炮楼在死撑，俺不信打不下，到手了的雀儿还能叫飞了！刘海又讲了樊玉龙对王立勋的担心，黎悦大笑说，大架就是谋略有余，勇气不足，等会打下山屯，山屯寨高墙固，俺还怕他王立勋来攻？俺就要同他碰碰，杀杀他的威风！刘海无法，只好回来向樊玉龙报告。樊玉龙摇着头叹口气，说黎悦如此任性妄为，是要吃大亏的。刘海说还有一件事报告，樊玉龙要他快说，他说回来的路上看到前面黑压压一群人，好像是从县城方向开过来的城防队。樊玉龙一听这话，说声"糟"！脸色倏地大变，猛起身向前跨两步，摔倒在地。周福来和刘海急忙将他扶起，他口中还在不停地说，完了，完了，黎悦把弟兄们都送进鬼门关了。唉，俺手中没有预备队，这可咋办？

说着，泪流满面。

到了中午，王立勋带着他的四个大队，浩浩荡荡开到山屯。他留一个大队在寨外打援，另三个大队从三面向黎悦他们包围过去。攻寨的弟兄渐渐被压迫到十字街口一带坚守几个据点。王立勋一连组织几次冲锋，双方死伤惨重，尸体把街口都堵住了。城防队的人上了房子，包围圈越来越小；城防队从上往下打，子弹如雨般密集，子弹已将打尽的黎悦们，被迫退到一个大户人家的宅院，再想突围已不可能，只好凭墙死守。城防队的人开始在外面喊话：朋友们，俺们知道你们没子弹了，不要再顽抗下去，王大人说了，只要你们放下武器，就放你们一条生路，让你们回家与亲人团聚。要打要和，给你们半个时辰商量。打下去，你们一个也活不了，和的话，就赶快派代表过来面见王大人。对方一遍一遍喊，开始这边的弟兄们充耳不闻，也不相信他们的王大人会有慈悲心肠，但对方喊着喊着却突然停止了射击，大街小巷一时陷入一片令人胆寒的沉寂。黎悦这时看看满身疲顿的章建生、吴学武问：

"二位啥意思？"

章建生感到黎悦沙哑的声音在耳廓上划了一下，没有答话。

"学武兄呢？"黎悦低着头没看吴学武的眼睛。

吴学武说："可以去谈谈。"

"王立勋的话可以相信吗？"黎悦说，与其说是问别人，更像是问自己。

章建生终于开口："我说不可相信，也许他指的路会让我们死得更惨。"

"那你说该怎么办？现在我们可以说是弹尽粮绝，身陷包围，还有哪条路好走？"吴学武说，"打，是必死；不打，万一是条生路呢？只要脑袋不搬家，留得青山在，还怕没柴烧？"

"对，留得青山在，还怕没柴烧！"黎悦来了点精神，"就这样定，去同他们谈！"

三人中谁去谈判？吴学武说建生兄见多识广，场面上走动得多，又善于言辞，我看由建生兄出面为好，黎悦赞同，在这危难之际章建生不好推托，也就答应了。黎悦要一个小队长向对方喊话，说要派人过去，不久对方传话过来，说谈判代表不得携带枪支，到十字路口后，由他们带领去见王大人。

王立勋的指挥部设在靠东寨根的一处瓦院里,章建生和他手下的两个小队长被带进一座宽敞明亮的大厅里等候,不久王立勋带着他的几个大队长走了进来。与章建生想象的刚好相反,眼前向他走过来的却是个外表朴素儒雅的人。只见王立勋头戴旧布帽壳,身穿粗布靛蓝长衫,手托水烟袋,四方脸上一双细眯的眼睛含着笑意,步履从容。他向章建生微微点了点头,看到桌上没有茶杯就大声招呼"看茶",还说怎不给客人上茶呢!两个团丁端上热茶之后,王立勋凝视着章建生说:

"年轻人,别担心,刀枪虽快,不杀往来之人,自古以来的规矩不会坏在我手上。你放心,今天谈成谈不成,我都保证你的安全。"

章建生说:"败兵之人,不以一己生命为虑,只是想为众弟兄讨一条生路。"

王立勋长叹一声:"是呀,你们到了这个境地,也只有我能给你们留一条活路了。"

听王立勋把话说得如此悲悯,章建生不由产生几分幻想,试探问:"大人是否开个口子,让我们撤出去?"

王立勋哈哈一笑:"年轻人,不是我不愿,是我不敢,仗打到这步田地,死了那么多人,毁了那么多财物,我把你们这么放走,不知如何交代。"王立勋突然严肃起来,前后判若两人,语调暗含杀气,"年轻人,如今你们唯一的出路就是缴械投降,归顺政府,不要再有别的想法了,也不能再有别的想法了。"

"缴械之后怎么办?"章建生无可奈何地问。

"缴械后保你们性命安全。愿意留下的,可到民团来扛枪;愿意回家的,发给路费。"

章建生沉默良久,说:"好吧,我回去把你的话传给头领。"

偏西的太阳变成血红色,西天像一个染锅,把太阳煮成了一个翻滚着的血淋淋的人头。章建生摸摸汗淋淋的脖子,心想这颗头颅今晚是不是注定要搬个地方,还是……他不愿多想,只觉得这一仗打得窝囊,不该不听樊玉龙的话白白死了那么多弟兄,于心不安。他摇下头,疾步回去向黎悦传达对方提出的条件。黎悦下令缴枪,虽有人不赞成,也想不出逃生的办法,只好随大家一起从门缝中将枪扔到大门外边。呼啦啦一片枪械碰击声过后,院子里剩下的只有死寂——等待中的死寂，没有人去看身边一张张麻木的死灭般的脸，只在等待下一刻下一分钟发生的事情。有人在外边喊，说里边的枪没有全部交出来，王大人要派人进去检查。对方不等墙内答话，就把大门猛然撞开，几百名城防队员和团丁端着枪、拿着绳子像打开河口似的拥进来，如狼似虎，见人就绑，稍有反抗的就开枪击毙。黎悦猛醒，高喊弟兄们，我们上当了，快把枪夺过来同他们拼！不少人又去夺枪，扭打撕咬，一场混战。枪在人家手里，二百多人被人家一个一个捆绑起来，加上民团在别处抓到的几十个人共三百多人，被连夜押往县城。

王立勋在山屯几个大户为他举办的夜宴上酒足饭饱之后，乘着酒兴，趁着被人当面歌功颂德的好心情，骑马追上押解俘虏的队伍，他要欣赏要品味他的胜利、他的沾血的战果。大路两旁被焚毁的房屋闪动着暗红色的余烬，夜风送来阵阵焦煳味，都未能影响他的兴致。他不禁想唱两句靠山簧，要不是怕在他的士兵面前有损威仪，真就要吼起来。他扬起马鞭，加鞭赶上前面长长一队俘虏，才让马放慢了脚步。他浏览这队俘虏被驱赶着从身旁走过，又挥鞭向前等候俘虏再次从身边通过，就像一个画家反复浏览他的画作一样，求得更大的心理满足。但他毕竟不是个画家，嗜血的本性使他更像一个猎人在欣赏被他关在笼子里的猎物，他陶醉了。忽然他蹿到队列前头，他想起一个人，火把映照下找到了那个人——下晌与他谈判的章建生。他堆出一个笑脸从马上俯身过去说：

"年轻人，委屈啦！"

章建生扭转脸轻蔑地瞧了他一眼说："骗子。"

王立勋脸上的表情突变，如果章建生大吵大嚷他倒不会发怒，但章建生如此轻蔑，如此不把他当一回事，他发怒了。他用鞭杆捣捣章建生耳朵旁边的伤口说："这是咋回事呀，是磕着碰着了？谁骗你了？这不是自找的吗？"

章建生对他不屑一顾，说："懒得理你。"

"你说嘛，你把你的委屈都抖搂抖搂。"

"俺没啥子委屈，好汉做事好汉当，只是遇到你这个说话当放屁的伪君子，被小人耍了，俺感到丢人。"

"胡说,我怎么耍你了?"王立勋夺过身旁一个队员手中的火把去熏章建生的脸,"只是你太嫩,不会耍罢了。"

"哈哈,说实话了吧。"章建生大笑,"伪君子,原来你就是在耍嘛。耍别人,耍老百姓。"章建生又笑几声,"为了混个一官半职,你连祖宗八辈都能耍,何况你爷我呢!"

王立勋被骂得突然消了气似的,咬咬牙低声说:"好吧,你骂吧,能解气你就使着劲骂吧。"

章建生冷笑:"我就骂你这个假慈悲的道学先生,骂你这个披张人皮的恶狼。"

王立勋扭头看看左右,不动声色命令道:"去,去把他的舌头割了。"说罢,拍马而去,身后传来一声撕心裂肺的惨叫。

回到城防总队部,王立勋召集他的几个大队长开会,商量如何处置这些俘虏。一个大队长说,既然缴了枪,王大人也有话在先,除了几个头领,还是放了为好;都是乡里乡亲的,放了这帮人咱城防队会得个好名声。王立勋听到这话吊起了脸,说现今我先把话给诸位讲明,这帮人不是什么俘虏,是咱们剿匪抓的土匪,按律杀无赦!另一个大队长惊讶问,一次杀三百多人,咱县还从来没有过,会不会把事情弄大、闹大? 闹大了也不好办! 王立勋一拍桌子站起身,抑制不住内心的兴奋说,我就是想把事情闹大、弄大,弄大了,才能把地方震住,把土匪震住;上面才能知道,各村各镇民团才能挺直腰杆,土匪才能害怕。屋里沉静了一会儿,见没有说话的两个大队长不像有话要说的样子。王立勋最后说,明天我到县府议事,再把这事提出来同知事大人商量,我想知事大人会同意我的处置办法。

樊玉龙望着山屯上空的火光渐渐黯淡下去,枪声早已停息,而黎悦还未派人报告战况,一种不祥的预感愈来愈重地压上心头。他把刘海叫过来,要他再冒险进山屯看看。身体矫健灵活、善于随机应变的刘海,不到一个时辰赶回来,跳下马未开口就匍匐在河滩的乱石上哇哇大哭。周福来上去扶,责备道:

"究竟咋回事,怎能光哭不说话?"

"全军覆没,全军覆没……"刘海当过兵,知道一些军事术语。这时他从衣袋里抽出一块四边烧焦的杏黄绸说:"旗,旗,这是我从中心炮楼旁边捡到的。"

周福来接过残破的绸子转交给樊玉龙。

樊玉龙看看绸子问:"人员怎样?"

"听说有三百多人被王立勋押到县城去了。"刘海答。

"其他人呢?"

"或死或逃,逃出去的人不多。"

"王立勋不是个善种,我们要想法子救那些被押往县城的兄弟。"樊玉龙展开那块烧破的黄绸又看了看,团成一团塞进口袋,"就这样覆没了? 就这样覆没了? ……不,我要去救他们!"

"咋救呀,就咱仨?"周福来来回望望,急得直跺脚。

天快亮了,民团的人必然会四处搜查,刘海提出先找个小村子藏一藏,治一治头领的脚,再谈救人的事。周福来默默点头,走过来同刘海一起将樊玉龙扶上马,沿着河道朝山里边走去。他们在一个位于深沟里只有几户人家的小村庄停下,吃了馍,喂了马,周福来又向老乡要了一碗白干酒,将酒倒在小碟里烧着,不断捧起蓝色的火焰为樊玉龙揉搓脚踝。不知是周福来的医术高明,还是樊玉龙的体质强壮,不多时伤处就消了肿,疼痛也消失许多,但紧张、悲痛搅扰得他辗转反侧,一夜难眠,天微明才在极端困顿中混混沌沌地睡去。中午睁开蒙眬的双眼,一时竟不知身在何处,忽然想起昨晚的失败和弟兄们的险境,猛地跳下床,脚侧歪一下,差点摔倒。周福来跑过来扶,樊玉龙问:

"刘海呢?"

"刘海一直在沟口放哨。"周福来答。

村里很静,狗也歇晌,没一声狗吠。樊玉龙看看屋门口的树影,说:"我得到县城去一趟。"

"这时候你还怎能去县城?"周福来吃惊道,"俺想这时候王立勋正满县里抓你呢,你这不是自投罗网吗? 再说,你的脚……"

"我的脚没事了,只有一点小痛。"樊玉龙打断周福来,"不能因这点小痛,丢开三百多个弟兄不管。"

"你怎么管呢?"

"救他们。"

"俺也想去救,"周福来痛苦地皱下眉头,"但人呢?枪呢?没人没枪咋去救?蒋大首领带着人马在宝丰,远水解不了近渴,还能有啥法子!"

"俺一个人去。"

"你这不是送死吗?"

"俺意已决,你快去把刘海叫回来。"樊玉龙不容分说道。

周福来把刘海叫回来,樊玉龙把心中的计划说出来。他说现今县知事的卫队长汪长星是他的亲戚,据说很得知事信任,他想找汪长星向知事疏通疏通。周福来、刘海认为樊玉龙独闯县城太冒险,要与樊玉龙同去,互相有个照应。樊玉龙不同意,说进县城目标越小越好,三个人反而会引起注意,要他二人立即到背孜收集残部,分别行动。看看西沉的太阳,说该动身了,他往牲口棚里牵马,刘海已将他的枣红马牵了过来。三人跨上马一起出了沟口,到了岔路,周福来拨转马头向南行去,刘海却一直跟在樊玉龙后边。走一段,樊玉龙转过头看看,说:

"你怎么不向南转呢?"

"向南转?福来哥不是已经向南走了吗?"刘海装不明白。

"我是说你,不是要你和福来一起回背孜的吗?"

"呃呃,福来哥说他一个人回背孜就行了。"

"你是听我的还是听福来的?"

"呃呃,是我同福来哥一起商量的。"

"两个人商量的也不行,回去!"樊玉龙发怒了,圆睁的双目逼视着刘海。

"头儿——"刘海拉长声几乎哭了,"你这是送死呀!"

"我不能眼睁睁看着三百多个弟兄就这样让人砍头!"樊玉龙说,"对他们的生死不管不问,我还算个人吗?"

"就凭你单枪匹马,怎么救啊?"

"救不了就死!我宁愿同他们一起死!"

"我跟你一起去。"

"回去!"

"我不回去,我同福来哥商量好的。"刘海执拗地坚持。

樊玉龙猝然抽出手枪,枪口指向刘海,夕阳的霞光腾地在他眼仁里面燃烧起来,火苗凶暴而美丽。

"回去,我不准你跟着我去死!不准你现在就死!"

刘海看看伸过来的枪口,猛转马头,放声大哭着奔驰而去。

苍茫暮色中,樊玉龙从大虎山左边渡过汝河,牵着马混入南关匆忙来去的人群进入县城,找了间偏僻小店住下。天色将黑,已有店铺掌起灯,闪闪烁烁,照射得路人鬼影似的飘飘忽忽,跌跌撞撞,神秘而诡异。他要去找汪长星,因不知汪长星的住处,只得先到县府卫队问问。穿过几条街,在古老的县府衙门旁边,找到了卫队的岗亭。正想上前询问,还未开口就听到枪栓拉得哗哗响的声音,急忙停住脚步。

"老总,别误会。"他站在原地喊。

"干啥子的?"对方喝问。

"找人。"

"找啥子人?"另一个人的声音,"这时候找啥人? 你到人家被窝里去找屌毛吧!"

第一个人又问:"你找谁?"

"俺找汪长星汪队长。"

"你是他啥人?"

"俺是他表弟。"樊玉龙想了一下答。

这时,传出里间的问话声:"谁在外面说话?"

"报告队长,外面有人找你,说是你表弟。"

"俺有啥表弟哟。"那人走出来,一看到樊玉龙怔住了,"怎么会是你呢?"

"长星哥!"樊玉龙看看那两个站岗的卫兵,故意提高声唤一声。

汪长星定定神,一把把樊玉龙拉进里间。

"老天爷,你咋敢在这里冒出来! 这是啥地方,你就不怕掉脑袋。"汪长星吃惊地说,国字脸上的两条淡眉紧张地抖了抖。

"怕啥,俺就是来给你送头的。"樊玉龙豪气十足地大笑两声。

"俺要你的头干啥？你以为你的头很值钱？"汪长星冷冷地斜了樊玉龙一眼。

"把俺的头割下来交给王立勋，少说也能拿一千银元，哈哈。"樊玉龙觑着汪长星。

"屁话，眼下俺还不缺这个钱！"汪长星面露怒容，"说吧，到底想干啥？"

"救人！"樊玉龙抓下头上的毡帽往桌面一摔，拉把椅子坐下。

"嗬嗬，你把伊东的天捅了个大窟窿，还想来救人？别扯淡了，你以为你是谁呀？你到汝河去照照。"汪长星语带讥讽地说。

樊玉龙没有计较对方的讽刺，平下气，压低声音道："听说你是知事面前的红人，俺这次来是想搬你的大驾，在知事面前替俺们说说话，请知事大人手下留情。"

汪长星撇嘴一笑："俺算啥红人？知事大人能听俺的？"汪长星在屋内踱了几步，瞄下门外，看看没人进来，放低声音又说，"玉龙，你这次把事情真闹大了，你居然带五六百人来攻打县城眼皮底下的山屯，也真不把县府当一回事，叫知事大人的脸往哪搁？"

"一人做事一人当，"樊玉龙没有退缩，"你同知事大人说说，我去抵罪，把那些无关紧要的人放了。"

"好汉，真是一条好汉。"汪长星的鼻孔哼哼着，绕着樊玉龙坐的椅子走了一圈，斜斜眼轻蔑道，"你以为你的一条命能把什么都抵了？你以为知事大人会被你的豪气镇住？"

"可以谈条件，请知事大人开个条件出来嘛。"

汪长星哼哼笑着不说话。

"你说话呀！"樊玉龙急了。

"我说啥呀？"

"帮我的弟兄们说说话呀，你不是知事身边的大红人、知事的卫队长嘛。"

汪长星微微摇着头，两条淡眉不停耸动，许久才说："玉龙，我一个出校门不久的学生，在县衙是个看门的警察，在知事大人面前会有多大分量？再说，这事也不是知事一个人说话就行的。"

"还有谁说话呢?"

"王立勋。"汪长星深吸口气,"王立勋是个霸道的主儿,他从不把从外面来的知事放在眼里。强龙不压地头蛇呀。"

"那这件事他俩谈了没有?"樊玉龙急问。

"谈过了。"汪长星答,"知事的意思是惩办为首的,王立勋坚持要全部处决。"

"定了?"

"定了。明天午时王立勋会把抓起来的三百多人拉到汝河滩全部处决,所以,你要救人是救不了了。"

听了这话,樊玉龙如五雷轰顶,半晌说不出话来。忽然,他抓起他搁在桌上的毡帽转身往外走去。汪长星看着他走到里屋门口,低喝一声要他停住。

汪长星问:"你这是要到哪里?"

樊玉龙答道:"回客店。"

汪长星怒问:"回客店? 你是不是找死? 夜里城防队查夜还不把你抓起来?"

樊玉龙冷冷一笑:"呵呵,你现在还管我的死活呀?"

"虽然你是杆子我是警察,但我还不愿你去送死。"汪长星声调恨恨地,"要死也别死在我这里,让我难做人。"

"那你说让我死哪里好?"樊玉龙苦笑着调侃一句,"要你拿我的人头去换钱你不干,去救人你又不帮,那咋办?"

汪长星不再说什么,猛跨两步上前把樊玉龙拉到街上,穿过几条黑黢黢的巷子,来到一座小院,他用下巴指指开门的妇人对樊玉龙说这是你嫂子,樊玉龙才明白来到汪长星家了。

这些年,汪长星的道路和樊玉龙不同。父亲早亡,母亲急欲使唤媳妇,把弄孙子,他十五岁被迫结婚,十七岁当爹。夫妻感情不好,他不想待在家里生闲气,跑到洛阳吴佩孚的部队投军,当了三个月新兵,受不了操练之苦,又借故请假跑了回来。不久县里来了个新知事,姓曾名大业,日本士官学校毕业,为开风气之先,设立县立高等小学,每周以监督身份去讲三四次经学。汪长星被同村一位老师推荐,入高等小学读书。一日,曾知事给学生出了一个上联"青云有路,自古将相本无种",学生们都对不好。下课后,汪长星受同村老师的点拨,说出下联"白屋无人,于今家邦得谁安",传给知事,备受赞扬,高小毕业后就在县政警队当了警察。后曾知事受诬入监,他与几个同学曾去探监。待曾知事官复原职,就安排他跟随左右,先马弁,后卫队长,在县城可说是一个年少得志、春风得意的人物。樊玉龙的到来让他陷入两难,帮不能帮,害也不能害,冷静想想还是放他一马为上。他留樊玉龙在家住下,说让查夜的查到你必死,住在家里最安全,至于马,常有客人将马寄养在客店,你也不必担心。樊玉龙在寿庭学堂虽然最不喜欢不阴不阳的汪长星,但汪长星这次不想害他倒是真的。他在汪家躲了一晚,第二天一早他未按汪起星的嘱咐趁刚开城门人头汹汹时出城,而是回到客店,独自躺在小床上望着屋顶出神。他想他不能就这样走了,他决定去拼,同三百多弟兄同生死,一个人去劫法场,能救出几个是几个。人世间这个"义"字他不能丢,这个"义"字就是得用生命去写,也要写得正大光明,有个人样!原来进城时他有三种准备:一是被汪长星出卖,砍了头;二是说动了知事大人,弟兄们得到宽赦;三是找机会单独把仇人王立勋干掉。一想到王立勋,他更是咬牙切齿地从床上跳下来,装好子弹擦好枪,到圈里喂饱枣红马,看看日头过了山顶,牵马走了出来。街两边墙上贴出了处决人犯的布告,路人围观。城防队一队队从大街通过,正往汝河滩四周布岗。樊玉龙知道他的弟兄们将去那里,王立勋也将去那里,就把马拴到街边一棵洋槐树上,走进一间饭店,找了个可以看到河滩的窗口坐下。他与店家先搭了几句话,确认眼前他看到的地方就是刑场,并且从店家嘴里还听到今天王立勋杀人用机关枪,是两挺刚从汉口运回来的捷克式新机关枪。樊玉龙恨得牙骨都咬酸了,强压住心中怒火,要了一斤烧酒、一斤卤牛肉、一碗粉汤、五个烧饼慢慢吃起来。其实他一点也咽不下去,只是在磨时间。街上一阵一阵喧闹,警戒的队伍来了;行刑队来了,两个肩扛机枪的大个子挺着胸脯走在前边;犯人们被绳子穿起来的长队来了;最后县知事和得意洋洋的王立勋及别的官员在前呼后拥中也来了。气氛越来越紧张,有人在讲话,樊玉龙听不清讲什么,似乎是宣读罪状,话声一停,河滩上突然陷入一片死寂。"他们要动手了!"樊玉龙脑中一闪过这个念头,端起酒碗猛喝几口,跑到洋槐树下解开马缰,一跃而上,直奔刑场。枪声响了,是连发的机关枪声,对面有人不断倒下。樊玉龙催马上前,一面在飞奔的马背上伏身向监刑的官员射击,一面向未倒下的受刑者大喊:

"跳!跳!快向河里跳!快跳!"

一刹那间,河滩上的人惊呆了,机枪哑了一下,受刑者的队列乱起来。汝河正在涨水,浪涛声铺天盖地。樊玉龙掉转马头,穿过尸体、血水和飞蝗般的子弹又一次跃过河滩。"快跳,快往汝河里跳!"他提醒着,怒吼着,犹疑刹那的犯人们转身向河边奔跑。机关枪声又急骤响起,河滩倒一片,河里漂一片,混乱中反而没人顾及冲乱刑场的骑马人。王立勋们昏了头,以为撞见鬼,愣怔中看到一匹枣红马像一朵野火,飞速越过一道山梁。

王立勋下令清查尸体,尸体不足二百具,这说明有一百多人跳了河,不管这一百多人是活是死,总还是从他手里逃了出去。他看看尸体盖了半边的河滩,看看鲜血染红的河水,恨意仍然难消,下令曝尸十日。直到城里的人被尸臭熏得忍受不了,才收起他的"杰作",令人把尸体掩埋。

刑场被搅,王立勋上报战功却仍往大处说:全歼攻打山屯悍杆!一次处决三百多杆众!这一报,可说是震动朝野,大大长了脸。北洋军驻守洛阳的直鲁豫巡阅副使吴佩孚得报后,立即召见王立勋,派人迎出二十五里,让他十字披红,骑马在洛阳游街夸功。吴佩孚设宴接见,亲授勋章,奖励重金,并晋升他为伊西、伊东等五县民团总指挥,荣极一时。

樊玉龙从县城飞马回到背孜,周福来迎着他的马跑过去,却看到他伏在马背上久久不动,以为他负伤,上去扶,他却从马上掉下来睡着了。他在背孜等候两天,回来的只有一个精疲力竭、衣衫褴褛的吴学武。吴学武在山屯躲过了一劫,在民团冲进院子绑人发生混乱的时候,翻墙逃出,在东寨门旁的死人堆里躲到天黑,溜出寨门。吴学武一见樊玉龙就歪着脖子放声大哭,说黎悦、章建生不该不听大哥的话,以致让队伍落到如此下场。樊玉龙劝慰吴学武道,弟兄们死伤那么多,刚拉起来的队伍只一仗就一败涂地,一年来积攒的这点本钱全付诸东流,我心里比谁都难受,但胜败本兵家常事,咱们不能丧气,不能灰心,更不能一蹶不振,跌倒了,要爬起来,要对得住无法上鳌柱山的黎悦、建生和众多死难兄弟。吴学武叹口气道，这道理俺懂，从今往后大哥走到哪里俺跟到哪里，绝不反悔，只是现在想起打山屯之前，黎悦、建生和俺不听大哥忠言，致遭惨败，真是追悔莫及！樊玉龙看到吴学武态度诚恳，也自责道，将帅无能，累及士卒，说到底还是我指挥不力，不能怨别人，更不能把责任全推到黎悦、建生身上。黎悦虽有好大喜功、言过其实的毛病，但心地善良，为人热忱，面死不惧，与弟兄们没有二心，真可谓忠勇之士！建生有勇有谋，临难不屈，更是个难得的人才，可惜天不容英才呐！天意，天意，也许这就叫天意啊！吴学武见樊玉龙对他并无埋怨之意，也就安心了。

蒋明先早几天已带队返回鳌柱山，樊玉龙见再没有散落的弟兄归队，从刑场跳进汝河的弟兄也下落不明，就将原先留守的三十几人和跟在他身边的十几人集中起来，离开背孜往鳌柱山去与蒋明先会合。到了山上，由吴学武再将山屯失败的情况一说，蒋明先立即感到问题严重，不仅是在山屯全军覆没，损失惨重，更主要的是地面上的情况将有大变。他说，山屯一役大大助长了王立勋的气焰，各地民团也要跟着嚣张起来。眼下已有苗头，山周围原来与咱们有往来的局子已不再来往，远一点的局子在蠢蠢欲动，说不定哪一天他们就会联起手反扑过来。吴佩孚派来专门对付咱们的李明升团，也不会净吃干饭。所以鳌柱山不能再待下去，必须立即转移。

蒋明先计划将队伍拉到南召、鲁山交界的伏牛山腹地，暂避避风。如果那里待不下去，就拉到母猪峡。他要樊玉龙留下，在伊河两岸寻机发展，为他重回内线做内应。吴学武不愿跟着大队钻伏牛山，就同樊玉龙、周福来、刘海一起带着剩下来的五十几支枪，连夜回到吴村。

二十五　二上鳌柱山

　　回到吴村,熟门熟路令人感到亲切,樊玉龙紧张多日的心情一下松弛下来。他坐在西跨院小客厅里,吴家使女端上热水让他洗过脸又奉上热茶,他啜着清香的热茶,左等右等就是不见主人出来。窗外槐树上两只喜鹊在叽叽喳喳对唱,他刚刚宽松一些的心情不禁又紧缩起来。主人吴良更迟迟不出来是啥意思? 就算事情办得不好,如此冷落上门的朋友,于情于理都说不过去。樊玉龙轻叹一声,奇怪的是早已进去通报的吴学武也不见出来,心想可能有变,只好静观。

　　快到晚饭时候,管家进来寒暄几句之后笑笑说:"樊先生,你知道良更烟瘾大,还在过烟瘾哩。"管家是三姨太的大哥,所以对吴良更直呼其名,"你不要见怪,再耐心等一等。"

　　樊玉龙听这话像吃了一只蝇子,问:"学武呢?"

　　"学武在给弟兄们安排住的地方。"

　　"住哪儿?"

　　"就住在车院那边。"管家说,"要他们先不要出去走动。"

　　"这是学武的意思?"樊玉龙不在意地问。

　　"哦,是良更的意思。"管家想想又说,"良更要你也不要出去,你知道外边风声紧。"

"明白了。"

终于吴良更在晚饭时出现了。饭桌上，吴良更提出插枪的事。

他呲呲被烟熏黑的一排细牙说："玉龙兄弟，你们打山屯的事我都知道了，现在外面的风声紧得很啊！连你们打小吴村、打吉庆寨、打柳店，人们都知道是你领头干的，还知道你我的交情，知道你在我这里住过，甚至有人乱嚼舌头，说是我鼓动的你，你说这话说得奇不奇？我的日子难过呀。听说洛阳吴大帅要追究我，我正托人疏通关系，还不知结果如何。今日，你带人回到这里，是看得起我，没把我当外人，我也不把兄弟你当外人，老哥我有一言相告，不知兄弟肯不肯听？"

樊玉龙平静地说："良更兄但说无妨。"

吴良更咳嗽两声清清喉咙："我想让你们暂时把枪插起来，人员遣散，等过了这个风头再想办法。"

樊玉龙没想到吴良更为了不受牵连会赶自己走，更没想到他会叫他插枪，于是说："我和弟兄们本不想再连累你，也在考虑以后的出路，如要插枪，还得和弟兄们商量才行。"

吴良更笑了："那是，商量商量，商量商量，其实大家还不是听你一句话。"

樊玉龙沉痛地说："这些枪都是弟兄们拿命换的，要他们撒手，可能他们一时想不通。"

吴良更说："是有难处，我让学武也帮你说说他们。"

樊玉龙忽然想起吴学武今晚没上桌吃饭，问："学武呢？"

"他到车院同弟兄们拉话去了。"吴良更答。

樊玉龙要到车院去，被吴良更劝阻。第二天吴良更告诉他说，学武不吭气走了，是被山屯一仗吓破了胆。算了吧，你还是回西安吧！风声这么紧，我也得走。樊玉龙要去看看弟兄们，吴良更苦笑着又说，你就别去了，你去了也于事无补。不瞒你说，为免你作难，我拿出三百元给他们去分，让他们分散隐蔽。听了这话，樊玉龙明白他已不好追问，他要不走，吴良更和吴学武可能会把他收拾了，他和周福来当天就带上自己的枪离开吴村。

樊玉龙一时走投无路，想了想便决定先到玉皇院去找冷银山。刘海送他和周福来出了吴村寨门,他回头望望,刘海木木地站在厚重的寨门旁边目送,勾起他第一次来到这里叫开寨门的回忆。他不无伤感地想,这里是一个起点,难道这里也是一个终点吗? 不,他想起失利的战事、死伤的弟兄、背叛的朋友和苦难的青春,他是一个一无所有的人,他是一个没有退路的人,前途茫茫,但他必须去奋争去奋斗去夺回理应属于他的一切。吴村渐渐隐没在晨雾中,他不知前面有什么在等待他,但他必须向着那个方向前行。唉,老娘、妻子、秋秋和兄弟麒娃的面影一个一个从他眼前飘过,黎悦、章建生和数百倒下去的弟兄的面影从他眼前飘过,血像河一样从身旁流过,这条河也会唱歌,歌词只有两个字:"仇恨!"仇恨和复仇充塞了他的胸膛! 季节早已是春天了,但他感到冷,在和煦的晨风中,他感到一种刺骨的寒意。凝望着高远的晴空和碧绿的麦海,他想大吼一声,是谁让他失掉了他自幼心爱的这一切,是谁改变了他的生活? 是谁毁坏了他的生活? 别人毁灭了他,如今他又在毁灭别人吗? 毁灭毁灭毁灭,周而复始,这就是当下的生活? 这就是人生的全部吗? 在山里长大没有读过几天书的樊玉龙不是哲学家,他参不透人生的奥秘,他从天地间只撷了一颗不平的种子放进心里,让它肆无忌惮地在里面生根,发芽,疯长……

樊玉龙来到玉皇院,冷银山的态度同吴良更刚好相反,真诚热情地接待了遭受重大挫败的樊玉龙。听到吴良更逼人插枪的事,游走江湖以商为主的冷银山拍桌大骂吴良更太不够朋友,要插枪大家商量着办,不能用这种手段。这算什么插枪,这简直是拦枪嘛,这是乘人之危欺负人嘛,江湖上的朋友应该同他算账! 樊玉龙说算了算了,不管怎么说,过去他和吴学武帮过我,何况我同他叔还有另一层关系,这几天发生的事就算了。插枪也好,拦枪也罢,枪没有了可以再去找,这一篇就翻过去吧。冷银山称赞樊玉龙气量大,有气魄,有办法,是个干大事的人,天天好酒好菜招待。樊玉龙知道自己同冷银山并无深交,不好在他家久留,就与周福来商量挪挪窝。适逢张举娃来访冷银山,意外见到了樊玉龙。两人都没想到会在这里碰到,分外高兴。

张举娃紧走两步,上去握着樊玉龙的手问:"你怎么会在这儿?"

樊玉龙反问:"你怎么也会在这儿?"

"俺是来会朋友。"

"俺也是来会朋友。"

两个人一起看看冷银山大笑起来。

樊玉龙双目盯住张举娃问:"你啥时候离开西安的?"

"几个月了,俺是去年底离开的。"

"请长假?"

"呵,不是,是公差。"张举娃说,"说起来俺这趟公差同你还有点关系呢。"

"不是来抓俺的吧?"樊玉龙逗笑道。

"哼,要抓你小子还需要派俺来?"张举娃说,"俺是护送你们石匠庄那个老举人石孝先,不,准确说是护送康圣人一帮人由西安来洛阳的。"

"咋回事,你咋同这两个老头子搁上了?"樊玉龙来了兴趣。

冷银山也被吸引过来:"是呀,你们耍枪杆子的怎么同这两个钻字纸篓的人搁上啦!"

"因为人家是俺们刘督军的座上客嘛!"张举娃不无夸张地讲起他这次出公差的因由。

康有为早已不是张勋复辟失败后到法源寺剃发当和尚的康有为了。为清朝守节事小,为娇妾谋生事大,为了一群娇妾同他能在青岛过上奢靡的生活,这几年他不得不在军阀之间游走,说得好听是想东山再起,说得不好听就是到处打秋风。去年——公元 1923 年,他以游览为名,成了在洛阳呼风唤雨的吴大帅吴佩孚的座上宾。年底,刘镇华为投吴佩孚之所好,也把康有为请到西安讲学。康有为带上石孝先到了西安,孔教会的人见他行跪拜之礼,口称康圣人,他也俨然以圣人自居。刘镇华也摆出一副儒家嫡传的样子,请康有为在西安易俗社公开讲演,命各校师生前往听讲。受新文化运动影响很深的师生们本不愿听他讲演,加之他讲的内容极浅薄,讲的广东话又使人听不懂,开讲不久人们就纷纷退场。刘镇华令守门的卫兵阻止学生出门,不少学生竟跳窗逃走。康有为在西安态度傲慢,说话总带着教训的口气。当地人很反感,说他把陕西人当小孩子,群愤很大,后来竟闹出了一个盗经事件。

一天西安卧龙寺僧定慧请他吃饭,他见寺内存有宋版藏经,知道是国宝级的好东西,想据为己有,就对定慧说,此经残缺不全,他愿拿正续两部藏经交换。定慧未允,说此事须开佛教会请众公决。他回到住所中州公馆,竟派招待他的职员和马弁押一辆轿车到卧龙寺"借"经,不经寺僧同意,把经书装上轿车就走,因行色仓皇,还丢在路上几本。寺僧为此事到处呼吁,引起各界人士公愤,以盗经案将康有为告到法院,法院发出拘票,法警到中州会馆拘人,先要守门卫兵将拘票传进去,他一看大为恼火,马上就要离开西安。刘镇华两头都不想得罪,只好恭送。

"刘镇华要卫戍司令张治公派一个排护送康有为、石孝先一帮回洛阳,这个差事不就落在了俺头上了吗?"张举娃摊摊手哈哈大笑。

樊玉龙听得有趣,忙问:"经偷走没有?"

张举娃得意地笑笑:"说起这事,你们村的老举人还和宁小满团长有场精彩争辩呢。"

"怎么回事?"

"康有为临走要了十几匹骡,装上几十口箱子,由我们押着浩浩荡荡地出了东门。街坊以为箱子里装的是近几天吵嚷不止的佛经,就跑到宁小满团部报告,宁团长立即备马带人追过来,我们还没走出五十里,就被追上了。"张举娃有声有色地叙述着,"我们把箱子打开让他们查验,里面都是康有为在西安游览名胜古迹时拾得的秦砖汉瓦,原来藏经经法院干预,已送回寺院。宁团长正与我聊几句闲话,石孝先从轿车上跳下来阴阳怪气地盯着宁小满问:'这不是当年的宁小队长吗?'宁团长答:'你老记性好,俺就是宁小满。'石孝先说:'记得,记得,当年到俺们村上去过。刚才俺在轿车上猛一看,还以为是拦路抢劫呢。'宁小满尽可能平静地说:'老百姓报案,说有人偷走了他们的藏经,俺这是公事。'石孝先绷下面皮:'孟子曰:非其有而取之者盗也。俺同康圣人怎会做那种事。你现在也不走那条道了吧? 啊,听说当团长啦?'宁小满哈哈大笑:'其实俺同你们走的是一条道,正所谓大盗盗国,小盗盗舍,您和康圣人是大道(盗),俺比不上。'这几句话说得石孝先面皮发白,撂下一句'不可教也',扭头走回轿车。"

樊玉龙觉得张举娃的话虽有添油加醋的地方,但听起来蛮过瘾。他没有见过康有为,不好判断话中的真假,但对石孝先他熟悉,张举娃所言真可谓入木三分。

三人笑过之后,樊玉龙开玩笑道:"张副官,那你不跟在两个老头子后面多听点故事,怎么回家了。"

"我才不跟在两个棺材瓤子后面闻屁臭呢,康有为到洛阳不久回青岛去了,石孝先粘上吴佩孚,成了吴佩孚的参议,又娶了个小妾,天天游山玩水,俺跟着干啥?干脆来乡下住住。"

"不想在这边干点啥?"樊玉龙试探地问。

"跟着你干好不好?"张举娃似开玩笑又似认真,"听说你那一摊子拉起来了!你公道军大旗都竖起来了不是?"

樊玉龙叹口气摇摇头:"一事无成呐,你看俺现在连个安身的窝都没有,你就别寒碜我了。"

"山屯的事我听说了。"张举娃不想让朋友难受,赶快转换话题,"打孽的事进展咋样?"

"没有基础,暂时还办不了这件事。"

"不着急,将来打孽我帮你。你现在没地方住可以住我家,住我家里我保证你的安全。"张举娃又拿出他帮助朋友的热心劲来。

樊玉龙不好意思地笑笑:"如今我这个身份,住你那里你对张师长咋说?"

"不住俺家就住在玉皇院。"张举娃热情不减,"俺和岳崇武是好朋友,他是这里的局子头,还不能保证你的安全?"

这时,一直坐在旁边没说话的主人冷银山开口了:"二位怎么把我搁在一边了,住岳团总那里同住我这里有啥区别?玉龙兄如果不嫌弃的话,就住我这里。"樊玉龙知道冷银山同蒋明先的关系,也就答应了。

张举娃又提起打孽的事,突然想起什么似的问:"我听人说过,石孝先好像同你家和你的仇家都有点什么关系。"

"俺家和石孝先家有点表亲;石孝先的孙女嫁给了俺的仇家,他们是亲家。"樊玉龙苦笑一声,"三家就是这么个关系。"

"那你打孽后怎么面对石家?"

张举娃这么一问,把石寿庭、樊霜花、石伊秋、赵定北的面影像一团乱麻般抛到樊玉龙眼前,樊玉龙的手抬起来用力在眼前扫一下说:"不多想了!"

张举娃从西安回来,很想了解地方上的情况,樊玉龙也很想知道西安方面有什么变化,老娘、老婆都在西安,西安是他心中常挂着的地方,两人有说不完的话。第二天送走张举娃后,周福来提出想回家看看,樊玉龙怕他回去有危险,他说没关系,因为他的身份没暴露,他就说被吴佩孚的第三师抓了夫,逃回来了。樊玉龙一想也说得通,答应他去探家。樊玉龙没有忘记蒋明先嘱托,暂时安定下来之后,就要到各处联络,广交朋友,为东山再起铺路。樊玉龙想,要重建队伍,主要问题是枪,要想有枪就要去夺,现今最容易夺枪的地方是民团,一是人和枪从民团炸出来,一是人和枪从民团拉出来,无论是炸是拉,都需要做工作,他决定先设法与民团搭线。

张举娃先将樊玉龙介绍给上天院局子头岳崇武,几天后,又介绍樊玉龙认识了南涯的张贺阳。这张贺阳是杨山好汉张黑子的胞侄、张治公的堂弟,也是张举娃的叔辈,张治公那一摊子就是继承张黑子的。张举娃陪樊玉龙去拜访,张贺阳也在谋划民团的枪,彼此谈得很投机,一起住了几天。樊玉龙告别张贺阳后,先到了最早盘踞过的小吴村找到林文苏。这林文苏眼下是小吴村的局子头,过去有过交情,对樊玉龙招待得很周到。樊玉龙说小吴村是俺领人打开的,俺在这里盘过,出街方便不方便?林文苏笑了,说您在小吴村只杀了个恶霸林文昭,又没做啥坏事,老百姓才不管那么多呢,况且小吴村现在的天下就是俺林文苏的天下,你一点都不必有顾虑。林文苏得意地呵呵笑着又说,现如今豫西许多村子不都是这样,很难说通匪不通匪,老百姓也弄不清楚官军匪军!樊玉龙也笑了,说既然你这样说,俺想到这一带像你这样的局子头家里转转中不中?林文苏说老中,就把樊玉龙送到了大皋镇区长常文彬家。大皋局子头时春荣曾和石匠庄赵定东联防捉拿樊玉龙,可区长常文彬素喜交结江湖上的朋友,两人尿不到一个壶里,各行其事,谁也吃不了谁。在大皋住了一阵之后,常文彬把他介绍给登丰县江林镇的区长于复亭。于复亭为人忠厚,喜欢种花养鸟,不大过问区务。他很喜欢樊玉龙这个有见识的年轻人,留住月余。之后,樊玉龙又到了白土和砦街,穿梭于地方当权者之间,掌握民团内情,联络同道,几乎无暇顾及打孽之事。不久,传来一个令他振奋的消息:蒋明先出了伏牛山,前天打开了离南涯不远的柏沙镇,拦枪一百四十多支,重登鳌柱山。听到这个消息,樊玉龙连夜赶到南涯张贺阳家里,想尽快同蒋明先取得联系。

蒋明先派人到冷银山家,冷银山把那人带到张贺阳家里找到樊玉龙。这时张贺阳家里还住着一个叫泰元山的客人,三人正计划拦南涯附近仙婆镇局子的枪,樊玉龙让来人先将这个计划告知蒋明先,若他们拦枪成功,就上鳌头山会合。来人走后,樊玉龙、张贺阳、泰元山三个人又把行动的具体办法来来回回地掂量一番。樊玉龙找人到金贤街去给周福来送信,要他赶快来南涯。第三天一早周福来到,还带来六七个一起参加小吴村暴动的弟兄。看到他们,樊玉龙格外高兴,接着把打仙婆镇的事同大家说了说。

仙婆是洛阳龙门南重镇,也可以说是洛阳的门户,民团有二百多支好枪,管带王金标是张贺阳的老朋友,两人交往甚善,张贺阳可以随意进出局子,这是一个有利条件。他们组织了三十多人,腰插短枪,一起向仙婆进发。到了仙婆,张贺阳先带着樊玉龙、泰元山几个人走到局子大门口,局丁见领头的是常与管带来往的朋友,也不在意,打着招呼道:

"张先生,今天俺民团放假,王管带不在里面。"

"王管带与我约好了,如果他不在,让我先到他房里等一等。"张贺阳一面答话一面往里进。

岗哨看跟进来的人多了,想去阻拦,被后进来的人把枪下了。局子里本来留有一个小队值守,因纪律松懈也都到集上看热闹去了,不到午饭时候,大多未归队。枪都挂在墙上,先进来的樊玉龙和张贺阳一听门岗处有争吵,一个箭步跨上台阶,分头向上房的两个门口疾走。樊玉龙走到门口,一个正在前檐下洗手巾的局丁发现情况不对,站起身喊:好小子,你们来装夯哩! 跑进房去抓挂在墙上的枪,被跟进去的樊玉龙一枪撂倒。张贺阳从另一个门口进去,看到一个守卫的局丁正端着枪,略一迟疑,身子往外一闪,正被子弹打中。房子中间有个纸隔扇,那边的局丁向樊玉龙打枪,樊玉龙赶快趴在地上还击。泰元山带着后边的人赶过来,一排枪把隔扇那边的枪声压了下去。樊玉龙示意泰元山停止射击,向屋里喊话:里面的民团弟兄们,出来吧,不要白白丢了一条命。缴枪不杀,我樊玉龙绝对保证你们的生命安全! 喊了两遍,屋里走出二十多个人，一个个把枪靠在墙上，站在旁边听候发落。樊玉龙命人将刚才捆起来的两个局丁也松了绑，对这些面带疑惧的人说，俺知道你们当局丁大都是为了混口饭，俺不难为你们，想回家的，俺现在就放你走，想跟着俺背枪的，等一会儿再把枪背上。听了这话，这些被缴了械的局丁有些疑惑，大都慌慌张张地走出大门，但也有五六个人留了下来。因为局丁大多不在局子，也没有人按平日管带的训示听到枪响赶回来，战斗很快结束，樊玉龙的弟兄们把仙婆局子的二百多条枪全拦了。

考虑到好热闹好张扬的张举娃还要回西安，樊玉龙本不要他参加这次行动，但他非参加不可，樊玉龙只得要他少露面。他与张贺阳的交情最深，张贺阳的不幸阵亡，令大家情绪沮丧，对他打击尤大。樊玉龙让他带两个弟兄将张贺阳的尸首抬进房里，守在旁边。枪声停止后，樊玉龙和泰元山来找他，商量下一步的事，他认为不能群龙无首，提议推樊玉龙为临时首领，泰元山实际负责。由于张贺阳在这一带很有威望，加之泰元山原本是这一带有名的武术教师，弟子众多，一经号召，很快就集中了近三百多个愿意跟他们上山的青年，把拦下的二百多支枪背上了。这一天适逢仙婆集日，市面非常热闹，不知是因为在这动乱的年代对枪声与各式各样的争斗早已习以为常，还是因为樊玉龙的好名声，老百姓一点不惊慌，只有几个大户紧闭大门。当他新组成的队伍扛着刚拦的枪从大街穿过，男女老少都出来看热闹，简直和过年看庙会一样。唯一不同的是，队伍后尾有一个八人抬着的黑漆棺材。

张举娃刚张罗着将张贺阳埋进南涯张家坟地，就看到不远处吴学武带着三四十人向坟地走来。吴学武早认识张举娃，还没到坟场就与张举娃打招呼，张举娃不愿搭理，吴学武一进坟场冷不防就跪下来，向新起的坟堆磕了三个头，站起身才问张举娃，这是俺爷还是俺奶。他要同张举娃套近乎，他说的俺爷俺奶，指的是张举娃的爹和娘。张举娃冷着脸答，这是你伯张贺阳。吴学武故作惊讶说：

"贺阳伯咋啦？"

"阵亡啦，他不当逃兵。"

"咋把他埋到这儿？"

"他是南涯人,不埋在这儿埋哪儿?"

"叔,你咋一见俺就气呼呼的呢?"吴学武歪住脖子装出一副可怜相问。

"谁是你叔?你别叫俺叔,俺承受不起。"张举娃很不耐烦地抬下眼皮。

"谁不知道你是俺叔吴起训的好朋友、老朋友,俺咋能不叫叔呢。"

提到吴起训,张举娃不好再说什么,停一会儿,看着人们把挖坟的家伙收拾停当,瞥一眼跟在吴学武身后的一群人问:"你带着这一杆子人想来做啥?"

"归队。"吴学武急忙答,"俺原本就是樊玉龙的人。"

张举娃先走几步回村找到正在集合队伍、准备离开南涯前往鳌柱山的樊玉龙,说吴学武带着三十多个人和枪来啦。樊玉龙问他来做啥?张举娃答他说要归队,你说他还能不能归队?他没脸咱还要脸哩。樊玉龙又问,举娃兄那你说咋办?张举娃气愤道,他不仁,咱就可以不义。在你走投无路最困难的时候,他与他哥吴良更拦你的枪,咱把他的枪也拦了,其实这也是你当时的枪。樊玉龙说,吴良更兄弟是办了对不起咱的事,可在当初他们也帮过咱的忙,他们不讲情义咱得讲。再说你不久就要回西安,如果咱们今日拦了吴学武的枪,把他赶走,日后你在西安见到吴营长该咋说?如果咱们不念旧恶,以礼相待,理就在咱手上,啥时候都有咱说的话。你觉得我的意见咋样?张举娃轻叹口气,唉,还是你有心胸、有气量,俺自愧不如,不过俺为你冤。樊玉龙说,俺也没有什么特殊的地方,只是做人不忘宽宏大度,知恩必报罢了。张举娃敬佩地点点头,使人去村口将吴学武叫过来。吴学武一见樊玉龙就疾步上前拉着樊玉龙的双手苦着脸说,玉龙大哥,俺实在对不住您,山屯一仗把俺打蒙了,不想再干下去,就背着您和良更哥躲了起来。回来后,被良更一顿臭骂,逼俺前来找您,俺真是没脸再见您啊!说着竟掉了几滴眼泪。樊玉龙知道吴学武说的不全是真话,也知道几个月前吴学武躲开和现今要求归队都是吴良更在背后指使的,就没有责怪他,反而给予宽慰和鼓励。樊玉龙告诉他,他们正要上鳌柱山,问他要不要去,他表示要去,樊玉龙劝他不要勉强,朋友之间能合则合,不合仍可当朋友。他态度似很坚决,说玉龙大哥你放心,以后一定同你挽起胳膊一起干,一起往前闯,生生死死都是鳌柱山的人。

两三天内,樊玉龙的队伍已经发展到四五百人。暮色中长长的不见首尾

的队列穿行在庄稼夹道的大路上,肃杀而又威严。送行的张举娃感慨道:

"只两三天就聚集了这么多人,是不是这就叫揭竿而起!揭竿而起呀!"

"说到底,都是被官府逼的。"樊玉龙望着刚露出来的月牙儿。

"这一去,啥时候下山?"

"说不定。这是我二上鳌柱山了,站不住的话,说不定还会有三上四上。"樊玉龙不无自嘲地呵呵笑了几声。

一股豪气冲上心头,张举娃猝然有些心动,说:"俺还是跟你们一起上山吧!"

"不可,你还是回西安。"樊玉龙说,"我是不能回头的人了,你还有别的路可走。"

张举娃叹口气:"唉,你知道天天跟着那些司令、师长鞍前马后地颠来颠去有啥意思!"

"举娃兄,可是我天天想西安,西安有俺老娘啊!"说到此,樊玉龙鼻子一酸忍不住哭起来,越哭越痛,竟不顾从他身边匆匆走过的弟兄们。

张举娃待樊玉龙止住哭,劝慰道:"老娘和弟妹的生活你放心,我和宁团长他们一定会照应好的。"

"拜托了,拜托了。"樊玉龙松开紧握张举娃的手,追赶队伍去了。

二十六　计劫金九鼎

蒋明先冲出伏牛山，攻开柏沙镇，势力又迅速壮大起来。待樊玉龙率领泰元山、吴学武再上鳌柱山与他会合，他的杆众已发展到近四千人。这时，原本已被收抚的老洋人张庆和张德胜杆众，在豫东哗变，将队伍拉到鲁山、宝丰、郏县一带，又与官军分庭抗礼，宜阳杆首黎老么也趁机大肆活动，吴佩孚急调第三师、第二十四师赶去围剿。蒋明先感到这是他向洛阳以西的临汝、宜阳、永宁、嵩县诸县发展的机会，派人到各处打探情况，准备行动。

正在这时，张举娃到西安后托人给樊玉龙带来一信，信中除了简述同侪近况和玉贞婆媳安好外，还向樊玉龙透露了一个惊天消息：吴佩孚五十大寿临近，为备寿礼，陕西督军刘镇华仿周天子定鼎中原之意，找来匠人用九千九百九十九两黄金打造九尊金鼎，以讨好吴佩孚。性喜多事的张举娃在信的末尾特别挑逗地问了一句：你小子敢不敢将那九鼎拿过来自己玩玩？这一问打动了樊玉龙，心想把这九个金鼎劫过来，与大帅吴佩孚唱一出"智取生辰纲"，倒是好戏。他将这层意思说给蒋明先，蒋明先犹豫一下，旁边的机灵鬼孙燕已经手舞足蹈，拍案叫绝，声言愿意协助六哥去将那金灿灿的九个金鼎拿过来，放在鳌王庙里气气不可一世的吴佩孚。

樊玉龙、孙燕、周福来、刘海聚在一起商议，都认为第一步是先摸清情况，才好考虑如何下手。时间紧迫，樊玉龙当即派周福来赴西安找张举娃，张举娃把周福来带到一间旅店住下后,告诉他这九鼎已打造完毕,正要装箱。张举娃还说,原本刘镇华要警备司令张治公派人押运赴洛,张治公把这个差事指派给他,他不想搅进这种责任大、好处小的烂事,正想法子推托,刘镇华却已改变主意,不放心,改由他的警卫营营派人押送。近来,张治公与刘镇华不和,也乐意把这种出力不讨好的差事推掉。刘镇华的警卫营营长是他的五弟刘茂恩,当然最信得过。刘营长觉得这次押运不能人太多,人多招风;不能人太少,人少受欺。思量再三,决定把他最看重的一个班派出去。说到这里,张举娃呵呵一笑,狡黠地把头凑近周福来的耳朵又说,班长崔大杠,咱家乡人,恰好同我相识,我当排长时他是我的兵,不妨改日会会? 周福来一听这话,心中自然明白,点头答应会会这个崔大杠。

第二天中午,张举娃请崔大杠在西京饭店吃饭。崔大杠换身刚洗过的灰布军装,斜挎盒子枪,急匆匆从街上赶过来。看到张举娃身边还有一个人,只见那人面色紫红,宽厚的肩头把身上的长衫绷得紧紧的,体量不亚于他这个"杠子",一时倒有些不知所措。张举娃起身介绍,说周福来是个跑单的朋友,常来往于西安和洛阳之间,大家认识认识,今后生意上难免有要大杠兄照应的地方。

崔大杠抹下军帽擦下汗说:"咱这个臭当兵的有啥本事照应别人。"

"有,有,今后要老兄照应的地方还不会少呢。"周福来礼貌地向崔大杠点着头。

崔大杠不好意思地摆摆手。只见他生得方头方脑,身条浑实而又笔直,少说也比一般人高出半头,一起身就是一根十足的杠子,但面容却有几分姑娘气。张副官把他请到这么高级的饭店,他似乎有点手足无措。

为了使崔大杠放松,张举娃岔开话题不经意地问:"杠子,刚才你为啥急匆匆的?"

"俺怕来晚了。"崔杠子笑笑,"营长给俺们班开会,交代来交代去,只怕哪里出了毛病。"

"是押运寿礼的事吧。"张举娃盯着崔大杠看,想看进他的眼里去。

"是。"崔大杠有点慌乱地答。

"几时出发?"

崔大杠憋红脸低声道:"这,这是机密。"

"球!这是你们营长说的吧?他裤裆里的机密我都知道,对我还有啥子机密可保?"张举娃摇着瘦长的脖子,大大咧咧地说,"你们这事原是交俺办的,俺不愿干。"

"听营长说过。"崔大杠附和着。

"现在准备得咋样啦?"

"都装了箱,准备十五日起运。"实诚的崔大杠子不觉就把装在心里的事抖了出来。

"是阴历十五吧?这可是个好日子,你们营长一定打过卦。"张举娃打趣,忽然又压低声调神秘地问,"走水路还是陆路?"

"陆路。"崔大杠来不及思考,信口答,"为了安全,营长要我们乘绿钢皮过去。"

"绿钢皮可是快车呀,一天就那一趟。你们营长思谋周到,不愧为保定军校出来的。"张举娃咧咧嘴,又故作惊讶地说,"咦,不说他了,差点把正事忘了。"

"张副官还有啥吩咐?"崔大杠恭敬地问。

张举娃看下周福来,转过脸说:"杠子,刚才我说让你照应一下周先生,你说没啥事好要你照应的,眼下事情就来啦。"

"啥事?"

"刚才我不是说过吗?周先生是做生意的,专走东边,每次要带点货过去。"张举娃睁大眼一直从崔大杠光光的头顶望过去。

"啥货?"

"黑货。"张举娃嘿嘿笑着,"这次让周先生跟着你们的车一起走,路上省点麻烦。"

崔大杠低下头,好久没出声。

"是不是崔班长觉着不方便?"周福来和善地问了一句,顺手将一包烟土从桌下递给了张举娃,张举娃又将烟土塞给了崔大杠。

崔大杠闻到味道先是一惊,掂掂手上的东西足有十两重,稳稳神说:"这东西在咱西安稀球松,到洛阳可查得紧哪。"

"劳您多照应了。"周福来弯弯身。

"哪天走?"张举娃又加重语气问一句。

"如果上边不更改的话,就是刚才说的十五。"

"让周先生搭个便车,就坐在你们包车里好了。"

"这个,怕出发时营长上车检查。"

"不让崔班长为难,不让崔班长为难。"周福来急忙插话,"我买票上车也是可以的。"

"到时看吧。"崔大杠不好意思地点点头。

吃罢饭一出饭店门口,周福来就找借口往火车站走去,乘车到洛阳之后又连夜骑马奔回鳌柱山。根据周福来的报告,樊玉龙决定在火车上下手。为了及时掌握情况,要刘海跟随周福来回到西安;为了行动方便,要孙燕准备二十几套三师稽查队服装;行动地点选择在洛阳车站的前一站——新安车站。各方布置停当,樊玉龙带上二十几个精壮小伙向新安附近移动。在崔大杠子说的日子的前一天,刘海按约定在新安车站下了车,一出站就被孙燕接住,带到车站附近一个小庄去见樊玉龙。刘海说情况未变,九鼎仍装在绿钢皮里于次日从这里通过。樊玉龙当即要大家做好行动准备。

次日傍晚,绿钢皮徐徐开进新安车站。惨白色的落日挂在梢子林尖上抖动几下,很不情愿地坠落下去。古老的在《诗经》里已经出现的涧水在铁道旁流淌着,细波跳动着最后一点余光。车窗上模糊闪过前边车站的灯光,从中午一直没有离开餐车的周福来和崔大杠,面前桌面上已经摆了四五个西凤酒空酒瓶。醉眼迷离的崔大杠这时好像想起了什么,挣扎着站起身,随着车轮摇晃几下,又跌坐在座凳上。

"你要干啥?"久久望着窗外的周福来扭过头来。

"我要、要、要回车厢看看我的弟兄们。"

"你操那个心干吗?酒和菜早送过去,让他们美美喝吧,你就别管了。"周福来举起杯,崔大杠强拿起杯子要与周福来碰杯,火车"哧"的一声发出一阵剧烈的碰撞停了下来。

"停了?"

"停了。"

"这是啥站?"

"新安站。"

就在崔大杠和周福来这几句简单对话中,孙燕带着两个弟兄迅速控制了调度室,刘海带着两个弟兄登上了火车头的驾驶室,樊玉龙率领一队身穿三师制服、臂戴"稽查"袖章的弟兄扑上车,堵住了装载金鼎的车厢。樊玉龙当年在高跷班唱过戏,略懂一点化装技巧,这时他在唇边贴两撇小胡作掩饰,很像一个老行伍。

"检查!"听到一声喝叫,车厢里歪斜地或坐或躺的人们愣了一下,看到一群人端着枪冲进来,想去摸枪,被樊玉龙的人又喝叫几声镇住了。

"我们是三师稽查队,据报这个车厢里有毒品,要搜查!"

"俺们是镇嵩军警卫营的。"一个小个子站出来解释,"俺们押送的是一批重要军用物资,没有毒品,请不要误会。"

"你是干什么的?"

"我是副班长。"

"班长呢?"

"在餐车吃饭,我去把他叫回来?"

"去,去把他叫回来!"

副班长慌慌张张到餐车把崔大杠找了回来。崔大杠的酒一下子醒了许多,高挺着胸脯与樊玉龙说话,声言不准检查,他们这一趟是公事是公差,身边带的有镇嵩军的关防,任谁不得阻拦!双方正在争持,里面喊叫查到了毒品,就是周福来交他保存的二百两烟土,崔大杠一惊,忽地冒出一身冷汗。看到烟土,樊玉龙抡起手臂给了崔大杠两个耳光。崔大杠发飙了,冲进去拿起一支冲锋枪比划着大声嚷嚷:这烟土不是俺的! 这烟土不是俺的! 你三师咋啦? 想栽脏? 欺负人! 樊玉龙摆下手,十几支长枪短枪一起逼了过去。周福来上前按住崔大杠的冲锋枪,笑着向樊玉龙点点头说,别伤和气,别伤和气,三师和镇嵩军是兄弟部队,还不都在吴大帅麾下效力,怎能打起来?多不好?崔大杠长长吁了口气,将枪口指向地上。周福来呵呵笑两声又说,一点烟土也算不上什么,三师弟兄要拿就拿去吧!周福来瞟了瞟樊玉龙,点了下头。

樊玉龙说:"还有那九个大箱子呢。"

"那九个箱子不能拿!"崔大杠又急了,露出想要拼命的样子。

"九个大箱子里也是烟土吧!"樊玉龙底气十足地说。

"不是,是军用物资。"崔大杠辩解。

"你看过?"

老实的崔大杠哑了。他只听营长说里面是九个金鼎,但他真没看过。也许掉包了呢,当长官的啥事都做得出,他心里没了底,慌了,一股股热汗沿着四方脸直往下淌。看到樊玉龙的人将那九个大箱子一个一个往下搬,他想制止又迟疑着,直到对方拿出麻绳来捆绑,他才扭过头来问周福来:"周先生,这算咋回事啊,你回到西安可要找刘营长说一声哪!"

周福来扭转身假装向樊玉龙求情:"这位长官,镇嵩军的这些弟兄可能真不知道箱里装的啥,都是扛大枪的,把他们放了吧。你们把箱子拿走,就别拉他们了,万一交给军法处,说不定命都没有。"

被捆绑起来的镇嵩军大兵听到周福来的话,嚷声一片,有求情的有骂人的,樊玉龙甩下手中的马鞭喊声"肃静",车厢里立刻静得只听见车轮响。

"好吧,看这位先生的面子,我不把你们交到军法处。"樊玉龙说。

眼睁睁看着樊玉龙跟着正往下搬的箱子走到车门口,被绑着的崔大杠问:"俺的东西咋办?"

"你回去告诉长官,说东西被三师稽查队收缴了。"樊玉龙撂下一句。

九个大箱装上了停在车站外边的两辆马车,孙燕和刘海也带人从调度室和驾驶室撤了回来,正当孙燕甩下马鞭赶着马车开始奔驰的时候,火车长长一声鸣笛,也从新安车站开动了。

金九鼎在新安火车站被劫,新安与洛阳近在咫尺,吴佩孚明白这事不是三师的人干的,怕事情嚷嚷开了一时查不清,影响这张王牌的声誉,令他更没有面子。吴佩孚在军阀中虽算得上是个有思想、有爱国心的人物,也同样有"定鼎中原"、统驭天下的野心,但这金九鼎毕竟不是周天子的礼器,且有收受重金之嫌,难免惹人非议,自毁清誉,心想不如暗自放过,此事不提。刘镇华这边更是怕吴佩孚追究下来,吴大帅不提,也就装作没有这事发生。他心里有数,知道劫走金九鼎的人同鳌柱山不可能没有干系。每想起那万两黄金,尖细的牙齿还是禁不住会磨得咯吱吱响。

二十七　逼近"京畿"

劫了金九鼎,这九千九百九十九两黄金,对鳌柱山见识过成堆金子、成堆银子的头目们来说,也不是个小数目。大家很兴奋,说这一次要将队伍好好装备一下,甚至有人说派人到汉口买几挺机关枪回来,有了那玩意儿,还怕它三师个球!而蒋明先思虑的却是下一个行动目标。一天,几个首领议事,泰元山提出打宜阳,说近来黎老幺黎天赐一伙又在宜阳县城西南一百多里远的花山占山为王,闹得热闹。县知事带领县民团的大部前去进剿,至少要十天半月才回县城。可趁宜阳县城空虚,来他个乘虚而入。

蒋明先问:"县民团总共有多少人?"

泰元山答:"两千人左右。"

"去了花山多少人?"

"三勾去了两勾,大约有一千三百人。"

蒋明先想了想,有些犹豫,停了好一会儿才说:"攻取一个县城不比攻取一个村寨,双方的力量得好好掂量掂量。再说咱们对宜阳县城的地形也不清楚,对它的防御设施更不摸底,不好处置。"

樊玉龙笑了:"摸底的人就在咱们眼前,三哥你怎么看不见呢?"

蒋明先忙问:"谁?"

樊玉龙拍拍泰元山的肩头:"就是元山兄啊!元山兄早先在宜阳县民团当

过武术教师,那边的沟沟壑壑还不都在他肚子里?"

"这就好办了,这就好办了。"蒋明先高兴地拍了两下巴掌。

"可是,"樊玉龙沉吟一下,"宜阳县城是不是离洛阳太近了些? 只有六十里路。"

蒋明先看一眼好动脑筋的樊玉龙,思索着说道:"在周天子坐东都的时候,宜阳就是京畿之地,秦国几次出函谷,占宜阳,都令九鼎震动,今天咱们要是攻取宜阳,坐镇洛阳的吴大帅会怎样呢?"

樊玉龙与蒋明先调侃道:"俺不像恁这位教书先生那样有学问,不知道那样多前朝故事,但俺知道咱们一把宜阳城拿下,那个不可一世的吴大帅肯定会从他坐的那把交椅上蹦将起来。"

蒋明先哈哈笑两声:"我怕他从交椅上摔下来磕了哪里。"

"咱这可是摸老虎屁股呀!"樊玉龙开玩笑道。

"但机不可失!"泰元山急了。

"中,咱这次老虎屁股也要摸摸!"蒋明先又大笑。

晚饭过后,蒋明先、樊玉龙、泰元山和山上众头领聚到了聚议堂商议打宜阳,大家憋了半年多,都急于打个大仗重振军威,一听蒋明先说明开会的意思和泰元山对宜阳城情况的介绍,就哇哇叫着要打,樊玉龙也只有赞成。蒋明先当即决定,从各部抽出一千二百名精壮人员,由郭春旺、李宏军、樊玉龙率领,于次日午后向宜阳进发。

农历三月的天气,春意正浓,队伍中的人个个走得热气腾腾。鳌柱山离宜阳城约两百里,队伍经过玉皇院、小吴村,第二天傍晚到达南涯,在附近几个村庄吃过晚饭,乘着夜色过了伊河,于第三天凌晨到达宜阳城下。

宜阳县城位于洛河南岸,锦屏山北麓。城垣东西较长,南北较狭,西北角如同刀削,其形如船,故有船城之称。城墙高两丈余,开有五座城门。城墙上有炮楼九座,城墙下的城壕宽而深,并引有水,易守难攻,可谓固若金汤。郭春旺、李宏军、樊玉龙察看地形之后,将队伍一分为三:樊玉龙、泰元山带领一队开路,先行登上城墙,打掉炮楼,打开城门;李宏军率主力直扑县衙旁边的民团团部;郭春旺、吴学武带一队在城外打援,防止城内的民团外逃和四乡民团前来救援。泰元山知道东北角城墙有一段是炮楼射击的死角,城外壕沟里还有一段水下挡水的石坝,从石坝上可以直逼墙根,架上云梯。他勇气过人,一身功夫,第一个从水下石坝蹚过,爬上云梯跳过城垛。紧接着跟在樊玉龙身后的两百多人陆续上来,一半人去攻击北城楼,打开城门让李宏军带大队进城,另一半去夺取城墙上的炮楼,占据有利地形。城楼里灯火明亮,樊玉龙一脚踢开边门,里面十几个人正在吵吵嚷嚷地打牌喝酒,听到一声断喝,都傻了。待一个队长模样的小个子反应过来想去墙上拿枪,被樊玉龙蹿上去摁倒在地,十几个如梦初醒的团丁被枪指着不敢动弹。樊玉龙要手下把这些团丁捆好看好,守住城门楼,就带人下去开城门。不料刚走出城楼听到有人说话,抬头望去,只见前边有一盏飘飘摇摇的风雨灯照着地面,说说笑笑、摇摇摆摆的几个人向这边走来。走在前面的那人似乎是影影绰绰地看到城楼里出来一群人,可能以为是来迎他们的,笑骂一声,馋鬼,只这一会儿就等不及了? 看老子给你们弄来了啥? 烧鸡! 两只烧鸡! 他高举起两只烧鸡在空中晃动,不意竟被一支枪管挑了去。他把头伸过去瞧瞧,瞧见是陌生人,不禁出了一身冷汗,"刀客来啦",高喊一声拼命跑去。有人慌乱地开了一枪,枪声划破了宜阳城灰暗的夜空,紧接着枪声响成一片。几个烧鸡尚未吃到嘴的团丁被消灭后,樊玉龙迅速带人跑下城墙打开城门。

李宏军带领大队冲进城门直扑紧挨县衙的民团团部,听到刚才东城墙上一阵枪响,民团出动了。五六百个团丁在管带率领下拥上街头,两军相遇。仗打得十分激烈,子弹在街面上"嘘嘘"乱窜,两厢房子瓦飞砖碎,双方伤亡不断增多。对方熟悉地形,李宏军担心他们穿院过户爬上房顶向下射击,对沿街前进的弟兄不利,决心速战速决。他拉开纽扣将上衣猛扯下来向地上一甩,高喊道:弟兄们,咱不同他在大街上放炮玩,不同他们磨蹭,冲啊! 隐在墙角树后的几百个弟兄,听到号令一跃而起汇成一股洪流自南向北冲去。团丁们经不住这一冲,纷纷后退,有的一直向北跑,有的跑进民团团部,被泰元山的人从城墙上射来的一阵子弹打了出来。管带约束不住,只好引领败散的团丁躲进北城墙根的一座祠堂。这座祠堂建筑宏伟,几进几出,古柏森森,青砖院墙高近两丈,后边的北城墙上还有一个炮楼,居高临下,不断射击,不可靠近。打了两个多时辰,天将破晓,城垛上已露霞光,李宏军知道天越亮对攻城越不利,不能耽搁,决定带头强攻。他站起身刚向祠堂大门口冲了几步,就被一颗子弹打中腹部。樊玉龙要几个弟兄把他抬到隐蔽处,看看战场形势,一摆手带上十几个弟兄从祠堂左侧登上城墙,贴着墙垛迅速接近炮楼,消灭了只顾向下射击的团丁们,夺取了炮楼。此时,居高临下射击的已不是民团而是杆众,据守祠堂的团丁们见到瓦片被子弹打得乱飞,原先趴在房顶有恃无恐地向外射击的团丁,一个个尖叫着从房坡滚落下来,躲进房里不敢出来。郭春旺带人赶到,见机靠上梯子,从院外往院里投掷燃烧的柴草。樊玉龙的人更是向下猛烈射击,喊话要里面放下武器,出来投降。民团管带看到浓烟滚滚,火光冲天,身边的团丁个个灰尘盖脸,惊慌失措,要想坚守或冲出绝无可能,只好同意缴械。

枪声平息,樊玉龙、郭春旺、泰元山、吴学武众头领走进县衙大院,李宏军也被抬进来,请一位老中医给他洗净伤口敷上药。樊玉龙看看面色灰白、咬牙忍痛的李宏军问,人到齐了,是不是让大家商量一下尽快索财的办法?李宏军吃力地点点头。樊玉龙扭头向泰元山示意,泰元山说宜阳城自古是秦楚大道上的要冲,商旅不绝,财富集聚,眼下就有五大绅士、九大掌柜及大小一百二十家商户之说,个个手里攥着银子,咱们分工划片,让弟兄们去拉票子、飘叶子,限他们吃晌午饭前将钱财交到这里,到时不交,就将票子拉到鳌柱山,俺看没人敢不交!众头领都说这个办法好,立即派人行动,不大一会儿就有票子络绎不绝地被拉了进来。他们不是五大绅士、九大掌柜本人就是他们的亲人,还有一些是大商户里的主事人,经过恐吓、威逼、劝说、讨价,多则两万银元,少则几百银元,都由家属送来做赎金,加上县衙银库和民团团部枪械库里的东西,共弄了二十多万银元和一千多支枪,可说是收获甚丰。

下午撤出之前,樊玉龙下令开仓放粮,赈济贫民。在全城一片混乱中,杆众用近二百匹骡马驮着缴获的财物,撤出宜阳城。出城二十余里,与吴佩孚的骑兵团遭遇,一经接触,对方四散奔逃,他们又轻易得了三十多匹战马。接连的胜利,令上下十分振奋。当过骑兵、在杆众中表现出色且已担任副队长的刘海,跨上一匹黄骠马在初春的原野上奔跑起来。他骑术不错,来了几个马术动作,惹出一片叫好声。看到樊玉龙伫立路边,他拨转马头跑过去,在离樊玉龙三丈远的地方跳下马,高声向樊玉龙打个招呼,行了一个标准的军礼。樊玉龙有所触动,说是个当兵的样子,俺还不知道你有这一手,哪天让你带个骑兵连!刘海听到称赞,心血来潮,看看刚刚缴获的战马和绵延半里的驮子队,脱口说咱们现在就建个骑兵连好吗?樊玉龙笑着问,急着当连长啦?刘海扭捏一下忙摇头。樊玉龙看着行进在原野上的马队,心口一阵灼热,一股豪气冲上来,大声说:建骑兵连没啥,当连长也没啥,咱们的队伍马上就要扩大,说不定还要建骑兵营、骑兵团呢!听到这话,周围的弟兄们欢叫起来。

然而事情并未像樊玉龙和他的弟兄们想象的那么顺利。

二十八 震动大帅府

正是牡丹盛开的时节。这一天洛阳冠盖云集,车水马龙,冀鲁豫巡阅使署门前彩楼矗立,红灯高悬,从金谷园车站经过老城十字街口直到王城公园,一路彩旗招展。王城公园里的牡丹圃畔也搭起彩棚,供一批特殊的宾客——十八省的督军或他们的代表观赏牡丹,但他们不是为观赏牡丹而来,而是来贺寿。

十八省督军或代表陆续前来,连状元张謇、辛亥元老章太炎也来凑热闹。这一天是冀鲁豫巡阅使吴佩孚五十大寿的日子,署内正厅是祝寿大堂,台阶七级,太湖石砌成的映壁周围,遍植不久前各地为贺寿送来的奇花异草。厅门两旁有副木制寿联,上联"洛阳三月花如锦",下联"南极一星光烛天",为湖南督军赵恒惕所送。大厅四壁挂满寿联,墨香扑鼻。靠后墙的红木条几上,整齐摆放着陕西督军刘镇华在金九鼎丢失后刚刚赶制出来的八十把万民伞。条几前的四张八仙桌,摆满了各省送来的金银寿桃和寿糕寿面。对面楼上用两架云梯架起了湖北督军萧耀南送来的万头爆竹。大厅两侧的厢房里,也摆满各地官员和宾朋的寿礼,金山银山、绫罗绸缎、钟鼎古玩、陶瓷玉器,琳琅满目,不计其数。

吴佩孚,表字子玉,在几个亲信陪同下,带着几个先到的督军,一面听着"玉帅、玉帅"的阿谀声,一面巡视着寿典的布置和各方送来的寿礼,当看到中堂处还是一片空白,不禁停下步皱了皱高耸的眉头。一个副官急忙说,那个古董老头的寿帐,几天前已由石参议往青岛取去了,大概今天能到。吴佩孚瞪了他一眼,没说什么。副官知道说错话了,虽然吴佩孚从骨子里瞧不起到处打秋风的老古董康有为,但不允许别人轻慢他。副官正想说句话转和一下,忽听外面有人喊,石参议回来了。机警的副官赶紧跑出大厅,把呼呼疾走的石孝先迎了进来。见到吴佩孚,石孝先恭恭敬敬地把康有为送的寿帐递上去,讨好地问:没有耽搁事吧?吴佩孚一面安慰说石参议辛苦啦,一面让人将寿帐展开。只见上书"牧野鹰扬百年功名才一半;洛阳虎视八方风雨会中州"。这副寿联吴佩孚十分受用,两只虎突的大眼竟笑成了一条缝。石孝先在一边助兴,赞叹这寿联意高字好、对仗工整,真乃字字珠玑。吴佩孚谦虚道,过誉了,过誉了,康师傅一字千斤,俺怎受得起?他让人将康有为的寿帐挂到后壁正中空白处——这地方原先就是给康老头子留的——欣赏不已,有些陶醉,但往下看,一张空空无物的檀木条几寂寞地冷在那里,令他想起刘镇华说过的金九鼎和那十分令他受用的定鼎中原之意,忽而不悦。恰在此时外面传报:河南省督军冯玉祥将军到!吴佩孚怔了一下,没想到冯玉祥会来,此人却来了。他紧走几步,亲切地唤着冯玉祥的字,走到大厅阶下迎候。

"焕章,怎么你也来了!"

"玉帅五十大寿,我怎可不来祝寿?"穿一身灰布军装、皮带绑腿束裹整齐的冯玉祥说,"只是我这个穷当兵的,没有啥子贵重寿礼相送,只带来一坛清水,略表寸心。"

冯玉祥一面说一面将手中的坛子往上提了几提。冯玉祥的本意是,连军饷都欠发,你还花这么多银子铺张祝寿,实在可鄙可恨,但吴佩孚不解其意,也不知坛子里装的是什么,以为这个从来喜欢别出心裁的大兵督军在同他说笑。急忙接过话道,君子之交淡如水,君子之交淡如水嘛。及至看到冯玉祥坛子里装的确是清水,心中老大不痛快,暗想你冯焕章就是来给我泼冷水的,让我不痛快,以后也有你不痛快的时候。一时双方陷于尴尬,旁边的人正不知如何解围,忽闻外边又报:陕西省督军刘镇华将军到!这次吴佩孚没有走出大厅迎接,而是在大厅门口等候。刘镇华身穿蓝缎长袍马褂,头戴貂皮立帽,手拿红缎立轴急走几步登上台阶,夸张地说了一通祝寿的老话,将立轴展开请吴佩孚过目。站在旁边的冯玉祥凑过去观看,只见立轴上是刘镇华自拟自书的寿联"洛阳花开春三月,人在蓬莱第一峰"。冯玉祥心生厌恶,前几年他在陕西当督军,刘镇华在陕西当省长,刘省长怕冯督军把他"吃"了,声言冯督军是他的楷模,一副恭顺模样,亦步亦趋,连穿衣都学着他的模样穿上灰色军装,紧打绑腿,操练如仪。现在他看着刘镇华的一身行头,心想你的灰布军衣哪里去了?考过秀才、当过算卦先生的吴佩孚,自命儒将,妄想与卧龙先生攀肩,常穿布袍布履倒也罢了,你刘镇华信誓旦旦守护的灰布军衣哪里去了? 又看看刘镇华送给吴佩孚的寿帐,唤着刘镇华的表字嘲笑道:

"雪亚兄,你做的这副寿联有抄袭之嫌啊!"

刘镇华青白色的长脸一下子红了:"冯督军,小弟不才,但何来抄袭,请赐教。"

冯玉祥指指挂在门旁的那副木雕寿联笑道:"赵督军明明说过,'洛阳三月花如锦',你跟着说'洛阳花开春三月',这不是一个意思吗?"

刘镇华无奈,说:"古诗均如此称赞洛阳三月。"

冯玉祥说:"那你和赵督军不都是抄了古诗的吗?"

吴佩孚想给刘镇华解围,对冯玉祥笑道:"洛阳牡丹三月盛开,自古诗人就这样形容洛阳花事。"

冯玉祥也笑了:"这真是天下文章一大抄呀!"

吴佩孚看到冯玉祥提来一坛清水心中本就不痛快,听到冯玉祥如此抢白刘镇华,更不高兴,正想发作,又心想他与冯交往日久,深知这个桀骜不驯的大兵不好惹,只好将怒火强压下去,过寿的兴头已减去不少,直到外面报曹大总统代表到,他才猛一震,用手掸一掸袖口急忙跑出去迎接。来者是总统府秘书长,走进大厅先就给吴佩孚恭恭敬敬鞠了三个躬,这三个躬不知是算他的还是算曹大总统的,总之对今日寿星给足了面子。然后捧上两只硕大的纯金寿桃,引来各省总督围拢观赏,啧啧称羡,吴佩孚更是面泛红光,喜形于色。吴佩孚虽然平日对那个布贩子出身的贿选总统有点瞧不起,但总统如此高抬,也不能不有点忘情陶醉。他将众督军和宾客引领到西花厅坐下,使人奉上雨前的信阳新茶,飘飘然正大谈"河洛文化",参谋长急匆匆走进来在他耳旁低语几句,又匆匆离去。吴佩孚站起身睃巡一下,向刘镇华招招手走出西花厅。

吴佩孚走近立在一棵樱桃树下等候的参谋长问:"这个情况准确吗?"

"准确。"参谋长答,"昨天凌晨鳖柱山蒋明先、樊玉龙股匪攻开宜阳县城,昨晚出城与我骑兵团遭遇,骑兵团损失马匹数十,武器装备一大批……"

"这还了得!"吴佩孚打断参谋长的话,"这些人的胆子也真够大的,宜阳城也敢打。宜阳城是什么地方? 宜阳城离洛阳近在咫尺,古时是京畿之地,也是我吴佩孚伸下手就可以够到的地方,他们竟敢大肆抢掠,杀官扰民,还敢从老虎嘴里拔牙,把我的骑马团也敲一下,这还了得! 这还了得! 若不彻底剿灭,岂不让外人耻笑!"

"这帮人可恶至极!"跟在后边的刘镇华附和道。

吴佩孚意犹未尽:"这不是向我吴佩孚脸上泼灰,向我眼里揉沙子吗? 我坐在洛阳不是成吃白饭的吗?"

"可恶,可恶,这帮人真可恶!"刘镇华随声附和着。

"雪亚兄,您说我能丢得起这个人吗?"吴佩孚的声音忽然由愤而悲,想起他雄踞洛阳,虎视八方,仅直属部队就有五个师和一个独立旅,横跨四省,有"中原王"之称,并计划与广东陈炯明联合起来共同反对孙中山,夺取南方诸省,逐步实现统一全国之宏愿,如今祸起腋下,为人谈资,不禁心生悲愤,突眼球竟蒙上一层泪花。

"大帅您也不必内心不安,"刘镇华安慰吴佩孚,"毕竟小鱼翻不了大浪。"

"不不不,豫西人厉害,你们豫西人厉害。民国以来先有白朗,后有老洋人,如今又有鳖柱山杆众,这鳖柱山上的大鳖口大,一张口就想把天上的日头咬下来,这还了得! 雪亚兄,前时他们抢你的金九鼎,也就罢了,这回跑到我大帅府门口撒尿,这不是欺侮人吗? 这回要看你的啦!"

"大帅,您尽管调遣,镇嵩军听您的。"刘镇华即刻进入临战状态,一脸严肃地注视着吴佩孚。

"你即刻调一个师过来,追剿蒋明先部。"吴佩孚用命令的口气说道。

"是!"身穿长袍马褂的刘镇华猝然双脚并拢,双目平视,摆出一副接受命令的军人姿态,样子虽有点滑稽,但吴佩孚很受用。他正想说两句赞扬的话,刘镇华却又说:"不过……"

"有困难吗?"吴佩孚问。

"倒也没有多少困难。"刘镇华说,"不过,调哪个师过来,我得好好想想。"

"怎么了?"

"大帅,我正想找个机会向您报告一下部队的情况。"听吴佩孚的声调里有些不高兴,刘镇华急忙解释,"陕西地面大,现有的三个师各把一片,抽一个师出来就会空出一片,唉,这真是个难题……"

"不会调整一下吗?"吴佩孚随着刘镇华的思路问。

"是是是,这正是我想向大帅报告的事。"刘镇华继续说,"镇嵩军有七八万人,但只有三个师的编制,无法安排也无法调配呀。"

吴佩孚暗自骂了句"这个老滑头",但心想正是用兵之时,得先满足他,就说:"再给你一个陆军三十五师的编制,憨玉昆那小子虽然脾气不好,但有胆儿,打仗有一套,我意让他当师长。"吴佩孚看到刘镇华愣怔了一下,又道,"憨玉昆这个师还在你麾下,归你指挥。"

一听这话,刘镇华那张青脸竟从笑纹里泛出了些许亮光,他太满意了,他相信来祝寿的这些督军大人中,收获最丰的就算他了。他向吴佩孚表示,立即命令镇嵩军第二师——张治公师回豫剿匪。

二十九　绝境

从宜阳城撤出之后,郭春旺、樊玉龙、泰元山带着队伍和抢来的枪支、马匹及金银财物,浩浩荡荡地连夜回到鳌柱山,山上的人下山迎出十里,灯火将全山照得通亮。鳌柱山从来没有取得这么大的胜利,也没有这么大的收获,连附近的村民也跑出来迎接胜利而归的队伍。蒋明先带着他的几个把兄弟和一帮头目首先上前祝贺问好,有握手的,有拍肩膀的,有开玩笑查看身上有几个窟窿的。拜把兄弟中排行老二的麻子才特别活跃,一个劲高喊:开庆功宴啦,开庆功宴啦,弟兄们,酒杯都摆好了,快上山! 快上山! 他的话引来一片欢呼。大家正在高兴,后边上来一辆马车。樊玉龙一看,急忙拉着蒋明先迎着马车走过去,躺在马车上的李宏军睁开眼对蒋明先和樊玉龙强笑了笑,蒋明先说:

"宏军兄弟,你受苦啦!"

李宏军又笑了笑:"干咱们这一行,吃两个枪子不算个啥。"

"唉,是三哥我害了你,"蒋明先自责道,"这次不该让你代我去打冲锋。这次你可是为咱鳌柱山立了大功,三哥不会忘!"

"不让我和六弟去打冲锋,还能让谁去打冲锋?"李宏军看看樊玉龙,"你要是心里过意不去,就记住六弟吧,这次的头功应该属他。"

樊玉龙摇摇头关切道:"现在不是评功论过的时候,重要的是你的身子。感觉咋样,还疼吗?"

李宏军也摇摇头,微笑着闭紧眼皱紧眉头。樊玉龙知道剧烈的疼痛正折磨着眼前的这条硬汉,看看身边的蒋明先,急忙叫来几个人将李宏军从马车上抬下来,先送上山。

虽然攻打宜阳县城伤亡几十号弟兄,头领李宏军也受了重伤,给鳌柱山蒙上了点阴影,但这点阴影就像晴空中的一点浮云,还没落到地上就被一阵风吹走了。毕竟这是一场空前的大胜利,在郭春旺、麻子才一帮头领鼓捣下,几日来山上弥漫着一种节日气氛。不管是白昼还是夜晚,走到哪里都闻到飘过的酒香,吆五喝六的猜枚声不绝于耳。麻子才还从山下弄来一班越调一班靠山簧,两台对台戏的锣鼓声差点没把山翻个个儿……

锣鼓声没把山翻过来,吴佩孚却要把山翻个个儿。镇嵩军张治公的二师已经开出潼关,迅速向鳌柱山进发,并与在宝丰、郏县一带的第三师形成合围之势。放在山下的谍报员一日三报,住在玉皇院的冷银山也派人送情报上山,不是情况十分紧急,冷银山是不会派人来的。蒋明先立即感到威胁的分量,决定向伏牛山转移。他召集众头领在议事堂开会,介绍当前四面受敌的情况,说明必须赶快转移的理由,要求在座诸位拿出主意立即表态。议事堂的大梁上挂了两盏汽灯,无数个被山风赶来取暖的飞蛾围绕灯罩乱飞,将本来白炽的光线涂抹成暗灰色。一条鳞甲闪闪的巨蟒,也许是为了取暖盘桓在大梁上。不知谁"咦"了一声,桌子四周的人随着他的目光向上看看,没有人惊愕,也没有人说话。蒋明先权当没有看到头顶上的巨蟒,再次要求大家说说自己的想法。

"都表个态,愿不愿意跟着走,决不勉强。"

泰元山首先打破沉默,说:"我不想去伏牛山,我和玉龙兄弟的队伍可以分开,各带一半。"

蒋明先看看樊玉龙,樊玉龙点点头,蒋明先转过脸对泰元山说:"好吧,你可以不跟着走,至于你们两个人怎么分家,下去后你俩再商量。"

泰元山好像是带了个头,接着几个不愿跟着走的人把心里的想法说出来了。阎得利原本就是地方豪绅阎家派进来的,不愿跟着走理所当然。贵老七和另一股崔胜旦要联合起来去投靠老洋人张庆,也不想进山。樊玉龙虽考虑到以后的困境,但觉得不跟着走对不起蒋明先,还是决定跟着蒋明先走下去。

在座的每个人几乎都表了态，唯有坐在樊玉龙身边的吴学武，直瞪瞪地对住盘踞梁上的巨蟒，只字未吐，生怕那蟒掉下来砸住他似的。樊玉龙揣摸到他的心思，转过脸瞧着他说：

"你啥想法？有啥困难也说说。首领不是说了吗，跟着走和不跟着走，绝不勉强嘛！"

樊玉龙的话给了吴学武一个台阶，吴学武赶快接过去说："按俺的想法俺是应该跟着蒋首领也跟着玉龙大哥去闯，掂着脑袋一起干下去，可是你也知道俺手中这点本钱不能完全由俺当家，所以，"吴学武说到这里停顿一下，"所以嘛，这次俺就不进伏牛山了。八百里伏牛，俺担心在里面转迷糊。"

"那你就同阎得利一起行动吧。"樊玉龙说。

"不，俺想同元山兄一起留下，毕竟攻宜阳城时，两人合作过。"

坐在对面的泰元山侧头瞥了吴学武一眼没吭声，倒是坐在后面的刘海猝然说话了：

"俺跟随樊头领，好不好？"

这话弄得吴学武有点下不来台，怔了一下笑着说："好，好，俺可以分给你三十支枪。"

樊玉龙立马拍下手："欢迎刘海兄弟过来，带不带人、带不带枪都无所谓。"

议事堂会议开到半夜，蒋明先最后决定，两天后撤离鳌柱山，两天内把伤员安排好，把老弱不宜行动者，发资遣散。樊玉龙提起李宏军的伤势，跟着大队一起转移是不可能的，这也是蒋明先最揪心的事，一时陷于苦闷中没有答话。樊玉龙主动提出他来办这件事，他把蒋明先叫出来，说他想带上八个身体强壮的弟兄，今晚连夜先将五哥抬到玉皇院冷银山处，再从那里送往小虎山。小虎山地方僻远，李凤官为人可靠，懂药，再找个好大夫给五哥治伤，好医好药，好山好水，不出半年五哥保准仍是好汉一条。蒋明先点头称是，说你去办吧，这件事也只有由你去办我才放心。不过你把宏军安排停当之后赶快转回来，我想从小吴村、砦子街插到宜阳花山与黎天赐会合，这是第一站，然后再做打算。你在地面上人熟，走在前边负责与各寨局子头联系，请他们让路，双方避免发生无谓的伤亡。

樊玉龙带着八名壮汉把李宏军送到李凤官处养伤之后,火速返回。这时张治公二师的宁小满团已逼近鳌柱山。山上原有的三千余人已分流一半,蒋明先率领余下的一千五百人正整装待发。樊玉龙回来后即刻接受指示,带领刘海与几个弟兄,跨马冲下山去。宁小满原本出身绿林,辛亥年就认识了当时还是少年的樊玉龙,后又在一个大锅里耍过勺子,从心底不愿为难从鳌柱山下来的这帮人,所以蒋明先他们没遇多大阻拦就下了山。由于樊玉龙的事先联络,小吴村局子头林文苏、砦子街局子头辛渔丑都让路通行。经过一天一夜急行军,疲劳的队伍在宜阳城南靠山的几个村里休整一天。在这里听到一个消息,黎老幺黎天赐的人已于上次民团围剿时撤离了花山,不知去向。下一步队伍如何行动,蒋明先正在犹疑,张治公二师的杨世杰团扑了过来。杨世杰不像宁小满,他是民团出身,他爷和他爹都是在与杆子作战中丢了命,对杆子有世仇,恶狠狠的,来势凶猛。没有别的选择,蒋明先只得硬着头皮冲向花山,第三天拂晓,杨世杰团就追过来了。天蒙蒙亮,敌人扑到眼前,鼻子眉毛都看清楚了,还混在一起打圈圈,像一个漩涡忽东忽西,直到下晌日头偏斜,蒋明先、樊玉龙们才突出重围,上了花山。山上人烟稀少,林木遮天,蒋部隐在丛林中与敌人捉迷藏,沿着羊肠小道与敌人兜圈子,往深山里钻,就这样转悠了几个月。这次张治公好像是铁了心要把蒋明先消灭在花山,把宁小满团也调了过来。宁小满团虽不卖力,但总得配合杨世杰团进行围堵,给蒋部增加了更多困难。蒋部进入山里,杨、宁团也跟踪追到山里,简直不让人透气。下面怨言很多,说老是跑,不敢与人家照面哪行?咱越跑,人家越凶,认为咱是怕了,尿裤裆了,窝囊!樊玉龙听到这话,也认为非打一仗不可,要不人气就会垮了,队伍就会散了。他将这个意见告诉蒋明先,蒋明先同意打一仗灭灭敌军的凶焰。这一仗没打好,双方虽互有伤亡,却没有把距离拉开。杨、宁两团紧跟在屁股后,蒋部只有继续往深山里钻。队伍遇到的困难越来越多,没有食物,甚至没有鞋子。到了深秋天气,深山里到处只有荒草枯枝,有些地方已被初雪覆盖,找不到任何可以充饥的东西,牲口陆续杀光吃了。蒋明先亲手击毙跟随他多年的坐骑让大家分食,不禁流泪,在场的众弟兄也都流了泪。山里的天气越来越冷,为了补充鞋袜,他们奔袭一百多里,攻破了一个临近官道的山镇,在镇里驻扎三天，大吃大喝，补充了鞋子、衣服。第四天追兵赶来，他们措手不及，只顾盲目地向山上跑，不管敌人的枪打得多么密，没有人停下脚步也没人还枪。樊玉龙看到这种景象不禁摇头，心想这样跑下去大伙只有当俘虏，就大声呼唤刘海和身边的一群弟兄转过身向跟上来的敌人射击。他从一个年纪较大、气喘吁吁的弟兄手中拿过轻机枪，站起身向山坡下一阵扫射，敌人滚下几个，其余突然趴下不动，停止追击。过一会儿对方站起来再往上冲，樊玉龙、刘海们占据有利地形又是一轮猛射，如此再三，敌人开始在荒草黑石中慢慢后缩。樊玉龙知道敌人要往山下退了，扭头望望山顶，见蒋明先快翻过去，就向刘海挥手，要他带领阻击的弟兄快撤。刘海担心樊玉龙会一个人留下断后，同身旁一个弟兄跨过去架上他的手臂就往山头跑。

翻过山就是内乡大坪镇，这里已不是二师的清剿范围，杨世杰停止追击。大坪镇驻有当地民团，经人联系，耍光棍出身的民团头子刘成彦知道他那二三百人不是来者的对手，表示欢迎蒋明先进驻。这支经受近几个月撤退、混战、饥饿、疲劳折磨的队伍，总算得到一个喘息机会。刘成彦对蒋明先表面敷衍，内心总想吃掉对方，但他面对比自己多几倍人和枪的蒋明先，深感力量悬殊，不敢妄动。蒋明先则想，身在难中，走在人家地面上，蒙人收留，不能做不义的事，双方以维持和气为好，力避挑起事端。

住了一个多月之后，一天刘成彦找到蒋明先说，张师长委我一个团长，我就要离开这个地方了。蒋明先一听，忙回答，那很好嘛，我捧你干，帮你三百人和枪。刘成彦喜出望外，说蒋明先够朋友，以后两人一定做好朋友。蒋明先叫人选了三百支孬枪和三百个比较老弱的人送给民团，没想到许多老弱弟兄不愿离队，有的甚至痛哭失声。在送别的酒宴上，蒋明先给这些老弟兄敬酒，说不是我蒋明先心硬，把枪里来刀里去的老弟兄送出去，实在是前途险恶，危机重重，不知哪一日才能冲开一片天地，不想再让大家拿命还换不来一顿饱饭；我蒋明先无能，不愿年老体弱的老弟兄跟着我受罪；你们先跟着刘团长，有朝一日我时来运转，一定把你们请回鳌柱山。蒋明先说到这里，只听下边一片哭泣声，他振奋下精神，豪迈地高擎酒杯又说：

"老弟兄们，我蒋明先总有走出绝境的一天，现在只能说后会有期，后会有期了!"

在刘成彦离开大坪镇之前,蒋明先命樊玉龙整理队伍,率领一千余人离开大坪镇,准备穿越老君山到叫河、朱阳关一带活动。队伍集合在镇外场子上正要出发,忽然从大路上急匆匆走过一个人来,此人头戴毡帽,身穿棉袍,模样像个跑单帮的小商人。站在路边的哨兵上前一盘问,原来是来找樊头领的张举娃张副官。哨兵将他带到场边,正在队伍前面喊口令的樊玉龙见哨兵带了一个人过来,心想来者是哪个? 待仔细一看,急忙把队伍交给刘海迎了上去。

"你咋来了?"樊玉龙拉起张举娃的手摇动着问。

"我是通过杨世杰团的防区找过来的。"张举娃笑笑。

"老天爷呀,是哪股风把您吹来的?"樊玉龙惊讶地上下打量张举娃。

张举娃答道:"不是哪股风把我吹过来的,是伯母要我找你来的。"

"俺娘咋样? 她咋啦?"樊玉龙一听张举娃提到他娘,心怦怦一阵乱跳,急忙追问。

"老人家病了,拘病。"张举娃提到常秀灵的哮喘病。

"要紧不要紧?"一听说娘病了,樊玉龙的心顿时猛一缩。

"她和你媳妇跟着二师师部回到南涯了,住在俺家。"张举娃拣着话说,怕一时惊着樊玉龙,"平日她身子还算硬朗,天一凉就喘得厉害,拘得透不出气。前些时有几次拘得脸色发青,急得玉贞跑到院子里叫魂。我去看过,同几个朋友商量,还是得来告诉你。"张举娃一面说一面从衣袋里掏出一封信递给樊玉龙,樊玉龙顾不得接信,一听老娘病重,就抱起头蹲下身呜呜大哭。场子上操练的队伍停下来,看到樊头领因老娘病重而像小孩一样痛哭,不少弟兄也凄凄然陪着掉泪。

"这是伯母给你的信,你看看吧,老人家一有病就更想你,整天呼叫你的名字,以泪洗面,几个朋友没办法,只好让我来一趟。"

樊玉龙拆开信,没看几行又是满面泪水。

张举娃又说:"你得赶快回去一趟,我看伯母虽有哮喘的病根,如今发作八成是想你想的,你得回去。"

"俺恨不得立马回到娘床前,为娘侍药奉汤。"樊玉龙回顾一下身旁众弟兄,"但目前的局面,俺又咋能撇开蒋首领,撇开众弟兄?"

张举娃默然。人群中传出一阵议论声,有人高嗓大喊:

"樊头领,回去吧,娘就是天,没有孝,哪有义!"

"咱们泼命闯荡为了啥,不就是为了娘有口热饭、有个滋润日子过吗?"

"樊头领,你回去吧,就算帮咱大伙一起去看望看望老娘。都是汉子,大伙不会埋怨你。"

樊玉龙带着张举娃去见蒋明先,蒋明先看罢信一迭声劝他赶快跟随张副官回去见娘。他说日子长着呢,咱朋友还有得做,万一老人家有个三长两短,咱们就要抱憾终生。蒋明先知道樊玉龙心中也放不下朋友,处于两难之境,又宽慰道,你回到二师那边,不单可以孝敬老娘,还可以为咱兄弟们做些山里做不到的事。人生在世,最讲"孝义"二字,为母尽孝,为友尽义,你这一去,这两字都有了。然后,蒋明先明确要他回山北联络这一年失散的兄弟,为聚合队伍重整旗鼓做准备。樊玉龙见蒋明先执意要他探母,而且实施蒋明先重回鳌头山的计划也需要他去联络,就将人马交给周福来、刘海,告别众弟兄,随张举娃去了。

三十　身份

　　这年年底,樊玉龙回到伊东南涯,寄居在举娃家的老娘一见他,半晌说不出话,泪在眼眶里转了好久才突然迸出来哽咽道:

　　"孩子,你受苦了,看你瘦成啥样,让娘差一点认不出来。"

　　跪在娘面前抱着娘双脚的樊玉龙抬起头说:"娘的病咋样?这一年又让娘受苦了,是孩儿不孝。"

　　"不是你不孝,你也是不得已呀。"

　　"孩儿无能,近不能为娘侍奉汤药,远不能给麒娃报仇雪恨,让娘白养了。"

　　老娘摇摇头:"你一回来兴许俺的病就好了,你也再不要计谋给你兄弟报仇的事,如果你再有个三长两短,叫俺依靠谁哪?不要再往外边胡跑了,就计划咱们的穷日子吧!"

　　樊玉龙说:"娘你放心,儿一定会给你养老送终的。"

　　樊玉龙回到南涯,张举娃向外一说,镇嵩军的熟朋友不断来看他。一天,辛师爷的勤务兵王兴旺和邵永祥来了,一进屋兴旺就说,今日三爷本说要来却来不了。樊玉龙一时犯迷瞪,不知他说的三爷是哪个。已经当上副营长的邵永祥逗趣道,真是贵人多忘事,兴旺说的三爷就是给辛师爷赶车的张老三呀。樊玉龙忙说,我咋能忘了他,他是我的恩人啊,我刚到镇嵩军就是他收留的我,他现今干啥?还给辛师爷赶车?兴旺说他还赶车,今天就是辛师爷要出门,他才没来成。樊玉龙说改天俺一定去看看三爷。

话头转到辛师爷辛寓德身上，几个人都在辛师爷身边做过事，有话说，说起来也亲切。

"师爷现今咋样?"樊玉龙问。

当上副营长的邵永祥笑笑："你是问老先生的身子骨，还是问老先生的官运?"停了停，又自问自答道，"论身子骨还算硬朗，论官运，不中。"说到这里，他扭头问王兴旺，"是吧，兴旺?"

王兴旺看看樊玉龙："你也知道师爷那个倔脾气，他也不想有什么官运，不想啥子升官发财。"

"听说他同张师长闹翻了?"邵副营长问。

"这倒没有。"王兴旺压低声音，"都知道师爷那个秉性，他看不惯师长的一些作为，曾想辞职，后来刘总司令出面挽留才留了下来。我看张师长对他还是很尊重的，师爷也不必太认真。"

"师爷是个读书人啊，"樊玉龙感叹道，"如今这样的读书人已经不多了!"

邵永祥忽然拍下掌，说："现在还不是给咱师爷立碑的时候，留着话以后说。还是说我和兴旺今天来找你的正事吧。"

"啥正事?"樊玉龙已思摸了七八分。

"你就这样黑下去? 总得有个身份出外活动才行。"邵永祥说。

"那您说咋办呢?"樊玉龙直视着邵永祥。

"我同兴旺商量过，这事得找师爷，只有他能帮你。"

"前天与我同村的石一斗和吴起训营长身边的黑子来看过我，他们也要我找找辛师爷。"樊玉龙说。

"为啥不去呢?"

樊玉龙苦苦一笑："我不敢去找，我怕他……"

"瞧你那点出息。"邵永祥低声咕嘟一句，他比樊玉龙年长几岁，如今又有官职，在这帮人中常以老大哥自居。

"我确实有点怕老先生，"樊玉龙自嘲道，"这两年我在外扑腾，好像天下没有我怕的人，就只怕这位弱不禁风的老先生。"

"这样吧,后天你到灵宝找到师部,我同兴旺陪着你去见辛师爷。"邵永祥不由分说把事情敲定。

午饭本说到街上吃,休假在家的张举娃忽然手拿一块远近闻名的尚冒热气的南涯卤牛肉走进来。这块牛肉有三四斤重,香气四溢,弄得邵永祥涎水欲滴,吵着不到外面吃饭,要吃热牛肉。樊玉龙要媳妇卢玉贞赶紧到厨房炒几个菜端上来,打开兴旺他们带来的两瓶灵宝大曲,几个男人围桌喝起来,直喝到太阳落山。

第三天午后,樊玉龙依约去到二师师部与邵永样、王兴旺会合,张老三听说是为玉龙找师爷说事,也加入进来。走进辛师爷办公的屋子,樊玉龙轻唤一声:

"师爷。"

辛师爷抬头看了他一眼,又将头埋在桌面公文上,问:"来啦?"

"俺来看看您。"

"说得好听,想来看我咋这时候才来?"

"俺怕惹恁老生气,怕挨恁老骂。"

辛师爷抬起头向门口扫了一眼:"我敢骂你吗? 你看你有多少保驾的。"

张老三笑出了声:"俺和永祥、兴旺算啥子保驾,俺们是来帮玉龙求个情。"

"他有什么情好求? 这两年他呼风唤雨,不是很英雄吗?"辛师爷斜了樊玉龙一眼,看到樊玉龙笔直地站着,一动不动,轻轻舒了口气。

"师爷,俺说这情不求你就得给。"张老三赶轿车时与辛师爷无话不说,所以说话没有顾虑,"玉龙这娃子也是你栽培出来的,如今娃子走到这一步,你不拉一把,还有谁能拉他?"

樊玉龙赶快接过张老三的话:"师爷,俺知道给您添麻烦了,俺对不住您。"

兴旺帮腔道:"俺龙娃哥是向您认错来的。"

辛帅爷看看面前几个关系曾经十分亲近的人,火气不禁灭了大半,叹口气说:"如今这个混沌世道,很难说谁对谁错、谁是谁非呵。"辛师爷用手指叩叩桌面,"也不能说龙娃走的道就是一条错道,龙娃也是不得已嘛!"

邵永祥看到气氛缓和下来,赶紧提出为龙娃办身份的事。辛师爷说龙娃这两年扑腾得太大,整个豫西都快被他闹翻了,要转变身份,我得与张治公说说,看他给不给我这个面子。

辛寓德找到张治公为樊玉龙疏通,张治公"哼"一声把脸拉下来不说话。辛寓德问怎么样?他恼怒地说,他还敢来找你?我不抓他就是好的。辛寓德说他是咱镇嵩军出去的娃子,他在咱们身边干过,如今遭了难,不找你我他找谁?张治公余怒未消,反问辛寓德,难道你不知道他闹成啥啦?把吴大帅都震动了,把刘镇华都气蒙了,要不咱们师在陕西驻扎得好好的,怎会又调到河南来?现在你要我为他说话,你要我怎么说!张治公以为说到这里,辛老头一气会扭头走人,不意他竟笑出声,心平气和说,师长说得也是,不过这种事在咱队伍里还少?进来的,出去的,官官民民、匪匪官官唱戏一般转台的事还少吗?咱队伍本是这个底子嘛!辛寓德这句话触动了张治公的痛处,被顶得闭口不言。

许久,张治公问:"这次他是为啥回来的?"

辛寓德答:"他老娘有病,想他了。樊玉龙是个孝子。"

"我也听说他是个孝子。"张治公在房里踱步,低着头好像在数地面上的青砖。不知他数到什么数,抬起头直视着他的师爷说:"你的面子我不能给搁那儿。这样吧,他跟着蒋明先闹腾多时,现在要我给他负责,要他交出二十把盒子吧。"

辛寓德听出张治公说的是个活络话,解释道:"樊玉龙是只身脱离蒋明先队伍的,二十把盒子一定办不到。"

张治公坚持说:"那不行,办啥事都得有个规矩、有个说法,今天他要我为他负责,他要有个表示。"

辛师爷憋不住火了,带点怨气说:"你要真给我面子,就不要又出难题!"

张治公不想因这点事再惹老头子心里不痛快,说再容他想想。两天后辛寓德又提起为樊玉龙转变身份,张治公只好答应。他要樊玉龙交出两把盒子枪,算是接受了他的招抚。他给樊玉龙一个师部副官的名分,马上发了军装、徽章。至此,樊玉龙又可以公开活动了。

旧历春节将临,樊玉龙回南涯同老娘过节前,想去看看吴起训和宁小满,他两人都当过自己的上司,而且还帮助过自己,况且与吴起训还有那么点亲戚关系,他回部队后还没有同他们照过面,大年下,理应去看望一下。他置办了一些礼品,先在灵宝城关找到吴起训的营部,一走进砖券门,就遇到黑子,黑子问他来干什么?他说过年了,来看吴营长。黑子赶快把他拉到一边,说你还是不去的好。樊玉龙问为啥?黑子指指对面屋子的窗口说,你看,营长正在喝闷酒呢。樊玉龙通过纸糊窗棂正中镶的一块玻璃,看到吴起训对面坐个身材高大的人,问那人是谁?黑子探下头答,那是刘总司令家的老五刘茂恩,保定军校出来不久就来这里当营长,比咱吴营长资历差远了。樊玉龙说这事没法比,谁叫人家后台硬。黑子点点头,说的就是不公平嘛!再就咱二师来说,这几年出了多少个团长,可咱吴营长像蹲窝的老母鸡一样蹲在窝里不动。鸡仔都一窝一窝飞出来了,他还是个营长。他不想在二师干了,打算换地方。换个地方好,不单他感到窝憋,连俺都快替他窝憋死了。樊玉龙问,那今天刘老五来做什么?黑子龇龇牙笑笑说,不清楚。刚才我进屋添酒,听话音好像是刘总司令派他来的,他和咱营长同过学,是来套近乎的吧。樊玉龙灵机一动,问是不是来封官许愿的?黑子说有可能。樊玉龙向窗口探探头,又回过头问,怎么吴营长只喝酒不说话?桌上又没有菜,这酒喝着有啥意思!黑子呵呵笑两声,说你还不知道咱营长的脾气?屋内,吴起训听到笑声,大声问:

"黑子,你和谁在外边?"

刘黑子急忙答:"报告营长,师部樊副官来看望你。"

"请他进来。"

樊玉龙走进屋里先向吴起训行了个礼,又向刘茂恩行了个礼,刘茂恩动动笨重的身子站起身还了个标准军礼,嘴里说着"不客气,不客气",一派很有教养的样子。

吴起训坐着未动,拉长腔阴阳怪气地说:师部大副官给俺们行礼,俺们怎么受得起——呀!"

樊玉龙嘴头快,毫不亏礼地说:"表哥,当年俺在新兵营受训时您可不是这样说的,您要俺时时注意军人礼节。"

"不错,我说的话算你没有全忘。"吴起训伸伸手向刘茂恩介绍说,"刘营长,这是我表弟,在我的新兵营当过排长,如今名气可大啦,大名樊玉龙。"

"久仰,久仰。"刘茂恩动动高大的身躯跨前一步与樊玉龙拉拉手,樊玉龙不知道他的这个"久仰"是纯属客气话,还是真知道他的"大名"。

吴起训问樊玉龙把家安排好没有?樊玉龙答安排好了。他想问问吴良更和吴学武最近的情况,吴起训说家里的事他不过问。樊玉龙看看他又看看刘茂恩,知道在他俩中间自己无话可说,就留下带来的酒和点心告辞了。

樊玉龙找到宁小满团长的家,正好他老弟宁秋分也在。兄弟二人见了樊玉龙分外热情,宁小满也不摆团长架子,不像吴起训那样端着,令人生畏。宁小满一见樊玉龙就攀住他的肩膀上下打量,眼球转个不停,还在他胳肢窝里挠了个痒。

樊玉龙跳起脚笑道:"你这是干什么?"

宁小满说:"我这是在检查。"

"你检查个啥呀,我又没带枪!"樊玉龙知道宁小满是在同他闹着玩,也开玩笑说。

"查查你身上有没有窟窿,兴许我的不知哪颗枪子碰到你身上了。"宁小满真情地说。

"这都是没办法的事,"樊玉龙忽地心头一热,动了感情,声音颤抖,"两军对垒嘛。"

"哈哈,你小子没受伤就好。"宁小满拍拍樊玉龙的肩膀,转变话题问,"刚从吴营长那边过来?"

"是的。还在那边看到了刘茂恩刘营长。"

"好呀,你老表要转运啦!"

"团长,此话怎讲?"

"攀上刘老五不等于攀上刘镇华了?"宁小满兴奋地挥着手臂,"说实话,吴营长是个标准军人,但张师长不喜欢他,他太古板,又不太听话,只好窝在那里。依我看他是个人才。"

宁小满的老弟宁秋分带着两个护兵从街上涵香楼抬来一个食盒,将酒菜摆好,各自落座,话题就转到别处去了。宁小满几怀烧酒落肚,讲起了辛亥革命时的抱负,讲起少年樊玉龙真把他当大英雄,要给他牵马的往事,好像是一场梦。他呼了几声"一场梦,一场梦",竟睡着了。宁秋分拿了一件大衣给他盖上,摆摆手示意大家继续吃饭,不要去惊动宁小满。樊玉龙匆匆吃罢饭,临走时宁秋分把他送出院子,看看后面没有人,突然拉下樊玉龙的袖口说:

"那边有消息了。"

樊玉龙一惊,问:"怎么样?"

"蒋明先已到了卢氏官坡、兰草一带活动,前时他们本想沿白朗当年入陕的路线攻入商南,被顶了回来,处境仍很艰难。最近可能有人过来,你多留意。"

樊玉龙想,如果蒋明先派人过来找他联系的话,可能就在春节期间,因为各处都在热热闹闹过节,通过关卡容易,来个人也不会惹人注意。他是个好交往好热闹的人,过节时家里人来人往,却不见那边的人出现。直到正月十五,他和老娘、玉贞正在吃元宵,听到院子里有呼唤声,走出一看,灯影里有个肩挎钱袋的青年人站在那里。那人先不开口,樊玉龙上前仔细一看,原来是鳌柱山老八任中杰。任中杰原本是个中学生,肚子里旧学新学的墨水都有点,在山上负责文案,生得白白净净,样子还像个娃娃。樊玉龙一把将他拉进屋,一面招呼吃饭,一面询问蒋明先那边的情况。任中杰说,那边的活动越来越不顺,麻子才拉一部分人走了,想找人收抚;招山林和孙燕吃不了苦开了小差,张治公正派人去拉拢他们。队伍如今剩下七八百人,子弹和人员都无法补充,无法活动。蒋明先觉得还是得把大家聚拢起来,要你设法与李宏军、麻子才和贵老七取得联系,把他们都送过去。樊玉龙写信给冷银山,让他来南涯商议。不久樊玉龙在师部弄了一张护照,让冷银山把伤愈的李宏军和留在身边照看他的两个弟兄带到南涯,穿上准备好的军装,公开地经洛宁、卢氏回到蒋明先那边。至于麻子才、贵老七、招山林、孙燕他们,他正在设法寻找。

三十一　打孽

1924 年 9 月,第二次直奉战争爆发。

各路军阀争斗不息,为的是各自的地盘。这次战争先从江浙开打,一直打到山海关和北京。吴佩孚接总统曹锟电召,由洛阳赶赴北京,就任讨逆军总司令,第三日在北京中南海四照堂召开军事会议,兵分三路迎敌。镇嵩军第二师张治公师被调往山海关。

部队开拔前夕,樊玉龙想到张举娃可能要跟随师部行动,就把老娘常秀灵和妻子卢玉贞从南涯张举娃处搬到玉皇院,托冷银山照看,老娘担心他留在地面上不安全,坚决要他不脱离部队。在洛阳车站上火车时,从紧张嘈杂、身穿灰布军装的人群中,忽然听到有人叫他的名字,四下巡望,不意肩膀被拍了一下,有人低笑道,你还往哪里望,走到你身边还看不到?樊玉龙这才回过头,一看原来是宁秋分。樊玉龙问这次你也去?宁秋分说俺咋能不去?咱吃的就是这碗饭嘛。樊玉龙问宁团长呢?宁秋分说他也在这列车上,咱去看看他吧。二人穿过堆满器械和给养的月台,向后边的几个车厢走去。一匹拉大炮的黑骡子不知为什么惊了,拉着一个炮架子横冲直闯,带倒了许多物事,人们四散躲避,排队登车的士兵也乱了。宁秋分询问了几个人,找到了宁小满设在一节车厢里的团部。宁小满看到兄弟和樊玉龙,很高兴很亲热。都是赌命的主儿,虽然前边就是枪子横飞的战场,心里也没有那点壮士一去兮不复还的悲凉或

悲壮。樊玉龙一走进车厢,宁小满团长就问他:

"你走不走?"

"想跟师长到前线去。"樊玉龙答。

宁小满说:"你这傻小子,你要报仇,过去机会未到,你瞎干;现在有机会了,却不干了。"宁小满望望月台上拥挤的士兵,"现在部队都往前线调,这次上前线的不只是咱们二师,吴佩孚直属的第三师、第二十三师和其他几个师都开走了,河南成了一个空壳,海阔凭鱼跃,天高任鸟飞,随你扑腾,没人能管住你。"

樊玉龙叹口气:"这一年我待在师部,没人没枪,没本钱哪。蒋明先还在山里,部队一走,我的安全都成问题。"

宁小满略想一下说:"这样吧,我家里还有几十支枪,你去找太太,她会给你的。"

宁小满当即写了一封信,叫太太给玉龙十支短枪。又要宁秋分晚几天上车,先跟樊玉龙回家一趟。第二天,樊玉龙拿着信去找宁小满的太太,她说有的枪不在手边,只给了八支手枪。樊玉龙很感激,叫宁秋分的几个叔伯兄弟帮忙把这些枪支送到玉皇院冷银山家去。樊玉龙的老娘和媳妇借住他家,樊玉龙由洛阳回来两人自然天天见面,相谈甚欢。

日前,冷银山看到樊玉龙带回那么多枪,把摆在方桌上的枪掂了一遍笑笑问:"这是干什么? 部队刚刚开走,不消停几天,又想拉队伍?"

"暂时还不想拉队伍。"樊玉龙答。

"这就好,你多年不跟老娘在一起,也该在家歇几天陪陪伯母。"冷银山潇洒地甩下手又说,"咱哥儿俩这两年虽说时有共事,也没空闲把杯问盏一起畅饮过,今日也该坐下来美美喝上几杯。呵,这份福气可是他们上山海关的人没法享的呀!"

樊玉龙说:"我真愿意天天陪老哥你喝酒,可是有件大事没办,几年来我的心怎么也安稳不下来。"

"啥大事,闹得你几年心不安稳?"

"打孽!"

"打孽？好像听你说起过。"

"打孽！"樊玉龙用更坚定的语气说，"几年前俺兄弟被姓赵的局子头打死了，俺娘无处申冤，还弄得几年无处安身。"接着，樊玉龙将赵家如何仗势欺人，妄想侵占他家祖业；如何栽赃陷害，枪杀兄弟麒娃；老娘又是如何公堂鸣冤却有理无法伸张，一一说个仔细，听得仗义的冷银山感同身受，大拍桌子。

"娘的，宰了那个姓赵的王八蛋！"

"所以我从宁小满团长家里拿了八支短枪。"

"人呢?"冷银山问。

"两个。"樊玉龙苦笑着，"把你也算上。"

"当然要算上我!"

"开玩笑，不能把你算上，你是生意人。"

"我还不算一条江湖汉子吗?"冷银山大笑两声，"他们那边多少人?"

"男人是兄弟四个，一个侄子。另外，他现在还是局子头，手中掌握有武装。"

"这么说，咱们的人、枪都不够。"冷银山思索着。

"所以我想偷袭。"樊玉龙说。

"偷袭也要有一定力量，不能碰运气。"冷银山说，"我看还不如打黑枪。"

"前两年，我曾打过一次黑枪，没有成功。"樊玉龙告诉冷银山，"如今我不想打黑枪了，我想光明正大、轰轰烈烈干一场。"

有了冷银山的支持，樊玉龙信心大增，开始筹措。

冷银山给樊玉龙介绍了许多朋友，他先后同岳崇武、常文彬和玉皇院局子的两个棚长胡火木、赵尽义见了面，这几个人都当过兵，现在都在当地民团混事，大家一见如故。岳崇武就是本地玉皇院的局子头，因为张举娃的关系，之前已与樊玉龙比较熟了。常文彬先前也同樊玉龙见过面，知道樊玉龙报仇心切，慷慨答应支持。为了多弄枪支，樊玉龙还找到早有联系的砦子街局子头辛渔丑和小吴村局子头林文苏借枪。常文彬带来四支枪，岳崇武和他的左右手胡火木、赵尽义都有自卫手枪，加上樊玉龙原有的八支枪，已拥有十多支手枪，但樊玉龙觉得人和枪似还不够。冷银山拿出一支护身短枪，说他也去，被樊玉龙按住手,说你是打算盘珠子的,这事不用劳你。常文彬也要前往,大家劝止,因他毕竟在地方上是个头儿,不便参与这种血拼,但他为了与樊玉龙拉交情,表示非去不可。到底谁去谁不去,几个人正在争执,这时从大门口进来一个人。此人身躯高大,头戴一顶汗渍发黑的破草帽昂首直往里走。看门大爷从后面追赶,连声呼道:

"喂,喂,你找谁?"

"呃,冷先生住这里吗?"

听到外面说话声,冷银山急忙走出客房问来人:"你找他有什么事吗?"

"我想向他打听一个朋友。"来人说。

"我姓冷,你要问哪一位?"

"呃,您就是冷先生。"来人仰仰脸,"俺想打听一位姓樊的朋友……"就在他一仰脸间,跟在冷银山身后的樊玉龙看清了一张满是红疙瘩的被草帽半遮的脸,一个熟悉的面容闪了一下。

"是建生吧?"樊玉龙向前急走两步。

"咦——樊大哥在这里呀!"章建生握着樊玉龙的手,喜极而泣。

"老天爷呀,你还活着!"

"活着,活着……"章建生亦喜亦悲说,"那天你冲进刑场喊着要弟兄们往汝河里跳,我跳了,一直冲下几十里才被一片芦苇滩挡住。一位打鱼的大爷救起我时,我已在芦苇丛中昏迷了三天。也是我命不该亡,这不就活过来了。"

樊玉龙摇了摇头叹口气:"唉,我要学武和刘海顺河找过,听说有十多个弟兄得救。"

"不止十多个人得救,"章建生说,"我养伤那一带就听说,有几十个人从水中逃出来。"

"黎悦呢?"樊玉龙问,"有没有黎悦的消息?"

"没有。"章建生悲愤地低下头,"那一仗真是损失太大啦。"

"从头再来吧!"樊玉龙看到章建生脸上有一道将嘴角扭曲了的伤疤,问,"这就是那一仗留下的?"

"是的,呵呵。"章建生回忆,"在押我们去县城的路上我骂了王立勋,王立勋叫人割我的舌头,一个新兵害怕,我一扭脸,刀子从我舌边滑过,在我嘴角划了一道口子。"

"这也真算是大难不死呀!"冷银山在一旁感慨道。

屋子里,章建生突然出现的兴奋气氛还没过去,看门老头又带进两个人来,其中一个身材挺拔、样子英俊的小伙子大喊着向樊玉龙扑了过去。大家正感诧异,只见樊玉龙用拳头照着来者的胸膛擂了两下,高兴地说:"老七、老九,你们两个咋也找到这儿了?"

"唉,我们找你找得好苦。是任中杰说你在灵宝,我们就从荆紫关找到灵宝,又从灵宝找到这里。"

原来这两个年轻人就是鳌柱山上的老七招山林和老九孙燕,冷银山他们是认识的,其他几个人则是初次见面,樊玉龙一一作了介绍。一听说要为六哥樊玉龙报仇,两人立刻活跃起来,特别是爱动爱闹的孙燕,从腰里猛抽出枪,立马就要去冲杀的样子。樊玉龙不让他俩参加打孽,说跑了那么远的路,你们得将息几天。常文彬也客气地帮助劝,孙燕不依,说:

"这是替六哥报仇,鳌柱山的兄弟不去咋行?"

常文彬抿下八字胡道:"山上山下都是兄弟,就不要分彼此了吧。"

孙燕还想说什么,看门老头笑呵呵地又带进一个人来。这人瘦高,穿一身笔挺的灰斜纹布军装,一副深茶色水晶眼镜遮住了半张长脸。樊玉龙怔了一下,及至看门老头报了一声"张副官",樊玉龙走上前去就把那副茶色镜给摘了。

"举娃,你弄什么鬼?"樊玉龙与张举娃开玩笑,互相推搡了几下。

"外边风沙大,熟人又多,弄副镜子遮一下。"张举娃一面大笑着向大家点头问好,一面把眼镜放进眼镜盒里。

"你不是跟师长去了山海关吗?"樊玉龙问。

"队伍开到天津,师长要我回来照看家眷。"张举娃答。

"今天是什么好日子,各路英雄齐聚这里。"岳崇武看看章建生,看看招山林和孙燕,将眼光停留在张举娃脸上,"你这一来算是齐了。"

"啥子事啊?"张举娃迷惑地望望几张略带神秘的脸,"刚才我进来时听到屋里谈得好热闹,啥子事啊?"

"为我打孽的事。"樊玉龙沉重地说。

"哦,打孽?这事我最知根知底。"张举娃想了想,"告知你老弟被杀的那封家信还是我转给你的。几年了,是该报这个仇了!啥时候干?算我一个!"

"你不方便,看你这身衣服。"樊玉龙直视着张举娃。

"球,这身老虎皮随时可以换掉嘛。"张举娃大喊,"打孽少不了我!"

岳崇武与张举娃一向要好,这时要为张举娃洗尘。他是地头蛇、玉皇院的局子头,吩咐一声,一桌上好酒菜就抬了进来。大家吃喝得很尽兴,倒成了打孽队的一席壮行酒。

以张举娃、孙燕、招山林、章建生、常文彬、岳崇武为骨干的打孽队组成了。

听说儿子要去打孽,老娘又喜又惧,几天吃不下饭睡不着觉,常常暗自啼哭。张举娃看到这般情景,劝樊玉龙不要参加。樊玉龙不答应,说仇是俺家的,俺不敢冒死犯难,岂不惹天下人耻笑!于是,打孽队开始了具体的筹划与布置。

为了摸清石匠庄赵家眼下的情况,樊玉龙想派人到金贤街把程鸣岐找过来谈一谈,苦于没有合适的人。孙燕说派七哥招山林去吧,他在鳌柱山就是管探子队的,过去在金贤街粮店干过事,可能还在程家羊肉摊上喝过羊杂肝呢。让他走一趟为好。招山林是个寡言少语的人,长眼皮半合着静静默笑,不说话。樊玉龙看着招山林眨动的长眼皮,点了点头。招山林趁集日去到金贤街,正逢街上都是四乡赶集的人,有买秋收各种用具的,也有急等钱用将刚刚下来的棉花、花生拿出来换钱的。招山林在街上转了一圈,又到粮店去坐坐,同掌柜的坐下来抽袋烟,聊聊今秋可能的收成,看看街上的人渐渐稀少,起身向羊杂汤摊走去。集快散了,摊上冷落下来,一个五十多岁的老头提着一把汤勺四处张望,大约是在看还有没有顾客前来。一个二十多岁、身材高而瘦弱的青年在收拾散放在桌面和地上的碗筷,正做收摊的准备。招山林找一张干净的小木桌坐下,年轻人走过来弯下腰问,客人吃啥?招山林答,一碗杂肝、两个馍。青年说好的,直起身又俯视了招山林一眼,正与招山林不停眨动的眼睛相碰。招山林认出这就是他几年前见过的程鸣岐,上杂肝汤时,低声说了句:

"樊玉龙回来了。"

"他在哪儿?"声音轻而急促,手中的碗一侧,一摊汤漫到桌面上。

"在玉皇院。"招山林说,"他要你今天去一趟。"

不知是兴奋还是惊讶,程鸣岐手脚有些慌乱。他急忙找块抹布来抹桌子,听到爹呼叫,又跑去拿了两个馍过来。

"好,收了摊我就过去。"看着招山林将馍一块一块掰开放进汤里,心绪平静了些。

"等一会儿我先走,"招山林吃罢向程鸣岐招下手,一面付钱一面交代,"我在玉皇院南门口等你。"

"慢走——"程鸣岐对着招山林的背影高喊一声,他爹向这边看看,不知儿子为啥这么心躁,像喝多了酒似的。

晚上,樊玉龙与程鸣岐见了面,几杯酒过后,樊玉龙就把这次见面的目的和盘托出,总之一句话,就是打孽,就是要找赵家兄弟报仇。

"这仇早该报,"程鸣岐虽说只是个卖羊杂肝的,胸无大志也没那个胆,但豫西汉子们那种有仇必报、有耻必雪、恩怨分明的血性与情愫,在他血液里还是有的。他崇敬这种汉子。这时,凭着酒性,他问道:"要俺做啥你就说吧,打枪俺虽不会,可俺可以学,来得及吧?"

樊玉龙笑了:"打枪不用你老弟,会打枪的人有的是。"

"那叫俺做啥? 快说吧。"

"俺叫你替俺当侦察兵,明白不?"樊玉龙又笑笑。

"俺明白,就是当探子。"程鸣岐痛痛快快道,"你是想叫俺先到石匠庄探探虚实。"

"是这样,不过你最好先把石小娃叫出来。"樊玉龙说,"你认得石小娃吧?"

"咋会不认得呢? 你忘啦,俺那一口子就是石匠庄的闺女。"

第二天程鸣岐回到家后,就假装陪老婆走娘家,去石匠庄找到石小娃。他将石小娃拉到一个僻静地方突然说,樊玉龙找你有事,石小娃一惊,向四周看了看,好像没听清楚似的疑惑地问,刚才你说啥子呀? 程鸣岐重复一句:

“樊玉龙找你有事。”

“他没说啥事?”石小娃又向四周望望,没有看到早被人说得神出鬼没的樊玉龙。

“你没有忘记你哥和他兄弟是咋死的吧?”

“这咋能忘记。”

“他是来为你哥和他老弟报仇的。”程鸣岐说,“要你做点事,愿意吗?”

“咋能不愿意!”这个老实的性情绵软的青年一听说“报仇”二字,激动得脸一下子红了,“俺天天想报仇,俺没那个本事,玉龙哥是个有本事的人,他行,他能替俺报了这个仇,让俺在人面前也能抬起头,让俺这个七尺男子汉杵在那里不再丢人。说吧,他要俺干啥俺都干!”

程鸣岐要石小娃说说赵定东近来的情况。石小娃说赵定东这几年过得也不安宁,天天防着玉龙哥,他知道玉龙哥在外边闹腾得有声有色,说不定哪一天就会回来让他吃枪子。他特别小心,天不黑就让民团关寨门,赶个集也要屁股后面跟四五个团丁。最近村里传说,玉龙哥随张治公师到山海关参战,离开了咱这块地方,赵定东好像明显放松了,不派团丁巡寨,寨门也不早早关上了。程鸣岐又问起赵定东家里的情况,石小娃说,赵家有老院和东院,老院是祖业,东院是近些年将两家邻居逼走后盖起来的,原来只做车院,有牲口棚,还有一盘磨和一盘碾,这几年又盖了两排住房。赵定东和老四赵定北跟着老娘住老院,老二赵定南、老三赵定西和本家侄儿赵青山住东院。他们家的农活主要靠长工干,除老二在家主持农活、老四在洛阳念书,其他几个男人都靠在民团耍枪弄棒混日子。赵家人良心不好,人丁不旺,四兄弟只有老二身边有个男孩,有六七岁,正在村塾开蒙。

程鸣岐生怕漏掉樊玉龙交代他摸清的事情,想想又问:“这几天他们都在家吧?”

“都在家。正在秋收大忙,民团又不会操,他们还会到哪里去?”石小娃回答。

“在洛阳念书的那个老四赵定北呢?会回来吗?”

“咦,”石小娃惊讶地吐下舌头,“说来也巧,昨日俺在街上碰见过他,还打过招呼，按说这时不是学校放假的日子。"

"知不知道他为啥回来？"

"不知道。"

"他不会很快走吧？"

"不知道。"

停了一会儿，程鸣岐想起樊玉龙好像无意中提到的一个人，问："他的媳妇是石举人家的闺女吧？"

"是的，叫石伊秋。"石小娃挤下眼睛，"当年还同龙娃哥好过。"

"扯淡！不提那事！"程鸣岐不要石小娃转换话题，"她在吗？"

"这几年她很少在村子里，更少在赵家。听说她一直在开封念书，跟寿庭先生在一起。"

"那好，那好。"程鸣岐说，像在自语，石小娃有点莫明其妙，不知程鸣岐"那好，那好"是啥意思。

了解了赵家情况之后，程鸣岐开始与石小娃商量如何配合行动。石小娃说，这时节家家户户都忙着收秋打场，劳累一天，天未擦黑，人们都回家喝汤吃饭，场上和街上已没有人，俺在东门外场上等玉龙哥带人过来。不过，时间一定要掐紧，早了不行，晚了也不行。

"玉龙哥把日子定下来就告我一声，"石小娃最后说，"日子最好定在这三五天内，拖长了怕生变。"

"好，明天正午你在樊家老坟听我消息。"说完这话，程鸣岐没有折回石匠庄，从金贤街东边绕过，直奔玉皇院而去。

程鸣岐天黑赶到玉皇院，樊玉龙与几个朋友正在岳崇武家喝酒，见程鸣岐满面汗水走进来，急忙上去拉住他的手，说等一下再说，赶快擦把脸上桌。岳崇武拿起盆架上的铜盆向门外喊一声，一个小伙走到门口接过铜盆，不一会儿端进一盆热水来。程鸣岐就着盆架洗过脸，他感到被高抬了，有点受宠若惊。岳崇武是主人，一面给程鸣岐搛菜，一面客气道鸣岐老弟这一趟辛苦了，多吃点菜。程鸣岐看看樊玉龙，樊玉龙向他点点头，说在座的都是帮我报仇的好兄弟，你就把你了解到的情况说说吧，也好让大家心里有个底。程鸣岐把赵家目

前的情况和与石小娃的约定一一说个明白,说到石小娃在街上遇见赵老四赵定北时,樊玉龙一抬头直看着程鸣岐,问:

"真的吗?"

"石小娃说是他亲眼看到的,还同他打过招呼呢。"

"他不是在洛阳念书吗? 这时候回村干啥?"

"石小娃说他也不清楚。"

樊玉龙沉吟一下,张举娃插话:"玉龙兄,这是上天有助啊,如果他不在这时回来,如果老赵家四兄弟这次漏掉一个,以后你麻烦还大呢。"

"其实这件事与他无关。"说出口后,樊玉龙听到自己的声音在心中也一咯噔,怀疑自己怎么会说出这样的话,是为赵定北辩护、开脱,还是因为少年曾在一起读过书? 或是因为这个人是石伊秋的丈夫? ⋯⋯哦,当年在寿庭先生那里他最不喜欢的就是这个软弱的身上总有几分阴气的赵定北,如果秋秋是他心里唯一一颗珍珠的话,击碎并夺取这颗珍珠令他无限生恨的也是这个赵定北。⋯⋯但是,他曾暗暗希望这时赵定北不在石匠庄,希望他能逃过一劫。为什么? 究竟为什么? 他无法回答。

"不管他与杀你兄弟麒娃的事有没有关,他姓赵就与咱这次打孽有关!"张举娃坚决地说,"打孽就要挖苗断根。常言道,有仇不报是孬种,报仇不狠是祸根。"

"举娃说得对,咱豫西人打孽就是这个规矩。"岳崇武插话,因他身为玉皇院民团管带,在这帮人中说话似乎多了一分分量,"你没听说过你们大架的老东家打孽的故事吗? 钟家曾一次出了七口棺材。"

"这是一个一窝端掉赵家的难得机会。"常文彬看看樊玉龙强调道,"要打就打个干脆、干净,打不彻底给朋友们也会留下后患。"

樊玉龙一听这话,拍下桌子站起身直看着程鸣岐说:"鸣岐,明天你到樊家老坟去同石小娃碰头,告诉他明日下晌日头快落山时,我同他在樊家老坟碰面,要他随时注意村里的动静。"张举娃忽然问明天是啥日子? 程鸣岐答九月初三。张举娃又问,不会是金贤街集日吧? 小心路上遇到麻烦耽搁事。程鸣岐说金贤街是逢五逢十开集,再说秋庄稼收得差不多了,路上不会遇到啥子熟人。樊玉龙点头说好,明日你一早就走,路上小心就是。程鸣岐笑笑说,俺担心的不是俺,是明日你们这二十几条大汉,一路上怎么才不会惹人注意。一群人大笑起来,咱们是些啥人呀,神出鬼没的事还经历得少吗?一面笑闹一面就商量明天如何装扮和如何往石匠庄走,走什么路线。仔细商定之后,樊玉龙躺在床上,却翻来复去怎么也睡不着。

几年的复仇愿望眼看就要实现,但不知为什么又有一种说不清的沉重浮上心头。真要去杀赵定东全家吗?是的,这是复仇,古之君子侠士有多少曾为复仇而取义!他想起多年前石寿庭给他们讲过的一段古书,"天作孽,犹可违,自作孽,不可逭",当然,石先生当时指的是清末腐朽政府,但对人来说不也是如此吗?中国人把复仇看作一种义,是义就得义无反顾,就可以惨烈无比。人可以为国复仇,为家复仇,为友复仇,他看过靠山簧戏班唱的《聂政刺傀》,侠士聂政就是为朋友严遂复仇的,今日的张举娃他们就是当今的聂政吧?他说得对,要打孽就要把对方打个挖苗断根。在豫西,自古至今,打孽都是冤冤相报,不彻底了断,这孽就要反复循环地打下去。刚才提到大架蒋明先的老东家,事情确也如此。老东家钟家三代与阎家结孽。他爷爷那一代,两家为争一口煤窑,几次掏枪拉棍,一次两家的小孩在一起玩恼了,阎家的小孩无意说了句狠话,说俺回去叫俺爹把你全家都打死。钟家小孩回去向大人一学,他爹心生疑惧,暗中把阎老爹打了黑枪,从此结了孽。那时阎家势力小钟家势力大,阎家只有忍住、防住,几年后势力发生变化,一个冬天的黑夜,阎家要钟家一下出了七口黑棺材,其中还包括钟家一个朋友的棺材,但事情远没有完结,因为阎家还漏掉了一口黑棺材——钟家一个只有八岁大的小兄弟的棺材。这个小兄弟被人领出去二十多年没敢回家,后来在外面混阔了,回来后重振家业,成了蒋明先过去的团总。阎钟两家又将弦绷得紧紧的,人们都在憋住劲往下看,不知哪年哪月,哪家的箭射出来,哪家又出几口棺材。两家人,甚至亲戚朋友的心也常常吊在心口上。张举娃他们说得对,不把对方打得挖苗断根,将永远陷入冤冤相报的轮回中,永无止息,不仅子孙受累,朋友也会受累。但赵定北与此事无关,他怎么这个时候会从洛阳回来呢?这是天意?樊玉龙想起秋秋,黑暗中他看到秋秋一双质问的眼睛,他不知道这几年她生活得怎样,更不知道她同赵定北的感情如何,但他怕看秋秋那双眼睛,想避也避不开……

第二天,程鸣岐一早动身先与石小娃接头,到吃罢午饭,樊玉龙、张举娃、岳崇武、常文彬、招山林、孙燕、章建生带领打孽队也从玉皇院出发了。打孽队共二十一人,二十四支手枪,樊玉龙、张举娃、孙燕使用双枪。二十一人分成两组,樊玉龙带十人负责打老院,张举娃带九人负责打东院。他们换上农夫的衣服,戴上破旧的麦秆草帽,或扛锄或背鹌鹑网,个个扮成下地的人或捕鸟者,三三五五地走在乡间路上。为免引起各村民团的注意,他们避开大路,顺着南北走向的吴汉岭下边的一条小道,曲曲折折地向南走去。日头刚到西山头,樊玉龙看到了樊家老坟和稍远处的石匠庄。虽然天下的夕阳都一样,但他眼前的夕阳特别红;虽然秋收的气味都一样,但他今天嗅到的气息——高粱的玉米的谷子的棉花的成熟气味特别熟悉和亲切,这是少时嗅到的气味啊!这是梦中嗅到的气味啊!这一刻樊玉龙几乎流下眼泪。按约定,他示意人们先分散在几块尚未收割的高粱地里藏起来,然后独自走进樊家老坟。石小娃正在那里等候,一见樊玉龙急忙迎上去,叫了声哥已泣不成声,接着双膝一弯就要下跪,樊玉龙赶忙将他拉起来。

"龙娃哥,俺终于等到这一天了,恁可要给麒娃和麦娃报仇啊!"石小娃拉着哭腔说。

"放心,今天俺饶不了那几个小子。"

"龙娃哥,恁知道俺爹没出息,俺又没材料,这几年俺们窝在村子里多受赵家的气。"石小娃诉说,"这次你把他们打了,打干净,俺一辈子记你的恩。"

"不是恩不恩的,咱们两家是同仇。"樊玉龙制止石小娃再这样说下去,"眼下情况咋样?快说说。"

"恁看到了,地里已经没人,等一会儿家家都在喝汤,街上也没人了,队伍集合到东场后,就可以进东门一直到西街赵家。俺让俺小弟运娃坐在赵家门口对面等看呢。"

这时樊玉龙大跨步走到掉井里淹死的老爹坟前,跪下磕了三个头,说了句"爹,俺这就去了",跳起身向高粱地那边招招手。石小娃不放心,跟在后边高声说:

"赵家两个门口都有一棵槐树,记得吧? 这个记号好认!"

"记得,记得。"樊玉龙一面向前跑一面指指跑在他旁边的一个人对石小娃说,"你跟着张大哥,等会把他领到赵家东院。"

打孽队迅速集中到村东场上,天刚擦黑,场上阒无一人,不知谁家刚卸下车的老牛在远处哞哞叫了两声,像是叹息。刚收下来的作物堆放在场上,变成了不同形状的朦胧的阴影,西天还有一片余光,最早的一颗星星从东边跳了出来。村里的炊烟顺着从西面吹来的冷风飘散过来,甚至飘散过来了芝麻叶绿豆面条的香味,樊玉龙不禁耸下鼻子。芝麻叶绿豆面条他是不常吃的,小时候砍柴傍黑回到家,老娘常秀灵常常端给他的是一碗黑糊糊的红薯面糊涂,就是这样的黑糊涂,村里还有人不让他娘仨安安生生喝下去。一种耻辱感和痛恶感像一把火苗腾地烧上心头,他从东门洞看看静下来的街筒子,轻呼一声:"走!"二十条汉子就紧跟他冲进村里,没人阻拦,连村里的狗都没来得及叫一声。他们穿过东门洞,穿过东街,穿过十字路口,踏上了赵家住的西街,看到了那两棵歪脖槐树。人无道,万物憎之,这两棵歪脖槐树也背弃了它的主人。有几个弟兄迅速攀树登上房顶,老院是个砖券门,两扇黑漆门扇虚掩着,樊玉龙一脚踢开门扇冲了进去。东院是个大车门,恰有一辆装满高粱秆的大车卸在门洞里,张举娃带着人用不着砸门就冲进了院子。

正如所料,樊玉龙带人冲进老院时,赵定东和他老娘、媳妇及他二弟的儿子正就着院里的石桌美美地喝那碗绿豆面条。樊玉龙从长长的黑黢黢的门洞里一跑出来,正与坐在石桌后边、面朝门洞的赵定东四目相对。赵定东激灵一下没有起身,木然一笑说:

"你来啦? "

"我来迟啦!"樊玉龙答。

赵定东强装镇定,赔着笑:"来,坐下来喝碗汤,有事好商量。"

樊玉龙感到可笑,说:"赵老大,咱不说废话,我是来报仇的!"

赵定东目不转睛地看着樊玉龙,突然一弯腰滚在地上。樊玉龙赶上去就是两枪。赵定东在地上匍匐着竭力向房内爬,分明想去取枪,一只手臂刚搭在台阶上,樊玉龙蹿上去又是两枪。赵定东再不动了。石桌旁哭叫成一团。石老太昏过去,定东媳妇毫无目的地喊叫:"这是干啥! 这是干啥!"樊玉龙身旁的孙燕突然叫了一声:"有人!"樊玉龙扭头一看,原来是从东厢房里冲出来的赵定北。樊玉龙暗骂一声"找死!",抬起枪却又将枪口低了下来。东厢房门口出现了一个女人,他看到一张煞白的像凝冰一样纹丝不动的脸。

"秋秋!"樊玉龙的嘴张了张,没有喊出声。

樊玉龙看着赵定北翻上一段矮墙爬上房坡要往隔壁跳,仍站立不动。只听孙燕在旁说:"不能让这小子跑了!"他仍未开枪。孙燕急了,跨前一步举起双枪,他下意识地拦了一下,枪声响了,赵定北捂住肚子晃了晃,从房坡滚落到房子后面。

樊玉龙的心堵得厉害。那张变成青白色的透明的冰一般纹丝不动的脸仍在那里,像一尊庙里的塑像。樊玉龙不知道眼前这一切她将怎么裁决,更意想不到的事发生了。那块冰猝然碎了,动了,老二赵定南的儿子长山正在向她跑去。赵家只有这一个孙子,奶奶喜爱,他常常放学后跑到奶奶这边,今天因为有新下来的毛豆吃,奶奶把他叫了过来。听到枪声,看到大伯和四叔倒在血泊里,吓得他直想尿裤子,看着魂都出来了的奶奶和大娘不知如何是好,当看到走出东厢房的四婶,忽然就跑了过去,不知为什么他感到四婶能保护他。

长山躲在石伊秋身后,石伊秋身靠房墙慢慢向门洞移动,分明是想带着长山跑出大门。几支枪对住她,樊玉龙示意不要开枪。她不说话,樊玉龙也不说话。眼看她护住长山到了门洞口,跑过来的岳崇武让两个弟兄堵住,喝道:

"把小孩留下,你走,我们不打女人!"

石伊秋看一眼樊玉龙:"难道你们非要斩尽杀绝,斩尽杀绝,他还是个孩子啊!"

岳崇武低笑一声:"正因为他是个孩子,今日他得死。"

门洞旁边有个小门通东院,石伊秋抓住岳崇武说话时精神稍有放松的机会,猛一扯把长山扯进东院。旁边有盘碾,长山被迅速塞进碾盘底座,她一跳,坐在碾盘上,双脚挡住底座出口。张举娃向樊玉龙高喊,说这边打干净了,你们那边怎样? 一面喊一面跑过来。岳崇武用下巴指指碾盘,说还有一个小孩。张举娃问在哪里? 岳崇武瞥了一下樊玉龙。张举娃说那还不赶快干掉? 还想留个报仇的种呀? 不等樊玉龙开口, 跟在张举娃后边的常文彬跳过去推开石伊秋, 一弯腰把一梭子弹打到底座里面。

"撤!"这时樊玉龙好像才清醒过来, 不再看秋秋, 也不再理会秋秋, 要大家到各房再检查一遍。他在东院的马槽边看到依在马槽上的老二赵定南, 想必当时他正在拌料喂牲口, 老三赵定西头朝下趴在台级上, 身边还斜放一支长枪。张举娃告诉樊玉龙他们一进院子, 赵老三就蹿进屋里拿枪, 反身出来时, 被章建生一枪撂倒在地。直接杀害麒娃和石麦娃的凶手赵青山伏在拉高粱秆大车的车轮上, 分明是他想逃跑, 被追过来的枪子击中。他身中数枪, 居然还有一丝气, 口中还含糊地吐着一个字:"枪, 枪。"樊玉龙看到他分外眼红, 低声说你到死还想抓枪杀人, 那就再给你一枪, 说着就扣动扳机给补了一枪。打了这一枪, 他一口恶气才算真正吐了出来, 忘记了刚才遇见秋秋时心中的憋闷。

这次行动仅仅用了喝一碗汤的工夫, 杀了仇家, 打孽队没伤一人, 干净利索, 用他们的行话讲, 叫"干得漂亮"。队伍在大街集合, 樊玉龙开始沿街叫牌子。

"父老乡亲们, 我是龙娃, 回来给兄弟报仇, 刚才把赵定东弟兄都打死了, 他们罪有应得。我龙娃生在石匠庄, 长在石匠庄, 大家都是好乡邻, 我决不扰害!"这样反复叫了几遍。黄昏, 街道上空空荡荡, 除了行进的打孽队, 再没有一点活动的影子。少顷, 南街突然响起零星的枪声, 樊玉龙知道局子就在南街, 那里是民团活动的中心, 有些平日与局子头走得近的人, 听到刚才从西街传出的一阵枪声, 推测出了事, 但又不敢按规矩马上往局子集中, 只好放几下空枪, 为自己壮壮胆。听到枪声, 樊玉龙不仅不害怕, 反而率领队伍向南街跑去。一阵冷风吹过, 像扫帚一样将满地落叶往一边赶, 发出沙沙的啜泣般的声音。枪声没有了, 灰暗的月光下樊玉龙看看两旁没有一点灯光的窗口, 又开始高叫牌子, 一副行不更名、坐不改姓的气派。他从南街喊到东街, 许多大门纷纷打开, 一些原先同情樊家与樊家关系较近的人走上来打招呼, 亲切地问长问短。有的人就是想看看几年不见, 如今成了人物的龙娃究竟是个啥样! 豫西人崇拜英雄, 凡是有胆识、有勇气, 在他们眼中"能成大事"的人, 他们都崇拜, 而且近于盲目。有人要拉樊玉龙到家吃饭, 樊玉龙顾忌石匠庄离金贤街太近,担心黎子腾的民团出动，不便停留。经过东寨口，没想到东祺的老父、教书先生石宏儒堵住他们，非要他们喝口水再走。樊玉龙谢过说不喝了，石宏儒说你们还要赶路，不喝口水咋行。樊玉龙看到石门墩上有一盆凉开水，旁边一摞粗瓷碗，不忍拂老先生的一片诚心实意，就让大家停下喝水。

石宏儒看着一群小伙大口喝水的痛快劲，捋着山羊胡子对樊玉龙说："龙娃，你们不必那么紧张，大家都认为你们做得对，做得痛快，赵定东兄弟那帮孬种，作威作福，祸害乡邻，早该死了！"

樊玉龙说："龙娃知情，感念家乡父老！"

石宏儒又说："你在外蹿来蹿去也不容易，你怎么扑腾，俺管不着，俺只要你记住一句话：不要祸害百姓。"

樊玉龙说："龙娃记住了，您老放心。"

张举娃催樊玉龙赶快撤离，说东场上好像有人。樊玉龙带人走出东寨门，见场上果然有个人影，问：

"什么人？"

哗啦啦一片拉栓上膛的声音。

对方急忙回答："我、我、我是……"

"几个人？"

"我，我是程鸣岐哪。"

"听出是你的声音。"樊玉龙笑出声，"鸣岐，你站那做啥？不是说不让你参加嘛。"

"俺来报个信儿。"

"啥子？黎子腾就出动啦？"

"这边枪一响，黎子腾就出动了，听到这边枪声密，那孬种又缩回去了。"

下晌程鸣岐离开樊家老坟后，没有回家，他一直在金贤街南门外监视着黎子腾的动静，看到黎子腾带领百十人刚走出寨门又缩了回去，就急忙来给樊玉龙报信。樊玉龙听程鸣岐这么一说，知道附近民团都没出动，正要交代程鸣岐回去注意近几天石匠庄、金贤街民团的动静，杜康河西岸突然响起几声枪响，樊玉龙口中骂了句"黎子腾这孬种还是出动了"，命令大伙散开占据有利地形。

少顷,见黎子腾并没追过来的意思,就带着帮他打孽的朋友从金贤街东门外插过去沿大路直奔玉皇院而去。从儿子带着打孽队出发,常秀灵就在院子里摆上香案祈求上苍开眼,保佑他们平安归来。常秀灵跪在地上,一炷香接一炷香地祷告:俺的小儿子死得太苦了,求老天爷睁睁眼睛,保佑他们报仇雪恨,不要伤着自家人。看到樊玉龙和他的朋友们昂首挺胸地走进院门,常秀灵先是一惊接着一喜,未待开口问话,身子一歪就软瘫到地上了。樊玉龙和媳妇赶紧上前把她扶上床,盖好被子,她清醒后不禁喜极而泣。

樊玉龙领人打孽,端掉石匠庄局子头一家的消息迅速在方圆百十里地面上传开,越传越玄,越传越惊心动魄:

"俺早知道会有这一天,龙娃是啥人? 是天上星宿啊,他能不报杀弟之仇!"村里老人们说。

"自从樊玉龙上鳌柱山那一天,俺就知道赵家要玩完,迟早的事,不报仇他上山干啥?"一个年轻人在一群崇拜樊玉龙的年轻人中说。

"那后生是个仁义之人,不伤妇人,不扰百姓,是个干大事的材料,必有大用。"教书先生说。

"自小俺就看出那娃子不是凡胎,他是条龙啊! 你们忘了他出生那天忽地刮来的那股旋风,那是条乌龙呀!"一个常常自编村史的老太说。

"球,啥子乌龙,顶多是条乌梢罢了。"也有不服气的人。

弹二弦的说书先生不管那么多,仍然唾沫横飞、添油加醋地说:"……只见樊大侠手使双枪,飞檐走壁,两道白光,刹那间就将赵家几兄弟撂倒在地……"

"那小子有胆有谋,又有关系,今后咱们麻烦就大了,要有个两全之策才行啊!"一个民团头子对几个凑在一起的民团头子说。

程鸣岐的羊杂肝摊热闹起来,打孽后的第一个金贤街集日,一早就有人过来悄声问,樊玉龙这场孽打得咋样? 程鸣岐尚能把持住,故作神秘地摇摇头,说这事俺咋知道? 咱也不是枪手,连个手枪把都没摸过。如果那人再问,樊玉龙不是你的朋友吗? 他回答那是多年以前的事了,这些年他走南闯北,面也没有见上一个。他还谨记老父亲的话,世事还不知咋变呢,这时候千万不要同龙娃这档事拉扯在一起。可是听到几个人对樊玉龙这次打孽的赞美之后,他沉不住气了,不但承认他是樊玉龙自小的朋友,甚至真以为自己跟着樊玉龙进过赵家院子,越说越玄,越说越痛快,"手持双枪,飞檐走壁",把说书先生的想象硬安到自己身上。时到中午,眼看就要撤棚收摊,程鸣岐的话也到了大戏收尾,一个身穿长衫、礼帽压住眉梢的人走过来低沉地说一声:

"来碗杂肝!"

程鸣岐扭头瞥了一眼,不耐烦道:"卖完了!"

"刮刮锅底吧。"那人坐了下来。

程鸣岐还想说什么,忽然感到情况不对,围着他问这问那的人不觉都不见了,用铁勺把铁锅弄得哗哗响的老父亲,直向他使眼色,愠怒地敲敲锅边喊道:快给黎区长端上去!还在那里瞎掰掰个啥?程鸣岐低头一看吓出一身冷汗,把一碗羊杂肝放到黎区长黎子腾面前,软绵得不听使唤的双脚急忙后退两步,没想到黎子腾一把抓住他,一面说"坐,坐",一面按他到身旁的长板凳上。刚才还在吹嘘的程鸣岐吓得差点小魂出窍。

"小兄弟,不怕。"黎子腾说,"去帮龙娃报仇啦?"

"不不不,没有俺的事,俺没去。"程鸣岐摆着双手。

"去也没啥,是赵定东该死。"黎子腾笑眯眯地看着程鸣岐,又问,"龙娃他们走啦?"

"走啦。"

"又上山啦?"

"不,俺不知道,区长,俺真不知道,俺真不知道他们藏在哪里。"程鸣岐心想,咬碎牙都不能说他们在玉皇院。

"我不问你他在哪里,我想叫你给他带个话,好不好?"黎子腾看程鸣岐只顾发愣,笑笑又道,"你告诉他俺黎子腾与他前世无冤,后世无仇,更何况两家还有点亲戚,你告诉他,有机会我想会会他。"

黎子腾说完不等程鸣岐回答,往条桌上撂下几个铜钱,起身走了。

程鸣岐心里装不住事,憋了两天,第三天还是对老爹编了个瞎话,从摊上溜开向玉皇院走去。天色阴沉,早上的小西北风尖尖地直往脸上扎,他不禁缩了缩脖子,将衣领又往上拉拉。他正想加快脚步,驱走结霜的寒气,忽然听到一阵呜呜呀呀的响器声,循声望去,原来有一支送葬队伍,正由南而东缓缓在光秃的白地里移动。队伍前面有五口漆黑的罩霜的棺材,后面稀稀拉拉地跟着一群人。程鸣岐认出前边不远处就是赵家的老坟,想必这群人是为刚被打死的赵家人送葬的。他停步看看,送葬队里除了几个寡妇和十几个赵氏亲人,没有民团开道,没有真枪鸣响,毫无当年赵定东他爹下葬时那份排场和热闹。人生无常,世事难料,程鸣岐不禁也为威风一时、作恶一时的赵定东感到几分悲凉。送葬队慢慢走近,程鸣岐忽然看清走在最前边的是一个拿柳木棍的走路一跛一跛的小孩,这不是老二赵定南的儿子?他不是被打死了吗?更使程鸣岐吃惊的是在旁边扶住这小孩的竟是樊玉龙的心上人石伊秋。

程鸣岐赶到玉皇院,樊玉龙与常文彬、岳崇武、孙燕、招山林、章建生正聚在家里议事,坐在炕上纺棉花的常秀灵先看到他,打声招呼说鸣岐你来啦,程鸣岐赶紧叫声娘,脚没停步,直接走到樊玉龙他们谈话的桌旁,身子还没坐下,就一口气将黎子腾要他传话的事前前后后说了一遍。其中年纪最大的穿着像个柜台先生的常文彬刚把话听完,就将帽壳抓下来往桌面一摔说:

"玉龙,我刚才咋说的?"他抿下八字胡一笑,"你这次把孽一打,打得干脆,打得轰烈,名声大了,很多人就得另眼看你,就得转向。可不是吗?黎子腾的脸变了,其他人的脸马上也会变。总之,你的局面变了,要抓住这个机会。"

"更大的局面也要变,这次直奉战争结果如何,会给局势带来一个很大的变化。"岳崇武说。

大家正在分析第二次直奉战争后的局势,张举娃突然从外面闯进来大声说:"二师完啦!俺叔张治公完啦!"

樊玉龙急忙将气喘吁吁的张举娃拉到桌旁坐下,递上一杯热茶问:"咋回事?到底咋回事?"

"直军败了,张治公师在山海关附近的猪熊峡,被三倍于自己的奉军包围,几乎全军覆没。"

这个突如其来的消息,令桌边的几个人都愣怔了,一时不知说什么。局势就要大变,一时倒不知如何应对是好,大家都不说话。张举娃说他要赶回二师师部,二师正处困难时刻,他不能丢下他叔不管。一面说,一面急急转身走了出去。几人沉默许久，程鸣岐突然想起似的说了一句：

"我看到伊秋了。"

"在哪看到了她?"樊玉龙急问，什么局势什么猪熊峡在他脑中突然滑走。

"在赵家坟地。"程鸣岐说，"赵家出殡，五口棺材一起出。"

常文彬瞪下程鸣岐问："怎么是五口棺材? 他家不是死了六口人吗?"

"是五口棺材，俺还能不识数?"程鸣岐回头看常文彬一眼。

"伊秋在那里做啥?"樊玉龙问。

"扶着扛哭丧棍的孝子赵长山。"程鸣岐答。

"赵长山是那个钻到碾盘底下的小孩吗?"常文彬问樊玉龙，樊玉龙点点头，常文彬接着道，"我怎么一梭子没打死他呢? 这可不行，留下个男娃就留下个孽根，将来不知哪一天他会杀回来。玉龙老弟，我看你这孽还得补打一次。"

樊玉龙一时没有说话。他想到伊秋，想到蒋明先，想到直系失败后豫西地区未来的形势变化，也想到赵家今后的生活，叹口气说："算了，他还是个鸡巴孩子，还能翻起大浪?"

"哼，你可别这么说，"常文彬懊恼地重复一句，"唉，我怎么一梭子没把他打死呢?"

樊玉龙想着站在孝子身边的石伊秋，心哆嗦了一下。他最不想将她扯进去，却偏偏将她扯了进去，沉默许久，忽然又问程鸣岐："你看清真的就是五口棺材吗?"

"是五口棺材。俺还不识这个数?"

樊玉龙不语，秋秋扶着孝子的身影在他眼前飘来飘去。

"六哥，先把那孩子留着，"孙燕唤一声还在发愣的樊玉龙，"咱们还是来谈咱们的大事吧。"

几个人又在桌旁聚拢，商量趁打孽的热劲，如何重新将队伍拉起来，东山再起。

三十二　三上鳌柱山

　　1924 年 9 月 15 日，手握帅印的"讨逆军总司令"吴佩孚在中南海四照堂召开的第一次军事会议上，要参谋长宣布的作战计划是所属部队三十万，分三路迎敌：第一路总司令彭寿华，在山海关、九门口一线迎击奉军；第二路总司令王怀庆，迎战朝阳一线奉军；第三路总司令冯玉祥，对付热河北线奉军。海军舰队计划在葫芦岛与秦皇岛登陆。吴佩孚认为他的这个计划周密可行，稳操胜券，战事的发展也真的验证了他的计划。但让他没有想到的是，正当直军由守势转为攻势之时，正当这个自命不凡的"当今诸葛"为自己的军事才能喜不自胜之时，骤然传来了一个几乎将他震倒的消息：第三路总司令冯玉祥倒戈了！

　　他早已知道冯玉祥对他心存嫌隙，也许他早感到那个脸膛憨厚、内心桀骜的冯玉祥一直把他当作一个酸秀才，把曹锟曹三爷当作一个布贩子，从心底瞧不起，但他和冯玉祥都是曹三爷的老三师出来的，都受恩于曹三爷，怎么说都不该在这个时候倒过来咬曹三爷一口，咬他吴佩孚一口吧？吴佩孚想到这里，把牙床咬得嘎嘣嘣响。

　　冯玉祥决定挥师返京，发动北京事变，将曹锟赶下台，与胡景翼、孙岳部组成"国民军"。冯玉祥有心追求革命，胡景翼、孙岳本是老同盟会会员、原陕西靖国军的领导人物，力主电请孙中山北上，于是他与国民军将领胡景翼、孙岳、张之江、鹿钟麟等联名电请孙中山北上主持大计。冯玉祥深知吴佩孚的性格，自尊心必大受打击,定然会感情用事,宁肯舍弃直奉前线不顾,也要倾全力来对他讨伐问罪。果不出所料,吴佩孚竟然离开前线,只带少数部队赶回天津,结果前线失败,他在天津也差点被冯部活捉,只好到塘沽码头登上华甲号军舰浮海南下。一时甚嚣尘上的第二次直奉战争就此结束。

豫西空虚!从山海关撤回的部队,零零落落的多是溃军,只顾找窝舔伤,无力旁骛,各路英豪摩掌擦拳,烽烟四起,都想一试身手。

樊玉龙与一帮帮他打孽的兄弟都认为这是个机会,趁着打孽造成的影响再把队伍拉起来,但要打一仗,不打一仗没有动静或震动不大,就不会有人来投靠。打哪里?从何处下手?一时没有定论。岳崇武说,四周大点的村镇离玉皇院都很远,局子的力量也大,靠我们现在这点力量是很难得手的,唯东边江良镇距离较近,只有二十八里,民团的枪支也只有一百多支,拿下它是有把握的。他说罢,其他几个人都把眼睛转向樊玉龙,不再说话。樊玉龙明白他们的意思,说大家知道我对江良镇是有感情的,我同区长于复亭有交情,想当年吴良更兄弟逼我离开吴村,我曾于于复亭家里住过,是他在我困难的时候收留了我,我同他和他的贴身保镖桂占魁都是朋友。这两天我不是没想到先去打江良,因为那里的情况我了解,打下来容易,但以冤报德,让俺的脸面往哪里搁?岳崇武说,玉龙兄过虑了,干大事者,朋友义气要讲,事业成败也不能不讲。咱们打江良不是因为他于复亭与咱们有仇,而是因为咱们起事就得有枪,眼前咱只有到江良弄枪。玉龙兄你不是总记挂着于区长的处境吗?我听说他现在的处境就很不妙。他是区长兼民团管带,副管带崔文彪就总想谋他的位置,想把他搞掉。上一次你在他家住,崔文彪就暗中给洛阳知事通气,想要官府以通匪罪把他拿了,只因他在官府交游甚广,朋友将这事按了下去,我看崔文彪那家伙不会死心,总有一天于区长会被人害了。

樊玉龙一听说崔文彪曾阴谋拿他与于复亭问罪,气得一拍桌子骂道,我在江良住时,崔文彪天天笑眯眯地跟在于区长屁股后转悠,对我也是兄长弟短的,没想到他是这样一个小人!这时,常文彬插话,说玉龙老弟,我觉得刚才崇武说得对,你就下个决心吧。樊玉龙想一想说,江良打与不打,都得先摸清情况才定,我一个人不好妄下断语。正在这时,棚长胡火木带着一个一手掂杆长枪一手拿张公文的年轻人气喘吁吁地跑进来报告,说他们几个放哨的在村边巡察,截住了江良过来的两个往洛阳送公文的差人,不知公文说些啥,拿来给管带瞧瞧。岳崇武识字不多,顺手将公文递给常文彬,常文彬从一个大信封里抽出几张红格十行纸和一张地图。一看原来是江良镇民团副管带崔文彪写给洛阳知事的呈折,内文一骂玉皇院是土匪窝,二诬江良区长于复亭通匪,通的正是如今藏在玉皇院的匪首樊玉龙。他请求洛阳知事派出缉捕队,趁九月三十月黑风高、家家忙于筹措"送寒衣"之夜来江良抓捕,他在镇内做好准备,里应外合,一举将于复亭拿下。那张图正是江良炮楼及各种守卫设施图。常文彬将崔文彪的呈折交给大家传看,说这个崔文彪也不想想现今是啥时候,去抱洛阳知事的大腿有用吗?樊玉龙呵呵笑两声说,这小子也太毒辣了,天天跟在于区长屁股后面转悠,却又思谋着给区长挖坑。岳崇武把信往桌上一拍,说他这就叫不见棺材不流泪呀,挖坑留给他自己吧!孙燕低声一笑,说六哥,你还有啥过意不去的,即使为朋友为于区长,咱也得打江良,先把他身边这条害人虫挖掉。樊玉龙点头说大家的意思我明白,不过还是把那两个差人拉过来再审问一下为好,把江良眼下的情况弄弄清楚。这两个差人原来是崔文彪的亲信,虽为棚长,被岳崇武一拍桌子都吓软了,将崔文彪的阴谋全抖了出来。他们说,往洛阳送呈折是给官府打招呼,其实这几天就会动手,先将于区长扣起来,把生米煮成熟饭,紧接着呈折送上就将于区长送进河南府的大牢。听了这话,大家都认为不单是为救于区长,就是为除掉崔文彪这种蛇蝎心肠的恶人,江良也该打。樊玉龙表示同意,不过怎么为于区长开脱,也得想想。岳崇武笑道,开脱个啥?拉他入伙好啦!见樊玉龙摇头,他又说咱们常区长都舍弃区长那把交椅一起闹了,他那把交椅就那么金贵!樊玉龙说不同啊,人的心性不同,他那个人家大业大,声望高,是断不会下水的。常文彬看看大家,说玉龙兄想得对,容他想个两全之策吧。说罢挥下手,交代那个年轻人先将江良那两个差人看管起来,千万不能让他们跑回去报信。

樊玉龙决定把去年在江良结交的桂占魁叫过来谈谈。桂占魁没忘同樊玉龙的友情,一听来人说樊玉龙请他到玉皇院去一趟,来人前脚走,他把两瓶江左大曲往裆裤里一塞,后脚就跟了过来。

樊玉龙将桂占魁领到家,要卢玉贞炒了四碟小菜,打开江左大曲,两人一面喝一面谈。从于区长的近况谈起,酒过几轮,樊玉龙沉下声郑重地说:

　　"占魁,这次哥请你过来,是有劳你之处。"

　　"啥事,你说吧。你的事就是俺的事,咱兄弟还有什么劳不劳的。"桂占魁思想上毫无准备。

　　樊玉龙凝视桂占魁良久,突然说:"俺要打江良。"

　　"啥? 啥子? 你再说一遍。"桂占魁猝然放下酒杯。

　　"俺是说俺要打江良。"樊玉龙看着桂占魁的眼睛又说一遍。

　　桂占魁惊愕地张开嘴半晌没合拢,停了好大一会儿才发出声音:"这话是你说的? 俺怎么也不能相信这话是从你老兄嘴里说出来的。俺不相信好朋友、讲义气的樊玉龙能说这样的话! 是俺瞎了眼认错了人?"

　　"占魁,你先别发火,你听我说。"

　　"你还有啥子说的,想不到你一红火起来会变成这样,朋友都不要啦。"桂占魁激动得满面通红。

　　"俺怎么不要朋友呢? 俺是靠朋友托帮起来的。"樊玉龙呵呵笑了两声。

　　"你还讲朋友?"桂占魁越说越激动,抓起一只酒杯摔得粉碎,"那俺问你,于复亭算不算你的朋友?"

　　"算,当然算。"

　　"去年你无处落脚,你在江良住过没有?"

　　"于区长留俺在家住了一个多月,俺没忘记。"

　　"好,你没忘,那你说于区长对你咋样,够不够意思?"

　　"于区长对俺不但有情还有恩。"

　　"那么你是咋想的,要打江良! 于区长可是江良的区长兼民团管带呀!"

　　"但俺不能不去打啊!"樊玉龙轻叹口气。

　　"好,你去打吧。俺把话扔在这里,俺不坏你的事,俺不背叛朋友,不把你的话透露出去,但你去打的话,俺一定同你对打。"

　　桂占魁边说边拿起褡裢往外走,樊玉龙拉住他说:"俺打江良为的就是于区长!"这句话震得桂占魁睁大眼睛来回巡睃。樊玉龙顺手取下他肩上的褡裆,拉他坐下。"那个副管带崔文彪还在吧?"

"还在。"

"他现在对于区长咋样?"

"阴一套阳一套的,是个两面三刀的家伙,总想把于区长的民团管带顶了。"

"着,这你不就明白了。"樊玉龙说,"他不仅想顶于复亭的管带,还想顶于复亭的区长呢。去年俺在江良住时就看出这人不是个好货。听人说那时他就暗中向洛阳知事告了于复亭一状,说他通匪,有这事吗?"

"你离开后,确实听闻有人告黑状,但于区长家业丰厚,平日为人仗义,喜欢结交军政要人及江湖豪客,洛阳知事未予深究,以证据不足作罢。"桂占魁回忆着。

"于区长知道是谁使的坏吗?"

"曾有人怀疑是崔文彪干的,没有确实证据,于区长也就不信了。"

"于区长是个仁厚之人,不愿把人往坏处想,现在俺问你你信不信?"

"俺也有点不信,毕竟崔副管带是于区长一手提拔的,他不会也不该做那种肮脏事。"

"他就会做那种肮脏事。现在我给你一件东西你看看。"樊玉龙拉开抽屉取出崔文彪写给洛阳知事的呈折。桂占魁略通文墨,看了呈折愣怔在那里好久不动。樊玉龙追问:"信了吧?"

"这呈折从哪里来的?"桂占魁问。樊玉龙将如何截住两个江良差人,如何搜出崔文彪的呈折细说一遍。桂占魁又拿起呈折看一遍,将呈折往桌上一拍骂道:"日他娘,看俺回去咋宰了他!"

"他还计划在近日先将于区长扣押起来。"樊玉龙补充说,"他有一帮人,你一个人切不可轻举妄动,还是大家合计一下为好。"樊玉龙给自己和桂占魁面前的茶杯续上热茶,"我决定打江良,一来重新起事得有一个大动作,得打一个镇子将旗树起来。说实话,朋友们商议过,江良比较好打。二来也是为了救于区长免遭小人之害。问题是打开江良后,怎么为于区长开脱。"

桂占魁忍不住笑出声:"是嘛,就算你们是专去对付崔文彪的,但你们把崔文彪解决了,于区长能脱干系吗?"

"所以才请你过来商量呢。"

"恁可真不把我当外人。"

"信不过你就不同你交朋友!"

桂占魁一下子又被樊玉龙的真诚感动了,出主意给樊玉龙,要他九月十五那天打江良。樊玉龙问为什么?他说那天是关帝庙庙会,四乡的人都来赶会,你们的人可以随便混过来,不用摸黑也不用爬云梯就把江良拿下了。樊玉龙问于区长咋办?桂占魁说这个时候正好开脱于区长。关帝庙在寨外,这天要祭关帝,于区长作为主祭人正好不在寨内,方便脱身。樊玉龙将他同桂占魁商量的办法告诉常文彬、岳崇武、孙燕、招山林他们,他们都拍手赞成。定下日子后,孙燕和招山林集合了六七十人和枪,岳崇武要从玉皇院民团拉几十条枪出来,樊玉龙不让,说玉皇院是咱们立足的地方,这里的枪不要动。常文彬是区长,一出手就拉出了一百五十多支枪,一支近三百支枪的攻寨队伍就组成了。

农历九月十五东方刚白,招山林、孙燕等跟着四辆装满皮棉的牛车走在通往江良的车道上。孙燕睡惯懒觉,为了赶跑瞌睡,忽然吼了一嗓子:"上马金,下马银,蟒袍玉带加给身——啊啊啊……"招山林在后边车上喊道:"你吼个啥啊,咱们现在走的不是华容道,再说你也不是曹操!"车前车后爆出笑声,震落晨雾,露出霞光。樊玉龙笑着走上来说,你们倒真像是去赶会的,这么高兴,还是不要笑这么早的好,多注意棉花包下面的家伙,不能露了馅。车上装有枪,长枪都盖在棉花包底下。牛车咯咯噔噔地颠簸着,前前后后,或远或近有二三十个队员跟着。其他二百多号人在樊玉龙、常文彬、岳崇武几个头领带领下,扮成赶会的乡民,分散开来沿着大路或小路也在向东走。

日升半空,四辆棉花车进入江良西门,站在寨门口的两个团丁随便问声哪里的,樊玉龙上前说是西乡的,来赶会,顺便拉几车皮棉来轧。因为是会期,守门的团丁也没再说什么。樊玉龙知道局子就在西门侧,车一进寨门向右一转就停了下来。一个团丁在后面喊,喂,喂,轧花厂在左边,你们转向右干啥?正好常文彬带的人来到,顺手将两个团丁绑了。樊玉龙命令赶快将车上捆棉花包的绳子解开,取出长枪,带领一百多人向不远处的局子扑去,常文彬带八九十人跑向寨子西北角河滩那边的关帝庙。开戏的锣鼓已经响了,远处传来一阵阵嗡嗡的喧闹声,血一下冲到他们头顶,刹那间招山林、孙燕带着几个血气方刚的青年冲上局子大门的青石台阶,未等两个门卫发话就冲了进去,迅速用枪封住了几间厢房的门窗。受了惊吓的或躺或坐或赌钱或闲扯淡的团丁们,一个个目瞪口呆,纷纷举手投降。樊玉龙问你们的崔管带呢? 竟有几个人争相回答:"在上房,在上房。"樊玉龙穿过过道,几步跨进上房门口。崔文彪正在一张黑漆棋桌上同一个留绺山羊胡的老先生下棋,看到满脸杀气的樊玉龙和十几个对着自己的黑洞洞枪口,强作笑颜道:

"哎哟,是玉龙兄回来啦,好久不见,好久不见。"

"是啊,俺回来啦,回来要你的命!"樊玉龙说。

"玉龙兄开玩笑啦,咱俩往日无冤,近日无仇,怎咋会要俺的命呢。"崔文彪耸耸鼻子笑笑。

"咱俩是往日有冤近日有仇,一块了结了吧。"

"别别别,有话好说,往日兄弟有对不住恁的地方,容我以后补过。"

崔文彪一面说一面向后退了一步,樊玉龙看出他是想到床头摸枪,不等他伸手过去,一枪结果了他的命。"山羊胡"吓得瘫在椅子下,樊玉龙将他扶到椅子上,说老先生,不关恁的事,您再找一个人下棋吧。说着走出上房,问枪都收上来没有,招山林说留在局子里的都收了,只有七十多支。樊玉龙说行了,把局里这些人集中关起来,派人看好,不准伤害。又回头问那位老先生家住何处,派两个兄弟把他送了回去。

关帝庙那边今日两座阅楼两个戏班唱的都是关公戏,一个唱《关公挑袍》,一个唱《关公斩华雄》,一开锣,河滩上、庙前庙后及会场四边的人像水一样奔着跑着向阅楼前会聚,顷刻间阅楼下面一片黑压压的。与此同时,一挂从庙内柳树上挂下来的千字头长鞭随着阵阵升腾的烟雾,长时间噼噼啪啪爆响着,三声火铳之后,一年一度的关帝祭在热闹的鼓乐声中遵行"净手上香""敬献三牲""恭读祭文"的仪程开始了。身着道服、头缠黄色缎带的神社神头在一个铜盆里净手后,恭恭敬敬地端着神盘里面的猪头、羊头、牛头步入神殿,献于供桌之上,燃香叩拜。这时,作为主祭人的区长于复亭跨前一步,展开写在一块黄绫上的祭文宣读:"惟甲子年九月十五日,区长复亭致祭关帝大神曰:惟神赞襄天泽,福佑苍黎,佐灵化以张正气,乘神机远播大义……"刚念几句,远处寨内传来枪声。他收起祭文问身边的桂占魁是怎么回事,桂占魁说可能是樊玉龙那帮人来攻寨,于复亭气得一跺脚悔道,我本以为樊玉龙是个赤胆忠心的侠义之士,不料想他却是个背信弃义、翻脸无情的小人,占魁,赶快集合撒在会场四周维持秩序的队伍,回寨解救崔副管带他们。桂占魁附在于复亭耳边轻声说:

"俺看樊玉龙这次来是专门对付崔文彪的。"

"你咋知道?"

"刚才你读祭文时,不知什么人塞给俺一封信,俺一看是樊玉龙写给你的,里面还附有崔副管带向洛阳知事告发你的呈折。"

于复亭急忙抽出信纸,樊玉龙的信很简单,只有向他致歉的几句话,另外几张纸正是崔文彪的呈折。于复亭认得崔文彪的字,看着呈折气不打一处来,恨不得樊玉龙将那个小人杀了。但一想自己是区长,是管带,刀客攻寨如果袖手旁观也不好交代,仍令桂占魁集合队伍,打回寨内。桂占魁无奈转过身去,刚要走出庙门,忽然场外传来一阵密集枪声,凭经验他知道枪打得很高,但场上顿时乱了,人头拥动着,不觉就有三三五五的团丁跑了过来。他举起手枪向天开了三枪,这是他与团丁们约定的信号,团丁们听到枪声纷纷跑到关帝庙集合。桂占魁看到樊玉龙的朋友常文彬带着人冲过来,就和一群团丁簇拥着于复亭向后山退去,奇怪的是双方的枪都朝天上打,并且有人喊:不要打到人!不要打到人!不知是说不要打到对方还是不要打到赶会的乡民。

常文彬、岳崇武看着于复亭带领六七十人退走后,登上阁楼喝令戏班重打锣鼓再开张,戏班老板哀告说,人都散啦,唱给谁看呀?常文彬龇龇一嘴烟枪熏黄的大牙说,有不怕死的敢唱,就有不怕死的敢来看,于是《关公挑袍》和《关公斩华雄》又一齐开场。果不出常文彬所料,不出半个时辰,阁楼下的人又聚集起来。赶会的人说,樊玉龙的队伍不伤人,咱怕个啥!樊玉龙的人在江良待了三天,关帝庙前的戏唱了三天。

这次打江良,除铲除了崔文彪,抄了七个大户的财物和打开他们的粮仓放粮之外,其他民户一律未动,樊玉龙声名不停远播,从者众,待队伍离开江良时,已发展到六百余人、六百余支枪。三日后,樊玉龙第三次带着新集结的队伍,与也是刚回到山上的蒋明先会合。他见到许许多多老兄弟,见到郭春旺、任中杰、周福来、刘海这些生死与共的好朋友,内心十分感动。

　　第二次直奉战争才过去,豫西到处是战场归来的散兵游勇和无以为业的流民,给樊玉龙这些草莽英雄创造了发展条件。对他们来说,正是天赐良机,没有饥饿和战乱,就不会有那么多离开土地的流民,没有流民就不会有樊玉龙们这般草莽人物施展的土壤。说到底是时代与流民成全了樊玉龙们,樊玉龙们又何尝不是离开土地的流民呢?

三十三　各路来客

几个月过去,豫西地面上又是杆股林立。大股除蒋明先、樊玉龙、黎天赐、汪殿臣、张得盛、李万林外,又出现个孙殿英。这孙殿英虽是后起,来势却分外凶猛。

孙殿英,又名孙魁元,河南永城人,自幼顽劣。七岁入私塾读书,一次因受老师责罚,竟放火烧掉学校的房子。十二岁时,父亲打死人,闯下毁家灭门之祸,母亲带着他四处乞讨。流浪期间,他结识了一群流氓赌棍,学到一手娴熟的赌博技能,一副麻将牌或牌九到手,他能很快记清牌背的纹理,不看牌面,能知牌名,信手拈来,绝少差错。他口袋里常装着一副骰子,一有空闲就投掷把玩,天长日久,居然能叫几点就掷出几点,甚至练就了隔墙投掷点数不误的绝技,逢赌必赢,绝少失手。后投奔蹚将"仁义张平",初当伙夫,后当勤务兵,每月不要薪饷,打着张平的旗号,到河南、陕西贩卖鸦片。在贩卖鸦片中结识豫西镇守使丁香玲,取得信任,由副官升任机枪连连长。后因抢了一个闺女当老婆,离开部队,跑到洛阳县付店找到一个前清秀才,经其引荐拜了伊东象庄神道会首汪凌霄为师,加入神道会。这神道会是信奉《封神演义》上那个呼风唤雨的姜太公姜子牙的,只因这个权可封神的姜太公在民间戏曲中常常出现,为广大无知农民所熟悉,洛阳以南神道会众有五十余万之多。孙殿英知道历史上不少枭雄都靠道会门起家,看准神道会可以利用,没有放过这个机会。一方面他以神道会做掩护,制造和贩卖鸦片,"殿英牌"鸦片一时名噪遐迩,大肆聚敛钱财。一方面以护道名义购买枪支。至1924年10月,也就在樊玉龙打下江良前后,他已拥有三千五百多人和枪,盘踞仙婆镇,被正想扩大势力的三十五师师长憨玉昆看中,许为混成旅旅长。为了坐实这个"旅长",他需要充实人马,想将蒋明先拉过去。

前年,蒋明先退入伏牛山后,张得盛曾带领一杆人在鳌柱山盘踞过,几个月前撤离,人去山空,一时间山里弥漫出一种和平气氛。蒋明先、樊玉龙回到鳌柱山,差人打扫议事堂、大小房舍、窑洞,游子归家,老弟兄喝了聚头酒,倒头躺到麦秸铺上,有的两天后醒来揉揉眼才问,这是哪里?真回家了吗?樊玉龙也如梦初醒,笑着问蒋明先,这是我三上鳌柱山,不会再有四上五上了吧?被激烈咳嗽弄得满面紫红的蒋明先摇着头,好半天才断续回答:也难说,这得看山下形势如何变化。樊玉龙说,当然咱们也不能老待在山上,咱们得想下步。蒋明先点点头,你想得远,下步怎么走,等兄弟们好好歇几天,一起议议。樊玉龙看到这次上山会面,蒋明先的身体差了很多,是得将养,暂不提下步的事。

形势变了,各寨民团的态度也变了。山周围原先对山寨"开"的村庄又送东西上山来了,有面有菜有酒有猪羊,甚至还敲着锣打着鼓送,想续老交情。樊玉龙心里明白,并非人家真的珍惜旧情,是被张得盛杆子和扫山民团祸害怕了。有了难得的安静环境,有了百姓送上来的酒肉白面,重新聚拢来的弟兄,美美地享用了几日。

不时有小股来投奔。贵老七股已被蒋明先派人召回,在伏牛山困难时期逃离的麻子才笑得满脸麻子乱跳回来了,阎得利和吴学标也带着几十个人上了山。有人贬损他们,说这种有利则来、无利则走的人不可留。樊玉龙说人各有难处,人家的难咱不清楚,还是不与他们计较为好。见蒋明先不说话,众头领也不再说什么。头领们聚了几次头,商量下一步行动,想法不一,有指明攻取某某寨的,有想找关系接受收编的。蒋明先见樊玉龙低头不语,手中把玩一件玉器一般的东西,问:

"玉龙,你手里玩的是啥?"

"一个出土的玉虎。"

"那有啥用?"

"听说是当年刘秀的兵符。"

"那些瞎咧咧能信?"蒋明先肚里有点墨水,知道的故事比他的一帮兄弟都多,笑了笑说,"咱这一带是当年刘秀带兵打过仗的地方,后来他成了汉光武帝,老百姓把啥事都扯在他身上,到处都有他的遗迹,呵呵,你这个兵符也不知是哪个人编造出来的。皇帝爷刘秀最初是参加绿林军的。呵,好了,不讲这些陈年老事了,说说你对下一步路咋走的意见吧。"

"我的意见是还按咱们钻伏牛山前的计划,先打下洛南五县,把局面拉大。"

"就凭咱们这一两千人呀?"有人轻声嘲笑道。

"可以联络别的股嘛,现在豫西有多少股,大家不知道吗?"樊玉龙不管别人的轻笑与低语,坚持说。

"你不是想学刘秀吧!"

"三哥,你同俺们讲过,刘秀最初也是绿林中的一员,可以说是咱们这帮兄弟的祖师爷,为啥不能学他。"樊玉龙笑道。

坐在后边的常文彬站起身开玩笑道:"好嘛玉龙兄弟,到那时蒋首领就是万岁爷,我们这帮人也都要封印拜相啦!"

"哈哈哈,我没这个福分,我没这个福分。"蒋明先用力摆着手大笑,笑得憋了气,剧烈咳嗽起来,久久没有缓过气,这个话题在咳嗽声中断了。

"好吧,下一步的事都再想一想吧。眼下有件事是,孙殿英派人来了,还送来一个请柬,要我再同他会一会。他已到了临汝镇,不远,我想去一趟。"蒋明玉喘了会儿气说。

"不会是鸿门宴吧?"樊玉龙龇龇雪亮的白牙。

"不会吧?孙殿英还要在朋友圈里混。"蒋明先盯着樊玉龙,"就算是鸿门宴也要赴宴,不能怕他。玉龙,你同我一起去。"

郭春旺半开玩笑地拍下樊玉龙的肩头:"好,你去保驾,看他孙大麻子耍啥花招。"

樊玉龙点点头没再说话。

马蹄嗒嗒，踏碎了清晨凝霜的枯草，蒋明先、樊玉龙和刘海带着三个护兵，骑着六匹骏马下了鳌柱山，不到正午，已达临汝镇，找到孙殿英自封的"襄郏旅长"的旅部。几个着装古怪——道袍不像道袍，戏装不像戏装的人，问明情况，看过孙大旅长给蒋明先的请柬，进去通报。不一会儿转回身很客气地将蒋明先、樊玉龙们让进客厅。不见孙殿英出来迎接，又不见孙殿英在客厅等候，樊玉龙有些不悦，心想客人是你请的，客人到了你不出来照面是啥意思？这个大旅长的架子可也真够大的了。进来一个倒茶的人，樊玉龙问孙旅长很忙吗？那人连忙答忙、忙，很忙，扭头向窗外指指说，他正在那边，这会儿抽不出身。孙殿英的旅部设在城隍庙，那人指的是正殿，樊玉龙顺着那人的手势看去，那边香雾缭绕闹哄哄地挤满一屋人。樊玉龙好奇问：

　　"那边在做什么？"

　　"老师开坛。"那人答。

　　"孙旅长呢？"

　　"孙旅长就是老师。"那人笑了笑。

　　樊玉龙一惊，更加好奇，挪动下身子想出去看个究竟，蒋明先向他轻轻摆了下手。他有点不甘，又问那人："可以看吗？"

　　"可以。不论是不是会徒都可以看老师开坛。"

　　樊玉龙不等蒋明先示意，就起身径直走了过去。

　　此刻孙旅长孙殿英变成神道会的"老师"，只见他坐在一张太师椅里，面对焚香燃烛的会众，浑身觳觫，手脚痉挛，连满脸黑麻子都在抖动，假托神仙附体，口出咒语，为会众消灾除邪，从精神上控制会众。樊玉龙感到孙殿英玩的这一套太可笑，一转身走回所谓客厅的配殿。原来蒋明先也站在配殿门口向香火缭绕的正殿观看，见樊玉龙走过来，故意问：

　　"戏演得咋样？"

　　"比洪秀全和杨秀清演得还假。"

　　孙殿英开坛毕，脱下道袍，换上新做的灰呢军装，双手拉起蒋明先和樊玉龙走出庙门，钻进他刚从汉口购置回来的新轿车。马队护卫轿车，浩浩荡荡，来到镇上最大的饭店汇芳楼。

筵席可谓丰盛,老里山的猴头,汝河中的大鲵,天津明虾,青岛海参,都是一般饭店吃不到的佳肴美味。酒尚未温,副官又叫来四五个花枝招展的女人。孙殿英十分热情,极表待客之盛意,孙殿英转着弯说话,滔滔不绝,万变不离其宗,就是要"合股"要"改编"。孙殿英把话挑明,蒋明先几次看樊玉龙,樊玉龙均低头不语。蒋明先看出樊玉龙对孙殿英的不屑,始终不作正面答复,推说此事重大,他不好擅专,要回去与众兄弟合议。孙殿英将脸转向樊玉龙,笑问:

"年轻人,你的主意呢?"

"俺听蒋头领的。"樊玉龙淡淡一笑。

"慢慢谈,慢慢谈。"孙殿英大笑,瞪大眼又说,"是水都有混在一起的时候。老兄可能比我清楚,河南的局面马上又要大变,镇嵩军的三十五师又要出关,憨玉昆师长计划扩充部队,前天派人来同我联络,想招抚俺,许俺一个混成旅旅长。咱们这些人马,说到底也就是被收编这条路。也就是《水浒传》中说的被招安吧,也算是个归宿嘛。人俺有,几支破枪也有,但俺给你说句掏心的话,这些人能打仗吗?既不能像祖师爷姜子牙姜太公呼风唤雨,也没有经历过洋枪洋炮摆下的阵战,枪声一响可能连义和团都不如。你的队伍行,是洋枪洋炮中打出来的。正因此,俺想借力将这个鳖孙混成旅撑起来。有饭大家吃,俺孙殿英从来不亏朋友。你的人可编一个团,你当团长,嫌团长小,你当副旅长,副旅长小了,俺就把旅长让给你当,咋样?"

"哪敢哪敢。"蒋明先微笑着摇头。

"我可是真话实说,俺老孙从来说话算话,一个屌毛旅长嘛,咱兄弟无论谁当不都一个球样!"

蒋明先似乎有些感动,望着孙殿英脸上涨成血点样的麻子,不知说什么好。

"咋样,你老兄说句痛快话。"孙殿英催问。

"这个嘛——"蒋明先沉吟一下又看看樊玉龙,"我一个人也不好拿主意,得和兄弟们商量商量。"

孙殿英看出樊玉龙是深得蒋明先信任的人,是个能拿主意的人,立即转向樊玉龙:"樊头领,你说呢?你年轻有为,后生可畏,我一眼就看出你是蒋首领身边的栋梁之材,我们携起手来,你必有大用。"

"承蒙孙会首高抬,"樊玉龙说,"鳌柱山兄弟以蒋首领马首是瞻,何去何从,由蒋首领裁定,我辈不好多嘴。"孙殿英听到樊玉龙称他为会首而不称他旅长或司令,心有不悦,但还是堆出笑脸假意询问,"樊头领你对两部合作究有何意,可以说说嘛,俺老孙愿意洗耳恭听。"

樊玉龙说:"还是从长计议为好。"

蒋明先担心樊玉龙和孙殿英弄僵,连忙接过话:"是的,大家再合计合计,合计合计。"

孙殿英见事情一时说不拢,顺口说了一个粗野的笑话。说的是两兄弟共用一个尿壶,一夜两兄弟一起尿急,两个家伙塞不进一个尿壶里,结果尿湿一床。

孙殿英深信"强扭的瓜不甜"这个民间谚语的道理,饭后拿出五百两"殿英牌"烟土,礼送蒋明先回山。

议事堂里坐满了新老头领,有老兄弟,有新上山的,几十支水旱烟袋,把一座大堂弄得烟雾腾腾,那条常常缠在大梁上的巨蟒,也不敢现身。蒋明先向大家说明同孙殿英会面的情形,开门见山告诉大伙那老孙是想将咱鳌柱山拉过去,可能是编一个团,问大家意见如何。大家意见不一,众说纷纭,会场一下乱了。

"为啥跟他干,他那些熊包都没打过仗,是想让我们去挡子弹,不能去!"一个大嗓门说。

"他凭啥收编我们? 我们要接受收编也找个好、好、好主……"一阵咳嗽把话掐断了。

"孙殿英有钱,可以吃香喝辣有饷银拿。"声音嗡嗡的,很低。

"屁,谁稀罕孙大麻子那点卖大烟的破钱,坏良心,给我都嫌脏。"一个尖而高的声音把大家都弄笑了。

"白花花的银子啊,银子还有脏的,你不要你叫孙殿英拿给我。"这人分明是在调侃。

见大伙都说些不沾边的话，李宏军推推坐在身边的樊玉龙说："老六，你说说，你不是跟三哥一起去的吗？"

"刚才三哥不是都说过了吗？"

李宏军很想知道樊玉龙咋想，追问道："说说你的看法嘛。"

"我觉得孙殿英是个狡诈无常的人，不可信。"

蒋明先知道商量不出个结果，扫一眼樊玉龙，起身向大家说："就这样吧，孙殿英多变，孙猴子是他的祖宗，咱不是，咱不必跟着他学孙猴子翻筋斗。局势变化快，这样吧，咱先在山上静观几天。"

但时势的瞬息巨变，使蒋明先在鳌柱山上无法静观，各路军阀新一轮混战在即，憨玉昆部就要开出潼关；北京事变后根据段张冯"三巨头"议定，让出京津给奉军的国民军沿平汉线向南发展，二军、三军已抵黄河北沿；由山海关退回来的张治公师正在休整补充；新败后乘军舰退往湖北、湖南的吴佩孚又想卷土重来，回到洛阳老巢；被"国父命名"的建国豫军樊钟秀部也不甘寂寞，正在密县一带伺机发展，都需要尽快扩大队伍，于是，盘据豫西各处的杆股，就成了热馍馍，一时出现了一个招抚收编的高潮，鳌柱山不能置身其外。

军阀和军阀混战是中国历史的宿命，也是历代被裹挟进去的农民军的宿命。

军阀是拥兵割据一方、自成派系的军人或军人集团，在中国广袤而战乱频仍的土地上，非近代始有，千百年的历史里面，都留有他们的身影，逢乱必现，逢现必乱。从大军阀董卓开始，一部《三国演义》可当作半部军阀史来看。南北朝时期，东魏叛将侯景流窜大半个中国，先烧了东魏都城洛阳，投梁武帝后，又烧了梁都建康，南北两都的宫殿、寺院及多年积累的图书、文物尽成灰烬，造成不少文化断裂和中华文明赓续中无法弥补的重大损失。军阀们烧杀抢掠，习以为常，不计后果，具有极大的破坏性。古之军阀如此，近代军阀也不稍逊。清末，袁世凯小站练兵，虽开启了中国现代军队的肇始，也形成了一个祸害中国数十年的北洋军阀集团。民国初年，孙中山为了国家尽快实现和平统一，将大总统让位于袁世凯，袁世凯凭借手中的兵权，背弃诺言，撕毁约法，一心要当皇帝,倒行逆施,让初创的共和倒回去延续两千余年的帝制。1916年,袁世凯在一片骂声中死去,北洋集团迅速分裂为皖系、直系及盘据东北的奉系。皖系的段祺瑞、徐树铮、段芝贵,直系的冯国璋、曹锟、吴佩孚,奉系的张作霖、张宗昌及占据一省或两省、拥兵自重的地方军阀如山西阎锡山,陕西刘镇华,湖南赵恒惕,云南唐继尧,两广陆荣廷、广东陈炯明,等等,为争夺地盘进行十余年的混战,把个有了"民国"之名的中华打得天昏地暗,民不聊生,国势日衰,面临被帝国主义进一步瓜分的险境。这些军阀不论打着什么旗号、有哪个帝国主义撑腰,都有几个共同的特点:一、嗜权如命,唯枪是从;二、贪婪多变;三、破坏成性。时代不同了,虽然他们使用的已是洋枪洋炮,不同于董卓、侯景辈的冷兵器,但习性相近,"烧杀"二字不能忘。这些人特别喜欢烧,打胜仗为了助威要烧,打败仗为了泄愤要烧;为了庆贺要烧,为了销灭罪证也要烧。著名的嵩山少林寺在这期间就被烧过一次。冯玉祥手下的军阀石友三在登封一带同樊钟秀打仗,石友三打败了,说是少林寺的和尚帮助樊钟秀,临退却放一把火烧了少林寺,他才不管什么禅宗祖庭和传递千年的什么功夫,得罪了我就让你灰飞烟灭。这就是军阀们的逻辑,这就是军阀们的生存之道。

一场新的军阀混战,又将在中州大地展开,来势凶猛,裹挟一切。鳌柱山不被这场混战淹没,就得另辟蹊径。形势逼人,大小头目一时拿不定主意,众说纷纭,不知何去何从。

有人要替他们拿主意了。中央陆军第三十五师师长憨玉昆及第一混成旅旅长汪震的表弟房甫臣上鳌柱山来了。

房甫臣原在嵩县高等小学当国文教员,靠吃粉笔末为生,和憨玉昆与汪震是娘舅表。后被表哥憨玉昆拉入军队,在师部混了个参议,仍保持着读书人的儒雅与清廉。他面色白皙,身材瘦高,这次上鳌柱山也没有特意装扮,摆贵摆富,仍是一顶旧毡帽,一件黑棉袍,一个牵马的娃子兵相随。听说他是来当说客的,是代表憨玉昆与汪震来收编队伍的,不少人觉得奇怪,麻子才等人甚至还嗤之以鼻,问蒋明先,憨老十是不是瞧不起咱,派这样一个酸儒来糊弄咱兄弟。蒋明先只是笑笑,也不多说什么。他对房甫臣很敬重,并非只因房甫臣的父亲当过他少时的塾师,而是他从心底敬重房甫臣这种在兵荒马乱中,身上还保留的一点清气。

蒋明先先将房甫臣请进议事堂后面他住的单房,好茶招待。房甫臣啜一口热茶,连说几个好字。

"不是啥好茶叶,一年到头行色匆匆,哪有时候坐下来静静品茶。"蒋明先略带歉意地说,"这茶叶是弟兄们在后山老茶树上摘的。"

房甫臣又连说几个好。

"这茶实在不好,您别客气。"蒋明先说。

"您看这地方多好。"房甫臣自顾自地望着一个窗口,"已封冻啦,山崖上那股活水还在流,还冒热气,丝丝团团的像一朵朵云。山顶积雪中那一片柏树多么翠绿,多么沉静,好像任什么也不能打动它们,它们任什么也不去理会。啊,真好,你这个地方真好! 你窗外这两棵柿子树也真奇,到这时候还挂着几片红叶,还有几个干柿子呢。秋天时,你是不是一开窗就可以摘柿子了?"

"是的,明年秋天你也来摘吧。"蒋明先半开玩笑说。

"这可是个读书的好地方。"房甫臣叹口气。

"老师教我那几个字我快忘光了。"蒋明先突然提起老师——房甫臣的父亲,声音有点黯然,"老人家身子骨还好吧?"

"他还硬朗。"

"骂过我吗?"

"骂你干啥? 不过偶然会提起你。"

"俺让他老伤心了吧?"

"不会。你知道他是个很豁达、很宽厚的人。人各有志,他明白。"

两人沉默许久。

"多住几天吧。"蒋明先望着对方微笑。

房甫臣笑出了声:"你明白我来的意思。"

"甫臣兄,有话你尽管说,没关系。"

"当然要说,我是来做说客的嘛。"房甫臣自嘲,"这次是汪震要我来的,也是憨玉昆要我来的,说动你说不动你,不是我的事,是汪震和憨子的事。"

房甫臣虽然不善言辞,但对目前局势了然于胸,加之对蒋明先有一份情意,仍可侃侃而谈。他说,第二次直奉战争之后,河南的天下已不是吴佩孚的天下,而是憨玉昆的天下了。国民二军胡景翼被北京"三巨头"任命为河南军务督办,憨玉昆不服,已陈兵潼关,大战在即,形势非扩大部队不可,这正是你和你的弟兄们接受改编的好时机。还有两点我特别给你说清楚:首先,接受改编后你们不要顾虑安全问题,憨师长和汪旅长都会理解你们的过去,不会同你们算过去的老账;其次是前途问题,憨师长这次在河南的军事行动,主要靠汪旅长,混成第一旅是三十五师的主力,汪旅长是全师的第一红人,憨师长如果赶走胡景翼取得河南地盘,汪旅自然有大发展,汪旅长自然有更高的地位,你们到那时还不是水涨船高,要啥有啥! 蒋明先有点心动,站起身说你今天累了,早点睡下吧,明天我召集各头目过来商议商议。他将房甫臣送到一间整洁的、桌椅被褥比较讲究的似乎是客房的房里休息,刚走出门就遇到疾步走来的樊玉龙。

"什么事?"蒋明先敏锐地感觉到樊玉龙找他有事。

"山下又来人了!"樊玉龙答。

"谁?"蒋明先问,"不就是房甫臣吗?"

"不是,是樊钟秀派来的人。"

"什么人?"一听说来人是樊钟秀那边的,蒋明先有点诧异。

樊玉龙看看蒋明先的表情,不免有点紧张:"一个是我的表弟,也算是老同学吧,河南鼎鼎大名的国会议员柳思亭的儿子柳子谦。另一个就是他的老师王晏久。"

"他们怎么和樊钟秀扯上关系?"

"子谦这两年在孙中山先生身边做事。"樊玉龙笑笑,"樊钟秀和孙先生的关系大家都知道,听说他的部队还救过孙先生。"

"嗯嗯,有这事。……"蒋明先好像醒悟过来,"他们在哪里? 快带我过去看看。"

樊玉龙将蒋明先带到他的房里,给双方介绍后,寒暄几句,王晏久就开始向蒋明先说明来意。因为樊玉龙已向他透露,憨玉昆那边已来了人。

"蒋首领,我和子谦的来意想来您已明白,我就有话直说了。"王晏久端起茶杯啜了一口,"我这次来是代表樊钟秀樊司令同您商谈的,他希望将您的部队改编为一个团,以扩大北伐力量。"

"北伐?"蒋明先好像一时没明白过来。

"您知道南方政府的孙中山先生矢志北伐统一全国,这一天不远了。"王晏久看看柳子谦,"现今驻在密县的樊部,早与孙先生有来往。"

"是的。"柳子谦接过王晏久的话头,"他在南方驻军时见过孙先生,也在孙先生遇险时救过孙先生,孙先生任命他为'建国豫军总司令'。"柳子谦继续说,"军阀混战,民不聊生,中国仍受列强欺侮,这种局面不容再继续下去。别看现在各路军阀闹腾得凶,不久的将来,天下就是北伐军的天下,这是大势所趋。"

蒋明先听着,默默点头,不时看樊玉龙一眼。

"我想蒋首领也看到这个局面了吧? 不知蒋首领有何应对之策?"王晏久轻声问。

"愿听见教,愿听见教。"

"那么贵部接受樊钟秀将军改编如何?"王晏久单刀直入,心想立即让蒋明先表个态。

"我对樊钟秀樊司令是很敬佩的。"蒋明先毕竟混迹江湖日久,沉吟一会儿,开始绕圈子,与王晏久谈起樊钟秀的为人为事,好像他们早是老朋友了。

说起来,这樊钟秀确有点来历。孙中山在南京就任临时大总统之初,提出北伐,统一全国,樊钟秀就积极响应,参加了豫军总司令李亚东组织的北伐队伍。失败后,樊逃往陕西,拉队伍占山为王,后被陈树藩收编,参加反对袁世凯称帝活动。1918 年,于右任、张钫、胡景翼等组织"靖国军",发动反段(祺瑞)讨陈(树藩)战争,樊钟秀脱离陈树藩,参加"靖国军",任第二路司令。"靖国军"失败,被直系吴佩孚收编。为了革命大业,自段祺瑞解散国会,柳思亭与二百二十名国会议员南下,跟随孙中山又两次在广州组织护法政府。他与豫军一些将领时有来往,樊钟秀更聘其为高参。樊钟秀对孙中山仰慕已久,并时时受其影响。1923 年 4 月间,当被赶出广州不甘心失败的陈炯明请与其有同盟关系的吴佩孚援助,吴派樊钟秀率部南下援陈,先后驻军岳阳、吉安、赣州。此时,对北伐事业永不气馁的孙中山再次来到韶关指挥进军,名义上隶属广州政府的滇军、桂军难以调遣,军力不足,柳思亭把樊钟秀请来了。

王晏久和蒋明先你一言我一语讲到这里。柳子谦来了精神,因为他当时是孙中山的卫士,他父亲柳思亭是孙中山驻韶关北伐军大本营的秘书长。讲起那次樊钟秀晋见孙中山的故事,青年柳子谦喜形于色,真讲得活龙活现,对孙中山素有崇拜之情的蒋明先和樊玉龙不断催他讲下去。

樊钟秀到韶关晋见孙中山,一经柳思亭介绍,立刻将一双沾满黄泥的马靴一碰,举手行了一个标准军礼:

"报告总统,革命小卒樊钟秀向您报到!"

孙中山看看眼前这个憨厚的河南大汉笑了笑:"我不是总统,我这个总统先被袁世凯拿下,又被陈炯明轰开,还算什么总统?"

"您是总统,您就是俺樊钟秀的总统。"

"我是你一个人的总统有什么用?"孙中山又笑了。

"不,您是俺的总统,也是俺全河南的总统,更是俺全中国老百姓的总统。"樊钟秀因激动而喘了口气,"是俺这革命小卒没保好您,让您受坏人欺,以后俺不管咋着都要保好您,不能让鳖孙们再把您撅到一边去!"

孙中山听着这个军人满口似懂非懂的河南腔,不禁感动,又笑问:"明明你是个将军,怎么总说自己是小卒呢?"

"民国元年,俺就听从您的话,去打北洋那些鳖孙。一位先生告诉俺,俺们都是革命小卒,俺从心底窝认定,俺一直是革命小卒。"

这个憨厚的军人的一腔热忱,确实将孙中山感动了,他掏出手绢揾揾眼角:"其实我们都是革命的一分子,都是小卒。革命阵营里多些这样的小卒就好了,可惜是想当将军想当督军的人太多。"

柳思亭这时提醒道:"先生(大元帅行营里的人都这样称呼孙中山),是不是让樊师长先把部队情况向您作个汇报?"

还未等孙中山回答柳思亭的话,急性子的樊钟秀就开了口:"部队现有人和枪五千多,分四个团,装备还算齐整……"

"等一等,等一等,"孙中山兴奋地打断樊钟秀,高兴地掏出怀表看了看,转过头对柳思亭说:"柳秘书长,该请樊师长吃午饭了吧?"柳思亭答是,转身出去,孙中山在后边又补充一句,"想法弄点肉吃。"

樊钟秀诧异地望望柳思亭,眼光正与柳思亭碰到一起:"咋?你们平时没有肉吃?"

"军费紧张,行营平日不吃肉。"柳思亭苦笑一下。

樊钟秀忍不住轻拍了下桌子:"日他娘,咱不吃肉可以,再苦,也不能让总统不吃肉!等俺明天回到江西,就派人送一车猪过来!"

"错错错,革命小卒同志,你这么说就错了。"孙中山半开玩笑道,"第一,不要说我不是总统,就算我是总统也不能非吃肉不可;第二,你要送一车猪,你不养猪你哪来的猪?抓老百姓的?抢老百姓的?这是咱们身为革命军马前卒的人万万不可做的,包括我,也包括你!"

虽说是玩笑话,樊钟秀还是被一种精神撼动了,身子突然从椅子上跳起来,双脚并拢,向孙中山行了一个注目礼。

柳思亭要他同先生慢慢谈,先出去了。

"坐,坐,樊师长,你坐。"孙中山一只手做了个下按手势,"从江西过大庾岭,这条路不好走吧?"

"老难走了。"樊钟秀伸长两条沾满黄泥的腿,用拳头砸了一下马靴的帮子,"您看这一腿泥,连阴雨,过梅关时路滑得马都没法骑,俺是牵着马走过来的。"

"梅关那边梅花开了吧?"孙中山问。

"可开成海了,白花花一片,像雪一样。"

"只闻梅关梅花好,无缘一见也枉然。"孙中山叹口气。

"先生,"樊钟秀改口称先生,"有缘有缘,哪天您高兴,俺陪您去。俺的部队离那里不远,您一声招呼,俺就过来。"他又想了一想道,"俺听您调遣!"

几天来孙中山的心情从未有今天这样愉快,吃午饭时还陪樊钟秀喝了一小杯酒。趁着招待樊钟秀的机会,柳思亭让事务长买了很多肉,全行营的人打了一次牙祭,皆大欢喜。

吃过午饭稍事休息，孙中山向樊钟秀详说了国民革命的意义和北伐的方针与步骤，樊钟秀又将他带的这支部队的起源、发展变化和当前状况作了详细说明，孙中山频频点头。

"武器怎么样?"孙中山问。

"先生，这些事您别操心，只要您下进军令，俺就会从鳖孙手中夺!"

樊钟秀嘴中不时鳖孙鳖孙的，开始孙中山不太清楚它的意思，听多了他才明白这是河南人骂人的话。孙中山有点喜欢这个说话有点粗野的北方军人，热切表示欢迎他参加北伐军，委任他为"豫军讨贼军总司令"，并将柳思亭唤过来，写了委任状，钤上"中华民国大元帅府"大印交给他。樊钟秀无比郑重地接过委任状，向孙中山告别。孙中山说山路难走，要他留住一晚，他谢辞了，说:

"先生，俺回去好好掌握部队，只听您一声号令。"

孙中山想了想，又重复一遍说过几次的话:"北伐军打江西，你就当先头部队。如情况有变，你也可向粤北靠拢。"

樊钟秀表示记住了，跨上卫兵牵过来的大马。孙中山站在行营大门口台阶上，目送骑在马上的樊钟秀和护卫的马队，直到他们隐在东北方向的山脚里。

号称中央直辖滇军总司令的杨希闵、中央直辖桂军第一路总司令的沈鸿英、第三路总司令的刘震寰，只顾在广州包烟包赌，乱设关卡，截留税收，大发横财，不愿离开这块膏腴之地，加之沈鸿英的队伍发生叛乱，骚扰粤北，孙中山的这一次北伐行动，不得不再次草草收场。

当年 11 月，退往东江仍占据惠州的陈炯明部队，一看形势有利，开始反扑，一直推进到广州郊区的石牌、龙眼洞和瘦狗岭，似乎伸手即可拿下大元帅府。情急之下，孙中山只得收拾箱子准备前往上海。在此危难时刻，前日才到广州的俄国顾问鲍罗廷，率领共产党人组织的五百个工人、农民上阵抵挡，眼看顶不住，却来了一支黑压压的队伍呼喊着从后面冲了上去。这是一支真正的手拿现代武器的可以与敌人对拼的队伍。原来樊钟秀得到柳思亭的急电，不分昼夜从粤北赶来，来得很突然，很出奇，很是时候，真有点从天而降的味道。敌人没有任何心理准备，顷刻间全线动摇，一直被追赶着跑了数十里，退回到石龙、樟木头一线。1924年1月,樊钟秀在国民党第一次代表大会上,被选为候补中央监察委员。陈炯明再次叛乱,孙中山命樊钟秀为援东路作战军右路总指挥,取海丰,攻龙岗、平湖,稳定东江局势。是年9月,孙中山第二次进驻韶关,誓师北伐,樊的部队被授名为建国豫军,樊为建国豫军总司令。

当夜,蒋明先、樊玉龙和王晏久、柳子谦谈到很晚,蒋明先也明确表示了对孙中山先生的敬仰,对北伐军的钦佩,说待明晚与众兄弟议后答复。樊玉龙很兴奋,很希望即刻成为北伐军的一员,同他从小就喜欢的子谦一起战斗。

第二天晚上,蒋明先就召集各头目议事,大小头目聚了三四十个,会前已有消息传出,会未开始人们就窃窃私语起来。蒋明先带着房甫臣、王晏久和柳子谦走进议事堂,大厅突然静默下来,静得似乎能听到翻飞在汽灯周围的飞蛾的振翅声。蒋明先咳嗽了一阵开始说明今晚召集大家过来的用意。他说,三十五师第一混成旅汪旅长派房先生来接洽改编的事,建国豫军樊总司令派王老师和柳先生也来接洽改编的事,此是大事,我不敢擅专,得同大家商议商议,赞成或不赞成走这条路,各人尽可说话。说到这里他把房甫臣、王晏久和柳子谦往前让让,作了介绍,然后请他们讲话。房甫臣上前两步,把白天同蒋明先说的那些话,拿到这里又说一遍,王晏久把昨晚同蒋明先说的话也在会上说了一遍。两方代表讲话毕,蒋明先说早先孙殿英想收编咱们,咱们不接受,现在憨玉昆和樊钟秀高看咱们,也派人来了,事情是正大光明的事,我也不藏着掖着,刚才两位先生都给大家讲了话,何去何从,由众兄弟议。蒋明先的一双圆眼扫视着会场,会场轻轻骚动一下,却没有人说话。蒋明先再三要大家讲讲,把想法摊出来,不知是谁坐在后边黑影里却突然喊了一嗓子:

"不会都是个套吧?"

一阵笑声,又不知谁开玩笑说:"你又不是马知了,怕啥子屌套。"

当年在这座大厅里拜把的老大郭春旺站起身睖巡着会场:"我说各位先别笑,刚才那位兄弟说的不完全是玩笑话,这种事多了:投了官军,掉了脑袋。"

蒋明先在房甫臣耳边低声说了句话,房甫臣起身向郭春旺鞠一躬说:"郭大哥,您说重了,如果鳌柱山的队伍归在汪旅长名下,谈不上是投,是改编。"

王晏久也急忙站起说:"是改编,不是收编。到了樊钟秀那里先编一个团,很快就有发展机会。"

"改编或收编,反正都是一个意思。"郭春旺向房甫臣和王晏久很有礼貌地点点头,笑了,"二位先生,俺知道你们是好意,所指的未必不是一条路,但俺们这种人游荡惯了,受不了约束,不知哪天得罪了长官,又会被当匪办。"

"郭大哥多虑了,多虑了。"房甫臣解释说。

"不是多虑,前边发生过这事,不保后边就不会再发生。"有人附和郭春旺。

"我以人格担保,你们归汪旅后,不会发生那样的事。"

"俺相信你的人格,但将来的事谁能说准呢!"郭春旺叹了口长气。

王晏久乘机插话:"樊钟秀的建国豫军是孙中山先生命名的队伍,也就是革命的队伍,绝不会做那种背信弃义的事情。"

许久未说话的樊玉龙开口了:"俺知道憨玉昆是个忠厚、很讲义气的人。当年俺在镇嵩军第二路辛师爷身边做事,憨玉昆常和另外两个分统领张治公、柴云升前来打牌,他从不会像张治公那样要奸弄刁,他虽脾气暴躁,但对下人很好。"

樊玉龙还未说完,就被笑声打断了。

"牌桌上的事,能说明个啥?"

"他的官越当越大,还会像从前那样吗?"

"还没说到他怎样杀人呢,一翻脸谁都敢杀!"

樊玉龙不管那些嘈杂声继续说:"但我信奉孙中山先生。推翻清朝是他倡导的,民国是他创建的,我们要是跟随孙中山,将来我们就是北伐军。"

"北伐军又怎么样,还不是要扛枪卖命。"有人笑着大声喊叫。

"什么孙中山,什么北伐军,离俺们远着呢。"

"是呀,还不知要到猴年马月呢。"

在一片打趣和低笑声中,孙燕站起身说:"我觉得六哥的意见大家应好好想想,应该把眼光放远点。"

突然有一个沙哑的声音盖过全场:"我不接受老六的意见。"原来猛起身说话的是麻子才,"我们不能投共产党!"

"谁是共产党? 谁是共产党?"有人喊。

麻子才瘦脸上的麻子变成青灰色,一个一个沉下去像被雨点打在土面的深窝。他向台上看一看,冷笑说:"那我就不客气了,台上坐的王老师王晏久先生,就是共产党。"

"这有什么不客气呢?"王晏久站起身双目直逼麻子才笑了笑,"这位头领还知道些什么?"

柳子谦担心出事,跨前两步挡住王晏久说:"王先生是我的中学老师,现在还在河南大学堂和中学教书。"

"但去年陇海铁路闹总罢工,他跟着林祥谦那伙人一起闹,《民国日报》上都通缉过他。大家都看到过。"

有人说笑:"俺们不识字,看个屁。"

樊玉龙扫视一下台下:"王老师是樊钟秀派来的,我们就看看樊钟秀的部队咋样吧,别扯那么远,扯远了兄弟们也不懂。"

"是呀! 是呀!"下面有人响应。

王晏久挺挺腰轻笑两声:"有人不是想知道我的身份吗?"他稍顿,故意不往麻子才那边望,"我如实告诉大家,我是国民党河南执行部的委员!"

"咦——"场内"咦"声一片,不知是惊讶还是疑问。

"那是国民党还是共产党?"总算有个人明确地提出了问题。

李宏军突然站起身大声吼了一声:"球! 管他是国民党是共产党! 子才哥说的是去年的事,是吴佩孚办的事,吴佩孚已经倒台了,谁还提这一壶!"

全场突然哑了,麻子才干笑两声,一阵咳嗽。

会场沉默一会儿,蒋明先催大家发言。

大家的发言渐渐转向了憨玉昆,毕竟他们对憨玉昆这类人是熟悉的,倾向于接受憨玉昆改编的人越来越多,只有个别人对憨玉昆的为人提出疑问。

蒋明先看到时机成熟,不等再有人反对,就说:"我知道有人会提他杀他三弟的事。是的,他三弟是他亲手杀的。民国二年,'杨山兄弟'接受改编,成了官军,奉命剿匪,他杀了占据一方、横行霸道、鱼肉乡里的三弟也是没办法的事。他这人是讲交情的,加入镇嵩军之后,虽在待人处事方面对刘镇华多有不满,多有顶撞,但对镇嵩军忠诚不二,从不要两面手腕。我认为憨玉昆这个人是信得过的。"

蒋明先这番为憨玉昆辩护的话,等于明确表态。

有个人高喊:"反正俺也不认识他憨玉昆,俺只信大首领!"

"是的,俺也信大首领!"

"信大首领! 信大首领!"场内一片喊声。

郭春旺、麻子才、贵老七、招山林、任中杰、孙燕都没有再说话。

李宏军感叹道:"咱们上山也是逼不得已,东闯西荡,打打杀杀,总得有个头吧? 总得找个好的归宿吧? 总得往好路上走吧? 要不是,咱天天提头舍命地拼来拼去为了个啥?"

招山林、孙燕们也随李宏军说了几句。

樊玉龙扭头直望着李宏军问:"接受改编就是唯一一条好路吗? 就不要东取西攻,打打杀杀了吗? 就不要提头舍命拼来拼去了吗? 军阀更狠,咱们不为他们卖命,人家能白养活咱们?"

"老六,你说的我明白,"李宏军低头叹口气,"唉,你看咱弟兄这两年拖成啥样? 我拖累大伙不说,三哥这一年多困在伏牛山,整个人拖垮了,常常大口大口吐血,长此下去不行!"

提起蒋明先的身体,樊玉龙心里一阵难受,不再说话。他对什么党什么派的主张其实不甚了然,对樊钟秀的部队也不甚清楚,既然蒋明先和众兄弟是一个主意,他也只好跟着走,只是觉得对不起朋友,让王老师和柳子谦空跑一趟。

不停地咕噜噜地抽水烟袋的麻子才拔出烟嘴,谁也不看,对着他刚才吐出的烟雾开腔了:"给咱们一个啥名义?"

"一个团的编制。"蒋明先答。

麻子才腾地从他蹲的长板凳上跳下来:"啥子? 一个团? 听说人家孙大麻子还编一个旅呢,为啥咱只是一个团? 小看咱呀?"

蒋明先怕麻子才胡搅蛮缠,笑着说明:"咱不是人少嘛!"

"拉人还不容易。他孙殿英手下都是些啥人,那些会徒会孙能放枪吗?"

坐在麻子才身边的阎得利附和道:"是呀,一个团的编制太小了,鳌柱山这么多兄弟可咋安排。"

坐在对面的吴学武瞅着阎得利也吵嚷起来，一时间许多人跟着起哄，蒋明先摆了几次手，才将声音平息下去。

房甫臣又站起身："诸位，诸位，一个团的名义是小了点，不过汪旅长带的才是一个旅，目前这庙是小了点，大家也只好先委屈点。这庙会变大的，里面的菩萨也会变大的。刚才我说过，只要胡憨一开战，拿到了河南的地盘，汪旅长就是师长、军长，鳌柱山的弟兄们还怕没有位置？"

议事堂的灯光亮到半夜，大小头目对改编虽有这种顾虑那种想法，基本上没有强烈反对，意见趋向统一。蒋明先看到会场平静下来，知道是该做决定的时候了。

"各位头领，我今天带领大家走这一步，也是出于无奈。在座的大都是跟着我冲杀几年的兄弟，担惊受累，受苦受难，都有一部苦经，更不要说那些已经倒下去的兄弟了。但我给大家什么了，什么也没给，除了一个坏名声；遭人唾骂，遭人追杀，有时甚至连饭都没的吃。当然，大家也解过恨，消过气，快活过，可这总不是长法，我们总不能一辈子当刀客，一辈子让人捣着脊梁骨骂'土匪'。自古以来立志削平天下不平的志士有，愿意一辈子当绿林好汉的则没有，要有也是少之又少。常言道，人往高处走，都想得到个好的归宿。眼下，咱们也到了这个时候，蒙房先生不弃，大老远来到咱这个兔子不拉屎的鳌柱山给咱们指条明路，蒙憨师长、汪旅长高抬，让咱们参加他们的雄师，改编成正规军。刚才大家议过，虽有些不同想法，总的来说，大都愿意接受改编，我也认为这个机会不能放弃。有大志者，可能对这个结局心有不甘，也只好委屈求全了，大丈夫能伸能屈嘛。"蒋明先说到这里，目光不期然与樊玉龙的目光相遇，樊玉龙没有回避，炯然直视，他急忙补充道，"只是这次对王先生、柳先生有点对不起，请二位多原谅了，请樊司令多原谅了，常言道'山不转水转'，大家总还有合作的机会。"蒋明先剧烈咳嗽起来，"看我这身子，垮了，拖不起了。"

樊玉龙收回目光，难过地低下头。

蒋明先宣布几件事：

一、不愿意参加改编的头目，可以将自己的人和枪拉走。

二、单独离队的人，发路费，但不得将枪支带走。

三、被遣散的老弱伤病人员,发路费与遣散费。

四、留下来的人要听从调遣,一经改编入伍,不得擅自离队,更不准携械逃跑。

宣布罢以上事项之后,蒋明先忽然挺直刚刚还被咳嗽弄得起伏不定的胸膛,威严地将汽灯下面色苍白疲倦的众头领扫视一遍,特别在郭春旺、麻子才、贵老七几个老兄弟面上停了停,当转到樊玉龙面上时,突然问:

"玉龙兄弟,你有话说没有?"

"我没有话,我听三哥的!"樊玉龙听着蒋明先的咳嗽感到难受,大声回答,让满场听到。

蒋明先长长地吐了口气,舒心一笑。

三十四　中岳庙改编

将房甫臣和王晏久、柳子谦分别礼送下山之后,再将拉走的、回家的弟兄们安排离去之后,蒋明先把留下的一千五百多人带到登封东边的芦店驻扎。到芦店的第二天,房甫臣带着汪震给蒋明先的委任状又来了。这时,憨师长已经兵出潼关,占领陕州,自命国民豫军总司令,吴沧州为参谋长兼前敌总指挥,汪震为第一旅旅长,蒋明先为一旅二团团长。团旗在树干上飘呀飘,有几分威武,队伍为之一振。可是难题也来了,一时间蒋明先因咳嗽耸动的眉头锁得更紧。团的规模不大,只有三个营,僧多粥少,内部人事复杂,鳌柱山那么多患难兄弟,究竟要哪个出来当营长? 当别人都在喝酒庆贺时,蒋明先闷在房里一天不吭声。到晚上樊玉龙走进蒋明先房里,蒋明先起初一惊,从桌面的一张白纸上抬起头,注视着樊玉龙说:

"我正要找你商量。"

"其实你是在发愁。"樊玉龙笑笑,"别发愁了,事情好办。"

"好办? 你说我为啥发愁?"

"还不是为兄弟们的安排。"

"这好办吗? 只是这三个营长我就摆不停当。"

"我就是为这事来找你的。"

"咋? 你有啥意见?"蒋明先脸上掠过一缕疑虑的神色,"来,来,快说说,快说说。"

樊玉龙口气诚恳道:"我说三哥呀,你不要考虑我的问题,如果要给我带的人编一个营的话,我拥护宏军哥当营长。"

蒋明先猛然抓住樊玉龙的手:"那不委屈你了?"

"没有啥子委屈。宏军哥是个讲忠义的人,作战有一套,我佩服!"

樊玉龙这一表态,蒋明先心里落下一块石头,即刻决定郭春旺任第一营营长,李宏军任第二营营长,贵老七任第三营营长。樊玉龙担任第二营副营长,常文彬、岳崇武、招山林分别任连长,阎得利、吴学武等分别任排长。周福来到营部当军需官,刘海被蒋明先挑到团部任警卫连副连长。看到他带出的人都有了安排,樊玉龙甚觉满意,不去想他个人职位的高低。

营、连、排各级职务安排之后,不管满意不满意,一时也都无话。唯副团长麻子才不受命,他认为副团长没有实权,坚决不当。他虽是煤矿工人出身,但沾染很多坏习气,重财轻友,人缘不好,加之一脸黑麻子,驼背,其貌不扬,不受众人喜欢,他要离开,没人劝留;蒋明先看他态度坚决,也不再勉强,只说你不愿干就把人马拉走得了。他连连称是,就把他带的一百多人和枪拉走,回鳌柱山重新招兵买马。

隔一日,部队开到指定地点——嵩山中岳庙,接受汪震的代表房甫臣及随行人员点验整编。刚换上新军装的全团官兵按营连排分列,俨然一支军队,倒真有一番景象。樊玉龙不禁暗笑,真的是马靠鞍鞯人靠衣装,这帮原本穿着杂乱无章的"匪民",一换装就变了另一个样子,打起仗不比那些自封为官军的军队差。他看着这支刚组建的而且他在其中的军队,一种自豪感油然而生。

整个改编过程还算顺利、平静,没有出大乱子,也没有大的动荡。汪震又派人送来白面和枪支,白面堆积如山,三十挺崭新的捷克式机枪顿时将全团的装备提高了一个档次。不再去吃派饭,不再发愁没有子弹,小伙子们走起路来脚下带风,胸脯挺得老高,像个军人。

刚下了场雪,嵩山下,少林寺与中岳庙之间的许多乡村的晒场上,一队队军人在操练,仔细看,他们中间有些人的动作是不熟练的,不时闹出笑话,笑声加杂着长官的呵斥声,滑过积雪的原野,但可以看出,训练紧张而严格。

一天早晨,尖厉的西北风正向已跑得冒汗的官兵脸上猛刮,骑在马上的团部通信兵突然在晒场边勒住马辔向场内看,然后跳下马向正带领全营早操的李宏军、樊玉龙走去。李宏军接过通知递给樊玉龙,樊玉龙一看说,是通知咱俩马上到团部开会。转脸问通信兵是啥事,咋这么紧?通信兵说不知道。团部设在中岳庙,樊玉龙和李宏军从场边碌碡上拿起棉衣,一面穿一面吩咐护兵备马。快到中岳庙大门口,看见那边围了一大群人,有人在低声说话,有人在茫然四顾,气氛紧张,原来两株古柏上捆绑了两个人。走近庙门,樊玉龙才看清捆绑着的人一个是阎得利,一个是吴学武,不禁一惊。他想此事只有见到蒋明先才能明白,下马急急跟着李宏军走进团部。一营营长郭春旺、三营营长贵老七及他们的副营长已早到一步,正同蒋明先围着桌子吃早饭,见二人进来互相看看没有说话,蒋明先低着头,仔仔细细地咀嚼着一口白面馍,气氛低沉。

"三哥,啥紧事,怎么不让俺吃早饭就往你这边赶。"李宏军嘻嘻哈哈地说。

"那不是有白馍?"蒋明先用下巴指指桌子上的馍筐,态度冷冷的,面无表情,"你随便啃吧。"

李宏军碰个没趣,樊玉龙想到这几天蒋明先说过多次的"正规",就提醒自己正经些。

"团长,召我们来有啥事?"

"你们在门口没有看到吗?"蒋明先反问。

"看到了,阎得利、吴学武绑在柏树上。"樊玉龙直看着蒋明先。

"那是我们营的两个排长。"李宏军插上一句。

"是的,那是你们营的两个排长。"蒋明先停顿好久,"今天要枪毙他两个!"

"为什么?"樊玉龙急问。

"是的,为啥子呀?"李宏军也在追问。

"他们耍叛逃。"蒋明先叹口气,"整编前我再三再四说过,谁不愿干都可以走,也可以将自己带的人马拉走,正所谓好合好散嘛。一经接受整编就不得擅动,是军队就得有军纪。"蒋明先又叹口气,好像他的喉咙被什么堵了很痛苦似的,"可是这两个孬种,昨晚想拉走,不仅拉自己的人,还想拉别的人。他们在孙燕那个连有动作,孙燕半夜跑来报告,幸亏孙燕的连离团部很近,我立刻命令警卫连配合孙燕把这两个家伙抓了起来。"

蒋明先说明治罪阎、吴的原因之后,郭春旺、贵老七们都表示拥护,认为他们咎由自取,自作自受,不杀不足以正军纪,立军威。李宏军也感到阎、吴二人企图逃跑,扰乱军心,按说也是死罪,枪毙活该,不便多说。唯樊玉龙久久不表态,蒋明先一再询问,他说:"阎得利本来就是临汝阎家派进来的狗腿子,负有联系鳌柱山和看守矿产的任务,非常势利,每逢我们兴旺时他就来,危难时他就溜;改编后看到再难捞到油水,就暗中想拉人马,违反军纪,处决他我没异议,至于吴学武我不同意杀。"

郭春旺突然大笑,"我说六弟,你是糊涂了还是喝多了,怎么记性这么差呢? 你忘了在你遭难时,吴学武怎么拦你的枪,怎么把你从吴村逼走,逼得你无路可去了吗?"

"是呀,平日都说你脑子好使,怎么在这事上不清醒了呢?"蒋明先接过郭春旺的话,"你忘了他同吴良更办的那些对不起朋友的事了? 这种出卖朋友,毫无义气可讲的人,最为可杀!"

樊玉龙坚决反对枪毙吴学武,大声说:"宁可他不仁,不可我不义。我们大家已成一个整体,如果我不义,就会被人说成我们这个整体不义。吴学武和吴良更虽然对不起我过,但最初总算帮过我的忙,那时要不是吴学武到各处联络协助,我也拉不起队伍来。"

一直未开口的贵老七点点头说:"老六是个不忘旧情的汉子呀!"

樊玉龙加重语气把自己的意见重述一遍,斩钉截铁地又说:"为了朋友和义气,我必须对他的生命负责!"

团部参谋任中杰插话道:"重义,即使我们下了鳌柱山,即使我们接受了改编,'义气'二字不能丢。六哥的话我赞成。"

蒋明先也是个重友重义的人,看到樊玉龙态度如此坚决,欣然让步。他认为樊玉龙能不念前恶,以德报怨,是个足可重用的人。

吴学武在枪口下捡了一条命。虚胖子阎得利哭喊着被处决后,打发吴学武回家时,樊玉龙给了他五百元钱做路费,怕他再出意外,派人把他送出辖区。

原想派刘海去,后想到他要拉人逃跑的原因之一就是对职务有意见,刘海的职务比他高,他心中不服。如要刘海送行,两人都尴尬,后要岳崇武派了几个弟兄,一直把他送过玉皇院,望到吴村了才回来交差。

三十五　轻取洛阳

全团在中岳庙附近集中训练不足半月，就接到旅部命令，急行军向洛阳开进。

吴佩孚在第二次直奉战争失败后，由天津乘军舰在上海、武汉、黄州、岳阳停留了近一年，因不甘心失败，力排众议又转赴洛阳。他对洛阳这个扼守中原的形胜之地，自始至终恋恋不舍。他回到经营多年的老巢，立即在西工他的司令部下面重建八大处和教导团、炮兵团，意图凭借直系班底的江苏齐燮元、湖北肖耀南、河南张复来及陕西刘镇华的力量东山再起。其实这只是他的一厢情愿，这些独占一方的督军或军务督办除张复来外，其他几个都对他心怀二志，并不真正支持他，而此时国民革命军已逼近黄河。为了阻止国民革命军继续南下，他电令憨玉昆的中央陆军三十五师，迅速开往郑州。这给了憨玉昆一个机会，不管刘镇华制定的"捧吴抗奉"方针，一面对洛阳采取军事行动，一面假意给吴佩孚发出电报，说本部已遵大帅命令，即将开赴郑州待命，但陕州只有一列火车，即由参谋长吴沧州率先头部队六千人先行，请令地方官代筹给养云云。吴佩孚接电后正在高兴，忽报憨部即将包围洛阳，吓得一向自命不凡、指挥若定的吴大帅出了身冷汗。

吴沧州率的六千人在火车上由西往东疾驰不假，但不是直往郑州，而是在洛阳西边磁涧车站下了车，大致看看地形，召集营以上军官开了个会，命令各部立即展开包围洛阳之势。由登封而来的汪震第一旅直插洛阳市区,蒋明先率第二团逼近西工。听着不断传来的急报,吴佩孚只觉眼前发黑。他身边只有一个教导团,抵抗不行,求救无门,无奈登上专列,逃离他最为割舍不得的洛阳。刘镇华原先是不同意驱除吴佩孚的,听到吴佩孚已被赶出洛阳,立刻态度大变,命憨玉昆穷追,并向北京发电保举憨玉昆为河南省军务督办。憨玉昆深受鼓舞,率部登上火车,由陕州直抵郑州。这时吴佩孚才看明白多次向他表忠心的"忠厚朴拙"的刘镇华是什么东西,只好掉转车头一路向南开至信阳,登上鸡公山暂避。

二团二营不费一枪一弹进入西工,吴佩孚的司令部似乎已空无一人。樊玉龙带领常文彬连进去搜索,只见歪倒的桌椅和散乱的各色纸张、公文,满地狼藉,墙上撕破的地图、挂像和书画,似乎还不肯让位,残留的破片在冷风中瑟瑟作响。搜到一间比较雅静整洁的房间,樊玉龙有点奇怪,看到书案上一方巨大的二龙戏珠端砚,墨池里尚有墨汁,案上铺的一张白纸上只写了"绝命书"三个字,掉在纸上的毛笔在纸上滚出一道浓浓的墨痕,想是这房间的主人离去不远。他向四周仔细看看,发现一个大立柜的铜扣环在微微颤抖。他想里面一定藏有人,低笑一声,拉开手枪机头大喝"谁",里面没回声,但扣环抖得更厉害。樊玉龙又喝一声,出来,不出来就开枪了。正要跨上前拉开柜门,柜门却自动打开了,一个身穿绸缎长袍马褂的人滚作一团跌到地上。樊玉龙上前用枪逼着问:

"你是什么人?"

"不要开枪,老总,不要开枪,不要开枪!"那人把身子抱成一团乞求。

"快说,你是什么人?"

"俺是吴大帅的参议。"

"你怎么还在这里呢? 吴大帅不是已经走了吗?"

"大帅真的走了吗? 这两天俺不在司令部,回来看看,你们就来了!"

樊玉龙让那人站起身说话,并指给他一张椅子。那人是个瘦小老头,仔细一看,樊玉龙惊得差点没跳起来,那人原来是秋秋的爷爷,不禁道:"咋会是你呢?"

"你认得我?"

"您再仔细看看,俺是谁?"

老人把脸凑上前来,惊叫一声:"龙娃子! 你不会把俺交给你的上司打死俺吧?"

"打死你干啥? 你不要怕。"

"俺怕啥,"石孝先好像恢复了点元气,"你可是随着秋秋问我叫爷的呀。"

"是的,孝先爷,俺打小就叫你爷。"

石孝先来了精神:"听说你这些年混得不好啊。"

"恁老知道俺家同村西头赵家有孽,在外面闯也是没办法的事。"

石孝先想了想:"这次只要你把俺保住,等吴大帅回来,俺会谋个好差事给你。"

樊玉龙看看这个身埋半截黄土的老头子,想笑没有笑出声:"吴大帅还能回来吗?"

"能,一定能。"石孝先说,"有人说吴大帅是天上星宿下凡,俺推演过他的命理,他就是真命天子,而洛阳这虎踞龙盘之地,就是他的帝都! 所以他一定会回来!"

"吴大帅是不是对你有恩?"樊玉龙问。

"是的。所以俺也要对吴大帅忠贞不二。这次吴大帅有难,俺甘心为他尽忠。"石孝先指指书案上那张沾满墨迹的纸。

樊玉龙扭头瞥了一眼书案,用惋惜的语气劝说道:"举人爷,到这时候啦,你写那东西干啥? 还有啥用?"

石孝先突然脸色发白,浑身抖动,用不连贯的声音问:"你,你,你娃子是啥、啥、啥意思,是不是一定要枪毙俺,俺知道在你同秋秋的事情上俺对不住你,可是俺、俺也是为秋秋好,好……"

"别说了,不会枪毙你,枪毙你干啥?"樊玉龙看着石孝先怕死的样子,鄙夷地制止道。

"俺不怕死,俺写了绝命书,将来在吴大帅面前你可要给俺当证人。"

"好,好,俺为你当证人。"樊玉龙被这样一个宝贝弄得哭笑不得。

天已过正午,藏在柜子里的石孝先想必还没吃饭,樊玉龙就把他带到附近的一个馆子叫了两个菜。吃罢饭问他住在哪儿,他说他在洛阳有家,樊玉龙感到奇怪,问:

"小姨太也在洛阳?"

"她不在,是二小姨太。"石孝先平淡地答,"俺不多,俺比康师傅差远了。"

身在旁边听樊玉龙和石孝先说话的李宏军大笑,说这些苦读圣贤书想当圣贤的人,裤裆里那玩意儿比凡人也"圣"不到哪里去。他同樊玉龙逗了几句玩笑,要樊玉龙先将石孝先送回他的别院,派人看着,待报告上司再作处理。樊玉龙按照李宏军的吩咐,命几个士兵照着石孝先的指指点点,把墙上的字画取下来,与从柜子里拿出的几轴一起捆扎停当。从石孝先转来转去的眼神看,这些都是他的宝贝。他又令一个士兵从帅府外面叫来一辆被称作东洋车的人力车,刚要扶石孝先上车,石孝先却噢的一声转回去,手指颤巍巍乱指。士兵们不明白其意,愣了,只见他三步并作两步扑向书案,抱起一方巨大的端砚,樊玉龙急忙让士兵将石砚接过去。坐上车,他突然生了疑心,用干涩的双眼惊惧地望着樊玉龙问:

"樊营长,这是要送我去哪里?"

"送你回家。"

石孝先的身子猛地往上耸了耸,想在脚踏板上站起,弯了几下又跌落在座位上。他双眼含泪,用苍老、嘶哑的声音喊道:"龙娃,你可不能这么办,我是秋秋的爷,也是你打小喊到大的爷呀!"

樊玉龙知道他是误会啦,把"送你回家"想象为要枪毙他,赶快劝慰道:"爷,孝先爷,你想哪里去了,俺真是要送你回住处,是河图巷不是?"

"是,是,我和二小姨太就住在那里。"石孝先看看樊玉龙的脸色,"龙娃,你同秋秋的事不成,你可千万别记恨爷,这都是命。"

樊玉龙没答话,骑在马上默默走着。

到了河图巷,不想宅门大开。石孝先急忙进去,一边呼叫一边找,找遍上房和厢房,不见二小姨太身影,连不离左右的李妈也不见了。樊玉龙带领几个士兵帮他找,旮旮旯旯,箱箱柜柜都翻个遍,也不见二小姨太留下一点消息。

"是不是有人趁兵荒马乱把这里抢了?"樊玉龙提出疑问,大家的眼光都集中到石孝先身上。

石孝先"哇"的一声哭了:"不是抢了,是跑了!"

"谁跑了?"

"不是那个贱人还能是谁?"

"原来她是这种人,走了也好。"樊玉龙想劝慰石孝先,让他不要太难过。

"她滚就滚了吧,她还将我半生收集的名画名字都卷走了,这可是我的命呀!"石孝先忍不住一把鼻涕一把泪地又哭起来,像一个丢了二百文的老太婆。

樊玉龙最看不惯这种视财如命的人,不再劝。他在大门口派了两个岗,又把石孝先的食宿安排好,回到营部。营部将这件事层层上报,憨玉昆知道这个石孝先不简单,他儿子石寿庭是辛亥革命时他的顶头上级、镇嵩军总司令刘镇华的同志,得罪不得,下令派人把他礼送回家。派谁好呢?蒋明先知道樊玉龙同石家的关系,自然要派樊玉龙了。

第二天樊玉龙拿着上边拨下的一千元大洋,去到河图巷交给石孝先,并告知要送他回家。石孝先接过钱问:"回哪里?"

"回石匠庄。"

"俺不回那里,那边家里只剩一个老太婆,俺回去有啥意思。"

樊玉龙强忍住笑:"小姨太呢?"

"小姨太和寿庭、霜花都在开封,俺要去开封。"石孝先说,然后又补充一句,"秋秋也在开封。"

"好吧,那就送您去开封。"樊玉龙不再问什么,不觉心里怦怦乱跳。

憨玉昆的先头部队在吴沧州率领下,迅速占领了郑州、开封,原在这两个城里的直系驻军及邙山头黄河桥南岸的守军,相继派人接洽,表示愿意归编。樊玉龙和石孝先到开封那天,憨玉昆也到了开封,吴沧州在火车站和南门大街为憨玉昆举行的盛大欢迎式及入城式,令这一老一少唏嘘不已。樊玉龙从较远处看到身材高大、面色黝黑、头顶盔缨、身穿灰呢将军服的憨玉昆在众人簇拥下,大步走出车站,意气风发、豪情满怀地跨上为他牵过来的一匹雪白战马,几分钦羡之情便油然而生——"大丈夫理当如此"！当他转过神看到石孝先恭身迎送的样子，又不禁笑了。

三十六 来了一个共产党

樊玉龙没有想到,当他与石孝先由火车站外边坐人力车来到徐府街时,在石家门楼前最先看到的竟然又是柳子谦。柳子谦正和小姨太说话,不知说了什么,让小姨太用手帕掩住嘴巴笑个不停。

原来柳子谦一个人坐在屋内发闷,来到门楼前本是想看看街景解解闷,但老样子的街景没啥好看。开封人的生活还是多年前的样子,吱扭扭的水车推过来,沙石路面上留下两条沥沥啦啦的水迹,风扫起一阵黄沙,也就盖住了。临街瓦房上的瓦松似乎高了点,但都是焉不拉唧的样子,没有一点活气儿。街两旁没有一棵树,几辆人力车停放在日头下,坐在脚踏上的车夫昏昏然地打着瞌睡。柳子谦吁口气,想起鲁迅先生"城头变幻大王旗"的那句诗,心想从他来省城读书那年算起,多少年了?城头上的大王旗换了几番了?怎么这里的生活没有一点变化呢!他漫无边际地想着,小姨太出来了,可能是她听到水车声,想要买水,但水车走远了,她看看手中的水牌,只好也站在台阶上看街景。对面街边有个吹糖人的,被一圈大人小孩围着。一个女人抱着一个两岁左右的小女孩挤进去,问女孩想要啥,要个鸡?女孩摇摇头。旁边一个人开玩笑问,要个老虎吧?女孩又摇摇头。女人说,那你要啥?快对妈说。女孩轻声说了句,俺要小老鼠。吹糖人师傅忙说,好好好,就给你吹个小老鼠。当妈的赶紧说,要尾巴长一点,长一点糖多。师傅真就把小老鼠的尾巴拉得很长,足有半尺,旁边的人看着都笑了。当妈的刚弯下腰去接,不知从哪里跑来一只猫,突然跳起来把小老鼠的尾巴咬断了。小女孩哭起来,师傅赶忙说再吹再吹,吹一个尾巴更长的给你。小姨太正随着对面的笑声一面和柳子谦闲聊,一面掩嘴轻笑,樊玉龙和老太爷石孝先到了。

"笑啥子? 站在大街上,看你轻狂的样子!"石孝先一到家门口,整个儿变了个样儿,立刻端出一副一家之长的架势。

"谁轻狂啦? 还好说! 你的女人呢!"小姨太嘴不饶人。

"啥女人? 喔,啥女人?"

"你在洛阳找的那女人,咋啦? 还以为别人不知道! 是把人家又丢了吧!"

"胡说八道,看我不撕烂你的臭嘴!"石孝先一面骂一面扑了过去。

樊玉龙和柳子谦正要上前劝解,石孝先已紧跟着跑进大门的小姨太追了进去。一路追一路骂,追追打打,直追到二门里花坛旁边,气疯了的石孝先还扯住小姨太挥拳乱打。听到吵声从上房走出来看了好久的樊霜花这时喊了声"爹",石孝先猛抬头看到儿媳不屑的眼光,才住手。

"爹,快进房歇口气吧。"樊霜花带点揶揄的口气说,"您老这是从哪里来的?"

"从洛阳。"石孝先瓮声瓮气回答,目无旁人地踏上上房台阶。

樊霜花这时看见了站在柳子谦身旁的樊玉龙,问:"玉龙,你咋同你孝先爷遇在一起了?"

"他是送我的。"石孝先不等樊玉龙回答,抢先道。

"姑,"樊玉龙恭敬地唤一声,"俺是奉命送孝先爷来开封的。"

樊霜花侧头看看立在身边的秋秋,秋秋一直没开口,连一句问候话也没有。母亲见女儿不搭腔,自语道:"是龙娃送爷回家来,而且还是奉命。"

秋秋平日喜欢穿白衣服,白衫白裙白袜白鞋,这时像一尊西洋人的石膏像,纹丝不动。自樊玉龙进来,她只瞥了一眼,一双大眼一直平视,看向很远很远的地方,没有一丝一毫的情感在里面流动,没有亲切,没有祈盼,没有仇恨,也没有决绝,什么都没有,只有一个字:"冷!"樊玉龙的心在发抖,冷得紧缩在一起。过去他熟悉他热爱的秋秋不见了,那个双眼流动着笑意、快乐大胆的秋秋不见了,也许永远不见了。是谁夺走了她?还是他摧毁了她?瞬间,那花园那寨墙那晒场那夜晚的萤火虫,那血那血那血,弟弟的尸体和打孽的枪声,从眼前倏忽而过……那个秋秋没有了,在这个混乱世界上,他也没有了,他死了,他死了,这个世界变得多么寂静呵……听到樊霜花的唤声,他好像才从一场大梦中醒来,与柳子谦一同走进上房喝茶。是秋秋上的茶,他闻到了信阳毛尖的香味,看到一双朦胧的、上面有几个小窝的雪白的手,没敢抬头。坐了半日,樊霜花同柳子谦、樊玉龙说些闲话,问问他们在外边的生活,秋秋始终没插一句,更没看樊玉龙一眼,听到柳子谦说到有趣处,她倒会直视着柳子谦含蓄地笑笑。到傍晚,听到一阵包车的脚铃声,秋秋急忙站起身跑到门楼里开门。不一会儿秋秋在二院里轻声喊了一声:

"妈,爹回来啦!"

樊霜花高兴地走出房门,柳子谦、樊玉龙跟在身后。樊霜花站在前檐下看着头戴绒帽,身穿棉袍,手提一个黑色大皮包,又瘦又高,腰背微伛,不胜重负似的石寿庭,先轻声说了一句老爷来了,正在内间休息,石寿庭怔了一下点点头。樊霜花又说,老人家可能是累了,刚睡着。石寿庭淡淡一笑,那就先别打扰他。樊霜花提高声音问:

"今日怎么回来这么晚呢?"

"也不算太晚吧。"石寿庭回头看看天井,"下午出庭为两个电灯厂的工人辩护,晚了点。"说到这里他看到立在樊霜花身后的柳子谦和樊玉龙,神情一振。柳子谦这几天是见过了的,樊玉龙是刚见,不无兴奋,问:"是玉龙吧?"

"是,姑父,老师。"樊玉龙习惯性地双脚一并,心里迅速掠过老师年轻时的身影。那个身体强壮的"石疯子",那个经历了革命、牢狱和无望奔波的寿庭老师不仅身子瘦了一圈,精神也大不如前。

"呵,还记得我是你们的老师啊?"石寿庭看看樊玉龙又看看柳子谦,眼光停到樊玉龙身上,"听说这几年你一直在外面闯荡?"

"俺给老师丢脸了。"樊玉龙真诚地低下头,愧疚道。

"不能这么说,人各有活法,你怎么活也不是你自己能左右的。"石寿庭停了一下,"再说,不久前我回过乡下,虽说你娃子把事情闹大了些,但名声还不赖。"

"是父老乡亲们不同俺龙娃子计较。"樊玉龙心头一热,声音猛地一颤,带出了哭腔。他不是希求老师原谅,也不是希求乡亲们宽恕,但听了刚才石寿庭说的话,心中还确实感动。

石寿庭将大皮包交给秋秋,伸出两只手,一只手拉住一个学生走进上房。大家重新坐下之后,秋秋指着皮包问:

"爹,你这皮包里都装些啥宝贝,咋这样沉?"

"不是金银珠宝,却是真的宝贝。"石寿庭看着心爱的女儿,"里面都是打官司的材料,有诉状,有辩护词,有很多证词、证物。"

柳子谦说:"俺早听俺爹说过,您不仅是咱省城名校的校长,还是大律师,他很钦佩您。"

"哈哈,我钦佩他柳思亭是真,他一直追随在中山先生身旁,不屈不挠,为国为民,堪称吾侪模范! 我则是个意志衰退的落伍者,从南方回来后只能是重操旧业。"

樊玉龙说:"您不也在为国为民操劳着吗? 去年初,俺那一杆子人马里来了几个由郑州跑过来的工人,吴佩孚抓他们,通缉他们,在俺那里藏了几个月才离开。他们说他们成立京汉铁路总工会与当局发生冲突时,您曾出庭给他们辩护过。"

"这事有,我还被抓进班房关了几个月。要不是——"石寿庭指指石孝先正在休息的内室,笑了笑,"要不是老太爷同吴佩孚的关系,我的脑袋可能早搬家了。"

想想当年的险情,大家不禁惊叹唏嘘。

柳子谦又问:"老师,您手上这个案子是啥案子?"

"呵,这可同你有点关系。"

"同俺会有啥关系?"

"稽查处说他们从电灯公司抓的两个人是南方的探子。"石寿庭狡黠地向柳子谦挤挤眼,"你也是从南方来的吧? 哈哈哈哈……"

"现在孙中山都到北京了,说不定南北又要议和,还啥子南方探子?"柳子谦说。

"年轻人,你别把事情想得太简单,不要相信什么'共商国是',即便是这次'共商国是'成功了,哪个督军或军务督办不护住自己的地盘,全国就能统一了?"说到这里,石寿庭好像发现了什么似的将目光停留在樊玉龙身上,"玉龙,你也穿上军装了?"

"瞎混呗。"樊玉龙不好意思地嘿嘿笑两声。

"哪一部分?"

"算是憨玉昆的部下。"

"憨玉昆?"石寿庭回想着,"这个名字有些耳熟。"

"镇嵩军的,"柳子谦提醒老师,"您的老同事刘镇华的部下。"

"啊——当年王天纵的'杨山弟兄'。"石寿庭指着面前的两个学生,"瞧瞧你们两个都是一身军装,你回去问问你的刘总司令,你回到广东问问陈炯明,他们都同意统一吗?难,太难了!"

女佣走进来在樊霜花耳边说了句什么,樊霜花催大家到客厅用饭。寿庭向霜花招下手,一起进内室去请老太爷。饭中,寿庭说他今天收到顺立从北京发来的一封信,说他近期会到开封来,按信上说的日期,近两天会到。提起顺立来信,子谦望一眼秋秋,说他也收到了顺立的信,信中问到大家,不仅问到老人,也问到小时候的朋友,对了,还问到玉龙。

"还问到我吗?"樊玉龙有点诧异。

"是的,问到你,还说想和你见见。"

"有多少年不见了?"樊玉龙轻声叹口气,"可能这次见不到了,队伍要开拔。"

"他也可能这两天就到……"

"你们在说谁?"意睡未消的石孝先突然打断子谦的话。

"爹,是说顺立这两天就要来开封看您老了。"霜花急忙说。

"他从哪里来?"

"北京。"

"他来看我?他来看我应该跪着到老家看我。"石孝先将一撇胡子咬在嘴里恨恨道,"他在北京报纸上骂我是保皇党、封建余孽、军阀走狗,他是什么?老石家的孽子! 败类!"

"不管怎么说都是亲人,"石寿庭劝解父亲,"过去的事就不要再说了。"

"我不认他这个孙子,他是共产党!"石孝先来了气,吼声带劈腔。

"啥子共产党? 你咋知人家是共产党?"小姨太怯怯问。

"共产党就是要共产共妻,灭族灭宗的一伙人,石顺立就是这一伙里的,他的大名我早在报纸上看到过!"

众人不语。

石孝先猛拍一下桌子,震得桌面上的碗碟叮当响。

"俺老石家怎么会出了这么个鳖孙!"

小姨太撇撇嘴,低声笑道:"你这不是骂自己吗?"

石孝先瞪了小姨太一眼,疾步冲出客厅。石寿庭示意樊霜花和小姨太跟上去,想坐下陪两个学生再谈谈。二院传出一片吵闹声,老太爷在骂,小姨太在哭,原来是为调房的事。老太爷回来了,按规矩樊霜花要把上房让出来,请老太爷和小姨太住进上房。由于老太爷一到来就不由分说了小姨太一顿打骂,原本住在西厢房的小姨太就是不搬。寿庭只得去劝说他爹,樊霜花又再三安慰小姨太,总算平息了一场骂战。老太爷理所当然地住进上房,苦苦不进上房的小姨太到东厢房同秋秋住,石寿庭与樊霜花搬进小姨太腾出的西厢房。一场家庭伦理之战结束之后,精疲力竭的樊霜花才想起坐在客厅里的樊玉龙,要秋秋去带樊玉龙住前院东厢房,同柳子谦住一起。秋秋走到前院,见客厅还亮着灯光,知道屋里有人,拉开风门,打断两个人的谈兴,对柳子谦说,今晚客人同您一起住。说罢扭头退出,一只手刚推风门,又回身补充了句:等会儿王妈会把床具送过来。秋秋没看樊玉龙一眼,更没同他说一句话,风门随着啪的一声合上了,樊玉龙和柳子谦怔在那里不动。

樊玉龙怔在那里,一时不知身在何处。"客人"——这个字眼久久在他的耳轮里边振颤,直待柳子谦看着他笑出声,才打破了这种十分尴尬的沉默。

柳子谦和樊玉龙住在一个屋子里,有说不完的话。柳子谦前两年跟随伯父到广州,先在警卫团的叶挺二营当文书,后调到孙中山身边当卫士。黄埔军校成立,孙中山又把他和几个卫士送去黄埔军校。

"进黄埔军校不用考试吗?"

"当然要考试,我们几个人也不例外。"

柳子谦兴奋起来,讲黄埔军校的成立,讲他参加的考试,讲孙先生在黄埔军校成立大会上的讲话和军校学生第一次参加的战斗——平定商团叛乱。讲得热血沸腾,痛快淋漓。樊玉龙听说过这个军校,不时插问,如问黄埔军校与保定军官学校有啥不同。他知道军队里很多要人都是"保定出身",所谓"保定出身"就是毕业于北洋陆军速成学校的军人,这个军校设在保定,常被人称为保定军校。他见过或听说过的陕西督军陈树藩、名震一时的镇嵩军创建者张钫及不少军界要人都出身于这个学校。他从他们身上驰骋想象得出一个模模糊糊的军校影子,但他怎么也想象不出黄埔军校的模样。

"从黄埔军校毕业出来,是不是都要当官当将军。"樊玉龙打断柳子谦的叙述。

柳子谦摸摸他的光头,孩子气地嘿嘿一笑:"我们校门口有一副对联,一边是'想当官的莫进来',一边是'要发财的滚出去',呵呵呵呵,你自己去想吧!"

"真有这样的军校?"

"我们的校长叫蒋中正,南方人,满口浙江官话。"柳子谦瞄一眼樊玉龙,"别看他是个又高又瘦的瘦子,但讲起话来字字像出膛的枪子,热辣辣往外蹦!"

"他咋说?"

"就说他开学时给我们讲的第一句话吧——"柳子谦稍作停顿,"他说,'我们军人的职分,只有一个死字!'"

樊玉龙的脑袋像被什么重东西砸着了,轰的一声,半晌不语,过了许久才突然吐出几个字:"是条汉子!"

"怎么样? 也到我们的学校来吧。"

樊玉龙苦笑一下说,就你会开玩笑,我到那个语言不通的地方连东南西北都摸不请,我怎么去? 柳子谦不理会樊玉龙,热切并带点自豪地说起他的学校,你知道我们的学校在广州吧? 其实在离广州还有二十几里的一个叫长洲岛的地方。清末民初这里就有所广东陆军小学和海军学堂,我们的军校就设在人家原先的大院里。长洲岛又名黄埔岛,所以军校被称为黄埔军校,它的全名则是陆军军官学校,你到了广州,一问便知。樊玉龙撇嘴一笑,俺啥时候能到那地方呀! 柳子谦摆摆手阻止樊玉龙,说可去报考,可以考进去呀! 樊玉龙大笑,子谦老弟,你认为我是你呀? 是大少爷? 还是有你伯那棵大树呀? 就我这点墨水,这个身份,能认几个字已是托寿庭老师的福,还想进你们的军校呐? 俺不多想,俺不能多想! 柳子谦一时无语,樊玉龙又半开玩笑接着说,子谦,刚才你说到你们校门口那副对联很有意思,很有意思。但既不为当官又不能发财,受训吃苦干啥?

"革命,黄埔军校是所革命的学校!"柳子谦振奋精神答。

"革命? 革命我懂。我看到过不少口说革命的人,但革来革去还不是老样子吗?"

柳子谦陷入思考:"黄埔军校的人也不一定都革命,你只看老弟我吧!"

"你自幼心地纯正,我相信。"樊玉龙想起柳子谦刚才提起的蒋中正,"你对你们的校长很崇拜是吧?"

柳子谦有点羞赧地低头笑笑:"初时,对他确有点崇拜。"

"以后呢?"

"以后我觉得他有点——有点靠不住。"柳子谦的语调变得较慢,"渐渐感到政治部主任周恩来和围绕在周恩来身旁的一些老师比他——校长蒋中正的人格力量更强;俄国传来的共产主义比孙中山先生提倡的三民主义更激进,也更过瘾。"

樊玉龙弄不清这主义那主义,只"喔"了一声,感到冷场不好,又问:"听说你们也分派?"

"是的。主要是孙文主义学会派与青年军人联合会派。"

"你是哪一派?"

"当然是后者了。"

"是共产党员吧?"

"也可说是国民党员,现在不是国共合作吗?"柳子谦豪气地大笑着。

樊玉龙随着大笑一阵,拍拍柳子谦的肩头不无惭愧道:"子谦,你这几年真的是有大长进。看我弄的算个啥? 当兵吃粮,拉杆上山,打孽收编,闹得人不人鬼不鬼的,现如今连秋秋都不愿正眼看我。"

樊玉龙坦诚地将这几年的经历说给柳子谦之后,柳子谦明白两人境遇不同,他可以说是时代的幸运儿,而樊玉龙则没有这种幸运,因此他对这个自小一起玩耍的朋友深表理解与同情。听到樊玉龙这么自责,多说几句劝慰的话亦无补,只拣樊玉龙最大的心结宽解道:

"我们与秋秋从小在一起,知道她的性子。她是个率真的姑娘,很倔强,也很善良,不会一直转不过来弯,这两天我找她谈谈。"

樊玉龙叹口气:"不要谈了吧,明天我走。"

"你怎么能明天走呢? 寿庭老师不是要留你多住几天吗? 多年不见的顺立表哥不是也到开封来了吗?"柳子谦不等樊玉龙解释,紧接着又说,"对了,明天汪长星要过来,他在省警政培训所受训,结业了,就要回县里去,前几天托人送信来,说明天要过来向石家人告辞。"

樊玉龙还想说什么,看看微微透白的窗户,改口道,那就睡吧。但他躺下去一直没有睡着。

将近晌午时分,汪长星来了。一身黑色警服被肩宽腿粗的壮实身子胀得鼓鼓的,青白色的国字脸上眉毛虽淡,却有一抹黑黑的髭须。说话圆圆,态度亲善。适逢礼拜天,石寿庭没到学校去,汪长星见过石寿庭、樊霜花、小姨太、秋秋之后,随他们一起到了上房。汪长星一声"举人外公",石孝先高兴得合不拢嘴。民国以来,人们早将他举人高中的事忘掉了,只有汪长星见了他不是唤"举人爷"就是唤"举人外公",他从心眼里称赞"长星这孩子懂事,念旧",外孙当中他最喜欢的也是汪长星。听说汪长星要回乡下,他心血来潮地要汪长星将秋秋带回去。他从洛阳一到开封,看到秋秋在这边,心里就老大不高兴。他虽然知道赵家已经没有人,但赵家刚遇大丧,秋秋就住娘家,太不合礼数。他不怪自己包办了这门亲事,把怨恨全放在樊玉龙身上。樊玉龙这小子混到了如今这个地步他惹不起,何况又是他把自己从战火纷飞的洛阳送出来的,不好得罪,就把一腔懊恼、怨毒泼洒到秋秋身上。他到来的第一天就以一家之主的

身份同儿子寿庭说,要找人送秋秋回石匠庄赵家守节,被儿子搪塞过去。这时,他看看站在后面的秋秋说:

"秋秋,你回咱村去吧。"

"你说啥呀,爷?"秋秋翻下眼皮睄了爷爷一眼,"俺的书还没读完,俺还得上学呢。"

"还上啥学? 那样的洋学堂只能教坏子孙,特别是女子。"

樊霜花帮秋秋说话:"秋秋也够可怜的了,还是先让孩子完成学业吧。"

"啥学业?"石孝先先看看儿媳再看看儿子,"唉,都是你们给惯的。"

石寿庭不说话,汪长星为了打破僵局,笑两声用讨好双方的语调道:"反正当爷当妈的都是为了秋秋好。"

石孝先咳嗽一阵,向汪长星摆摆手:"不说那么多啦。长星,我将秋秋托付给你,你哪天走,把她带回去送到石匠庄。"

"谁也带不走我!"秋秋提高声音说一句跑出房去。

樊玉龙将指关节握得咯吧响,柳子谦用力抓住他的手腕。

汪长星睃巡一圈,赔着笑低声道:"也不要太难为表妹了。"

"反了!"石孝先猛拍一下烟榻。

石寿庭仍然一言不发。看到冷场,小姨太说,大家都退吧,俺看老太爷也累了。离开上房之后,汪长星到樊玉龙、柳子谦的房里聊天,言语间充满自信,绵里藏针,虽不锋芒外露,也有逼人之处。

汪长星当上政警队队长不过一年,日本士官学校毕业的县知事曾大业不想再做文官,想拉起一支队伍,就与憨玉昆接洽,被憨委任为混成旅旅长。曾旅长委任城防总队总队长王立勋为第一团团长,汪长星为跟随左右的副官。曾旅长感到汪长星不仅机敏,而且对自己十分敬重,着力提拔。这时正逢憨玉昆想夺取省城掌握全省军政大权,曾旅长为取头功,派汪长星先到省警训班以受训为名,刺探省城动向,并许诺他回县后招募新兵,升任营长。此时的汪长星真可说是春风得意,吉星高照。

汪长星告辞后本说要走,石寿庭夫妇挽留他用餐,他灵机一动反而要请全家到新装修的又一新饭庄去,态度极为诚恳。石寿庭走进上房向老太爷禀告,老太爷说身子不得劲，不想去，他也就势不去了。汪长星仍坚请，樊霜花笑道，长星，你也不要难为你老师了，他就是这号人，不爱动，你们几个年轻人去吧。年轻人不再客气，樊玉龙、柳子谦、秋秋一起走出大门，小姨太也要去，秋秋转过身拉上她。

　　自从上次同吕道方拉船到柳园口送货之后，樊玉龙几年没来开封。开封的样子同几年前相比，似乎一点没有变化。从大南门到龙亭前面的午朝门之间的那条贯穿南北的官道，仍然没有拓宽，仍然是条石子路，马车一过，黄尘滚滚。两边没有几间新门面，卖牛肉汤、包子的铁勺铁铲仍然敲得当当响，甚至能惊了从乡下来的牲口。也许是樊玉龙这几年闯荡的地方多了，到过仍有帝王之象的西安，感到这个作为中州大省省会的开封，是这么窄狭、破旧、灰暗和落伍，好像没有一点变化。如果在樊玉龙印象中硬要找出一点变化的话，也只有他与老太爷从火车站出来乘坐黄包车进城时，看到南大门翘檐的一角有个大豁子——不知是啥子时候被打着啥子旗号的部队用大炮轰的。

　　樊玉龙五人走出徐府街西口，向南看距行宫角不远处有一个门脸华丽、装饰一新的饭店，汪长星神气地告诉大家，这就是刚复业的"又一新"了，省城最大的饭店。几个人进去，汪长星从跑堂手里接过菜单，又将菜单递给秋秋，秋秋摇摇头将菜单递到柳子谦手上，柳子谦不知点什么好，问这问那，樊玉龙一把抓过菜单看看汪长星说，我可要拣最贵的点了，于是点了黄河鲤鱼焙面和猴头菇烧海参。接着各人又点了一两样，就是秋秋没点。汪长星将菜单拿过来，讨好地请求秋秋道：

　　"秋秋，你一定要点一个，你得给表哥个面子。咱们可是真亲呀，我妈是你姑，咱们是真正的姑表亲呀！"

　　"点菜还要论亲近吗？"秋秋抿嘴一笑，无意间瞥了樊玉龙一眼。

　　"那当然，你亲表哥请你，你不点菜哪中？"汪长星将那个"亲"字咬得紧了点。

　　"也没说今天一定是你这个亲表哥请客。"樊玉龙从鼻子里笑出两声，那个"亲"字被拖长了点。

　　柳子谦看看樊玉龙又看看汪长星，为冲淡似乎有点紧张的气氛，劝秋秋道:"姐,你就点一个吧。"

秋秋不看菜单,顺口说:"我要一个套四宝。"

众人一惊。这套四宝也是汴京名菜之一,是将鸭、鸡、鸽和鹌鹑一层层套在一起烹调,做法精致。但此时这套四宝是不是会让人想起这些年一直围绕在她身边的四个表兄弟呢?

"好好,"汪长星装出一副苦相,"套得那么紧,让人怎么知道心在哪里呢?"

菜肴已大致达到了"八仙庄"的规矩,四碟八碗,柳子谦说吃不完,汪长星硬要摆阔,坚持就这样上菜。又上了两瓶汴梁大曲,直喝到大堂的客人走光,阳光从花格窗棂射进来,拉长了桌椅的影子。除了秋秋,几个人都有了些醉意,尤以汪长星、樊玉龙为甚。两个人扯着大嗓门说话,付钱时,樊玉龙抢先付了钱。汪长星斜着眼睛看了樊玉龙好久,说:

"俺知道你有钱,你来钱容易。"

樊玉龙大笑:"吃你的,钱就干净吗?"

柳子谦急忙将两人隔开,说他送汪长星回警训班,要秋秋、小姨太同樊玉龙一起回家。但汪长星吵着不肯走,要众人一起到龙亭玩玩。随他的意,出了又一新饭庄门口,大家一直向北走去。龙亭上的风很大,从黄河滩刮过来的西北风刮得人受不了,众人在上面转一圈就下来了。本来该分手,随着一阵咿呀呀的桨声,一只彩船靠到杨家湖岸边。小姨太看见船来了兴致,一迭声吵着想坐船,秋秋的眼神也流露出这个愿望。柳子谦向船娘招招手,船划过来,几个人上了船。太阳西斜,阳光从青苍苍的古城墙后射过来,湖面泛起一片金色,灰扑扑的街市隐去,嘈杂的廛声隐去,船儿好像漂进了另一个开封,一个很古很古的开封,一个脱离尘世、很静很静的开封。众人被眼前的景色所感动,不说话。桨声一下一下有节奏地传来,不知过了多久,汪长星突然打破沉默,问柳子谦还有酒没有,柳子谦答哪里还有酒,酒都被你和玉龙喝完了。汪长星叹口气,说没有酒真亏了这眼前美景、一腔离情了。

"子谦,你哪天走?"汪长星问。

"还说不定。"

"你是回你们大元帅身边还是回樊钟秀那里?"

"孙大元帅还在北京呢!"柳子谦感觉出汪长星言语中的轻慢,所以说得特别郑重。

看到汪长星闭口不语,樊玉龙接着问柳子谦:"樊钟秀何时离开广东的?"

"他带建国豫军不久前到了河南,接应南下的国民革命军。"

"嘿,樊钟秀真算个人物,为俺老樊家争脸!"樊玉龙由衷赞叹道。

"是的,他确是个人物。"柳子谦道,"俺爹说过,民国以来他敬佩的河南军人只有两个,一个是王天纵,一个就是樊钟秀。人心如镜,真的是英雄所见,前天同寿庭老师谈起河南军界,他钦敬的河南军人竟然也是这二位。"

"是哪个王天纵? 不是从杨山下来,曾当过镇嵩军总司令的那个王天纵吧?"汪长星问。

"王天纵没有去当镇嵩军总司令。"柳子谦说,"听俺爹说,南北议和、清廷退位后,袁世凯将他调到北京任陆军部中将顾问兼京师军警督察处副处长,数年羁縻,直到张勋闹复辟才又威风重现。是他率卫队扒开东华门南河沿以北的围墙,最先攻入张勋公馆,身先士卒,差点抓住张勋的大辫子,吓得张勋赶紧钻进荷兰公使馆避难。"柳子谦做了个伸手向前抓的动作,秋秋和小姨太被逗笑了。

"镇嵩军那伙人都爱说辛亥革命怎么怎么的,我看只有王天纵革命是真。"樊玉龙忍不住说出自己的看法。

"这话是真。"柳子谦看看樊玉龙,"俺爹问过他,为啥打张大辫子那么大劲,他说他有三条道理要打那个大辫子,一是他当了十几年山大王就是为了同清朝作对;二是当年他参加辛亥革命为的就是推翻清朝;三是张大辫子逆天行事,偏要给清朝当奴才,还要保小皇帝羔子重坐龙椅,祸害国家,更是该打! 后来他到上海谒见孙中山先生,孙先生委任他为靖国豫军总司令,可惜不久他积劳成疾而病逝。"

听到这里,众人不免唏嘘感叹一番,秋秋和小姨太正在用手绢揾眼角,不料汪长星却说:

"说到底,这两个人不还是从一个'匪'字里钻出来的吗?"

樊玉龙轻拍下茶桌,说:"匪又怎样?绿林中就没有好人吗?"

柳子谦赶紧灭火,急忙说:"英雄不问出处,英雄不问出处。"他说话的样子有点滑稽,大家笑了,汪长星的笑声还特别响。

船娘将船停在湖中心,放下桨,坐在船头歇了一会儿,提个暖水瓶走到舱内给茶壶续水。小姨太向船娘问了问船家的生活,拉了几句家常话,舱内刚才扭结成一缕一缕的空气,顿时融化开来,暖和了许多。

汪长星瞧瞧面色缓过来的樊玉龙搭讪道:"你打孽的事我知道。"

樊玉龙有点过敏,觉得汪长星话中有种挑衅的味道,为什么在秋秋面前最不该提的事情,他偏要提呢?于是冷冷地回问一句:"这你也听说啦?"

"呵,你弄得动静那么大,半个县都震动了,我咋能不知道。你不晓得我在政警队吗?"汪长星说。

"噢,是在周队长周永成手下。"樊玉龙的语调带出明显的不屑。

"当时,政警队准备出动了。"汪长星说,"玉皇院是你们的窝吧?"

樊玉龙笑了两声:"幸好你们没去,去了也许咱们今天就见不了面了。"

秋秋的脸色越来越黯淡,嘴唇发抖,眼睛发怔,一时竟不知道面前的两个男人在说什么,直到汪长星呼她的名字。

"秋秋,你不回老家去看看?早晌老太爷不是说了吗,要我带你回去,要是想回的话,这次就跟哥一起走。"汪长星见秋秋不开口,又说,"不用怕地面乱,有哥保你!"

"你保得了吗?"樊玉龙认为汪长星简直就是向他示威,不得不回敬一句。

"俺咋保不了,曾知事的一个旅马上就要成立起来,谁还敢乱动!"

"是啊,你还马上要当营长不是?"

"是的。难道我还不能负责秋秋的安全吗?"

"你问过秋秋了?"

"不是正在问吗?"

"如果谁要把秋秋哄回去,我就去把秋秋带出来。"

"带不出来呢?"汪长星轻蔑地挑挑淡眉,"我看谁敢去抢!"汪长星从腰间掏出曾大业送给他的勃朗宁,"啪"一声拍在茶桌上。

"就是有人敢去抢!"樊玉龙低吼一声,瞬间也掏出一支勃朗宁拍在茶桌上。

柳子谦没有想到两人会闹到这一步,不由分说也将系在武装带上的俄式大号左轮掏了出来:"干什么? 干什么? 醉了是吧? 都把枪赶快收好!"他呼叫着,枪管指来指去。

看到三个男人都拿出枪,先就把小姨太吓哭了。

秋秋瞥了樊玉龙一眼,盯着茶桌上三支黑黝黝的家伙,厉声道:"快把枪收起来! 收起来!"见三人不动,又说,"你们拼吧,多有脸! 你们不马上收起枪我就跳湖!"

秋秋一面说,一面起身要往湖中跳,小姨太紧搂着秋秋,面对桌边的三个怒目相视的男人说:"你们算啥子男人,斗几句话就斗恼了,就掏枪了,心眼就那么一丁点小,算什么男人?"

看到这番情景,柳子谦首先拿起他的大号左轮装进皮套,汪长星和樊玉龙几乎是同时收回了自己的勃朗宁。小姨太帮秋秋擦眼泪,三个男人围坐茶桌相顾无言。直到夕阳碰在城堞上少了半边,彩船靠岸。看到汪长星走路仍有些不稳,柳子谦认为他酒意未消,要送他回警训班。柳子谦是个细心人,路上拦了一辆马车,先看着秋秋和小姨太上车之后,又对樊玉龙说今晚他就住在长星那里,不知下次何时才能见面,两人要好好谈谈。樊玉龙点点头也踏上马车,马车已经离开午朝门很远,回过头还看到湖道上两个搀扶的身影,忽然想起同在寿庭老师门下的时光,心头不禁掠过一阵温暖而酸楚的记忆。

吃过晚饭,樊玉龙一直心神不定,他心想有件事将会发生,什么事呢? 秋秋的面影不停地在他眼前变换,稚气的、纯净的、热烈的、冷淡的、木然而僵硬的……他的思绪停留在彩船上的那一幕,那个一闪即逝的眼神,那个从心灵深处迸射出来的光亮,传递出了什么? 是怨恨,是怜悯或是祈求? 他要一个解答,他想要个明白。

刚到月初,朔月很晚才会升起,天上只有点点星光,院里幽暗一片。寒风从光秃的梧桐树梢吹过,发出阵阵呼哨,像有人哭,又像有人笑,弄得人心情烦躁。没有点灯,樊玉龙独自坐在窗下,没有想哭也没有想笑,甚至在黑暗中闭上双眼,只留下一双灵敏的耳朵,在听,在分辨,哪怕最细微的声音也不让漏掉。秋秋每晚都要去查看大门,他能听出秋秋从窗外走过的脚步声。过了很久,二院的灯光熄了,耳朵里突然捕捉到嗒嗒嗒的脚步声,声音虽然很细小,却像火苗一样一蹿一蹿地在他心头燃烧起来。他站起身轻轻走到门边,看着一个淡淡的影子飘过。一会儿,大门那边响了一声,那个影子又淡淡地飘了回来,心里的火苗腾地变成无法抑制的大火。他扑过去,一手抓紧影子,影子激烈晃动一下"啊"的一声立在那里,像夜色里一座微微发光的淡白石像。

"你爷又要难为你,跟我走吧!"

夜风从房坡吹下,石像轻轻颤动一下。

"秋秋,是俺害了你。"樊玉龙一时不知再说什么好。

对方无语。

"是俺害了你。"樊玉龙几乎是在哀求,"现在俺可以保护你。俺可以带你到天边到地角,不让谁再难为你!"

对方仍不语。

"俺虽然依然很穷,俺除了一颗头和一支枪,一无所有。但闯了几年俺已经啥子都不怕,俺还是那句话:拼尽不平路,举枪问天涯! 秋秋,跟我走吧!"

"俺嫌过你穷吗?"那石像动起来。

"赵家的事,你不要记恨俺,俺也是出于无奈。"

"赵家同俺没有关系,俺同赵定北早已解除了婚约。"

"也许定北不该有这个结局。"樊玉龙轻叹一声。

"剩下那个小孩,希望你能放过。"秋秋稍停一下说。

"俺应你。"樊玉龙在黑暗中点点头。

"赵家已死四口了。"

"唉,五口吧?"樊玉龙想起程鸣岐看到的那五口棺材。

"呃,五口……"

秋秋猛然抽出手转身向二门走去,淡白的身影在樊玉龙的注视中消失。

樊玉龙预想今夜会发生的事,没有发生,但五口棺材的影子却在黑暗里飘来飘去。

秋秋回学校去了,两天没有在家里露面,樊玉龙心想她这是在躲自己。临离开开封的头一天晚上,他同柳子谦谈起秋秋,他知道柳子谦自小就爱比自己大两岁的秋秋,如果今后秋秋能得到柳子谦的照顾,他也能够放心。他把这个意思婉转地说出来,没想到柳子谦还是那样带点孩子气地一笑,说:

　　"她不需要我照顾,她现在忙着呢;她也不能跟着我到南方,她有任务。"

　　"任务? 她有任务?"樊玉龙似明白非明白地重复一句,没有追问下去。

　　樊玉龙走那天,只有柳子谦送他到火车站,他也不想别人来送,虽然他在月台上与柳子谦说话时心神一直不定,他也不敢奢望秋秋会来。机车吐着白气发动了,列车开始向西行进。他靠着车窗向后望,看到身体单薄的柳子谦在寒风中一面拉紧围巾,一面招手。正在这时,在机车留下的白雾中,隐隐显现出一个女孩的身影,好像是秋秋。

　　当天深夜,身穿长袍、瘦高、戴副黑框圆眼镜、背着头长发不停在寒风中飘动的石顺立,从火车站来到徐府街,拍响石家大门。

2014 年 5 月 7 日第一部初稿完于丽江

2017 年 5 月 1 日定稿于丽江